장정일

앙
훈
지

4

장정일 삼국지 4

저자	장정일

1판 1쇄 인쇄 2004. 11. 17.
1판 6쇄 발행 2005. 3. 15.

발행처 김영사
발행인 박은주

등록번호 제406-2003-036호
등록일자 1979. 5. 17.

경기도 파주시 교하읍 문발리 출판단지 514-2 우편번호 413-834
마케팅부 031)955-3100, 편집부 031)955-3250, 팩시밀리 031)955-3111

값은 표지에 있습니다.

ISBN 89-349-1543-9 04820
     89-349-1539-0(전10권)

독자의견 전화 02)741-1990
홈페이지 http://www.gimmyoung.com
이메일 bestbook@gimmyoung.com

좋은 독자가 좋은 책을 만듭니다.
김영사는 독자 여러분의 의견에 항상 귀 기울이고 있습니다.

장정일

삼국지

4

삼고초려
三顧草廬

김영사

[등장인물]

48세의 중늙이였던 유비가 삼고초려하여 제갈량을 찾아왔을 때 제갈량의 나이는 28세였다. 천하의 재사가 인재난에 허덕이는 여러 제후들의 손길에 닿지 않은 채 은거하고 있었다는 것도 이상하지만, 하필이면 당대의 군벌 가운데 가장 보잘것없었던 유비를 따르기로 결심했다는 것은 「삼국지」 최대의 수수께끼 가운데 하나다. 동시에 이것은 비밀스럽게 얽힌 인간관계를 푸는 단서가 된다.

서서徐庶 제갈량과 동문수학한 사람으로 처음에는 유비의 모사였으나, 조조가 어머니를 인질로 잡고 있다는 것을 알고 유비의 양해 아래 위나라로 귀순한 효자. 나관중·모종강본 「삼국지」는 조조에게 의탁한 서서가 유비에 대한 보답으로 평생 아무런 벼슬도 받지 않았다고 하지만, 정사의 기록은 다르다. 제갈량이 촉의 승상 자리에까지 올랐던 반면, 위나라로 간 서서는 고작 중랑장(中朗將) 자리에 머문 것을 보면 위와 촉이 쓸 수 있었던 인재의 수가 얼마만큼 차이가 나는지 짐작할 수 있다.

진림陳林 공융과 함께 후한 말기에 등장하여 중국 시문학의 선구가 된 건안칠자(建安七子) 가운데 한 사람. 하진이 십상시를 토벌하기 위해 동탁을 부르려고 하자 조조와 함께 극력 만류했다. 이후 원소의 휘하에 들어가 기실(記室)로 있던 중에 관도 쟁탈을 결심한 원소의 명령을 받고 조조의 죄상을 널리 알리는 격문을 지었다. 원소를 물리친 조조는 진림을 포로로 잡았으나 온통 자기 가문을 중상모략했던 그의 잘못을 괘의치 않고 중용한다.

답돈踏頓 요서지역을 차지하고 있던 동이족의 왕. 조조에게 쫓긴 원상·원희가 답돈에게 몸을 의탁하게 됨으로써 고구려계와 같은 답돈 세력이 『삼국지』에 비로소 드러나게 된다. 평소에 원소는 자신의 근거지와 가까이 있는 동이족을 두려워해 수양딸들을 답돈과 그 휘하 장수들에게 시집을 보내면서까지 화친을 맺고자 했다.

공손강公孫康 요동 태수를 지냈으며 답돈과 헤어진 원희·원상이 의탁해오자 목을 베어 조조에게 바친다. 원씨와 사이가 좋지 않아서이기도 했지만 두 형제를 받아들임으로써 조조와 대립하게 될 부담을 덜려는 의도가 더 컸다. 하지만 훗날 그의 아들 공손연은 연나라를 세우고 위나라에 도전장을 낸다.

사마휘司馬徽 방덕龐德 형주의 이름난 은사(隱士)이자 젊은 지식인들의 스승. 제갈근·제갈량 형제, 방덕의 아들이자 제갈량의 자형인 방산민, 방덕의 조카 방통, 마량·마속 형제, 최주평, 서서, 석도, 맹건 등이 이들에게 학문을 배웠다.

차례

4
—
삼
고
초
려 三顧草廬

삼국시대 지도

선비족

양주 (凉州)

황하

요동

유주

위

병주   기주

업 태산

연주

청주

낭야

하비

서주

웅주

농서 천수

정군산

기산

면죽

익주 가맹

성도

가릉

아미산   파군

사주 낙양 허도

장안

남양

상용 양양

예주

수춘

합비 건업

오군

회계

강족

천축

익주

운남   건녕

영창

이릉

효정

무릉   적벽

장사

영릉   계양

남군

언양 강하

장강

양주 (揚州)

형주

오

촉

교주

중원을 평정한 조조

새해가 밝고 또 봄이 어김없이 찾아왔다. 날이 풀리자 조조는 물자를 원활하게 수송하는 수로 공사에 열을 올렸다. 전쟁의 승리는 모름지기 보급과 전략에 있음을 절실히 깨달았기 때문이다. 조조는 먼저 제하에서 기수를 막아 물줄기를 백구로 돌려 운반로를 열라고 명했다.

그는 관도에서 대승하고도 업도를 함락시키지 못해 속이 달아 있었다. 관도에서 원소군을 격파한 것은 200년 10월이고 원소가 죽은 것은 202년이다. 그런데 원소가 죽은 후 거의 1년 반 동안 전쟁을 했으나 아직도 업도를 손에 넣지 못하고 있었다. 조조는 또다시 참모들을 불러모아 이 지루한 전쟁을 끝낼 방안을 강구했다.

"관도와 창정에서 원소군을 크게 격파했고, 원소가 죽은 지 1년 반이 지난 지금까지도 업군을 함락하지 못하고 있다. 뿐만 아니라 원담이 투항한 지 여러 달이 지났는데도 원상을 확실하게 공략할 수가 없다. 빠른 시일 안에 이 일을 끝내야 하는데, 좋은 의견들이 없는가?"

순욱이 말했다.

"우리가 그 동안 심배를 과소평가한 것이 문제였습니다. 실제로 심배는 우리가 판단한 이상으로 방어에 뛰어납니다. 관도대전의 경우도 허유나 다른 원소측 사람들의 투항이 없었다면 우리의 승리를 장담하기 어려웠을 것입니다. 우리는 사실 한나라 조정을 유지하느라 많은 병력과 비용이 필요합니다. 특히 군사적으로 많은 예비병력을 보유해야 하므로 효과적으로 적을 제압하기가 매우 어려웠습니다. 이제 심배를 집중적으로 공략하는 방법을 찾으면 업도를 바로 수중에 넣을 수 있을 것입니다."

이 말을 듣고 있던 곽가가 말했다.

"승상께서는 이 일을 너무 부담스럽게 생각지 않으셔도

수로 공사에 나선 조조의 병사들. 옛사람들은 금속테를 둘러 나무로 만든 삽의 날을 보강하는 지혜를 발휘하기도 했다. 가까이 보이는 것은 두 사람이 함께 땅을 파는 우경(耦耕)의 모습. 그 뒤에 보이는 삽을 든 사람은 각각 인형[俑]과 화상석에 보이는 형상에 근거한 것이다. 두 갈래로 갈라진 삽이 이색적이다.

될 것입니다. 사실 전쟁은 끝난 것이나 다름이 없습니다. 세상의 모든 일이 그렇지만 마무리가 힘든 법입니다. 올해는 갑신년甲申年으로 원숭이해입니다. 원숭이는 영물이고 영특하기 때문에 아마 올해는 지혜로써 심배와 원상·원희 일가를 제압할 수 있을 것입니다. 너무 심려하시지 마십시오."

한편 원상은 원담이 조조에게 투항한 사실을 크게 성토하고, 조조군이 2월경에 다시 공격을 시작한다는 말에 심배를 불러 대책을 물었다.

"그 동안 조조군은 보급로 문제 때문에 업도를 공격하기가 쉽지는 않았소. 그런데 이제 그들이 군량미를 백구로 들여오고 있소. 이것은 업도를 공격하려는 것이 분명하오. 어찌하면 좋겠소?"

심배가 말했다.

"제가 보기에 먼저 원담을 제거하여 후방을 편안히 할 필요가 있을 듯합니다. 그 동안 조조가 수없이 업도를 공격했지만 아군은 별 어려움 없이 다 막아냈습니다. 먼저 격문을 써서 무안武安의 윤해尹楷에게 보내 상당에 있는 군량미를 운반할 길을 터놓으라 하십시오. 그리고 죽은 저수의 아들 저곡沮鵠에게 한단邯鄲 땅을 지키도록 도움을 주십시오. 이 일이 끝나면 주공께서는 평원으로 진군하여 원담군을 격파한 후 조조군의 침공에 대비하십시오."

원상은 심배의 말을 받아들여 심배와 진림에게 기주를 지키라 명하고 마연馬延·장의張顗 두 장수를 선봉에 세워 군사를 몰아 평원으로 진군했다. 원담은 원상이 쳐들어온다는 보고를 받고 급히 전령을 보내 조조에게 알렸다. 원담의 보고를 받은 조조가 혼잣말로 중얼거렸다.

"이번에야말로 내가 기주를 얻게 되겠군."

　조조는 곧 조홍에게 원상군이 평원으로 몰려갔으니 업도를 공격하라고 명했다. 조조는 허저에게 군사를 거느리고 업군의 서쪽 입구 무안을 공격하여 기습 가능성을 애초에 없애라고 했다. 만약 무안이 한단과 연계되어 있어 군수품을 서로 전달하게 되면 업도를 포위하기가 쉽지 않았기 때문이다. 허저를 무안으로 보낸 조조는 군사를 이끌고 한단을 공격하기 위해 출병했다.

　업도의 남쪽으로는 기지가 있는 여양이 있고, 서쪽으로는 병주와의 교통로인 무안에 닿아 있었다. 또한 북쪽으로는 유주와의 교통로인 한단에 닿아 있었고 동쪽으로는 동군이 있는데 동군은 청주로 통하는 요로였다. 원소는 평소에 업도를 보호하는 4대 방어 기지로 여양·동군·한단·무안을 중시했다. 그러나 원소가 죽고 여양과 동군은 이미 조조군의 수중에 떨어졌기 때문에 조조가 무안을 점령하면 업도는 사실상 버티기 어려운 지경에 놓이게 된다.

　조조군이 무안의 경계에 이르자 윤해도 군사를 이끌고 나와 조조 군대와 맞섰다. 허저가 이끄는 조조군은 윤해가 이끄는 원상군과 일전을 벌였다. 그러나 윤해 부대는 허저 부대의 상대가 되지 못했다. 윤해는 전사하고 윤해의 부하들은 뿔뿔이 흩어지거나 허저군에 투항하고 말았다.

　한편 조조는 어렵지 않게 한단을 빼앗았다. 조조는 한단의 병참기지를 확보함으로써 군수품 부족문제를 일시에 해결했다. 이로써 업도의 북쪽으로는 조조의 중군이, 남쪽으로는 조홍의 전군이, 서쪽으로는 허저의 후군이 포위하는 형국이 됐다. 그러나 심배가 지키고 있는 업도는 만만치 않았다. 각종 공성기가 도착할 때까지는 상당한 시간이 걸렸고, 끝없는 소모전이 계속됐다. 조조군이 화살을 쏘면 다시 원상군도 화살로 응수하고 운제를 대어 올라가면 역시 노를 쏘아서 격퇴했다. 원상이 원담을 공격하러 간 사이 조조가 업도를 포위했으나 더 이상의 진척 없이 소강상태가 며칠 동안 계속되었다. 이제 초여름에 접어들고 있었다.

심배는 군령을 엄격히 적용하여 한 치의 오차도 발생하지 않도록 하고 자신이 직접 성 둘레를 돌아보고 일일이 점검했다. 그리고 항상 예비병력을 대기시켜두고 언제라도 공격에 바로 응전할 수 있도록 대처하고 있었다. 그러던 어느 날 동쪽 성문을 지키던 수문장 풍예豐禮가 밤에 술을 마시고 잠이 들었는데 순시를 도는 군사들이 풍예를 알아보지 못하고 붙들어오는 바람에 소동이 일어났다. 이 사실을 안 심배는 그를 크게 문책하고 직접 곤장을 때렸다. 풍예는 이에 앙심을 품고 몰래 성을 빠져나가 조조에게 투항했다.

조조는 풍예를 너그럽게 대하여 마음을 산 후에 업도성을 부술 방법을 얻고자 했다. 풍예는 조조와 함께 직접 성문을 탐색하며 조조에게 일렀다.

"저기 밖으로 튀어나온 문이 보이십니까? 바로 그 문 안쪽은 바위가 없는 토질입니다. 그쪽으로 땅굴을 파면 쉽게 들어갈 수 있을 것입니다."

조조는 즉시 분온차 10대를 동원하고 힘센 군사 300명을 뽑아 풍예에게 주면서 이들을 데리고 낮과 밤을 가리지 않고 땅굴을 파도록 명령했다.

한편 심배는 풍예가 조조에게 투항한 후 장교 중에 한 명을 새로 뽑아 풍예 대신 업무를 보게 했지만 마음이 놓이지 않아 매일 밤 친히 성에 올라가 군마를 점검하고 조조군이 침투할 만한 지역을 지정하여 시각별로 점검하라고 명했다. 그러던 어느 날 조조군의 동향을 감시하던 심배는 성문 쪽으로 조조군의 등불이 모두 사라진 것을 발견했다. 보통 업도성에서 밖으로 기습하는 군대가 있을 수도 있기 때문에 완전히 불을 끈다는 것은 있을 수 없는 일이었다. 칠흑 같은 어둠 속에서 불빛이라고는 높은 성 위에 켜놓은 것이 전부여서 성 아래서 무슨 일이 일어나는지 알 수가 없었다. 이때 심배는 순간적으로 뭔가를 깨달았다.

'적이 땅굴을 파고 들어오고 있는 것이 분명하다.'

비밀리에 날랜 군사들을 동원하여 그들이 파들어오는 땅굴의 위치를 파악해보니 이들은 이미 성문을 통과하여 100보는 더 들어와 있는 듯했다. 심배는 큰 돌과 자갈들을 신속하게 옮겨오게 한 후 성문에서 10보 앞의 땅을 파고 들어가게 했다. 업도성 안에서 일어나는 일이라 밖에서는 보이지 않았다. 위에서 땅을 파내려가니 과연 땅굴이 보였다. 땅굴은 생각보다 많아서 거의 다섯 개나 됐다. 심배는 즉시 정예 군사를 불러 준비된 큰 돌과 자갈을 쏟아부어 이 땅굴들을 모두 막아버렸다. 결국 풍예와 장정 300명은 갱 안에 갇혀 그대로 몰사하고 말았다.

조조는 땅굴 공격의 실패로 심배가 예사 놈이 아니라는 것을 재삼 확인하고 땅굴 파는 것을 포기했다. 그러고는 포위망을 더욱 팽팽하게 긴장시켜 업도를 철저히 고립시켰다. 그러다 보니 업도성의 군량미나 군수품 보급 문제는 날이 갈수록 심각해졌다. 더 이상 한단과 무안은 업도의 보급로가 되지 못했다. 조조가 노린 것이 바로 그것이었다.

한여름, 조조는 3천 명 이상의 병사들을 동원하여 장수漳水(업도 주변을 흐르는 하천)의 물길을 돌렸다. 장수의 물길은 매우 깊어서 그 물길을 끌어들이기만 하면 성이 물 속에 잠기는 것은 시간문제였다. 업도의 고지대 쪽으로 물길을 파고 해자 쪽으로 연결시키자 강물이 일거에 업도성 안으로 흘러들기 시작했다. 물길의 깊이가 두 장丈이 넘었으며, 물길을 통해 끌어들인 장하의 물이 성안에 수 척尺이나 넘쳐흘렀다. 업도성 안에는 아사자가 늘어가던 중에 홍수까지 겹치게 됐다. 성민들은 말할 수 없는 고통에 허우적거리며 살길을 찾아 헤맸다. 심배는 오히려 공격을 받는 것보다 더 심각한 상태에 빠졌음을 직감했다. 그러나 그 상황을 해소할 어떤 방법도 찾지 못하고 있었다.

조조 진영에서는 이제 심배를 고립시켜 자진하도록 만드는 일만 남았으므로 평원으로 간 원상군을 섬멸하는 일이 중점적으로 떠올랐다. 조조는 군사를 원수洹水 상류로 물렸다. 이곳은 과거 창정의 서쪽으로 업도에서 평원으로 가는 길목에 위치한 지역이다. 그 동안 원소군은 업도 · 동군 · 창정 · 평원 · 제남 · 청주 · 북해 방향으로 교통로와 보급로를 뚫고 있었다. 따라서 평원으로 떠난 원상이 업도로 다시 돌아오려면 창정을 거치든가 아니면 많은 길을 돌아서 한단으로 가는 길밖에 없었다.

한편 원담을 공격하던 원상은 조조가 기주를 포위하고 있다는 보고를 받고 군사를 이끌고 당장 돌아가려고 했다. 그때 부장 마연이 말했다.

"만약 아군이 창정을 통해 동군을 거쳐 대로로 간다면 조조가 필시 매복하고 있을 테니 그들의 공격을 받을 것이 분명합니다. 조조는 이

지역의 지리에 밝지 못합니다. 우리는 서쪽 방면으로 돌아가는 것이 좋겠습니다."

"업도의 서쪽에는 무안이 있고 무안의 서쪽에는 서산西山이 있습니다. 서산을 거쳐 내려가면 부수의 발원지가 나옵니다. 그 부수의 발원지를 통과하여 무안에 있는 조조군의 진지를 급습하면 포위망을 뚫고 업도로 들어갈 수 있을 것입니다."

"그렇게 되면 여양 남쪽을 돌아가는 것이 아니오? 너무 멀지 않겠소?"

"지금은 먼 것이 문제가 아닙니다. 창정과 동군으로 가다가 몰살당하면 어찌하시겠습니까?"

원상은 마연의 진언에 따라 친히 대군을 거느리고 서산 방면으로 군대를 몰아가면서 마연과 장의에게 후군을 맡겨 원담의 공격에 대비하라고 했다. 원상의 군대가 사라지자 조조가 내보낸 세작들의 움직임이 기민해졌다. 조조에게 원상의 군대가 창정 방면으로는 들어오지 않고 남쪽을 돌아서 업도의 서쪽으로 계속 이동하고 있다는 보고가 들어왔다. 조조는 원상군의 움직임을 계속 주시하면서 같은 방향으로 군대를 이동시키기 시작했다.

조조는 참모들을 소집하여 말했다.

"원상이 잘못 생각하고 있다. 물론 서산으로 해서 업도에 들어오는 것이 쉽기야 하겠지. 그러나 이미 서산 바로 앞의 무안을 우리가 점령하고 있고 서산은 군사들의 퇴로가 막힌 곳이다. 이놈이 아무리 날무서워해도 그렇지 어찌 그 먼 길을 돌아서 서산의 작은 길로 들어올 생각을 했을꼬? 내가 이놈을 사로잡아야겠다. 만약 원상이 서산으로 온다면 서산에서 업도로 이동할 것이고, 업도 가까운 곳에 이르면 분명 불을 피워 성안으로 군호를 보낼 것이다. 이를 놓치지 말고 군사를 나누어 섬멸해버리자."

조조는 원상군의 움직임에 따라 군사들을 배치했다. 한편 원상은 서산 쪽으로 가서 부수 발원지를 빠져나와 업도를 향해 동쪽으로 이동하여 양평정陽平亭에 군사를 주둔시켰다. 양평정은 업도성에서 겨우 17리 떨어진 곳으로 그 뒤로는 부수가 흘렀다. 이미 조조군은 양평정을 차단하고 업도를 물샐 틈 없이 포위하고 있었다.

어느덧 초가을 바람이 불었다. 무더운 여름은 이제 가버렸지만 전쟁은 계속됐다. 원상군의 병사들은 하나같이 정상적인 군인의 몰골이 아니라 마치 산돼지나 들개와 다름이 없었다. 한여름 뙤약볕에 검게 그을린 얼굴은 아무렇게나 자라난 수염으로 뒤덮였고, 영양실조로 붓기까지 했다. 궁수들의 화살이 떨어진 지는 이미 오래되었고 기병들도 말먹이 풀이 바닥나 사기가 말이 아니었다. 이를 지켜보는 원상의 심경은 참담하기 이를 데 없었다. 그는 '무슨 수를 쓰든지 이번에 결전을 치르지 않으면 안 되겠다'고 마음먹었다. 원상은 주부 이부李孚를 조조군의 연락장교로 변장시키고 그에게 말했다.

"조조군을 협공한다는 것이 쉽지는 않을 것이오. 그러나 심배 장군을 만나 무슨 수를 쓰든지 협공을 해달라고 이르시오."

원상은 이부를 업도성으로 보냈다. 이부가 성 아래에 도착하여 외쳤다.

"난 이부요. 원상 장군의 명을 받아 왔소. 문 열어주시오!"

심배가 이부의 목소리를 듣자 반가이 성안으로 맞이했다.

"지금 주공께서 양평정에 도착했소. 도성과의 거리는 17리 정도밖에 되지 않습니다. 조조군은 분명히 양평정과 우리 도성을 차단하려

할 것이니 주공께서는 이들을 협공하는 것이 좋겠다고 하십니다. 만약 성안에서 군사를 끌고 나와 호응하고자 하신다면 불을 놓아 주공께 군호를 보내십시오."

심배는 이부를 보고 말했다.

"협공을 해야 하기는 하오만 그 동안 업도는 완전히 고립되어 모든 군수물자의 공급이 중단되었소. 협공을 하더라도 어떤 식으로 해야 할지가 문제요."

심배는 일단 마른풀을 쌓아놓고 불을 붙여 협공할 것이라는 신호를 보냈다. 근심이 가득한 심배를 보며 이부가 다시 입을 열었다.

"거짓으로 투항하는 것이 어떻겠습니까? 성안에는 이미 양식이 떨어졌으니 먼저 노약자와 아녀자들을 내보내어 투항하는 척합시다. 그러면 조조군은 별다른 대비 없이 이들을 맞을 것입니다. 그때 백성들 뒤로 군사들을 내보내 일거에 적을 공격하는 것이지요."

심배가 반박했다.

"전쟁에도 지켜야 할 도리가 있소. 민간인이 무슨 죄가 있소? 전쟁은 병사의 일이고 민간인은 농사가 업이오. 만약 한쪽에서 민간인을 이용하기 시작하면 그들의 희생은 말할 수 없이 커지게 되오. 나더러 그 일을 하라는 말이오?"

"장군, 그렇지가 않습니다. 이번 공격을 막지 못하면 더 많은 사람이 죽습니다. 장군이 그렇게 백성을 생각한다면 지금 백성이 떼거지로 굶어 죽어가고 있는 판에 왜 투항하지 않고 있습니까? 전쟁이란 어떤 경우라도 이기는 데 의의가 있습니다. 인간의 모든 역사는 승자의 기록일 뿐이오. 심배 장군이 아무리 위대하고 청렴하며 탁월한 전략가라고 해도 이번 전쟁에서 진다면 장군은 대역무도하고 파렴치한 역적에 불과하게 됩니다. 조조를 보십시오. 정월에도 전쟁을 잘만 합니다."

심배는 참담했지만 할 수 없이 이부의 의견에 따르기로 했다.

다음날 업도성의 성루 위에 투항의 표시로 흰 깃발이 걸렸다. 그 깃발에는 '기주 백성 투항冀州百姓投降'이라고 크게 씌어 있었다. 참모들이 달려와 이 사실을 조조에게 보고했다. 조조가 한동안 유심히 깃발을 쳐다보더니 장수들에게 말했다.

"심배란 놈은 결코 항복할 놈이 아니다. 나는 심배와 무려 4년간 전쟁을 해왔다. 내 생애 저놈만큼 날 질기게 괴롭힌 자는 없었다. 적장이지만 참으로 대단한 자더구나. 그러니 지금 저 짓거리는 분명히 거짓 투항하는 것이다. 원래 명장은 민간인을 이용하지 않는 법인데 심배가 급하긴 급했던 모양이다. 저놈이 민간인을 이용하기로 했다면 지금 성안엔 양곡이 거의 떨어져 아사자가 속출하고 있다는 뜻이다. 일단 노약자들이 먼저 나오고 그 뒤로 군사들이 뒤따라나올 것이 분명하다."

조조는 잠시 숨을 고른 후 다시 말을 이었다.

"이제 심배놈도 황천 갈 시간이 왔다. 내 이번에는 이놈을 기필코 죽일 것이다. 민간인들 뒤로 그들이 성밖으로 나오기 시작하면 분명히 원상이 대군을 몰고 서남쪽으로 올 것이니 우리가 협공당할 가능성이 있다. 그러나 현재 원상의 군대는 사기가 떨어질 대로 떨어져 있어 그다지 걱정할 일은 아니다. 그리고 심배의 전투력은 많이 무뎌져 있을 테니 원상만 집중적으로 쳐부수면 될 것이다."

조조는 말을 마치고 장요와 서황 두 장수에게 3천 군마를 거느리고 나가 양쪽에 매복하도록 영을 내렸다. 그러고 난 뒤 친히 말에 올라 대한 승상의 일산을 받쳐들게 하고 성문으로 난 길 쪽에서 심배의 군사들을 기다리고 있었다. 조조가 서 있는 거리는 성문에서 약 500보 되는 거리였으며 200보쯤 떨어진 곳에 장요와 서황이 매복하고 있었다.

마침내 성문이 열리고 많은 백성들이 나오기 시작했다. 맨 앞줄에 백기를 든 심배군이 모습을 드러냈고 그 뒤를 따라 사람들이 나오는데 대부분은 노약자와 아녀자, 그리고 어린아이들이었다. 백성들은 이미 장요와 서황이 있는 곳을 지나고 있었다. 조조는 다시 100보를 뒤로 물리고 민간인들을 왼쪽으로 이동시켰다. 이들이 어느 정도 빠져나왔을 무렵 조조의 예상대로 심배의 군사들이 쏟아져나왔다. 심배군이 말을 몰아 조조가 있는 곳으로 내닫자, 이내 장요와 서황의 군대가 양쪽에서 일제히 몰려나와 심배군을 닥치는 대로 죽였다. 대부분의 선봉군이 전멸할 만큼 심배군은 타격을 입었다. 심배는 할 수 없이 성안으로 철수하고 성문을 닫은 뒤 조조군을 향해 화살을 쏘아댔다. 조조는 먼 거리에 서 있었는데도 성안에서 쏜 화살 하나가 투구 꼭대기를 꿰뚫었다. 조조의 군사들이 황급히 달려가 조조를 구하여 진영으로 피신해 갔다.

이때 업도 외곽 서남쪽에서 원상군이 몰려들기 시작했다. 양군 사이에 대대적인 접전이 벌어졌다. 원상은 직접 군대를 몰고 조조군을 공격했다. 다시 업도 성에서 10리쯤 되는 곳에서 혈전이 벌어졌다. 드넓은 벌판에 양군의 피비린내가 퍼져갔다. 곳곳에서 백병전이 일어나 피아간의 구분조차 사라지고 여기저기 조조군과 원상군의 죽은 시체들이 구릉을 이루었다.

조조는 투구와 갑옷을 바꿔입고 진영의 망루에 올라섰다. 원상이 직접 군대를 몰고 통군하는 것이 보였다. 출중한 무예를 발휘하며 조조군의 여러 장수들과 맞서 싸우고 있는 원상을 보며 조조는 혼자 중얼거렸다.

"역시 범의 새끼는 범의 새끼군. 저렇게 용감하게 나서서 싸울 수 있다니 대단해."

양쪽 진영에서 군사들이 몰려나와 한나절 동안 피 튀기는 백병전을 벌이는 가운데 해는 피곤한 듯 산 뒤로 눕고 있었다. 또다시 긴 창으로 무장한 조조군이 대오를 맞추어 원상군을 몰아붙이자 지친 원상군은 더 이상 견디지 못하고 다시 서산 방면으로 밀려가기 시작했다. 이들이 떠나간 벌판은 병사들의 시체로 산이 되었다. 원상이 크게 패한 것이다. 이 전투 중에 원상의 장수였던 마연과 장의가 조조에게 투항했고 조조는 이들을 크게 환영하고 열후에 봉했다.

조조는 네 장수 여광·여상·마연·장의를 먼저 보내 원상의 보급로를 차단케 했다. 그리고 조조 자신이 직접 군대를 몰아 서산까지 원상군을 추격했다. 원상은 조조군이 추격하고 있다는 보고를 받자 서산을 지킬 수 없다고 판단하고 길을 남으로 돌렸다. 해가 지기를 기다렸던 원상은 밤을 틈타 백마 맞은편 서쪽인 남구濫口로 도망쳤다. 그러나 원상군이 진영도 세우기 전에 사방에서 조조군이 공격해 들어왔다. 미처 싸울 태세를 갖추지 못했던 원상의 군사는 크게 무너져 다시 50여 리 밖으로 도주했다. 원상은 더 이상 군대를 지탱할 수 없는데다 군사들의 사기도 떨어질 대로 떨어져 끝내 예주 자사 음기를 조조에게 보내 투항하겠다는 말을 전했다.

조조는 이를 거짓으로 허락하고 원상의 위치를 파악해두었다가 그날 밤 장요와 서황을 시켜 원상의 진지를 급습했다. 원상군은 장요와 서황의 군대가 마치 홍수처럼 몰려와 덮치자 한순간에 섬멸됐다. 원상은 잠시라도 군대를 쉬게 할 생각이었으나 조조군의 뜻밖의 기습으로 대부분의 군사가 죽고 흩어졌다. 이제 원상의 군대는 한 사람도 남지 않았다. 원상은 대장인과 대장의 상징인 절월까지 내버려둔 채, 심복 몇 명만을 데리고 가까스로 중산中山으로 도주했다.

조조는 서황과 장요에게 더 이상 추격하지 말고 업도를 함락하라고 명령했다. 이때 업도성은 이미 말할 수 없이 황폐해져 있었다. 백성들이 거의 다 빠져나가 황량해진 성안에는 군사들과 벼슬한 사람들의 가족들만이 군데군데 남아 있었는데 식량은 이미 바닥나 있었다. 조조는 투항한 장수들을 시켜 아직도 성을 지키고 있는 원상군 장수들의 투항을 종용했다. 원담의 휘하에 있다가 투항한 신비는 원상도 없는 마당에 심배가 무모한 결전을 감행하고 있다고 보고 자신이 나서서 심배를 설득하기로 했다. 신비는 심배의 조카 심영審榮과 가까운 사이였다.

신비는 성밖에서 긴 창 끝에 원상의 대장인과 의복 등을 매달아 보이면서 심배를 향해 소리쳤다.

"심배 장군, 저는 신비입니다. 장군, 원상도 이미 죽어 업도는 더 이상 지난날 원소 장군의 나라가 아닙니다. 투항하십시오. 무엇 때문에 공연히 남은 주민과 장병들을 몰살시키려 하십니까? 그만 항복하시어 우리 모두가 살길을 찾도록 하십시오."

심배는 신비의 말을 듣고 화가 솟구쳐올라 소리쳤다.

"이놈아, 그것을 말이라고 하느냐? 돌아가신 주공의 은혜를 그만큼 입고도 겨우 하는 짓이 기군망상하는 조조놈의 주구 노릇이냐? 사내대장부로 태어나 죽고 사는 것이 그렇게 중요하냐? 네놈에게는 사는 것이 더 중요할지 몰라도 나는 의리가 더 소중하다. 내가 이제 죽는 마당이나 네놈의 그 비굴한 꼬락서니는 용서하지 않겠다."

심배는 업도에 남아 있는 신비의 가족들을 남녀노소 불문하고 잡아 죽이라고 명했다. 신비의 친구이자 신비의 집안과 가까웠던 심영은 통곡을 하면서 심배를 말렸다. 그러나 심배는 눈 하나 깜박하지 않고 신비의 가족 20여 명을 붙잡아 와 성루에서 모두 목을 베어버렸다. 그리고 그 수급을 성밖으로 던져버렸다. 이 광경을 보자 신비는 땅을 치며 통곡하다가 실신하고 말았다. 이를 지켜보던 심영은 막다른 골목에 갇힌 심배가 앞뒤를 생각하지 않고 광기 어린 복수를 하고 있다고 느꼈다. 심영은 더 이상 백성과 장병들을 죽여서는 안 되겠다고 생각하며 하늘을 보고 통곡했다.

"이것은 전쟁이 아니라 개·돼지를 도살하는 것이나 다를 바 없다. 이것이 어찌 사내대장부가 할 일인가?"

심영은 그날 밤 심배가 잠들 때를 기다려 자기 휘하에 있던 병사들과 모의하여 업도성의 동문을 열었다. 조조군은 기다렸다는 듯 바로 물밀듯이 들어왔다. 조조는 원씨의 가족들은 물론이고 투항하는 군사나 백성들은 절대로 죽이지 말라는 영을 내렸다. 날이 밝기도 전에 성은 조조군에게 완전히 장악됐다. 신비는 미친 듯이 말을 달려 심배를 찾기에 여념이 없었다.

이때 심배는 동남쪽 성루 위에 있다가 내실에서 잠이 들었는데 병사들의 움직이는 소리에 놀라서 잠이 깼다. 벌써 먼동이 트고 있었다. 심배가 급히 투구를 쓰고 밖으로 나가보니 이미 성루 아래는 조조군이 점령했고 병사들은 모두 무장해제 되어 있었다. 심배는 마지막으로 자기를 따르는 부하 100여 명을 거느리고 성 아래로 내려가 조조군을 맞아 싸웠다. 그러나 그는 무예에는 익숙지 않았던 터라 이내 서황에게 붙잡혀 성밖으로 끌려나왔다.

심배를 찾고 있던 신비는 심배가 잡혔다는 소식을 듣고 성밖으로 달려갔다. 성밖 들판에 포승줄로 꽁꽁 묶인 심배가 꿇어앉아 있었다. 신비는 삼엄한 호위를 뚫고 들어가 눈에 불을 켜며 채찍으로 심배를 후려갈겼다. 이어 심배의 멱살을 잡고 외쳤다.

"이 인간 백정놈아, 네놈도 인간이냐? 네가 그러고도 공맹의 도를 공부했다고 할 것이냐? 이놈아 내 가족을 살려내라."

그러자 심배가 신비를 보면서 말했다.

"공맹의 도라고 했느냐? 가소롭구나. 공맹이 네놈에게 역적질을 가르쳤더냐? 네놈이 조조를 이끌고 우리 기주를 치다니, 네놈을 못 죽이고 가는 것이 통탄스럽다, 이놈아!"

가족을 잃고 슬픔에 잠겨 있던 신비는 심배로부터 조롱까지 당하자 더 이상 참지 못하고 심배에게 달려들어 배와 가슴에 발길질을 했다. 그때 조조는 측근들과 함께 업도성으로 개선해 들어오고 있었다. 조조와 말 머리를 나란히 하고 들어오는 사람은 원소의 참모였던 허유로, 성 내부의 지리에 밝아 안내를 맡고 있었다. 그런데 조조 일행이 성문으로 들어오는 것을 본 백성들이 몰려나와 만세를 불러대자 허유가 갑자기 앞으로 나서며 채찍을 들어 마치 남이 들으라는 듯이 말했다.

"허어, 아만阿瞞(조조의 아명)도 내가 아니었으면 이 문을 통과하지는 못했을 거야."

허유의 말에 조조는 잠시 얼굴을 찡그렸으나 그것도 잠시 껄껄 웃어댔다. 하지만 뒤따라오던 여러 장수들은 허유의 방자한 태도를 보고, 당장에 죽이겠다고 불평이 대단했다. 업도성의 공관에 들어선 조조는 오랏줄에 묶인 채 꿇어앉아 있는 심배를 보며 말했다.

"올해가 갑신년 8월이니 내가 심장군과 싸운 지 무려 4년이나 됐구먼. 나는 이날을 무척이나 고대했지. 왜 자네는 그 아까운 재주를 한심한 원소를 위해 썼나?"

심배는 묵묵부답이었다.

그러자 조조는 무시당한 기분이 들어 속이 확 달아올랐지만 시치미를 떼고 물었다.

"그대는 어지간히 견디기가 힘들었던 게로군. 성을 지키는 장수가 성문을 열어 우리를 맞아들인 것을 보니."

심배가 소리쳤다.

"무슨 뚱딴지 같은 소리를 늘어놓느냐? 패한 장수를 더 이상 욕보이지 말고 어서 죽일 일이지 무슨 말이 그렇게 많으냐?"

"아, 내가 잘못 알았던 모양이다. 그 자는 심영이라고 했지."

이 말을 듣자 심배는 크게 노하여 소리쳤다.

"그놈이, 그 어린 놈이 부질없는 짓을 저질러 일을 이 지경으로 만들어놓았구나!"

조조가 다시 비꼬았다.

"이보게, 그러지 않았던들 자네가 나를 이길 수 있었을 것 같나? 그리고 자네는 너무 자네 욕심에만 매달려 있지 않은가? 왜 아무 죄도 없는 장병과 백성을 죽이려 했나? 자네는 우국지사에, 전략가에, 충신으로 기록되어 좋겠지. 그러나 나머지 장병과 백성들은 도대체 뭔가?"

심배는 더욱 화가 나서 외쳤다.

"지금 내가 죽을 처지가 됐지만 내가 너를 이처럼 만들 수도 있었다. 만약 허유놈이 없었다면 말이다. 그것이 한이다."

이 말을 듣자, 조조는 다시 심배를 달랬다.

"내 말이 과했으면 용서하게. 자네는 내가 상대한 적수 중에 가장 뛰어났지. 나는 자네를 이겼지만 그것은 자네 말대로 상당히 운이 따라주었기 때문이네. 그건 나도 인정하지. 그 동안 자네는 원씨에게 충성을 다했지만 이제 중원은 나로 인해 통일에 가까이 와 있네. 나는 자네와 같은 탁월한 인재가 필요하네. 어떤가, 날 도와주겠나? 지난 일은 모두 없었던 것으로 하겠네."

그러자 옆에서 듣고 있던 신비가 땅에 엎드려 통곡하며 조조에게 말했다.

"승상, 아니 되옵니다. 저놈은 인간 백정이고 미친놈입니다. 미친 것을 어디다 쓰시겠습니까? 저의 가족 20여 명을 저 미친놈이 모두 죽였습니다. 오죽하면 저놈의 조카까지 배반했겠습니까? 부디 승상께서는 저놈을 갈기갈기 찢어 죽여 저의 한을 풀어주십시오."

심배가 조조를 보며 말했다.

"긴말하고 싶지 않다. 나는 살았을 때 원씨의 신하였다. 그러니 죽어서도 원씨의 귀신이 되겠다."

조조는 더 이상 말하지 않고 심배를 참수하라고 영을 내렸다. 형장에 끌려간 심배는 형리에게 부탁했다.

"지금 내 주인 원소공께서는 북쪽에 계시니 북쪽을 향해 절하고 죽게 해주시오."

형리가 허락하자 심배는 원소의 묘지가 있는 방향으로 네 번 절하고 단정히 꿇어앉았다. 조조는 신비를 위로하는 한편으로 심배의 충의를 높이 사 성밖 북쪽에서 후하게 장사지내주었다. 조조는 오랫동안 포위된 채 공포와 굶주림에 떨었던 업도의 백성들에게 양곡과 생활 물자를 대주어 위로하는 한편, 심배의 군사들이 소지했던 병장기를 회수하고 군마들을 거두어들이라고 명령했다. 그리고 포고문을 써서 백성들은 물론 피아 구분 없이 장병들을 위로했다. 그때 성안을 수색하던 병사들이 누군가를 끌고 왔다. 조조가 바라보니 바로 진림이었다. 조조는 진림을 보자 화가 치밀었다.

"너는 관도대전이 있던 해에 원소를 위해 격문을 썼다. 그런데 그 격문에서 나를 욕한 것은 그렇다 치고, 내 조부까지 욕한 까닭이 무엇이냐?"

진림이 대답했다.

"승상께서는 활시위 없이 날아가는 화살을 보셨습니까?"

이 말을 듣고 있던 사람들이 조조에게 진림을 죽이라고 웅성거렸다. 조조가 숨을 한번 몰아쉬더니 말했다.

"한몸 보전하고 살기도 어려운 난세에 얼마간의 과오가 있다고 죽이기 시작하면 누가 살아남겠는가? 불가피한 상황에서 나를 비방한 것이 무슨 죄가 되겠느냐? 진림은 천하의 문장가인데 내가 과거에 왕윤이 채옹을 죽이듯이 하면 나중에 우리 시대는 누가 증언해줄 것인가?"

조조는 진림의 재주를 아껴 죽이지 않고 오히려 종사從事의 벼슬을 내렸다.

조조가 업도를 함락한 날 밤, 조조의 아들 조비는 군중에 있다가 휘하 심복들을 거느리고 기분전환 삼아 원소의 집으로 달려갔다. 원소의 집은 장군부라고 하여 밖에 집무실과 문무백관들의 근무처가

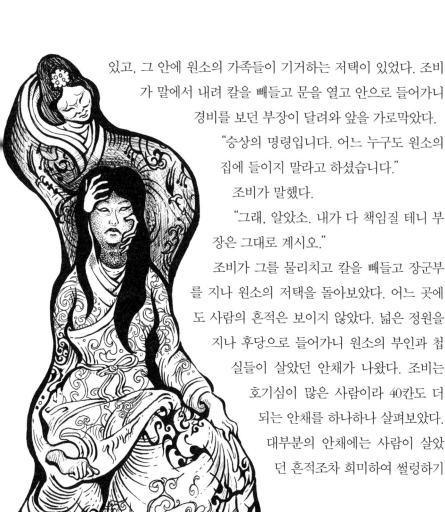

있고, 그 안에 원소의 가족들이 기거하는 저택이 있었다. 조비가 말에서 내려 칼을 빼들고 문을 열고 안으로 들어가니 경비를 보던 부장이 달려와 앞을 가로막았다.

"승상의 명령입니다. 어느 누구도 원소의 집에 들이지 말라고 하셨습니다."

조비가 말했다.

"그래, 알았소. 내가 다 책임질 테니 부장은 그대로 계시오."

조비가 그를 물리치고 칼을 빼들고 장군부를 지나 원소의 저택을 돌아보았다. 어느 곳에도 사람의 흔적은 보이지 않았다. 넓은 정원을 지나 후당으로 들어가니 원소의 부인과 첩실들이 살았던 안채가 나왔다. 조비는 호기심이 많은 사람이라 40칸도 더 되는 안채를 하나하나 살펴보았다. 대부분의 안채에는 사람이 살았던 흔적조차 희미하여 썰렁하기

조비가 견씨를 취한 이 사건은 조조의 젊은 날 행적과 맞물려 당시 호사가들에게 대단한 이야깃거리를 제공했다. 심지어 『세설신어』에는 견씨를 두고 조조와 조비가 경쟁했다는 식의 '악성 루머'도 여럿 기록되어 있다. 그러나 견씨에 대한 조비의 마음은 진지했고, 결국 조씨 집안의 대업은 견씨의 아들이 물려받았다.

이를 데 없었다. 모퉁
이를 몇 개 돌아가자 지금까지 둘러본
건물들 중에 가장 큰 가옥이 하나 나왔
는데 그곳에는 아직도 하인들 몇 명이
어른거렸다.

　조비는 심복들을 밖에 대기시킨
채, 문을 열고 안으로 들어갔다. 바닥에는 서역에서 온 듯한
장식재가 깔려 있었고 그 안쪽에는 비단으로 된 장막이 쳐
져 있었다. 조비가 장막을 걷고 안으로 들어가니 다시 복도
가 나오고 그 복도 안쪽의 방안에서 흐느끼는 소리가 새어나왔
다. 조비가 방 가까이 가서 문을 열어젖히니 두 여인이 서로 부둥켜
안고 울고 있었다. 얼핏 보니 한 여자는 나이가 들었고 다른 여자는
젊은 여인인 듯했다. 얼굴에 검게 숯을 칠한 젊은 여인은 고개를 들
지 않았다. 조비는 이들이 누구인지 짐작했지만 짐짓 모르는 척하며
물었다.

　"그대들은 웬 사람들이오? 아무도 없는 집에 왜 그대들만 남아 있
소?"

　나이 든 여자가 대답했다.

　"저는 돌아가신 원소 장군의 안사람인 유씨입니다."

　조비가 칼 든 손을 내리며 다시 숯검정을 칠한 여인을 보며 물었다.

　"저 여인은 누구요?"

　"이 아이는 저의 며느리로 원희의 처 견씨甄氏입니다. 원희가 유주
로 부임해 가면서 유주는 험한 곳이라 이 아이를 업도에 머물러 있으
라고 하여 그대로 여기에 남아 있었습니다."

원희의 처 견씨는 중산군中山郡 무극현無極縣 사람으로 한나라 태보太保 견감甄邯의 후예였다. 견씨의 아버지 견일甄逸은 상채上蔡의 현령을 지냈다. 견씨는 빼어난 미모에 지혜롭고 총명하여 원소가 직접 찾아가 혼인을 맺었다고 한다. 조비는 순간 고개를 숙이고 있는 가녀린 체구의 이 여인에게 알 수 없는 연민이 솟아올랐다.

"그런데 얼굴은 왜 그렇게 험하게 칠하고 있소?"

"이제 영감은 돌아가셨고 성도 함락된 마당에 죽지 못해서 살아 있는 죄인이니 당연한 일이지요. 마땅히 같이 죽어야 하나 그럴 용기가 없어 구차한 목숨 이렇게 부지하고 있습니다."

조비가 유씨를 시켜 견씨의 얼굴을 닦도록 했다. 유씨는 비단옷 소매로 견씨의 두 뺨을 닦아냈다. 유씨의 손길이 지나간 자리에 견씨의 깎은 듯 아름다운 눈, 코, 입이 드러나고 옥처럼 투명한 피부가 빛났다. 조비는 견씨를 내려다보며 무엇 때문인지 설레고 있는 자신을 느꼈다.

"나는 조승상의 아들이오. 두 분은 내가 지켜줄 것이니 안심하시오."

조비는 이들을 위로하며 당상으로 올라갔다.

이때 조조가 원소의 장군부에 당도하여 수문장에게 물었다.

"누구 들어간 사람은 없겠지?"

수문장이 낭패를 만난 얼굴로 대답했다.

"세자께서 안에 계십니다. 이 몸을 죽여주십시오. 말리려 했으나……"

조조는 말없이 측근들을 데리고 장군부를 돌아보고 후당으로 들어갔다. 여러 내실을 돌아보아도 조비는 보이지 않았다. 한참을 돌아서 원소 부인의 처소에 다다르자 조비의 심복들이 서 있었다. 조조는 조비의 심복들에게 조비를 불러내라 하여 꾸짖었다. 그러자 원소의 아내 유씨가 달려나와 절을 하며 원소의 아내라고 자신을 소개했다. 조조는 예를 갖추어 인사를 하고 말했다.

"세상이 어지러워 원소 장군과 제가 이렇게 천하를 두고 다투게 되었습니다. 허나 제가 기주를 공격하게 된 것, 하늘의 뜻으로 이해해 주십시오. 제 아들이 부인께 무례히 굴지는 않았는지요?"

그러자 원소의 아내 유씨는 손을 저으며 말했다.

"아닙니다. 세자께서 오셔서 얼마나 정중하게 저희들을 대하셨는지 모릅니다. 다른 점령군 같으면 저희들은 아마 살아남지 못했을 것입니다. 세자께서는 오히려 저와 제 며느리를 허도로 안전하게 데려가기로 약속까지 해주셨습니다. 받아만 주신다면 저의 며느리를 세자의 몸종으로라도 바치겠습니다."

유씨는 견씨를 불러 조조에게 인사를 올리도록 했다. 행색은 초라하나 반듯하면서도 여성스러움이 넘쳐나는 견씨를 유심히 살펴보던 조조는 자기도 모르게 중얼거렸다.

"흠, 이번 전쟁은 조비를 위한 거였군."

조조는 조비에게 이들을 안전하게 허도로 모셔 편안한 여생을 보낼 수 있도록 하라고 지시했다. 조비는 아버지의 허락하에 견씨를 호송해 갈 수 있게 되어 몹시 기뻤다. 이후 조비는 견씨를 아내로 맞이했는데 적진에서 만난 적장의 처였으나 평생을 두고 이 여인을 사랑했다.

며칠 후 기주가 완전히 평정되었다고 판단한 조조는 친히 원소의 무덤으로 가서 제물을 올리고 제사를 지냈다. 절을 하며 슬프게 곡을 하던 조조가 감정을 추스르고 주위의 참모와 장수들을 둘러보며 말했다.

"원소 장군은 나의 가까운 친구이자 선배였다. 세상이 어지러워 서로 칼을 들고 싸웠으니 어찌 내 심정이 착잡하지 않겠느냐?"

조조는 잠시 원소의 무덤을 돌아보더니 다시 말을 이었다.

"동탁을 토벌하기 위해 우리는 제후연합군을 만들어 함께 싸웠다. 어느 날 원소가 나에게 '만약에 이번 거사가 잘못되어 동탁에게 쫓긴다면 자네는 어디에 거점을 두겠는가?' 라고 물었던 적이 있지. 그때 나는 대답 대신 '원장군은 어찌하려 합니까?' 라고 반문했어. 그랬더니 원장군은 '북으로 하북에 자리를 잡아 연燕과 대代를 막고 북방 사막의 무리들을 제압하여 남쪽을 정벌해나가면 능히 천하를 평정할 수 있지 않겠소' 라고 대답했지. 그때 나는 '조모는 가진 것이 별로 없는 지방 군벌에 불과하니, 지혜 있는 선비와 용맹한 장수를 모아 천하를 도모해보겠소' 라고 했지. 이 일이 엊그제 같은데 이미 그는 죽고 없으니 인생이 참으로 무상하지 않은가!"

조조의 말에 주위의 사람들도 숙연해졌다. 조조는 원소의 무덤에서 돌아온 후 원소의 처 유씨에게 금은 패물과 양곡을 하사한 후 문무백관에게 영을 내렸다.

"지금 하북(기주)의 백성들은 오랫동안 전쟁을 치렀다. 자식들은 전쟁터에서 죽고 농사도 제대로 짓지 못했으니 형편이 많이 어려울 것이다. 금년에는 이들에게 세금을 걷지 말도록 조치하라. 그리고 땅을 잃은 유민들은 둔전에 편입시켜 생활을 빨리 안정시키도록 하라."

조조는 표문을 올려 기주를 함락한 사실을 조정에 알리고 가후에 이어 스스로 기주 목사가 되어 일시적으로 기주를 다스렸다. 그것은 아직 완전히 제거하지 못한 원담과 원상을 염두에 두고 있었기 때문이기도 했다.

업도가 함락되자 원소의 조카이자 병주목인 고간高干도 투항했다. 조조는 고간을 병주 자사로 임명했다. 그러나 고간은 조조가 계속하여 원담·원상·원희를 추격하여 섬멸할 것이라는 첩보를 듣고 불안해서 견딜 수가 없었다. 남이라면 모를까 고간은 이들과 사촌간이니 원씨 일가가 죽고 나면 다음은 자기 차례일 것이 너무나 뻔한 일이었기 때문이다. 궁리 끝에 고간은 반란을 일으켜 호관壺關 입구를 지켰다. 조조는 악진과 이전을 보냈지만 워낙 견고하게 방어해 함락할 수가 없었다.

한편 업도로 돌아온 허유는 착잡하기 이를 데 없었다. 자기로 인해 모든 친족들이 몰살당하고 살던 집은 흉가가 되었다. 허유는 하인들을 시켜 집을 수리하고 자리를 잡았지만 마음이 편치 않았다. 밤이 되면 더욱 견디기 어려웠다. 자리에 누우면 가족들의 원망 어린 소리가 벽에서 들려오는 것 같기도 하고 잠자리에 들어도 꿈자리가 사나워 견디기 힘들었다.

허유는 영혼을 위로하기 위해 무덤을 찾아보려고 했다. 그러나 그곳에 살던 사람들도 모두 죽거나 흩어져 물어볼 사람조차 없었다. 게다가 조조의 참모와 장수들이 워낙 젊고 업무에도 능해 허유의 경륜이 제대로 쓰일 기회가 오지 않아 뚜렷이 하는 일 없이 지내고 있었다. 여느 때 같으면 기주에 몸담고 있는 허유에게 중임을 내릴 법도 하건만 전혀 그런 움직임이 없었다. 조조가 기주를 평정하는 데 결정적인 역할을 했으나 막상 조조가 기주를 손에 넣은 지금 허유는 마치 무용지물이 된 듯했다. 집으로 돌아가도 잠자리가 편치 않았던 허유는 급기야 술의 힘으로 잠이 들었고 날이 갈수록 술에 절어 지내는 날들이 많아졌다.

술을 늘 가까이 하다보니 자연히 없던 주사도 생겨났다. 혼자서 술을 마시다가 훌쩍이며 죽은 자식들의 이름을 부르는가 하면 원소와 심배를 원망하기도 했다. 술을 마시고 싸우는 일도 잦아졌다. 사람들은 처음에는 허유의 심경을 이해했으나 날이 갈수록 허유의 행동이 거칠어지고 조조를 원망하는 횟수도 많아져 그에 대한 소문이 극도로 나빠졌다. 이 일은 조조의 귀에도 여러 번 들어갔으나 조조는 별말이 없었다.

어느 날 허저가 동쪽 문으로 말을 타고 들어오다가 우연히 허유를 만났다. 허저는 가급적이면 허유를 피하기 위해 서둘렀으나 허유가 굳이 허저를 불렀다. 허유는 반쯤 취한 눈으로 허저에게 소리쳤다.

"이놈아, 내게 절이나 하고 가라. 내가 아니었다면 네놈이 감히 이 문으로 드나들 수 있었겠느냐? 그리고 조조놈이 어찌 기주를 먹을 수 있었겠느냐?"

허저는 조조에 대해 함부로 말하는 데에 발끈 화가 났다.

"보자보자 하니 이 늙은 놈이 못하는 소리가 없구나. 기주는 우리 군이 혈전을 거듭하여 함락한 성이다. 어찌 네 공만을 들먹거린단 말이냐!"

허저가 노기등등하자 허유는 술 냄새를 풍기며 고함쳤다.

"네놈 같은 필부놈이 어찌 지혜를 알겠느냐! 칼 들고 사람 죽이는 일밖에 못하는 이 무식한 놈아!"

허저는 순간 피가 거꾸로 솟는 듯하여 단숨에 칼을 뽑아 허유의 어깨를 내리쳤다. 허유는 그 자리에서 즉사하고 말았다. 이 일은 바로 조조에게 알려졌다. 허저는 분을 삭이지 못하고 허유가 승상께 무례한 언행을 일삼아 죽일 수밖에 없었다고 설명했다. 조조는 허저의 말을 다 듣기도 전에 화난 얼굴로 그를 나무랐다.

"허유는 나의 옛 친구로 내가 만만하여 별 뜻 없이 한 말을 가지고 죽이기까지 했단 말이냐? 그렇게 함부로 칼을 들어서는 안 된다!"

조조는 허저를 꾸짖고 난 뒤 허유를 후하게 장사지내라고 주위에 명했다. 허유의 언행이 방자한 데는 있었으나 조조가 기주를 취한 뒤 하릴없이 지내다 조조 측근에게 죽임을 당했으니 잘못하면 조조에게 좋지 않은 소문이 날 수도 있었다. 이를 무마할 겸 조조는 기주의 인재들을 널리 구한다는 포고령을 내렸다. 이때 신비가 최염崔琰이란 자를 추천했다.

"기도위騎都尉 최염은 자를 계규季珪라 하며 청하淸河 사람입니다. 원소에게 여러 가지 정책에 관한 보고서를 올렸으나 원소가 이를 채택해주지 않아 지금 고향에 은거하고 있습니다. 어질기로는 천하제일이라 할 만하지만 너무 원칙을 중시하는 것이 흠이라면 흠입니다."

"지금 그것이 문제겠소?"

조조는 그렇게 대꾸하고 부하를 보내 만나기를 청했다. 과연 눈빛이 성성하고 바른 말을 잘할 위인으로 보였다. 조조가 물었다.

"내가 어제 기주의 호적을 살펴보니 총 인구가 30만이나 되었소. 참으로 큰 주요."

이 말을 듣자 최염이 말했다.

"지금 기주는 인구 수가 문제가 아닙니다. 아마 승상께서는 기주의 군사력이나 전쟁 능력을 보시고 그렇게 말씀하셨을 겁니다. 그러나 지금 기주의 현실은 매우 참담합니다. 두 원씨 형제의 골육상쟁에 휘

말려 기주의 장정들은 백골이 되어 들판에 나뒹굴고 백성들은 이리저리 내몰리어 도탄에 빠져 있습니다. 승상께서는 하루라도 빨리 백성들의 사정을 살피시어 그들을 도탄에서 구하는 것이 급선무일 것입니다.”

최염의 말을 듣고 얼굴이 붉어진 조조는 자기의 잘못에 대해 사과하고 최염을 기주의 별가종사別駕從事로 삼았다. 기주를 통째로 수중에 넣은 조조는 사람을 보내어 원담과 원상의 근황을 알아보라고 지시했다. 원담은 감릉甘陵 · 안평安平 · 발해渤海 · 하간河間 등지로 영역을 확장하고 있다는 보고가 들어왔다. 뿐만 아니라 탈출한 원상의 부하들이 원담에게로 모이고 있다는 보고도 들어왔다. 조조는 일이 더 커지기 전에 원담을 제거해야겠다고 마음먹었다. 원상은 이미 전의를 상실하여 유주의 원희에게 투항한 뒤였다.

조조는 일단 사람을 보내어 원담을 기주로 돌아오게 했다. 그러나 원담은 기주로 오라는 조조의 명령을 거부했다. 그때 원담은 어느 정도 자신감을 회복하고 기주를 되찾을 포부를 키우고 있었다. 돌아오지 않겠다는 원담의 뜻을 전해들은 조조는 크게 노하여 사돈의 관계를 끊는 편지를 보내고, 직접 대군을 이끌고 원담을 치기 위해 평원을 향해 떠났다. 조조가 대군을 거느리고 평원으로 쳐들어온다는 보고를 받자 원담은 형주로 사람을 보내 유표에게 구원을 요청했다. 유표가 유비를 불러서 상의했다. 유비가 말했다.

“구원하실 필요가 없습니다. 조조는 이미 기주를 함락했기 때문에 쉽게 손쓰기가 어렵습니다. 허도는 더욱 강해졌고 기주는 자체 병력으로 충당하고 있습니다. 안타까운 일이지만 원씨 형제들은 머지않아 반드시 조조의 손에 죽게 될 것이니 구원해준다 한들 우리에게는 별로 유익할 게 없습니다. 지금 우리는 스스로를 강화해야 할 시기입니다. 조조가 항상 형주를 호시탐탐 노리고 있다는 점을 염두에 두십시오."

유표가 근심스러운 듯 말했다.

"이보시게 아우님, 나는 원소 장군에 대해 항상 각별한 마음을 가지고 있네. 그분이 조정의 큰 어른이 아니었는가? 십상시의 난을 진압한 것도 그분이고 제후연합군을 결성하신 것도 그분이 아닌가? 그리고 조조에 대항한 가장 큰 세력이 아니었는가? 그분이 살아계셨으면 조조가 저만큼 날뛰지도 못했을 것일세. 그러니 내가 어떻게 단호히 거절하겠나? 좋은 방법이 없겠나?"

유비가 말했다.

"일단 원씨 형제들에게 편지를 보내 화해하라고 하십시오. 조조라는 대적을 맞아 서로 단합해도 이기기 어려운 판국에 골육상쟁은 말이 안 된다 이르시고 화해하는 길만이 조조를 위협하는 것임을 알려주십시오."

유표는 유비의 권유에 따라 원담에게 다음과 같은 편지를 전했다.

원담 공자 보시오. 군자는 아무리 어려운 일을 당할지언정 원수의 나라에는 가지 않는 법입니다. 그런데도 공자는 비굴하게 기군망상의 역적인 조조에게 무릎을 꿇었소. 이 어찌 슬픈 일이 아닙니까? 돌아가신 부친이 누구 때문에, 그리고 무엇 때문에 돌아가셨소? 공자의 처사는 조조가 돌아가신 아버님의 원수임을 망각한 행위일 뿐만 아니라 수족의 의리를 저버린 것이오. 제가 공자와 동맹을 다시 맺는다면 제게도 수치스러운 일일 것이오. 기주의 원상이 아우 노릇을 못했다고 하더라도 백

번 양보하여 공자께서는 서운한 마음을 누르고 서로 도왔어야 했습니다. 이것이 형제간의 의리를 드높이는 일이 아니었겠습니까? 이 불행하고 위급한 사태를 형제가 협력하여 수습한 후에 천하로 하여금 시비를 따지게 하는 것이 순서였을 것입니다. 그리고 그것은 지금도 마찬가지입니다.

또한 원상에게도 편지를 띄웠다.

원상 공자 보시오. 공의 맏형이신 청주의 원담 공자는 천성이 조급하여 옳고 그름을 가릴 줄 모르오. 그것을 잘 알고 있는 원소공께서는 세상의 이목과 천하의 여론이 좋지 않음에도 불구하고 그대에게 후사를 허락한 것이외다. 그러면 그대는 선친의 뜻을 받들어 마땅히 먼저 조조를 쳐서 돌아가신 선친의 한을 풀었어야 했소. 그런 연후에 옳고 그름을 따지는 것이 순서입니다. 하루라도 빨리 원담 공자와 화해하여 조조를 격파하는 방책을 다시 생각해봅시다. 지금이라도 이것을 실행하지 않으면 전국시대의 유명했던 사냥개 한자로韓子獹가 아주 빠르고 교활한 토끼 동곽준東郭逡을 쫓아 산을 돌고 돌다가 끝내 둘 다 힘이 빠져 죽어버리자 지나가던 사냥꾼이 주워가는 것과 마찬가지 꼴이 될 것이오. 부디 현명하게 판단하기 바랍니다.

원담은 유표의 답서를 받아보고 크게 실망했다. 이제 유표로부터 어떠한 구원병도 오지 않으리라는 사실을 깨달은 원담은 평원을 버리고 발해만渤海灣 방향인 남피南皮로 도망쳤다. 조조는 평원 땅을 평정한 후에 다시 남피까지 원담을 계속 추격했다. 그러나 매서운 한파가 화북지방에 맹위를 떨치고 있어서 진군이 다소 늦어졌다.

한편 원씨 형제에게 편지를 보낸 유표는 유비와 함께 형주를 방비하는 일에 착수했다. 유표는 유비가 썩 마음에 들었다. 장수나 가후는 완전히 신뢰하기가 어려웠으나 유비는 같은 종친인데다 성향도 비슷해 마치 아들이나 동생 같은 느낌이 들었다. 유표는 유비를 이렇게 늦게 만난 것이 후회스러울 지경이었다.

이때 유비는 사실상 궤멸된 상태여서 충분한 휴식이 필요했다. 일단 유표에게 투항했으니 다시 발판은 얻은 셈이었다. 그러나 군대의 모집이나 조련을 독자적으로 할 수 있는 것이 아니었기 때문에 제약이 많았다. 반면 시간적인 여유가 생긴 유비·관우·장비는 그 동안 돌보지 못했던 가족에게 신경을 쓸 기회를 갖게 됐다. 조조가 하북에 가 있으므로 당분간 형주까지 불똥이 튈 일도 없어서 형주는 더 할 수 없이 평화로운 시기를 누리고 있었다. 어느 날 유비가 관우에게 말했다.

"지난 2년을 지내면서 나는 많은 것을 보고 배웠네. 아무리 좋은 기회가 와도 그것을 제대로 잡을 능력이 없으면 그것은 기회가 아니라 무용지물일 뿐이었어. 나는 충분히 계획한 후에 전쟁에 돌입하기보다는 일단 전쟁을 시작해놓고 생각하는 못된 버릇이 있었네."

관우가 말했다.

"그렇지 않습니다. 실은 형님 혼자서 군대를 지휘하고 전략도 짜고 용병에다 병참사령관까지 도맡아야 했으니 일이 어려웠던 것입니다. 일을 분담해줄 사람이 필요합니다. 제가 능력이 닿으면 그리 하겠는데 송구스럽습니다."

유비가 고개를 끄덕이며 말했다.

"아닐세, 아우가 없었으면 우린 모두 벌써 죽었어. 어쨌든 나는 관도에서 패전하고 난 뒤, 전쟁이란 장수들의 힘으로만 하는 것이 아니라는 것을 깨달았네. 어처구니없게도 나는 그 동안 이 사실을 몰랐어. 장수란 좋은 전략에 따라 움직일 때만 빛나는 것이야. 무엇보다 전략이 중요하지."

관우가 말했다.

"형님 말씀이 맞습니다. 그렇게 볼 때 조조는 아주 치밀하고도 조직적으로 전쟁을 수행해나가는 인물인 듯합니다. 제가 잠시 조조에게 의탁하고 있을 때 지켜보았더니 그의 주변엔 전략가들이 넘쳐날 뿐 아니라 조조 또한 그들을 깍듯이 대접해주었습니다."

"우리에게도 그런 인재들을 모셔올 날이 오기나 할는지……."

"형님의 덕이 높으시니 반드시 그런 날이 올 것입니다."

서기 205년 1월.

조조는 또다시 군영에서 새해를 맞았다. 원담을 격파하는 일이 무엇보다 중요하다고 판단한 조조는 틈을 주지 않고 바로 군사를 보내어 사면에서 남피성을 포위했다. 정월부터 조조군의 대대적인 공격을 받고 다급해진 원담은 신비의 형인 신평을 조조에게 보내 다시 항복하겠다고 알려왔다. 이때 신평은 이미 연로한데다 최근에 업도에 남아 있던 가솔과 친지가 모두 죽임을 당해 정신적으로 매우 쇠약해져 있었다. 그러나 달리 적당한 사람을 찾을 수도 없고 해서 원담은 오랜 충신인 신평을 조조에게 보낸 것이다. 조조가 신평을 보고 말했다.

"이보시오. 원담이 지난번에 항복하고 난 뒤에도 여광·여상에게 비밀리에 대장인을 보내어 나를 죽이려 했소. 원담은 자기가 필요하면 항복했다가 다시 또 내게 반역하고 유표에게 사람을 보냈소. 그런

자를 내가 어찌 믿을 수 있겠소. 그러나 공의 아우 신비는 내가 이미 중용하여 쓰고 있으니 공도 이제 여기에 머물며 생명을 보전하고 나도 도와주시오."

신평이 대답했다.

"승상의 호의는 감사합니다. 그러나 충신은 한 사람의 주군만을 섬긴다고 했습니다. 사람이 사람다운 것은 의리가 있기 때문입니다. 옛말에도 '주인이 귀하게 되면 신하도 그 영화를 누리게 되고, 주인이 망하게 되면 신하도 욕을 당한다'고 했습니다. 저는 그 동안 원씨를 섬겼는데 어찌 그를 배반하고 영화를 다시 누리려 하겠습니까?"

조조는 신평의 말을 듣자 한편으로는 안타까우면서도 이처럼 좋은 충신과 인재들을 잔뜩 거느렸던 명문가 원씨에 대한 부러움이 솟구쳤다. 또 신평처럼 노쇠한 사람을 빈 손으로 돌려보냈다가 안 좋은 일을 당하게 할지도 몰라 걱정이 되기도 했다. 하지만 신평의 굳은 결의를 보고 그대로 돌려보내지 않을 수 없었다.

아직까지 봄이 오지 않아서인지 남피로 가는 길은 멀게만 느껴졌다. 추위가 물러나긴 했지만 때늦은 눈발이 날려 말을 타고 가는 길이 쉽지 않았다. 그러나 신평은 밤을 새워 달렸다. 신평이 지칠대로 지쳐 돌아오자 원담이 뛰어나가 다급하게 물었다.

"얼굴이 좋지 못하오. 그래 조조가 뭐라 했소?"

신평은 간신히 몸을 일으켜 말했다.

"조조가 장군의 투항을 받지 않고 지금 곧 공격할 태세입니다. 속히 조치를 취하십시오."

원담은 신평의 말을 듣고 몹시 실망했다.

"동생이 조조편에 있는데 좋은 결과를 가져왔을 리가 없지. 애초에 내가 사람을 잘못 보냈어."

신평은 원담의 원망어린 소리를 듣자 가슴팍이 답답해져 견딜 수가 없었다. 신평은 거친 호흡을 내쉬더니 정신을 잃고 쓰러져 그 길로 며칠 만에 죽고 말았다. 원담은 자신의 경솔함을 후회했지만 이미 늦은 일이었다. 원담이 뚜렷한 대책 없이 전전긍긍하고 있을 때 곽도가 원담에게 말했다.

"이제는 어쩔 수 없습니다. 조조는 아마 이틀이나 사흘 후면 남피를 포위할 것입니다. 아군은 더 이상 갈 곳이 없습니다. 서쪽은 이미 조조군이 모두 차단했고 북쪽으로 가보았자, 공손강公孫康이 있는 요동 땅입니다. 공손강은 돌아가신 원소 대장군과는 사이가 좋지 않았던 사람입니다. 그는 주군이나 저의 목을 조조에게 바칠 위인입니다. 그러니 이제 결전밖에 길이 없습니다. 살려고 하면 죽고, 죽기를 각오하고 싸우면 살길이 보인다고 했습니다. 지금이라도 당장 성민들 가운데 장정들을 차출하여 결전에 대비하십시오. 비록 많은 군사들은 아니라 해도 성을 견고하게 지키면서 다음 대책을 협의해야겠습니다."

원담은 곽도의 말에 따라 남피의 사람들 가운데 20세가 넘은 장정들을 모두 소집했다. 그리고 성내의 군기창에 있는 창과 칼을 나눠주고 마지막 결전에 대비했다. 이틀 후 조조군이 남피를 포위하기 시작했다. 원담이 거느린 군사는 채 4천 명이 되지 못했다. 그러나 조조가 이끌고 온 군대는 1만 5천 명에 육박했다. 조조군이 군영을 세우고 군진을 정비하고 나자 날이 어두워지기 시작했다.

다음날 날이 밝기도 전에 조조군은 총공격을 시작했다. 각종 공성기들이 동원되고 투석기의 돌들이 쉴새없이 공중을 가로질러 날아들었다. 원담은 이에 대항하여 화살을 비오듯 쏘아대고 운제를 타고 올라오는 조조 군사들을 창검으로 찍어내렸다. 먼동이 틀 때부터 정오까지 공격을 했으나 성은 좀처럼 함락되지 않았다. 조조는 '원담도 문제지만 유주의 원상과 원희가 더욱 문제'라고 판단하고 그날 밤 안으로 반드시 원담을 제거해야 한다고 생각했다. 조조는 휘하 장수들을 불러서 말했다.

"원담이 지금까지 싸운 것 가운데 가장 잘 싸우고 있다. 이놈이 아마 오늘이 자기 초상날인 줄을 아는 모양이다. 진작 이렇게 싸웠더라면 내가 어떻게 기주를 함락시켰겠느냐? 아군은 여기에서 많은 시간을 허비할 수 없으니 오늘 안으로는 무슨 일이 있어도 남피를 함락하고 원담을 죽여야 한다. 남피성은 높지 않으니 성 바로 앞에서 궁수들이 엄호사격을 할 때, 공성용 사다리에 아군이 열 명씩 달라붙어서 앞으로 계속 힘차게 달려가면 그 반동으로 순식간에 성 위에 도달할 수 있을 것이다. 오늘은 내가 궁수들의 위치에서 직접 북을 칠 것이다. 우리 병사들의 희생이 안타깝지만 시간을 오래 끌수록 더 많은 희생이 생기게 마련이다. 제장들은 내 말을 깊이 명심하여 시행하라."

조조는 말을 타고 궁수들과 합류하여 그들의 호위를 받으며 남피성 가까이 나아갔다. 조조가 북을 울리자 공격조들이 수백 개의 가벼운 공성용 사다리에 달라붙기 시작했다. 그런 다음 수천 명의 군사들이 벌떼같이 남피성으로 몰려갔다. 이윽고 궁수들이 일제히 일어나 활을 쏘기 시작하자, 남피성의 하늘은 온통 화살로 뒤덮였다. 잠시후 수백 개의 공성용 사다리가 마치 지네처럼 남피성으로 나아가더니 이내 성 위에 걸쳐지면서 수백 명의 조조군이 순식간에 성 위로 올라

가기 시작했다. 원담군이 화살을 피하느라 잠시 고개를 숙이고 있는 찰나 조조 군사들이 이미 성 위를 장악해버렸다. 마침내 원담의 군사는 성 위에서부터 살육당하기에 이르렀다.

문루에서 조조군을 막던 원담은 조홍의 칼에 쓰러져 전사하고 말았다. 곽도는 급히 말을 몰아 성밖으로 탈출하다가 조조군의 활을 맞고 몸이 벌집이 되어 즉사했다. 조조는 성문 위에서 상황이 끝났음을 알리는 군호를 보고 군사들을 거느리고 남피성 안으로 들어갔다. 조조는 곧 백성들을 안정시키기 위해 투항자를 무조건 살려주라는 포고령을 내렸다.

조조는 원담의 가족들을 모두 찾아내어 주살했다. 그리고 원담의 목과 함께 잘라 남피성 북문 밖 저잣거리에 내걸고 죄상을 낱낱이 적은 목판을 그 곁에다 걸어두었다. 죄상의 주된 내용은 조정을 희롱하고 천자를 기만한 대역무도한 죄인이라는 것이었다. 원담의 시신을 본 남피의 백성들은 전투가 끝난 것이 반갑기는 했지만 한편으로는 착잡한 심정이 되어 수군거렸다. 원담의 목은 힘겨운 듯 피범벅이 된 채 걸려 있었는데 이것은 마치 그가 쉴새없이 피신 다니다가 지쳐 눈을 감고 힘없이 자고 있는 모습처럼 보이기도 했다. 사람들은 삼삼오오 모여앉아 한때 천하 명문의 자손이 저렇듯 처참하게 고달픈 생을 마감한 것을 동정하기도 했다. 하지만 역모죄로 죽은 사람을 위해 곡을 하다가는 똑같은 역모죄를 뒤집어쓸 수 있어 원담과 그 가족을 위해 울어주는 백성은 아무도 없었다.

그런데 남피성이 함락된 그날 밤, 어둠 속에서 머리에 관을 쓰고 상복을 입고 나타나 원담의 목 아래 엎드려 슬프게 곡을 하는 자가 있었다. 그곳을 지키던 군사들이 곡하는 자를 붙잡아 조조 앞으로 끌고 갔다. 조조가 물었다.

"너는 누군데 대역 죄인의 시신 앞에서 곡을 했느냐?"

"청주靑州의 별가別駕를 지낸 왕수王修입니다."

예전에 원담에게 바른 소리를 하다 내침을 당한 왕수가 이제 원담의 주검 앞에 와 곡을 한 것이었다.

"너는 대역죄로 죽은 자를 위해 곡을 하면 너도 죽는다는 것쯤은 알 텐데 목숨이 아깝지 않느냐?"

왕수가 대답했다.

"세상에 죽는 것을 두려워하지 않는 자가 어디 있겠습니까? 그러나 사람으로 태어나서 의리를 모른다면 그 또한 사람이라고 할 수 없습니다. 저는 공자 분들을 화해시키려고 많은 노력을 했으나 실패했습니다. 돌아가신 원담 장군은 제가 초야에 있을 때 예를 갖추어 저에게 벼슬을 내렸습니다. 그런데 그의 죽음을 보고도 곡하지 않는다면 어찌 제가 사람이라고 할 수 있겠습니까? 만약 죽는 것이 두려워서 의리를 잊는다면 그것이야말로 금수와 무엇이 다르겠습니까? 원담 장군의 시신을 거두어 장례를 치를 수 있게 해주신다면 제가 설령 죽음을 당한다 해도 누구를 원망하겠습니까? 저는 승상께서 관후하시다는 말씀을 익히 들었습니다. 아무리 원담 장군이 생전에 승상을 괴롭혔다 한들 이미 그분은 세상사람이 아닙니다. 저승객까지 그리 박대하실 일이 뭐가 있습니까?"

조조는 한동안 숙연해졌다.

"하북 땅에는 이렇게도 의로운 선비들이 많구려! 원씨가 이들을 제대로 부리지 못한 것이 애석할 지경이오. 의로운 이들을 적재적소에 잘 배치하여 등용했더라면 내가 어찌 감히 이 땅을 넘볼 수 있었겠소."

조조는 왕수에게 원담의 시신을 거두어 장례를 후히 치르게 한 다음 왕수를 상빈의 예로 대하고 사금중랑장司金中郞將(4품으로 광산 및 철 감독관)의 벼슬을 내렸다. 그후 조조는 곽가를 불러서 원희와 원상을 칠 계책을 논의했다. 조조가 먼저 물었다.

"원상이 이미 원희에게 투항하여 유주에서 웅거하고 있고 고간은 병주를 지키고 있으니 어떻게 하면 그들을 칠 수 있겠느냐?"

곽가가 대답했다.

"아무래도 원씨에게서 투항해온 장수들이 유주와 병주의 지리나 적의 군세를 잘 알고 있을 테니 그들에게 원희와 고간을 공격하라고 하는 것이 좋겠습니다."

조조는 곽가의 진언에 따라 여광 · 여상 · 마연 · 장의 등에게 각각 군사를 주어 세 갈래로 나누어 유주로 진격시키고, 이전 · 악진에게는 장연과 함께 병주를 쳐서 고간을 공격하라고 명령했다.

한편 원상은 조조군에 대패하여 유주의 원희와 함께 있다가 조조군이 추격해온다는 보고를 받고 원희와 몇 십 명의 심복들만 데리고 유주를 버리고 동호東胡가 있는 요서로 피신했다. 조조는 원상 · 원희가 동호로 도망갔다는 보고를 받자 크게 염려스러웠다. 만약 그들이 요동의 공손강에게로 갔다면 원씨 집안과 공손강의 사이가 나빴기 때문에 해결이 수월했겠지만, 그들이 새로운 기회를 잡을 수 있는 동호로 도망갔다는 건 달갑지 않은 일이었다. 동호는 땅이 드넓은데다 정벌하기가 매우 어려운 지역이었다. 조조는 일단 군대를 철수하여 업도로 돌아왔다. 조조는 참모들을 불러서 원상 · 원희와 병주의 고간을 정벌하는 문제를 논의했다. 조조가 먼저 말했다.

"원상·원회가 동호로 도망을 갔다고 한다. 동호라면 주신족珠申族(肅愼·州愼·大朝鮮族)의 한 갈래인 동이족東夷族이 사는 곳이 아닌가? 그곳은 예로부터 용맹한 놈들이 있어 정벌하기가 어려운 곳인데 이를 어찌하면 좋은가? 요즈음 동이족의 상황은 어떠한가?"

신비가 말했다.

"동호는 원래 만리장성萬里長城 북부와 청주·요서·요동 등의 지역을 터전으로 삼았다가 춘추전국시대와 한대를 지나면서 근래에는 요서遼西 지역에만 살고 있습니다. 지금 천자의 부황父皇이셨던 영제靈帝 때 구력거丘力居라는 영걸이 나타나 한때는 청주·서주·유주·기주 등 네 주를 점령하고 감히 황제를 칭하기도 했습니다. 그러다가 구력거가 죽자 어린 아들 루반樓班을 대신해 구력거의 조카인 답돈踏頓이 황제 위를 이었다고 합니다. 원소 장군이 공손찬을 격파할 수 있었던 것도 답돈 기병의 도움을 받았기 때문이지요. 그때 원소 장군은 답돈의 세력을 무시할 수 없어서 조공을 바쳤다고 합니다."

조조가 물었다.

"아니, 원소가 답돈에게 조공을 바치다니?"

"원소 장군은 답돈을 무마하기 위해 집안사람들의 딸들을 자기의 수양딸로 삼고 있다가 답돈과 그 휘하 장수들에게 시집을 보내곤 했습니다. 사실 원소 장군이 답돈에게 쏟은 정성은 이루 말할 수 없습니다."

조조가 의아해서 물었다.

"동이놈들의 전투력은 어느 정도인지, 그놈들이 왜 그렇게 강한지 말해보시오."

가후가 말했다.

"그들은 등자橙子도 없이 말을 탄 채 활을 쏠 정도로 말타기에 능숙합니다. 배고프면 짐승을 잡아먹거나 짐승의 젖을 마시고 추울 때는 짐승의 가죽으로 옷을 만들어 입지요. 하루 종일 사냥하는 것이 일과인데 그들과 중국인은 말이 통하지 않습니다. 그 동안 우리가 그들과의 싸움을 피해온 것은 첫째, 한나라(중국) 병사는 농번기에는 일하고 농한기에 주로 전투를 하므로 늘 피로한 상태인데다 성질이 온순한데 반해, 주신족들은 평소에 목축과 사냥을 일삼기 때문에 매우 잔인하고 쉽게 지치지도 않습니다. 둘째, 한나라 군대는 보급선이 긴 반면, 주신족들은 배고픔도 잘 견디는데다 군사식량을 말고기나 발효한 마유馬乳, 말린 고기를 사용하므로 식량운반이 필요 없습니다. 셋째, 한나라 군대는 보병이 주축이지만 주신족들은 기병이 주축이라 속도 면에서 그들을 따를 수 없습니다."

옆에서 듣고 있던 곽가가 말했다.

"전한 문제 때 조착晁錯은 한나라 군대와 흉노(주신) 군대의 장단점을 비교했습니다. 조착은 흉노의 뛰어난 점은 말이 좋고, 기마술이 뛰어나고, 혹한과 기아를 잘 견디는 것이라고 했습니다. 이에 비해 한나라 군사들의 장점은 평원전과 병기가 뛰어나며 군진이 엄정한 데 있습니다. 거기다가 정교하고 치밀한 전술과 뛰어난 보병전 능력은 오랑캐들이 흉내낼 수 없는 것이지요. 조착은 이들에 대항하기 위해서는 험준한 산악 지역에 사는 오랑캐들을 동원해야만 이길 수 있다고 보았습니다. 즉, 오랑캐를 동원하여 오랑캐를 쳐부순다는 것입니다. 그러지 않고는 이길 수가 없는 노릇이지요. 과거에 왕망은 고구려를 동원하여 대주신을 정벌하려고 했지만 성공하지 못했습니다."

조조는 신비와 곽가의 말을 듣고 걱정이 앞섰다.

"답돈이라는 자가 그렇게 엄청난 놈이라면 큰일이 아닌가? 원상·원희가 답돈에게 투항하여 그 군대에 의존해 업도를 공격하면 어찌될 것인가?"

"구력거는 황제를 칭할 만큼 강했으나 그가 죽고 난 뒤에 동호는 많이 약화되었습니다. 그리고 답돈과 루반의 대립문제도 남아 있으니 이들의 관계를 적절히 이용할 수도 있을 것입니다."

신비가 말했다.

"지금 동호를 바로 격파한다는 것은 불가능합니다. 동호인들은 수백에서 수천의 부락을 한 부족으로 엮고 있고 '칸(干, 汗, 큰 : 족장)'이라고 하는 자가 있어 군사력을 모은다고 합니다. 이 '칸'이라는 말은 대인大人이라는 뜻입니다. 이 대인은 부족간의 조정 능력이 강한 자로, 글을 사용하지 않아도 전쟁을 상징하는 표식을 새긴 목판을 들고 마을을 돌면 군대가 바로 소집되고 다른 부락에서도 마찬가지라고 합니다. 그러면 이내 대규모 군단이 편성되어 바로 전쟁을 할 수 있는 상태가 됩니다. 그리고 동호의 겨울은 큰 강들이 대부분 얼어붙을 정도로 혹독합니다. 낮에는 좀 견딜 만하지만 밤에는 입을 벌리면 입안의 침까지 얼어붙는다고 합니다. 여름에는 비가 적게 와서 그런 대로 견딜 만한데 겨울은 추우면서도 눈이 엄청나게 오기 때문에 대군이 원정하기에는 매우 어려운 곳입니다."

조조가 긴 한숨을 쉬면서 탄식했다.

"그러면 이들을 섣불리 공격할 수가 없겠군. 그리고 만약 공격을 하더라도 2월에 시작하여 10월 전에는 마쳐야겠구먼. 원상·원희를 죽이려면 앞으로 몇 년은 더 걸리겠구나!"

한편 유주를 떠난 원상·원희는 동호를 향하여 말을 달려가고 있었다. 봄인데도 추운 바람이 사납게 불어왔다. 원상·원희는 발해만으로 내려가기보다 산길을 따라 동호의 답돈이 있는 유성柳城으로 가는 것이 안전할 거라고 생각했다. 유주를 벗어나 북쪽으로 말을 달리자 쌓다가 만 만리장성이 눈에 들어왔다. 이제 이 장성을 넘으면 동호의 경계로 들어가는 것이다.

원상·원희는 잠시 뒤돌아보았다. 이제 이곳을 떠나면 다시는 돌아올 수 없을지도 몰랐다. 그들은 한동안 넋을 잃고 자신들이 살아온 땅을 둘러보았다. 둘은 잠시 내려 원소가 누워 있는 업도를 향해 절을 올렸다. 그리고 다시 말에 올랐다. 황토 언덕과 수십 고개를 넘어도 끝없이 산길이 이어졌고 곳곳에 험준한 준령이 가로막았다. 아직 눈이 녹지 않아서 산하가 하얗게 물들은데다 간간이 눈발까지 흩날렸다. 유성으로 가는 길은 멀고도 험했다.

닷새 밤낮을 힘겹게 달려 드디어 유성에 도착했다. 유성의 사정을 알아보니 답돈은 선우單于(단간, 단군임금)가 아니라 왕王으로 격하되어 있었다. 구력거의 아들인 루반이 강력한 힘을 가진 선우가 되어 북으로 부여를, 남으로는 고구려를 압박하여 대흥안령산맥大興安嶺山脈과 소흥안령산맥小興安嶺山脈, 주신 대평원(현재의 동북대평원)을 지배하고 있었다. 원상·원희는 답돈에게 예를 갖추어 절하고 눈물을 흘리며 그간의 사정을 설명했다. 답돈은 아무 말 없이 이들의 말을 듣고 난 뒤 입을 열었다.

"그래, 고생이 많았네. 나는 보시다시피 이제 단군(선우)이 아닐세. 지금은 루반 단군께서 동호를 통치하고 계시네. 나는 요서왕遼西王으로 유성을 중심으로 유주의 경계까지 다스리고 있네. 자네들 부친은 나와 각별했지. 그런데 그분이 돌아가셨다니 참으로 안된 일이네. 내가 어떻게 도와주면 되는가?"

유주를 다스렸고 답돈과 가깝게 지냈던 원희가 말했다

"지금 조조는 저희 형제들을 죽이려 유주를 넘어 유성까지 온다고 합니다. 만약 유주가 조조의 손아귀에 들어간다면 왕께서도 불편하실 게 틀림없습니다. 입술이 없으면 이가 시리다고 하지 않습니까. 부디 저희가 최소한 유주라도 회복할 수 있도록 해주십시오."

답돈이 고민스러운 듯이 말했다.

"자네들의 심정을 이해 못하는 바는 아니지만, 나도 요즘은 여러 가지로 힘이 든다네. 아무리 루반 단군이 나의 사촌아우일지라도 이런 일로 나서게 되면 모양이 좋지 않아. 공연히 내가 힘을 길러 루반 단군께 대항하려는 것으로 비칠지도 모른단 말일세."

잠시 후 답돈이 다시 말을 이었다.

"그러나 조조가 유성까지 올 리는 없으니 걱정 말게. 조조가 미친 놈이 아니라면 어찌 겁 없이 여기까지 오겠는가? 감히 단군이 다스리는 신성한 땅을 들어올 수는 없는 일이네. 아마 요동의 공손강에게로 가면 모를까."

답돈의 말을 듣자, 원상·원희는 엎드려 절하고 눈물을 흘리며 애원했다. 답돈은 난감한 듯이 말했다.

"허어, 이렇게 답답한 일이 있나. 아직은 때가 아니니 조금 더 기다려보세. 원소 장군을 생각해서라도 나는 자네들을 기꺼이 도와줄 것이네. 올 한 해만 넘기면 되네. 아니면 내가 직접 루반 단군을 뵙고 말씀을 드리겠네."

원희와 원상은 할 수 없이 자신의 거처로 돌아갔다.

한편 조조는 원상·원희의 동정을 일일이 파악하는 한편, 동호와 고구려의 움직임을 항상 감시하라고 지시했다. 그리고 을유년(서기 205년) 한 해는 거의 병주를 공격하며 보냈다. 그러나 호관을 지키고 있는 고간의 대응도 만만치 않아 쉽게 함락할 수 없었다.

서기 206년 1월 봄. 병술년丙戌年이 밝았다. 업도는 벌써 함락되었지만 아직까지 원씨 일가들 가운데 원상·원희·고간이 살아 있으니 조조의 마음이 편할 리 없었다. 조조는 '원상과 원희는 동호 땅으로 도망쳐 있으니 당장에 잡을 수도 없거니와 답돈을 건드려 긁어 부스럼을 만들 필요도 없으니 병술년에는 무슨 수를 써서라도 고간을 제거하리라' 마음먹었다. 북방정벌은 참으로 멀고도 긴 여정이었다.

다행히 강동이나 형주는 매우 조용했다. 강동을 손권이 꿰차고 앉았다고는 하나 토호들의 느슨한 연합체 성격이 강했고, 손권은 손책이 죽은 후 자중하고 있는 터라 다른 일을 도모할 형편이 아니었다. 게다가 유표나 유비는 북방의 상황을 전혀 모른 채 그저 형주에 웅거하고 있는 듯했다.

실제로 유표와 유비가 두려워하는 것은 조조의 정규군 동원 능력이었다. 조조군은 이제 거의 30여만 명에 달하게 되었으니 2만 이상을 동원하기 힘든 일개 주에 불과한 형주로서는 함부로 조조에게 도전할 수 없는 상황이었던 것이다. 오히려 조조가 당분간 형주를 넘보지 않고 있는 것이 고마울 뿐이었다.

조조는 새해가 밝자마자 고간을 정벌하러 출병했다. 고간은 조조의 대군이 온다는 소식을 듣고 별장別將을 남겨 성을 수비하도록 하고 자신은 오대산五臺山 기슭에 있는 주신 부족장을 찾아갔다. 그러나 그 부족장은 고간을 받아들이지 않았다. 조조는 호관을 포위한 지 석

달 만에 결국 호관을 함락시켰다. 고간은 형주로 도망쳤지만 도위 왕염王琰의 손에 죽고 말았다.

이로써 조조는 드디어 중원통일을 달성했다. 조조는 동탁이 죽은 (서기 192년) 후, 연주에 근거를 두고 헌제를 맞아 대장군이 되었으며 (서기 196년), 여포를 죽이고(서기 198년), 원술을 제거했다(서기 199년). 또한 관도대전에서 빛나는 승리를 거두었고(서기 200년), 유비의 도전을 물리쳤으며(서기 201년), 원소가 죽은(서기 202년) 후, 유표의 도전을 막았으며(서기 203년), 업도를 함락시켰고(서기 204년), 다음해 원담을 제거하여 청주를 함락했다(서기 205년). 마침내 원희와 원상을 멀리 요서의 동호 방면으로 몰아내고 고간을 제거하여(서기 206년) 중원의 영역을 모두 차지하게 되었다. 조조는 허도로 돌아와 문무백관들의 하례를 받으면서 말했다.

"나는 그 동안 중원통일을 위하여 15년이나 되는 참으로 험난한 길을 걸어왔다. 이제 연주·예주·서주·기주·청주·병주·유주를 정벌했으니, 중원의 아홉 주 가운데 유표의 형주와 유장의 익주를 제외하고는 모든 지역을 평정했다."

모든 문무백관은 조조의 공적을 칭송하면서 말을 주고받았다. 이때 순욱이 조조를 향해 말했다.

"승상, 익주와 형주를 다스리는 유표나 유장은 우유부단합니다. 특히 유장은 조정에 적대적인 사람이 아니므로 정벌한 것이나 다름이 없습니다. 강동 땅의 손씨들이 있다 하나 그 지역은 원래 오지요 변방으로 중국 땅도 아니고 후한 구주九州에 속하지도 않는 곳입니다. 그리고 손씨들은 이내 조정에 복종할 것이니 염려하실 일이 아닙니다. 그러니 이제 사실상 중원의 통일이 이루어진 셈입니다."

조조는 웃으면서 말했다.

"공의 말이 옳소. 하지만 원씨 일가를 정벌하는 것이 이토록 힘든 일인 줄을 몰랐소. 아직도 원소의 잔당인 원희·원상은 동호로 피신해 있으니 후환이 없을 수 없소. 이놈들을 놓아두면 동호의 우두머리 답돈을 충동질하여 유주·기주·병주를 침공할지도 모른단 말이오. 나는 이것이 걱정이오. 원씨의 잔당들이 가 있는 동호는 대흥안령산맥을 끼고 요하 서쪽에 있어서 공격하기도 매우 어려운데다가, 이들을 건드리면 고구려를 자극할지도 모르기 때문이오. 원래 부여는 주신족 가운데서도 우리 한나라에 가장 우호적인 나라로, 이웃한 고구려의 성장을 억제하는 데 유용했소. 그런데 영제의 통치기 이후 선비족들이 강성해지면서 부여와의 관계가 단절되었으니, 안타깝게도 이들을 이용할 수도 없게 됐소."

신비가 말했다.

"오랑캐들은 힘으로 격파하기보다 이간계를 사용해야 합니다. 그리고 꼭 무력으로 물리쳐야 한다면 때를 보아 기습전을 펼쳐야 이길 수 있습니다."

조조가 말했다.

"문무백관들은 이들의 침공에 대비하고 앞으로 이들이 날뛰지 못하도록 만반의 준비를 하라."

조조의 북벌

하늘은 더 높아지고 말은 살찌는 계절이 왔다. 말이 살찌는 계절은 한족에게는 위험한 계절이다. 그 동안 답돈은 루반 단군에게 가서 그 간의 사정을 이야기하고 유주 정벌의 불가피성을 충분히 설명하여 허락을 얻어냈다. 이제 가을이 왔으니 한족들의 창고에는 곡식이 가 득할 것이고, 동호의 말은 살이 붙어 탱탱하니 전쟁을 시작할 적기인 셈이다.

전쟁에 앞서 각 군단들은 군사들의 양식 점검에 들어갔다. 주신의 주요 가축은 소·말·양·염소 등인데 4월경에 도축하여 소금에 절 여두었다가 주거용 천막인 게르(파오:包)에서 계속 말려 육포를 만든 다. 이것은 가볍고 휴대하기 간편할 뿐 아니라 영양도 높아 동호 군 사들의 주요 식량이 되었다. 동호의 병사들은 전쟁에 나설 때면 가벼 운 자루 하나를 말안장 뒤에 차고 가는데 이 자루에 육포가 먹을 만큼 들어 있다. 적을 공격하고 쉬는 동안 이것을 물에 불리는데 적당한 시간이 지나면 양이 많아지고 그것을 잘게 찢어 먹으면 별다른 군량이 없어도 전투를 치르는 데 지장이 없었다.

답돈은 유성을 지나 범성凡城에 이르렀다. 그리고 죽은 나무 앞에 불을 놓고 나무 주위를 돌면서 원정의 성공을 기원했다. 그들은 이 의식을 하면서 살아 있는 나무가 아닌 죽은 나무를 사용했다. 원희가 궁금해서 주변 사람에게 물어보니, 대주신족은 나무를 하늘과 땅 또는 신과 인간을 연결해주는 사당祠堂과 같이 여기기 때문에 산 나무를 베지 않고 반드시 죽은 나무를 사용한다고 설명했다. 원희가 고개를 끄덕일 때, 답돈이 큰 소리로 외쳤다.

하늘의 신이시여
땅의 어머니시여
불의 신이시여
물의 정령들이시여
딩신의 아들들이
무사히 돌아올 수 있도록
기원하나이다.

답돈의 군대는 동호의 유성을 출발하여 장성을 넘어 유주로 출발했다. 유성에서 유주로 가는 길은 두 갈래가 있었다. 유성에서 남으로 내려와 발해만으로 나간 뒤 해안을 따라 우북평右北平으로 가는 길과, 유성에서 산맥을 타고 영지令支를 거쳐 백단白檀과 연성燕城을 지나 유주성으로 들어가는 길이었다.

답돈의 군사들이 지나가야 하는 장성은 진시황이 30만 명의 군사와 수백만 명의 농민들을 동원하여 쌓은 것인데, 그 동쪽 기점에 연주로 들어가는 성문이 있었다. 그러나 진시황의 주요 관심은 장안 북방과 서역 쪽이었으므로 연주 쪽의 성벽들은 제대로 관리되지 못했다. 한나라 때에도 유주 쪽은 그다지 중요하게 여겨지지 않아서 그 방면으로 들어가는 것은 그다지 어려운 일이 아니었다.

유주의 동쪽은 발해만에 연하였으며 중앙으로 화북 평원이 있고 그 가운데에 유주성이 있었다. 유주 북서쪽은 황토 고원지대로 사는 사람도 없었고 기후가 혹독하며 가뭄과 홍수가 심한 지역이었다. 그래서 황하의 물길도 자주 바뀌었다. 유주는 4월이면 일제히 꽃이 피고 춥지도 덥지도 않은 날씨가 된다. 그러나 황토 고원지대로부터 엄청난 황사가 날려와 때로는 앞을 분간하기 힘들어져 황진만장黃塵萬丈(황사가 만길에 걸쳐 있다)이라는 말이 나올 정도였다. 또 유주의 여름은 모질게 더워 귀족들은 유주 북쪽의 영지로 요양을 떠나기도 했다. 그러나 8월말 무렵부터 날씨가 서늘해져 가을이 시작되면 다음 해 3월말까지 겨울이었다. 가을과 겨울에는 눈이 내리는 일도 없이 하늘은 항상 맑고 높았다.

가을이 깊어지자 답돈은 원상·원희와 함께 장성을 넘어 유주를 공격하기 시작했다. 답돈은 조조군의 경계를 늦추기 위해서 산길을 통해 영지와 연성을 격파하고 유주로 들어가기로 했다. 답돈은 기병만 5천여 명을 동원했다. 중국인들의 옷은 소매와 옷깃이 넓은 반면, 동호 기병들의 전투복은 소매가 좁은 상의에 긴 바지 차림이었다. 그리고 가죽 허리띠에 동물 모양을 한 세르베[師比]라는 걸쇠(쇠고리)를 메어 칼을 찼다. 그 칼은 허리띠를 따라 반달처럼 둥글게 생겼는데,

한족들은 이 세르베를 보고 주신의 유목민들을 선비라고 불렀다.

답돈은 특정 성의 공격이 결정되면 즉시 한어漢語(중국어)에 능한 100명 정도의 특공대를 먼저 보내 성안에 침투시켰다. 이들은 공격할 성 가까이 다가가 말을 산기슭에 풀어두고 한족 상인으로 변복하여 성안으로 침투해 들어갔다. 그리고 성문 주위의 경계를 점검한 후 답돈의 군대가 도착하는 날 밤에 성문을 열어놓았다. 그렇게 하면 전투는 거의 반 이상 치러낸 것이나 마찬가지였다. 따라서 답돈의 군대는 대부분 늦은 밤에 도착하게 마련이었다. 이들은 밤눈이 밝아서 공격하는 데는 문제가 없었다. 뿐만 아니라 특공대가 출발하고 답돈의 군대가 들어오는 것은 순식간이어서 상대가 이를 방비할 시간적인 여유조차 주지 않았다. 이들은 한족의 군대가 열흘 갈 길을 하루 만에 주파했다. 답돈은 말 위에서 나란히 말을 달리는 원상을 보고 말했다.

"자네 같은 중국인들은 울타리 만들기를 좋아하는 것 같아. 화하華夏(중국)를 최초로 통일했다는 진나라를 세운 족속은 한족이 아니라 주신족 일파였네. 그런데 진시황이 한족화되면서 중국사람처럼 울타리를 만들기 시작했지. 만리나 되는 성을 쌓는다는 것이 말이 되는가? 만리장성은 아마 세월이 흐르면 무너지겠지만 중국인들은 계속 짓고 또 지어야 할 것이네. 그것은 중국이 주변과 담을 쌓는 일이 될 것일세."

원상이 물었다.

"임금, 그것이 왜 잘못된 일입니까? 북방인들의 공격을 막기 위한 자구책이 아닙니까?"

답돈이 말했다.

"물론 그렇겠지. 그러나 그것이 남들을 자극하는 것이 문제일세. 만리장성은 중국인들의 생각을 보여주는 상징적인 것일세. 소위 '남의 것은 필요 없다'는 얘기가 아닌가? '중국 안에서 모든 것이 해결된다. 그리고 우리는 세계의 중심이다', 뭐 그런 의미겠지. 그러나 그것은 우리도 마찬가질세. 그러니 싸울 수밖에."

다시 원상이 물었다.

"그러면 주신족들은 그런 종류의 울타리가 없습니까?"

답돈이 대답했다.

"물론 우리도 울타리가 없는 것은 아닐세. 중국인들은 우리가 아무런 체계도 없이 이리저리 몰려다니는 듯이 얘기하는데 사실은 그렇지가 않아. 다만 우리의 방식이 중국인들과 다를 뿐이지."

"어떻게 다릅니까?"

"우리는 부족마다 목초지가 따로 있네. 자네들 눈에는 우리가 아무 곳이나 가축들을 몰고 다니는 것처럼 보일지 모르나 우리에게는 다 정해진 길이 있어. 이것을 어기면 종족간의 전쟁이 일어나지. 물론 우리가 해마다 한족을 공격하는 경우도 많아. 이것을 한족들은 약탈이나 노략질이라고 하는데 알고 보면 반드시 그런 것도 아닐세. 우리는 한족들이 우리 영토를 침범한다고 여긴다네. 한족들은 농사를 짓기 때문에 작은 영토에서 살 수 있지만 우리는 달라. 한족보다 영토가 열 배는 넓어야 살 수 있지. 한족들은 우리더러 저 넓은 대주신 평원이 있는데도 왜 한족들을 공격하느냐고 물을지 모르지만 그렇지가 않아. 우리는 목초지의 풀빛만 보고도 그게 누구 땅인지 알 만큼 민감한 사람들이네. 다시 말해 각 부족의 경계를 존중할 줄 안다는 거지. 그러니 조조군이 만약 유주의 경계를 넘을 조짐이 보이면 우리는 공격에 나설 수밖에 없는 것일세. 물론 약탈을 하기도 하지."

잠시 침묵이 흐르자 다시 답돈이 말을 이었다.

"한족들은 화북이나 서부 지방에서 소란을 일으키는 종족들에 대해서 잘 모르고 있네. 한족들은 이들을 흉노 · 갈 · 선비 · 저 · 강羌 등 오호五胡라고 부르지만, 흉노 · 갈 · 선비는 같은 계열이고 저와 강은 티베트 계통의 종족일세. 따라서 저족과 강족이 아니면 실은 모두 흉노, 즉 대주신족일세. 저 멀리 중국 서부로부터 고구려에 걸친 부족들은 모두 같은 주신족이지. 자네들이 입만 열면 인용하기 좋아하는 『사기』에 보면, '은나라는 주신족이 세운 나라이고 주나라는 한족이 세운 나라(殷曰夷周曰華)'라는 말이 나오지 않나? 화하 문명은 평원을 옮겨다니며 살았던 주신족과, 황하를 중심으로 문명을 만들어온 자네들 같은 화하족華夏族(한족)이 끝없이 대립하고 투쟁해서 만든 걸세."

원상 · 원희는 답돈의 말을 들으며 마음 한구석이 착잡해져왔다. 자기가 다스리던 고을을 이민족을 동원하여 공격하러 간다는 것이 썩 내키는 일은 아니었다. 그러나 지금은 어쩔 수 없다고 자위했다. 답돈 일행은 이윽고 영지 · 연성을 지나 유주성에 도착했다. 영지와 연성은 오랫동안 유주와 동호의 경계 지역이었으므로 별다른 저항이 없었다. 그곳에 일부 후군 정도만을 남기고 신속하게 이동해왔다. 유성을 출발하여 유주에 도착하는 데는 불과 이틀도 걸리지 않았다. 아침에 유성을 출발하여 연성에서 잠시 눈을 붙인 후 그 다음날 밤 늦게 유주에 도착한 것이다. 답돈 휘하 100여 부장들은 일제히 성을 포위하기 시작했다. 답돈이 말에 재갈을 물리고 기병들을 조용히 성 가까이 진군시켰다.

유주는 별다른 대비가 없었다. 늦가을 밤하늘 위로 효시가 날아올랐다. 성문이 열리자 동호의 병사들은 여기저기 횃불을 만들어 이내 성안으로 진입하기 시작했다. 5천여 명의 기병들이 성을 포위한 채 곳곳을 돌며, 깜깜한 어둠을 뚫고 성문 안으로 들어가기 시작하자 마치 날개를 펼친 거대한 독수리가 성을 감싸고 돌아가는 듯했다. 성으로 들어간 동호의 기병들은 눈에 띄는 건물이 있으면 가리지 않고 불덩이를 던져넣었다. 건조한 날씨에 초겨울 바람이 불어 이내 성 전체가 불에 휩싸였다. 사람들이 놀라서 어둠을 헤치고 밖으로 뛰쳐나왔다. 동호의 기병들은 유주 사람이면 병사나 민간인을 가리지 않고 죽이기 시작했다. 여기저기서 동호 기병 장군들의 목소리가 들려왔다.

"움직이는 것은 모두 죽여라, 하나도 살리지 마라. 그러나 움직이지 않는 것은 그대로 두어라."

유주성 전체가 처참한 모습으로 치닫고 있었다. 성 전체가 불타는 바람에 사람들은 피신할 곳이 없었다. 일일이 가택수색을 하지 않는다는 동호의 속성을 잘 아는 백성들은 집안에 숨죽이고 앉아 꼼짝도 하지 않았다. 그들은 마치 바람처럼 왔다가 바람처럼 돌아갔다.

원상과 원희는 말로만 듣던 주신족의 침공을 처음 보았다. 그 동안 원소는 답돈과 원만한 관계를 유지했고, 일정하게 조공과 아녀자들을 보냈기 때문에 별다른 마찰이 없었다. 더구나 답돈은 개인적으로도 원소를 좋아했기 때문에 일찍이 주신족의 침공을 겪은 적이 없었던 것이다. 그러나 이 순간 원상·원희는 비로소 동호족들이 얼마나 무서운 사람들인지 깨달았다. 깜깜한 어둠 속으로 보이는 것은 오직 불밖에 없었다. 사람들이 왜 이들을 무서워하고 화적火賊, 북적北狄이라고 하는지를 알 것 같았다. 이들과 관련된 말에는 모두 불이 들어 있다. 답돈은 원상과 원희를 보면서 말했다.

"자네들은 입으로 전쟁을 하지만 우리는 불과 말로 전쟁을 하지. 그러니 정면으로 맞붙으면 화하족은 결코 우리 주신족을 이겨낼 수가 없네. 자네들은 지저분하게 말이나 글로써 상대와 협잡하거나 이간질하여 전쟁을 하려 하지만 우리가 믿는 것은 오직 하늘님〔天神〕, 말과 불 그리고 대지의 여신뿐일세."

원상과 원희에게는 말할 수 없이 무섭고도 참담한 밤이었다. 원희는 속으로 탄식했다.

'아, 내 백성과 나라가 모두 불 속으로 사라지는구나. 설령 이제 내가 유주로 돌아온다 해도 회복하기는 어렵다. 아아, 이 일을 어찌하면 좋단 말인가?'

원상도 같은 마음이었다. 후회로 가슴을 치고 있었다. 멀리서 먼동이 터왔다. 답돈과 함께 성안으로 들어온 원상과 원희는 참담하기 그지없었다. 성의 중심가는 거의 잿더미가 되었고 거리에는 타다 만 사람들의 시체가 곳곳에 나뒹굴었다. 관청은 하룻밤 사이에 흉측한 모습으로 변해 있었다. 말을 탄 동호의 기병들이 바삐 오가는 것 외에는 어떤 움직임도 없었다. 동호의 기병들은 민간인들을 동원하여 수레에 짐을 싣고 남문과 북문 쪽으로 향했다. 아직 불길이 남아 있는 가옥들도 많았다. 원상이 원희를 보며 말했다.

"형님, 도대체 유주성에 남아 있는 것이 있겠소?"

"그러게 말일세."

어두운 밤과 같은 학살. 조조의 군대가 선비·오환 민족을 학살하여 동북 지역 유목민족에 본보기를 보이고자 한다. 선비·오환 민족들이 이른바 '오랑캐'라고 평가절하되는 것과는 달리, 그들 역시 매우 발달한 독자적 문화를 이루었음을 금공예품과 벽화 등을 통해 확인할 수 있다.

답돈과 원상·원희는 관청으로 갔다. 관청을 수비하던 병사들은 하나같이 까맣게 그을려 뒹굴고 있었는데 살아남은 한족 병사들이 그 시신들을 한곳에 옮기고 있었다. 한족 병사들은 공포에 질린 얼굴로 혼이 없는 사람처럼 움직이고 있었다. 이때 답돈의 부장들이 다가와서 말 위에서 고개를 숙여 예를 갖춘 후 말했다.

"임금님, 일이 끝났습니다. 죽지 않은 한병들은 모두 무장해제시켜 병부의 연병장에 집어넣었습니다. 그리고 오늘 중으로 관청의 주요 물품들을 접수하여 유성으로 보내겠습니다."

답돈이 대답했다.

"수고했네. 아군의 피해는 어떤가?"

"저희들은 거의 피해가 없습니다."

"루반 단군께 바칠 것들은 따로 모아서 오늘 바로 보내게. 그것은 유성으로 가져갈 것이 아니라 바로 단군께 보내야 하네."

관청에 들어선 원상과 원희는 감회에 젖어 있었다. 그러나 답돈이나 그의 부장들은 아무 일도 없었던 듯 무표정한 얼굴이었다. 원희가 조심스럽게 답돈에게 물었다.

"임금, 임금께서는 엄청난 힘을 가지신 분인데 저항하지 않는 병사나 백성들까지 죽인 연유가 무엇입니까?"

"자네들 눈에는 말할 수 없이 잔인하게 보였겠지. 그러나 어쩔 수 없는 일이네. 자네들은 인구가 많아. 그러나 우리는 그렇지 못하지. 과거에 우북평右北平을 다스린 오연烏延 칸 때조차도 1천여 부락이 되지 못했네. 구력거 단군임금의 경우에도 직접 다스린 부락은 6천여 부락을 넘지 못했어. 그러니 전쟁을 하다보면 우리는 항상 수적으로 열세였지. 따라서 후방이 늘 위태로웠다네. 이제 곧 남쪽의 탁군과 발해로 내려갈 것이네. 그러면 어찌 되겠나? 유주성이 북쪽에 놓이게 되네. 그런데 만약 살아남은 한병들이 우리를 공격하면 우리의 퇴로는 차단당하네. 그러니 후환을 남기지 않기 위해 한병들의 전투력을 완전히 없애버릴 수밖에 없지."

원상과 원희의 입장에서는 너무 끔찍한 일이었다. 그날 하루 종일 동호의 군사들은 유성으로 보낼 수레와 루반에게 보낼 수레들을 점검하느라 바빴다. 남은 병장기도 불에 태우거나 성 멀리 내다버리고 살아남은 한족의 군병들은 포승에 묶어 일단 북쪽으로 끌고 가도록 했다. 이들의 일부는 노예로 쓰거나 아니면 답돈이 탁군과 발해를 정벌하고 난 뒤까지 억류해뒀다. 경우에 따라 모두 죽이기도 했으나 답돈은 원상과 원희의 시선을 의식해서인지 차마 그렇게까지는 못했다.

다음날 답돈은 이내 군대를 두 방면으로 나누어 한쪽은 탁군으로 보내고 자신은 발해로 향했다. 이들 지역 역시 잿더미가 되고 말았다. 답돈이 이 두 지역을 함락하는 데는 불과 하루 반나절밖에 걸리지 않았다. 원상과 원희는 상상도 못할 일들이었다. 말로만 듣던 흉노의 침입을 흉노의 편에서 본 셈이었다.

답돈의 군대는 장성을 넘어 다시 유성으로 향했다. 원상·원희는 뒤처져 후군을 따라가고 있었다. 원희가 잠시 생각에 잠겼다.

'이들은 과연 전쟁의 신이야. 그러나 이것은 손자나 병가에서 말하는 전쟁이 아니야. 어쩌면 거대한 살육에 불과할지도 모르지. 왜 진시황이 자신의 뿌리였던 이들을 막기 위해 만리나 되는 장성을 세우려 했는지 알 것 같군. 바로 이들과는 공존할 수 없었기 때문이었어. 그가 장성을 세워 이들과 중국을 분리시키려 한 것은 길게 보아 바람직한 일이었군.'

원상이 원희를 보고 말했다.

"형님, 일이 잘못돼도 크게 잘못돼가고 있는 것 아닙니까? 우리는 답돈의 힘을 빌려 유주를 점령하고 다시 업도를 회복할 힘을 기르고자 했는데 이게 뭡니까? 유주는 잿더미가 되고 병사들은 몰살당하다시피 하여 결국 우리는 아무런 힘도 가질 수 없게 되어버렸습니다. 어찌하면 좋겠습니까?"

"뚜렷한 방도가 없으니 나도 참으로 답답하다."

원상과 원희는 오지 말아야 할 길로 들어서버린 듯해 마음이 무겁기 그지없었다. 유주를 회복하려면 기본적으로 백성과 경제력이 있어야 하는데 그것이 사라져버린 지금 유주를 정복한들 도움이 될 게 없었다.

한편 그해 겨울 유주가 원희·원상과 답돈의 침입으로 10만여 가구가 약탈당했다는 보고가 올라오자 조조는 크게 긴장했다. 그러나 화북의 맹추위에 아무런 손도 써보지 못한 채 조조는 겨울 내내 잠자코 있을 수밖에 없었다.

서기 207년 1월. 긴 겨울 동안 조조는 유주의 일로 골머리를 앓았다. 동호는 쉽게 정벌할 엄두를 낼 수 없었지만 유주의 일에 대해 아무런 응징도 없이 넘어가는 것도 문제였다. 신년하례를 마치고 조조가 수하 장수들과 모사들을 불렀다.

"지난해 겨울 답돈·원희·원상의 침입으로 유주 전체가 잿더미가 되었다고 들었소. 그 동안 말로만 듣던 답돈의 침입이 시작된 것 같소. 그런데 이놈들은 군인들과 전쟁을 하는 게 아니라 우리 한족 전체를 그저 살육하고 있소. 이것은 용서할 수 없는 일이오. 이 일을 어찌했으면 좋겠소. 이번 일을 응징하지 않는다면 우리는 유주를 다스릴 수 없음은 물론이고 동호·고구려·숙신 등의 모든 주신족 놈들의 침입을 허용하고 말 거요. 반드시 기선을 제압하여 우리 힘을 보여주고, 최소한 장성 남쪽의 유주라도 우리의 변방임을 분명히 해야 할 것이오."

조홍이 말했다.

"원희와 원상은 이미 크게 패하여 사기를 잃고 멀리 동호의 황토 고원으로 도망쳤습니다. 그곳은 오랑캐의 땅이라 우리와 아무런 관련이 없습니다. 만약 우리가 지금 북쪽으로 동호를 토벌하러 나간다면, 호시탐탐 허도를 노리고 있는 유비와 유표가 가만있지 않을 것입니다. 그렇게 되면 우리가 가는 길은 너무나 먼 곳이니 큰 화를 부를 수밖에 없습니다. 차라리 군사를 거두시어 평정한 땅을 지키고 성을 보수하여 그들의 침공을 막는 것이 현명한 일 아니겠습니까?"

대부분의 장수와 참모들이 이에 동조했다. 그러나 조조가 다시 입을 열었다.

"나는 원래 동호놈들을 굳이 진압하거나 싸움을 걸어 골머리 앓을 생각은 없었소. 장성 밖으로는 중국 땅도 아니오. 그리고 장성 북쪽은 우리와 아무런 관련이 없어요. 한무제漢武帝는 발해만을 따라 요동을 돌아서 요동반도(한반도) 북부로 들어가 군현을 설치하기는 했지만 제대로 통치하지는 못했소. 그런데 지금의 문제는 원희·원상이 답돈을 부추겨 전쟁을 도발하고 있다는 것이오. 그러니 자칫하면 우리는 유주를 빼앗기게 되고 그러면 엉뚱하게도 동호와의 전선을 업도 쪽으로 당기는 것이 되니 업도가 엄청난 압박을 받게 될 것이란 말이오."

곽가가 말했다.

"승상의 말씀이 옳으십니다. 지금 승상은 위력을 천하에 떨치고 계시니 동호에서도 승상을 두려워하고 있을 게 분명합니다. 모든 군대는 반드시 약점이 있게 마련입니다. 지금부터 동호에 정탐꾼과 세작들을 보내 반년 이상 정보수집에 집중한다면 이들을 대파할 계책을 분명히 찾아낼 수 있을 것입니다."

신비가 말했다.

"주신족들은 유목민입니다. 이들은 가축을 몰고 다니기 때문에 봄이면 초원을 찾아 북상하고 겨울이면 다시 유성으로 돌아옵니다. 그곳은 겨울이면 눈썹이 얼어붙을 정도로 춥기 때문에 가축들을 얼어죽지 않게 하기 위해 우리에 가둡니다. 그리고 이들의 부락은 서로 멀리 떨어져 있으니 시기를 잘 택해 공격한다면 무방비 상태의 적을 궤멸시킬 수 있을 것입니다. 그리고 원소 장군과 동호의 답돈이 매우 돈독한 사이였기 때문에 원상과 원희 형제는 반드시 제거해 후환거리를 없애야 합니다."

곽가가 다시 말했다.

"옳으신 말씀입니다. 조홍 공께서는 형주의 유표를 걱정하셨는데, 유표는 말만 앞세울 뿐 스스로 군대를 동원하여 허도를 칠 만큼 담이 크지 못합니다. 더구나 허도를 노리는 유비의 말을 전적으로 따르거나 유비를 중용해 쓰지는 않을 것입니다. 원소의 10만 대군과 싸울 때도 아군은 몇만 명으로 허도를 방어했습니다. 그런데 이제 아군의 병력은 거의 30만에 육박하고 있습니다. 그런데 3만도 안 되는 유표의 병력이 무서워 허도의 안전에만 신경을 쓴다면 무슨 일을 다시 도모하겠습니까? 승상께서 비록 허도를 비워놓고 원정길에 나선다 하더라도 걱정할 것이 없습니다."

조조는 곽가의 말을 듣고 크게 힘을 얻은 기분이 들었다. 이어서 가후가 나서서 말했다.

"현재 아군은 충분히 동호를 제압할 수 있습니다. 우리는 통일된 정부를 가지고 있지만 그들은 통일된 국가조직이 없습니다. 주신의 부족들은 필요할 때만 전 부족을 동원하고 그렇지 않은 경우에는 사실상 연합하거나 통일된 국가를 만들지 않습니다. 각 부족들은 그들의 초원을 따라 가축을 몰고 다니면 그만이므로 오히려 통일된 국가란 이들에게 방해가 될 뿐입니다. 이들이 말하는 모돈冒頓(묵돌)이니, 구력거니 루반이니 하는 단군임금은 사실상 그들 부족의 대표자이긴 해도 엄밀한 의미에서 한족처럼 철저한 군신관계는 아닙니다. 따라서 시기를 잘 택해 이들의 근거지인 유성을 전격적으로 포위하여 일시에 공격한다면 정벌이 불가능한 것도 아닙니다. 특히 근래에는 루반과 답돈의 사이가 별로 좋지 않으니 유성에 있는 답돈이 궤멸된다고 해서 동북대평원東北大平原(만주 지방)에 있는 루반이 굳이 군대를 동원하여 협공해줄 까닭이 없을 것입니다."

가후의 말에 조조는 더욱 용기를 얻어 먼저 북벌군 사령부를 잿더미가 된 유주성에 설치하기로 결론을 내렸다. 일단 유주성의 복구사업을 펼치는 척하면서 많은 세작들을 영지·우북평·유성 등지에 파견하기로 했다. 한편 두 개의 운하를 건설했는데 하나는 호타呼沱에서 고수泒水로 통하게 하여 이를 평로거平虜渠라 하고 다른 하나는 구하泃河 입구에서 노하虜河까지 연결하여 천주거泉州渠라 하였다. 이들 운하는 모두 바다로 연결되어 있었다.

5월이 되자 조조는 유주를 복구하라고 지시한 다음 병력을 재정비하여 6월말에 직접 기주·병주·청주에서 차출한 5만여 명의 대병을 거느리고 업도를 떠났다. 조조의 대군은 업도·남피·발해를 거쳐 무종현無終縣에 도착했다. 무종현에 이르렀을 땐 이미 한여름이었다. 무종현은 유주의 서남 입구였다. 조조는 무종현에 잠시 머무른 다음 유주의 병력을 추가해 발해만을 따라 우북평 외곽으로 가서 유성의 남쪽 해안에 주둔할 예정이었다. 그런 다음 노하를 통해 군수품을 지원받고 기회를 보아 공격할 심산이었다.

조조가 무종에 머무르자 장마가 시작되었다. 동호의 땅은 황토 고원지대라 겨울이 되면 견디기 어려워지므로 조조는 여름이 끝나기 전에 출병하기 위해 서둘렀다. 그러나 그해 몰아친 태풍과 엄청난 비로 유주 지방은 물난리를 치렀다. 홍수가 나자 동호로 가는 길도 막히고 성의 복구사업도 늦어졌다. 조조는 절망적인 심정이 되어 퍼붓는 장마를 바라보았다.

홍수는 동호에도 큰 피해를 주었다. 원래 초원을 떠돌며 유목생활을 하는 주신족들에게 여름 홍수는 심각한 결과를 가져왔다. 황토 고원에서 내려오는 흙탕물이 초원을 덮치고 수많은 가축들이 떼죽음을 당했다. 주신족의 부족들은 초원을 찾아 대주신 평원으로 뿔뿔이 흩어지고 유성에는 답돈과 일부의 부족장들만 남게 됐다. 원래 유성 지역의 지배층은 남으로 내려온 주신족들이었고 일반 백성들은 그 지역에서 농사를 짓고 살아가는 농경민들이었다. 주신족들은 기마민족들이었으므로 유성에만 거주하는 것이 아니라 대초원으로 나가 있다가 전시 상황이 되면 유성과 같은 근거지에 집결했다. 그러나 이번 홍수로 전사들의 상당수가 동북대평원으로 이동해갔다.

원희와 원상은 천막에 의존하는 이들이 자연재해에 이처럼 무력한 것을 보고 놀랐다. 한족들은 끊임없이 운하를 파고 물길을 돌려놓아 홍수에 대비하는데 이들에게는 그럴 필요도 능력도 전혀 없었던 것이다. 원희와 원상은 갈수록 이들의 생활방식이 낯설게 느껴졌다.

조조는 계속되는 비로 실의에 잠겼다. 5만 대군을 이끌고 유주까지 왔는데 여름 내내 비가 내려서 동호 정벌은 갈수록 어려워지는 듯했다. 조조는 일단 성밖에 있던 병마들을 유주성 안으로 옮기고 병장기들이 녹슬지 않도록 창고에 저장하라고 명했다. 그리고 홍수 피해를 최소화하기 위해 많은 병사들을 동원했다. 그런 와중에 조조를 수행해온 곽가가 병이 났다. 날씨가 무더운데다 풍토병까지 겹쳐서 몸져눕고 만 것이다. 곽가는 말을 타지도 못하고 수레에 실려가는 신세가 됐다. 조조는 더욱 실의에 잠겼다. 조조가 눈물을 흘리며 물었다.

"내가 너무 무리해서 동호를 정벌하려 했는가 보오. 내 욕심이 지나쳤네. 그대가 고생스럽게 먼길을 와 병까지 얻었으니 앞으로 어찌하면 좋겠나?"

곽가는 힘들어 보였으나 진심어린 표정으로 말했다.

"지금 승상께서 가시는 길은 중원통일을 다지기 위함인데 제가 이렇게 못난 모습을 보여 송구스럽기 짝이 없습니다. 그 동안 승상께서 베풀어주신 은혜에 만분의 일도 보답하지 못하게 되었습니다."

조조가 곽가의 손을 잡으며 물었다.

"황하의 물길은 10년마다 바뀐다고 하네. 올해는 어찌 이리도 비가 많이 온단 말인가? 더구나 자네의 이런 모습을 그냥 두고 볼 수만은 없으니 차라리 돌아가는 것이 어떻겠는가?"

곽가가 반대했다.

"아닙니다. 이렇게 힘들게 군대를 몰고 왔는데 지금 돌아가시면 아마 다시 오기 힘들 것입니다. 아직 유성까지는 천 리가 남았습니다.

행군의 속도를 더 높이셔야 합니다. 불필요한 짐을 버리고 경병輕兵으로 빨리 이 길을 빠져나가 방비가 허술한 틈을 타서 기습하도록 하십시오. 제가 유성으로 가는 길을 좀 알고 있지만 이렇게 몸져누웠으니 지리를 잘 아는 사람이 앞에서 길을 인도하면 쉬울 것입니다."

조조는 곽가의 간곡한 조언을 받아들여 역현易縣에 곽가를 남겨두고 간병인을 구해 돌보게 한 다음 유성으로 가는 길을 인도할 향도관嚮導官을 수소문했다.

8월, 여름이 지나자 비가 그치기 시작했다. 그 즈음 유주목을 지낸 유우의 옛 부하였던 전주田疇가 조조를 찾아왔다.

전주는 무종 사람으로 유우가 공손찬에게 죽은 후 무리를 모아 서무산西無山에 들어가 웅거해 있던 인물이었다. 그는 조조가 왔다는 소식을 듣고 서둘러 산을 내려왔다. 조조는 전주를 반갑게 맞이하고 자신의 고충을 털어놓았다. 그러자 전주는 기대하지도 않았던 말을 들려주었다.

"승상, 홍수가 쓸고 가면 동호족들은 힘을 못 씁니다. 동호놈들은 큰 홍수가 나면 거의 5년간은 움직임이 없습니다. 길이 끊어져도 그놈들은 복구할 인력이 없어 이를 엄두를 못내지요. 그러니 지금이 동호놈들을 대파하고 유성을 점령할 수 있는 절호의 기회입니다. 지금 유성에는 부족들이 거의 떠나고 일부만 남아 있을 것입니다. 유성까지 가기만 하면 이놈들을 쳐부수는 일은 어려울 것이 없습니다. 저는 동호로 가는 길을 훤히 알고 있습니다. 제가 안내해드릴 테니 저만 믿고 가시면 됩니다. 저는 동호와 가까웠던 원소가 장군인을 내주면서 저를 회유했지만 가지 않았습니다. 저는 공손찬의 무리는 물론, 원소와 동호 모두를 증오하기 때문입니다. 특히 지난 겨울 동호의 답돈이 유주를 잿더미로 만든 것을 알고 있습니다."

조조는 전주가 의외의 정보를 주자 더 없이 기뻤다. 멀게만 느껴졌던 동호가 어느새 가까이 와 있는 느낌이었다. 9월이 되자 조조는 동호의 주침입로인 유주·연성·백단·영지·유성으로 이르는 길을 포기하고 발해만을 돌아서 유성으로 가는 계획을 세웠다. 조조는 전주를 정북장군征北將軍에 봉하고 대소 3군과 수레 수천여 대를 거느리고 무종을 지나 발해만을 따라서 진군하기 시작했다.

조조군이 우북평右北平 서쪽 외곽에 이르자 얼마 가지 않아서 척후병으로부터 해안의 도로는 홍수로 이미 끊어진 상태라는 전갈이 왔다. 그러자 향도를 자처한 전주가 조조에게 말했다.

"차라리 잘됐습니다. 지금 우북평에는 능신저지能臣抵之라는 족장이 있습니다. 그곳을 지나려면 그를 공격해야만 하는데 그럴 경우 우리의 움직임이 금방 유성에 알려지게 됩니다. 이제는 노룡구盧龍口로 가는 게 좋겠습니다."

조조는 전주의 진언에 따라 군대를 노룡구 외곽으로 이동시켰다. 그러나 노룡구의 외곽도로도 역시 끊겨 있었다. 전주는 다시 방향을 북서쪽으로 바꾸어 백단으로 향했다. 그러나 백단은 원래 답돈이 자주 이용하는 길이라는 사실을 알고 있었던 조조는 전주에게 우려하는 기색을 보였다. 이에 전주가 대답했다.

"걱정하실 것 없습니다. 홍수가 나서 길이 이만큼 끊어졌으면 동호놈들도 무사하진 못할 것입니다. 길이 없는데 그놈들이 무슨 수로 공격하겠습니까? 아마 그놈들은 지금 죽은 가축들 때문에 혼이 나가 있을 것입니다. 우리 한족은 군병이 많아서 길이 없으면 만들어서 가지만 그놈들이야 사람이 없으니 불가능한 일입니다. 염려하지 마시고 계속 진군하시지요."

조조군은 결국 백단을 지나고 평강平岡·영지令支를 거쳐 유성으로 들어가는 산길로 접어들었다. 고원지대는 홍수가 나서 곳곳에 산사태의 흔적이 남아 있었다. 하루하루 계곡을 메워 산길을 만들어가야 했다. 원래 노룡구에서 유성까지는 500리 길인데 중간에 유실된 길을 만들며 가자니 이곳에서만 20여 일을 지체하게 되었다.

500리 길은 길만 좋으면 동호의 기병들이 하루 만에 갈 수 있는 거리이고 한병들도 길어야 7일 정도면 갈 수 있는 거리였다. 다행스럽게도 유성을 200리 앞둔 곳까지 왔으나 동호의 어떤 대응도 없었다. 조조는 전군에게 명하여 이제부터는 유성이 가까우므로 각별히 주의하라고 일렀다. 척후병들을 보강하여 동호의 눈에 띄지 않도록 철저히 준비시킨 뒤 계속 진군하여 유성의 100리 앞에 이르렀다. 조조는 조심스럽게 진영을 구축하라고 지시했다.

100리라면 기병이 바로 접근해 격파할 수 있는 거리이고, 보병이라도 하루만 가면 공격할 수 있었다. 부락을 일일이 공격하는 데 보병보다 강한 군대는 없다. 조조는 이제야 제대로 걸렸다고 생각했다. 그런데 동호가 조조군을 발견하고 말았다. 워낙 대병인지라 몰래 침입한다는 게 불가능한 일이기도 했다. 5만여 명에 이르는 조조군이 100리 앞까지 왔다는 사실이 알려지자 답돈은 즉시 유성에 남아 있는 부족장들을 불러모았다. 원상과 원희도 깜짝 놀라 헐레벌떡 달려왔다. 답돈이 침통한 어조로 말했다.

"세상에 이런 일도 있는가? 지난 여름 홍수 때문에 난리가 났는데 조조군이 소리 소문도 없이 100리 앞에까지 와 있다니 이제 이들이 유성 외곽의 범성까지 오는 데는 반나절도 걸리지 않을 것이고, 거기서 유성까지 오는 데는 하루도 걸리지 않을 것이다. 그들이 당장 경보병과 기병을 동원한다면 우리는 박살이 날 것이다."

답돈은 다시 탄식했다.

"지금 우리는 '싸울 나무(전쟁시 부족들의 병사들을 모으는 군령패)'를 돌릴 시간이 없다. 유성에 남아 있는 장정들이라도 모조리 동원하여 이를 막아야겠다."

답돈의 부장이 말했다.

"임금, 정예 군단을 이끌던 족장들은 모두 동북대평원으로 가버리고 유성에 남은 사람들은 대부분 농민들입니다. 이들이 무슨 전쟁을 하겠습니까? 그리고 그들은 그 전에도 한족들에게 복속되었던 사람들이라 쉽게 이반할 것입니다."

답돈은 화를 내며 큰 소리로 말했다.

"지금, 내게 무슨 다른 방도가 있나? 유성에 있는 장정들 가운데 말을 타고 전쟁할 수 있는 장정들을 모두 동원하라."

답돈의 군대들이 동원되는 것을 본 원상과 원희는 도저히 가망이 없다고 판단하여 수하 수십 명을 대동하고 몰래 우북평을 거쳐 요동으로 도망가고 말았다. 유성에는 이들이 사라진 것에 관심을 갖는 사람도 없었고, 벌집을 쑤셔놓은 듯 병력 동원을 재촉하는 소리만 요란했다.

한편 조조는 때를 놓치지 않고 장요를 선봉장으로 삼아 기병을 총동원하고 경보병과 궁수들을 모두 보내 범성까지 진격하라고 명했다. 조조는 즉시 평소보다 배나 빠른 속도로 후군의 경기병을 거느리고 나갔다. 범성 인근의 백랑산白狼山 앞에 이른 조조는 말을 달려 높은 곳에 올라가 적군을 살펴보았다. 동호의 기병들은 대오를 갖추지도 못하고 우왕좌왕했다. 조조가 장요에게 총공격을 명했다.

장요는 허저·우금·서황 등과 함께 5천 기병의 군사를 네 갈래로 나누어 산을 달려내려가 적진을 공격했다. 미처 싸울 준비를 못한 답돈의 군대는 큰 혼란에 빠지고 말았다. 궁수들의 화살공격이 시작됐다. 더 없이 파란 가을 하늘 아래로 화살이 장대비처럼 쏟아져내렸다. 답돈의 군사들은 여기저기서 쓰러졌다. 대부분 농민이었던 장정들은 혼란을 틈타 투항하거나 이탈하고 말았다. 범성으로 나와서 대적하던 답돈의 군대는 쉽게 허물어졌다.

장요는 유성의 지리에 밝은 전주와 함께 이내 기병을 몰아서 범성을 지나 유성으로 진격했다. 유성은 성 안쪽으로 건물이 늘어서 있었지만 관청을 쉽게 찾을 수 있었다. 대부분 천막에 있던 전사들은 이동한 상태라 성안에는 농민과 상인들만 남아 있었다. 장요는 무엇보다 먼저 답돈을 찾으라고 지시했다. 전주의 안내로 장요의 기병들은 답돈의 군막으로 쳐들어갔다. 이에 답돈의 휘하 심복들이 나와서 접전을 벌였으나 중과부적이었다.

얼마 되시 않아 장요의 장수들은 답돈의 목을 베어 그 목을 창에 매달고 '적장이 죽었다'고 큰 소리로 외쳤다. 수백 명 동호의 기병들이 수천 명의 조조군의 기병에 포위되자 맥을 못 추고 여기저기서 나뒹굴었다. 이어서 보병들이 진군하여 건물 하나하나를 거쳐가며 건물 안에 숨어 있던 사람들을 하나씩 죽이기 시작했다.

조조군의 대학살이 시작됐다. 유성에 있는 모든 야영지는 불질러졌으며 남녀노소를 불문하고 움직이거나 조금이라도 대항하는 자는 모두 죽이라는 장요의 명령이 떨어졌다. 결국 유성에 남아 있던 사람들은 남녀노소 할 것 없이 떼죽음을 당했다. 그리고 유성 주변에서 농사를 짓는 모든 부락과 우북평에 있는 부락민들까지 투항했다. 이로써 발해만 유성에 연해 있던 요서왕遼西王 답돈의 영지는 모두 조조군의 말발굽 아래 짓밟히게 됐다. 조조는 가축들을 있는 대로 도축하여 병사들을 배불리 먹이고 군마로 사용할 말 3천여 필을 노획했다.

조조는 군대를 동원하여 원희·원상을 찾으라는 지시를 내렸으나 이들을 찾지 못했다. 유성의 서쪽으로 갔던 척후병들에 의하면 원희와 원상은 요동의 공손강에게로 피신했다고 했다. 여러 장수와 참모들은 지금 그대로 군대를 몰아 요동으로 가서 원희·원상을 잡아야 한다고 말했다. 그러자 신비가 이를 말렸다.

"이제 답돈을 죽였으니 됐습니다. 더 이상 유성을 넘어 진격하는 것은 무립니다. 우리는 이제 동호의 남쪽 끝 일부를 진압한 것에 불과합니다. 넓고도 넓은 동북대평원에는 루반이 통치하는 동호가 있습니다. 이번 우리의 승전은 지난번 홍수로 인하여 많은 유목민 전사들이 동북대평원 쪽으로 이동했기 때문에 적은 수가 유성에 남아 있었고, 그들이 우리 군의 침입에 대한 대비를 전혀 안했기 때문에 가능한 일이었습니다. 그리고 동호의 단군임금인 루반은 답돈과 사이가 좋지 않기 때문에 이 일을 덮어둘지도 모르지만, 우리가 만약 그들의 영역을 침범하게 되면 우리에게 불리한 상황을 불러올 수도 있습니다. 지금이라도 빨리 철군하여 이들의 침공에 대비하는 것이 상책입니다."

이 말을 듣자 조조가 말했다.

"신공의 말이 옳소. 내가 이번에 위험을 무릅쓰고 원정길에 나서서 다행히도 전주라는 귀인을 만나 성공을 거두었소. 이번에 내가 승리를 거둔 것은 하늘이 도운 것이니, 이런 일이 항상 생기라는 법은 없소. 지난번에 원희와 원상이 충동질하여 유주의 10만 가구가 답돈에게 약탈을 당하고 죽었으니 아마 루반도 이를 이해할 것이오. 공연히 유성에 남아서 위험을 자초할 필요가 무엇이 있겠소."

그러자 하후돈이 말했다.

"물론 루반이나 고구려를 건드려 긁어 부스럼을 만들 필요가 없는 것을 모르는 바는 아니나, 요동 태수 공손강은 오래 전부터 승상께 불복했습니다. 지금 원희·원상이 공손강에게 투항했으니 후환이 있을지도 모르는 일입니다. 아직은 공손강이 대비하지 못하고 있을 것이므로 우리가 답돈을 공격한 것처럼 이 틈에 속전속결로 일을 치른다면 요동 땅도 손에 넣을 수 있는 일 아니겠습니까?"

다른 장수들도 이에 동의했다. 그러자 조조가 말했다.

"제장들 들으시오. 이제 더 이상 원희와 원상은 염려할 바가 아니오. 원희·원상이 답돈과 사이가 나쁜 루반에게 가지 못하고 공손강에게 갔다고 하니 그것은 더 이상 추격할 만한 가치도 없소. 사실 공손강과 원소는 거의 원수나 다름없는 사이인데 제놈들이 가보았자 별 수 있겠소? 내가 유주성에 도착할 때쯤이면 원희·원상의 목이 도착해 있을 것이오. 그 동안 고생이 많았소. 이제 신속히 철수해야 하오. 한 시각도 지체해서는 안 되오. 이들은 동북대평원에서 하루나 이틀이면 이곳에 도착할지도 모르오."

조조군은 그날로 전군을 휘몰아 철수하기 시작했다. 산악 지형에서는 기병들이 힘을 쓰기가 어렵기 때문에 기병부터 신속하게 철수시켰다. 그리고 후군에는 산악전에 능한 궁수들과 중보병들을 대거 배치하고 유성을 철수하여 그 동안 만들어놓은 영지·평강·백단 길을 지나 연성을 통해 유주로 들어갔다. 유주에 도착하자 역현에서 요양하던 곽가가 죽었다는 기별이 왔다.

조조는 슬픈 심정을 억누르며 역현으로 군대를 몰아갔다. 조조가 역현에 도착했을 때, 이미 곽가의 빈소가 설치되어 있었다. 조조는 빈소를 찾아가 제사를 올리고 통곡하며 말했다.

"곽가가 죽다니, 하늘이 나를 버린단 말인가!"

조조는 여러 장수들을 돌아보며 말을 이었다.

"여러분은 대부분 나와 나이가 비슷하지만 곽가는 그 중 가장 젊었소. 이제 겨우 38세에 불과한 나이에 죽다니 참으로 애통하구려. 나는 항상 내가 죽고 나면 그 뒷일을 곽가에게 부탁하려 했는데, 그가 중년에 이렇게 갑자기 죽으리라고는 생각지도 못했소. 내 심장과 창자가 찢어지는 듯하오!"

한편 원희와 원상은 심복 수십 명과 함께 말을 타고 다시 공손강이 있는 요동 땅으로 향했다. 요동 땅은 과거의 연나라 지역으로 양평襄平을 중심으로 동호와 경계를 이루고 있었다. 요동은 공손강이 다스리고 있었다. 요동 태수 공손강은 본래 양평 사람으로 무위장군武威將軍 공손도公孫度의 아들이었다. 공손도는 원래 현도玄度의 낮은 관리였다. 동향 사람인 서영徐榮이 동탁의 중랑장으로 임명되자 공손도를 요동 태수로 추천했다. 서기 190년경 중원이 혼란해지자 요동은 사실상 독립국이 됐다.

요동은 고구려와 답돈의 동호로부터 압박을 받아왔으며 한 황실 조정으로부터도 자유로울 수 없었으나, 중원에서 멀리 떨어진 까닭에 정치적으로 독립할 수 있었다. 공손도가 죽은 후 그의 아들 공손강이 이를 계승했고 동생 공손공公孫恭을 영녕향후永寧鄕侯에 봉했다. 공손강은 원희와 원상이 투항해온다는 소문을 듣고 여러 문무백관들을 불러 대책을 물었다. 공손강의 동생인 공손공이 말했다.

"원희와 원상을 받아들이면 안 됩니다. 원소는 생전에 항상 우리 요동을 차지하려고 했습니다. 원희와 원상이 조조에 쫓겨 갈 데가 없자 이곳으로 투항하려는 것입니다 이것은 마치 비둘기가 까치집을 빼앗는 격입니다. 이들은 범의 새끼들입니다. 범은 살려준 은인에게 고마워하는 것이 아니라 당연하게 생각하고 결국 은인을 잡아먹는 놈입니다. 영천 사람 한복을 보십시오. 원소에게 기주를 내주고도 고맙다는 인사를 받기는커녕 결국 쫓겨나 죽고 말았습니다. 우리가 원씨 형제를 받아들이면 이들은 뒷날 반드시 우리를 해치려 일을 꾸밀 것입니다. 그러니 차라리 이들을 죽여 그 목을 조조에게 바치면 조조는 우리를 후대할 것입니다."

그러자 공손강이 말했다.

"원소가 노리던 땅을 왜 조조가 노리지 않겠느냐? 원씨 형제가 요동으로 온다면 당연히 조조군도 요동으로 내려올 것이니, 오히려 이들을 받아들여 우리를 돕도록 하자."

공손공이 다시 말했다.

"만약 조조군이 추격해 들어온다면 이들이 필요합니다. 세작들을 보내어 탐지해보십시오. 그래서 만약 조조군이 추격해 오고 있는 것이 확실하면 두 원씨를 받아들이고, 조조군의 추격이 없으면 그들을 베어 조조에게 보냅시다."

공손강은 공손공의 진언에 따라 조조군의 추격 여부를 탐지하기 위해 세작들을 보냈다. 한편 요동 땅에 들어선 원상이 원희에게 말했다.

"형님, 요동 땅은 오랑캐를 닮아서 조정에 반하는 일이 많습니다.

이 땅은 벌써 중원으로부터 사실상 독립한 나라나 다름이 없습니다. 요동 왕인 공손강에게는 2만의 군사가 있으니 그는 충분히 조조와 겨뤄볼 만한 자입니다. 우리가 잠시 공손강에게 투항했다가 그를 죽이고 요동을 빼앗도록 합시다. 그러고 난 뒤 힘을 길러 중원과 겨룬다면 하북을 다시 회복할 수 있을 것입니다."

그러자 원희가 말했다.

"지금 우리 처지에 그것은 거의 불가능한 일이네. 세상 일이 어디 우리 마음먹은 대로 되던가? 나는 다만 조조를 피해 남은 여생이라도 좀 편안하게 살고 싶을 뿐이네. 나는 너무 지쳤어. 그리고 공손강이 우리를 받아들인다면 그는 우리의 은인이 아닌가? 그런데 그를 죽인다면 세상이 우리를 가만히 내버려두겠는가 말일세."

원상이 말했다.

"형님, 그렇지 않습니다. 사사롭게 생각하면 은혜를 아는 것이 중요하지만 천하를 도모하는 사람들에게 필부의 은혜는 중요한 것이 아닙니다. 조조를 보십시오. 그가 대세를 도모한다며 무고한 백성들을 살육한 것이 한두 번입니까? 작은 것을 희생시켜 큰 것을 얻고 나니 사람들도 그를 따르는 것입니다. 힘을 길러야지요, 힘을!"

원희가 말했다.

"모르겠네. 나는 다만 쉬고 싶을 뿐이네. 아우는 아우 원하는 대로 하게."

요동 땅에 들어서자 공손강은 병을 빙자하여 나타나지 않았다. 이들 형제는 역관으로 안내되었다. 며칠 후 조조군의 동정을 살피러 나갔던 염탐꾼이 돌아와 공손강에게 보고했다.

"조조군은 지금 역현에 머물러 있으며 요동을 공격할 낌새가 전혀 보이지 않습니다."

공손강은 크게 기뻐하며 미리 도부수를 방장 뒤에 숨기고 그 동안 병이 나서 인사를 못했으니 연회에 초대하겠다며 두 원씨를 부중 연회실로 맞이했다. 원씨 형제는 연회에 초대한다는 말을 듣고 기분 좋게 공손강을 찾아갔다. 서로 간단하게 예를 나누고 공손강은 원씨 형제에게 자리를 권했다. 그런데 방안에는 냉기가 서려 있고 앉을 자리에 의자가 없는 것을 보고 원상이 이상해서 입을 열었다.

"의자가 없구려."

그러자 공손강이 눈을 부라리며 소리쳤다.

"이놈들아, 내가 네놈들의 의도를 모를 줄 아느냐? 너희 두 놈의 목이 장차 1만 리를 갈 텐데 의자가 무슨 필요가 있느냐?"

이 말이 떨어지기 무섭게 방장 뒤에 있던 도부수들이 일제히 달려나와 원상과 원희의 목을 쳤다. 한 사람당 다섯 명의 도부수가 달려들어 몸을 난자한 후 목을 치니 온 방은 피로 얼룩졌다. 비참하게 죽은 원상과 원희의 목이 도끼로 분리되었다. 4대를 이어 정승을 지낸 후한의 명가 원씨 집안의 말로는 이렇듯 처참하게 끝나고 말았다.

공손강은 그날로 원상·원희의 목을 나무상자에 넣어 조조에게 보냈다. 이때 조조는 역현에 주둔하고 있으면서 움직일 생각을 하지 않고 있었다. 옆에서 지켜보던 하후돈과 장요가 답답함을 참을 수 없어 물었다.

"승상, 만약 요동을 공략하지 않으시려면 허도로 돌아가셔야 하지 않습니까? 이렇게 오래 허도를 비워두고 있으면 유표가 가만히 있겠습니까?"

조조가 대답했다.

"곧 원씨 형제의 목이 도착할 테니 그것을 확인하고 돌아가자."

장요가 말했다.

"승상께서는 공손강을 너무 믿으시는 것 아닙니까?"

"내가 공손강을 믿지 않기 때문에 기다리는 것이네. 그놈은 내 움직임에 따라 행동할 것이 틀림없어. 잠시 기다려보세."

그러나 조조의 말을 이해하는 사람은 거의 없었다. 장수와 참모들은 이미 원씨 형제가 근거지를 상실했기 때문에 문제가 되지 않는다고 애써 위안은 했지만 썩 개운한 것은 아니었다. 문제는 조조의 태도였다. 허도로 돌아가는 것도 아니고 요동을 치러 나서는 것도 아닌 어정쩡한 상태가 불안하기만 했다. 그런데 며칠 후 요동에서 공손강의 사자가 원상·원희의 수급을 가지고 도착했다는 전갈이 왔다. 모든 장수들은 놀라움을 금치 못했다. 요동 사자가 공손강의 편지와 함께 두 원씨의 목을 조조에게 바쳤다. 원상·원희의 주검을 확인한 조조는 크게 기뻐하며 사자에게 후하게 상을 내리고 공손강을 양평후襄平侯 좌장군左將軍에 봉했다. 조조는 대소 신료들을 모두 불러 말했다.

"이제 북벌은 모두 끝이 났다. 곽가의 도움이 없었더라면 북방은 결코 평정되지 못했을 것이다."

이 말을 들은 장수들은 죽은 곽가가 어떻게 해서 북방 평정에 도움을 주었다는 것인지 이해할 수가 없었다.

하후돈이 물었다.

"곽가는 죽은 지 이미 오래인데 어찌하여 이번 일에 공이 크다고 하십니까?"

그제야 조조는 곽가가 은밀히 남기고 간 유서를 꺼내 측근들에게 보여주었다.

최근 들어 제가 듣기로 원희와 원상이 요동으로 투항한다고 합니다. 그리 되더라도 승상께서는 그들을 없애기 위해 절대 요동으로 군사를 몰고 가지 마십시오. 원씨와 사이가 좋지 않았던 공손강은 원씨 형제가 투항하는 것을 그리 달갑지 않게 여길 것입니다. 공손강은 원씨 형제를 믿지 않기 때문입니다. 그러나 승상께서 그들을 향해 군사를 일으키시면 그들은 일단 손을 잡고 승상께 맞설 것입니다. 급하게 생각지 마시고 원씨 형제의 목이 도착할 날을 기다리십시오. 공손강이 원씨 형제를 죽여줄 것입니다.

유서를 읽은 참모와 장수들은 다시 한번 곽가의 혜안에 감탄하며 그의 죽음을 아까워했다. 조조는 역현에서 여러 문무백관을 거느리고 다시 제물을 올려 곽가의 영전에 제사를 지냈다. 곽가는 38세의 젊은 나이로 죽기 전까지 약 11년 동안이나 조조를 따라 종군하며 많은 공을 세웠다. 조조는 먼저 곽가의 시신을 운구하여 허도에 안장토록 명하고 군사를 거느리고 기주를 거쳐 허도로 돌아갔다.

이제 북벌의 기나긴 전쟁은 막을 내렸다. 힘겨운 전쟁을 치르고 승상부로 돌아온 조조는 순유와 장요를 비롯한 북벌 공신들에게 골고루 상과 벼슬을 내렸다. 그리고 곽가를 정후에 봉하는 표문을 천자께 올리고 곽가의 아들 곽혁을 승상부에 두고 키웠다. 조조는 허도에 돌아온 후 여러 날 동안 대연회를 열어 그 동안 공적이 많았던 장수들과 참모들을 격려하고 위로했다. 마지막 연회가 있던 날 조조는 문무대신들을 두루 둘러보며 입을 뗐다.

"우리가 여기서 이렇게 기쁨에 취해서 연회를 즐길 수 있는 것은 전장에서 수없이 사라져간 영령들이 있었기 때문이오. 그들을 생각하니 한편 내 마음이 안타깝기 그지없소. 내 이 자리에서 그들에게 만가라도 지어 바치고 싶소."

　빈틈이 없는 사람들의 특징을 보여주기라도 하듯 조조는 어떤 사건에 직면하면 눈앞의 것만이 아니라 뒤도 보고 옆도 보며 앞을 헤아리는 것이 몸에 배어 있었다. 조조가 천천히 자리에서 일어나자 참석자들은 갑자기 조용해지며 조조를 지켜보았다. 연회장 멀리 달이 밝게 빛나고 아름다운 산이 그림처럼 비치는 초저녁이었다. 조조가 단위로 가서 악사들에게 곡조를 지시했다.

　　술잔을 채워라
　　한 잔은 무명 용사를 위해

　　술잔을 채워라
　　운 좋게 살아남은 우리를 위해

　　아침이슬처럼 가없는 인생
　　나는 무엇을 위해 유황을 지고
　　타는 불 속으로 뛰어들었던가?

　　젊어서 장주莊周를 읽었을 때
　　나비의 꿈을 크게 비웃었다.
　　하지만 이제 다시 생각하니
　　꿈속의 불나방이 나였던 줄 알겠구나

술잔을 비웠으니
사라진 모든 것들을 위해 노래부르자
아침해가 솟기 위해
아아, 얼마나 무수한 이슬이
소리 없이 사라져야 하는지!

처연한 조조의 노래와 악사들의 연주가 어우러져 연회장의 분위기가 차츰 가라앉았다. 문신들은 대부분 조조가 건안시대의 문단을 이끌어가는 대시인인 줄 알고 있었지만, 무장들은 조조가 시인이라는 것을 실감하지 못하고 있었다. 그러나 죽은 이들을 애도하는 만가가 흐르자 문신 무장 가릴 것 없이 조조의 노래를 듣고 있던 사람들의 눈에서는 어느새 눈물이 흐르고 있었다. 이들은 전쟁의 달인처럼 보이던 조조가 이렇게 아름답고 슬픈 노래를 즉흥적으로 만들 수 있는 감성의 소유자라는 것을 확인하고는 새삼 놀랐다.

만가를 부르는 조조.
조조는 당대 최고의 일곱 시인으로 구성된 문학 집단 '건안7자(建安七子)'의 후원자이자 그 스스로도 그 시대를 대표하는 시인이었다. 생황·거문고를 합주하는 장면은 한나라 칠기 그림에 근거한 것이며, 편경(編磬)과 편종(編鐘)의 연주 모습은 그보다 앞선 시대의 청동기 문양을 참고하였다.

형주는 춘추전국시대에는 초楚나라 땅으로 서쪽으로는 무당산武當山 무산巫山 등의 험한 산지가 있고 남쪽으로는 장강이 도도히 휘감아 도는 천연의 요새였다. 형주의 매력은 험한 산과 깊은 계곡, 중국을 기르는 강이 만들어내는 빼어난 산수이다. 강하江夏에는 유명한 황학루黃鶴樓가 있다. 황학루는 술집에서 술을 먹은 선비 하나가 술값 대신에 황학을 그려주었는데 훗날 신선이 와서 이 학을 타고 가버렸다는 전설이 서려 있는 누각이다. 황학루는 한나라 최고의 누각으로 여기에 오르면 장강의 거대한 물줄기가 휘돌아가는 것을 한눈에 볼 수 있다.

황학루가 있는 강하 땅은 예형이 죽은 후부터 더욱 유명해졌다. 예형은 황학루 앞의 장강에 떠 있는 섬에서 황조의 칼에 맞아 죽었다. 사람들은 예형의 죽음을 슬퍼하여 예형이 죽은 곳을 예형의 작품 이름을 따라 앵무주鸚鵡州라고 불렀다. 앵무주에 봄 풀이 무성해지면 강물 위에는 희뿌연 연기가 자욱하게 피어오른다. 사람들은 그 연기를 가리켜 예형의 서러움과 못다 한 꿈이 피어나는 것이라고 했다. 그맘때 쯤이면 글을 아는 선비들은 세상을 한탄하고 죽은 예형의 넋을 술로 달래주었다.

형주는 7개의 군郡과 42개의 현縣을 거느리고 있었는데 수부首府는 양양현襄陽縣에 있었다. 형주성 남쪽을 흐르는 장강의 하류는 강동 땅이었고 장강의 상류가 바로 형주를 감싸고 있었다. 형주는 지형상 누구나 쉽게 공략하기 힘든 요새이면서도 중원 통일을 위한 교두보 역할을 하는 땅이기도 했다. 따라서 형주는 후한 말 대권을 노리는 자들의 각축장이 되었다.

형주 남부의 공기는 늘 젖어 있는데다 여름에는 견디기 힘들 만큼 몹시 무더운 곳이었다. 강하의 여름은 특히 지독하여 거의 불구덩이 같았다. 이 지역은 장마철이 따로 없고 봄에도 많은 비가 내렸다. 이곳 강하를 지나 익주 쪽으로 들어가면 동정호洞定湖가 나온다. 동정호는 강남 호수들의 어머니와 같은 곳이다. 주변의 여러 물길이 동정호를 향해 흘러들어 바다만큼이나 큰 호수를 이루었다.

중국 땅은 대개 남쪽의 장강과 북쪽의 장성長城을 경계로 하여 남부·중부·북부로 나뉜다. 중국의 중심이라고 부르는 중원은 장안에서 낙양에 이르는 지역을 일컫는다. 그런데 후한 말 전국에 걸쳐 변란이 계속되자 많은 인재들이 전란을 피해 형주 땅으로 몰려들었다. 형주 땅은 오랫동안 몇 건의 황건 농민의 변란을 제외하고는 큰 전란이 없었을 뿐 아니라 산물이 풍부하고 뛰어난 경치를 자랑하기 때문에 많은 인재들이 이곳으로 피신했던 것이다.

형주 땅의 대호족大豪族으로는 방덕龐德(방통의 숙부)으로 대표되는 방씨龐氏, 황승언黃承彦으로 대표되는 황씨黃氏를 비롯하여 채모蔡冒로 대변되는 채씨蔡氏, 그리고 괴蒯·마馬·습習 씨 등의 가문들이 있었다. 후한 말에 이르러 지방은 거의 이 같은 호족 세력에 의해 움직이고 있었다. 이들의 지지 없이 지역을 다스리는 것은 거의 불가능할 정도였다. 그 동안 유표는 방씨와 채씨, 양대 세력에 전적으로 의지하여 형양구군荊襄九郡을 안정적으로 다스려왔다.

형주의 정신적인 지도자는 양양 사람 방덕과 영천潁川사람 사마휘司馬徽였다. 이들은 형주 땅의 젊은 인재들에게 학문을 전수하기도 하고 시국에 관한 토론도 하며 형주 식자층을 주도하고 있었다. 이들을 따르던 젊은 무리는 남양 땅 등현鄧縣 제갈근과 그의 동생인 제갈량, 방덕의 아들이자 제갈량의 자형인 양양의 방산민龐山民, 방덕의 조카인 방통龐統, 의성宜城 사람 마량馬良과 마속馬謖 형제, 박릉博陵의 최주평崔州平, 영천潁川 사람 서서徐庶와 석도石韜, 여남汝南의 맹건孟建 등이 있었다.

서기 206년 4월. 형주의 봄이 무르익을 무렵이었다. 봄은 산천과 들녘 곳곳에 오색 꽃들을 뿌려놓았다. 방덕의 집에는 추운 겨울 동안 만나지 못했던 젊은 인사나 식객들이 하나둘씩 모이기 시작했다. 이들이 모이면 방덕의 사랑채는 학문 토론의 장이 되곤 했다. 젊은이들이 모여 며칠씩 묵어도 방덕의 집에서는 이를 마다하지 않고 머물도록 배려했다.

이날은 유표가 직접 방덕의 집을 방문하는 날이었다. 그 동안 유표는 여러 번 방덕을 만나고 싶었지만 방덕이 여러 가지 이유로 거절했기 때문에 이제야 겨우 자리를 만든 것이다. 술상이 차려지고 방덕과

방덕의 사랑방에 모인 지식인들. 관직의 국가 고시였던 과거 시험이 아직 시행되지 않던 한나라 시대,
지식인들은 명사의 추천에 의해서야 관직에 오를 수 있었다. 그러므로 방덕이나 사마휘처럼 지인지감이
있다고 알려진 명사의 사랑방은 자연스레 당대 신지식인들의 '인재은행' 이 되었다.

유표가 가운데 앉으니 여러 젊은 인사들이 그 주위에 둘러앉았다. 젊은 인사들 가운데 제갈량·방산민·방통·마량·최주평 등의 얼굴이 보였다. 방덕은 유표에게 젊은 인사를 하나하나 소개했다. 그러다 끝자리에 조용히 앉은 사람을 가리키며 말했다.

"저 사람은 제갈량이라고 합니다. 태산泰山 군승郡丞을 지낸 제갈규의 아들이며 자는 공명公明이지요. 제갈량은 낭야에서 태어나 어려서 부친을 여의고 명공께서도 잘 아시는 백부 제갈현諸葛玄 슬하에서 자랐습니다. 지금 나이가 스물다섯인데 저희 집에 있는 열 수레 분의 책을 다 빌려 읽을 정도로 책읽기에 부지런한 사람입니다. 저는 이 친구를 와룡臥龍이라 부릅니다. 지금은 누워 있는 용이지만 언젠가 때가 되면 구름 위로 날아오를 자입니다."

방덕의 말에 귀를 기울이던 유표가 제갈량을 바라보았다. 깎은 듯 반듯한 이목구비와 투명한 피부가 처음 보는 이의 마음을 붙들기에 충분했다.

"내가 알기로 제갈공은 원래 산동 사람인데 전란을 피해 형주로 왔지요. 속담에 '예로부터 멋진 사람은 산동에서 나온다〔自古山東出好漢〕'는 말이 있지 않습니까? 공자·맹자·순자·묵자·손자 등이 산동에서 태어나셨으니 그럴 만도 하지요. 그건 그렇고 제갈공은 제게 많은 도움을 주신 분으로 형주에서 벼슬을 했지 않소? 일찍이 제갈공의 조카 두 분이 영특하다는 말은 들었으나 벌써 이렇게 장성했소? 제갈공이 돌아가시고 난 뒤에 조카 분들은 어찌하고 있소?"

방덕이 대답했다.

"제갈량의 형인 제갈근은 강동으로 갔습니다. 그는 신의가 깊고 덕행이 높은 사람이지요. 백부인 제갈현이 세상을 떠난 후 제갈량 이 사람은 10년 동안 등현의 융중隆中에서 농사를 지으며 열심히 학문을 닦고 있습니다."

방덕의 말을 듣고 있던 제갈량이 웃으며 말했다.

"그 동안 저는 여기 계신 선생님(방덕)에게 큰 가르침을 받았고, 집안에서는 형님(제갈근)에게 배우기도 했습니다. 그러나 저는 별 재주도 없는 선비로 청경우독晴耕雨讀하고 있습니다."

유표가 제갈량을 보면서 말했다.

"오호, 이분이 그 유명한 제갈근의 아우 되시는 분이군요."

방덕이 웃으며 말했다.

"두고 보십시오. 이 친구는 제갈근과 비교할 수 없는 대재大才입니다. 제자백가는 물론이고 천문과 지리, 병학兵學에 모두 통달한 사람입니다. 제 조카인 방통과 더불어 천하의 기둥이 될 재목입니다. 자랑 같지만 이 사람의 장인이 바로 황승언이고 이 사람의 누이는 제 며느리입니다."

유표가 놀라며 물었다.

"황승언은 제 동서 형님이 아닙니까? 채모가 제 후처의 오라비이니 말입니다. 채모는 제갈량의 처외삼촌이 되는군요."

방덕은 유표에게 나머지 인사들의 소개를 마친 다음 술좌석을 주관했다. 술자리가 무르익을 즈음 마량이 제갈량을 보며 말했다.

"형님, 언제까지 태평스럽게 밭만 갈고 계실 생각입니까? 양양의 관중管仲이라는 분이 어찌 이렇게 조용히 계시기만 한단 말이오?"

제갈량이 겸연쩍은 듯 대답했다.

"내게 무슨 별난 능력이 있다고 그러는가? 어린 시절부터 눈칫밥을 먹고 자란 내가 무슨 입신을 하겠는가?"

마량이 되받았다.

"형님은 그런 말 마시오. 우리가 자유子瑜(제갈근의 자)가 강동으로 갈 때 뭐라고 한 줄이나 아세요? '강동의 손씨가 형주 사정을 모르는 모양이다. 와룡의 집까지 와서 와룡은 두고 가니 그런 바보들이 어디 있는가' 하였소."

옆에 있던 최주평이 거들었다.

"이 사람아, 명리에 관심이 없는 사람이 뭣 하러 그리 열심히 공부했는가? 천하의 꼴을 보니 자네가 나서기도 힘들 것 같네. 기군망상하는 조조가 중원 천하를 다 통일해가니 이제 남은 곳이라고는 강동과 형주밖에 더 있는가?"

최주평은 이각·곽사의 난 때 전사했던 태위太尉 최열崔烈의 아들이었다. 이때 방통이 한마디했다.

"공명이야 자기 재주도 뛰어나지만 양양 땅이 다 알아주는 장인에다 똑똑하고 지혜롭기로 치면 뭇 대장부 빰치는 아내의 내조까지 받고 있으니 언젠가 한번은 용처럼 솟구칠 것이네. 그렇지 않은가, 공명? 자네는 청경우독으로는 만족하지 못하지?"

"오늘 따라 왜들 이러는가? 앉아 있기가 민망하네."

제갈량이 담담하게 미소 지으며 응대했다. 젊은 지식인들의 웃고 떠드는 소리를 비집고 어느새 달빛이 술잔에 비치고 있었다. 그런데 이때 정원을 가로질러 서너 명의 사람이 공손하게 예를 갖추며 들어왔다. 유표가 이들을 반기며 일어나더니 가볍게 나무라듯 말했다.

"왜 이리 늦었는가? 내가 일찌감치 오라고 하지 않았나?"

유표는 이들을 자기 옆자리에 앉히더니 그 중 한 사람을 지목하며 말했다.

"방선생, 이 사람이 바로 한좌장군 의성정후 황숙 유비입니다."

방덕과 유비는 서로 예를 나누고 자리에 앉았다. 유표는 유비를 가리키며 방덕에게 계속 말했다.

"이 아우님이 없다면 저는 아마 형주를 지탱하지 못할 겁니다. 지난번에 장무張武와 진손陳孫이 강하에서 백성들을 강제로 끌어모아 반란을 일으켰을 때 관우·장비·조운과 함께 겨우 군사 5천을 데리고 가서 장무·진손을 없애고 강하를 평정했습니다. 그때 장무·진손의 부하들은 뿔뿔이 흩어졌고 유비는 다시 강하의 여러 고을을 평정하여 안정시킨 다음 제게로 돌아왔지요. 이 아우의 재주와 뛰어난 용맹이 그와 같으니 우리 형주는 끄떡 없습니다. 가끔 남월南越이 불시에 침범하고 한중의 장로와 강동의 손권이 버티고 있어도 이 아우가 있으니 걱정할 것이 없습니다. 유비가 방덕과 유표를 보며 겸손하게 예를 갖추어 말했다.

"방선생님의 높으신 이름을 들으며 늘 우러러왔는데 오늘에야 비로소 뵙게 되어 영광입니다. 저희 형님께서 과찬의 말씀을 하셨습니다. 저는 그리 대단한 사람도, 재주가 있는 사람도 아닙니다. 제가 공을 세웠다면 형님을 위해 세운 것이고 만약 공이 있다고 해도 저보다 저를 따르는 관우·장비·조운 세 장수가 있기에 가능한 것이었습니다. 장비는 남월을 지키고 있고, 관우는 고자성固子城에서 장로를 막고 있으며 조운은 삼강三江을 수비하여 손권을 막고 있습니다."

유표가 방덕을 보며 말했다.

"이 아우님은 늘 이렇게 겸손합니다."

방덕은 유비의 부드러운 첫 인상에 호감이 갔다. 그는 자리에서 일어나더니 유비를 모두에게 소개했다. 유비는 일일이 참석한 인사들에게 허리를 굽혀 인사했다. 젊은 인사들이 저마다 수군거렸다.

"아하, 저 사람이 말로만 듣던 유황숙이구면."

"대단한 무사라고 들었는데 외모는 선비네그려. 조조와 싸웠다는
게 믿기지 않을 정도가 아닌가?"

유비가 제갈량 앞에 와서 서로 인사를 했다. 제갈량은 어둠을 밝
히는 촛불에 비친 유비의 모습에서 처음 대하는 이 같지 않게 친근
감을 느꼈다. 그곳에 모인 젊은 인사들의 평균 연령이나 제갈량 자
신의 나이보다 거의 20세나 연상이었으나 젊은이들에게 예를 갖추
는 모습이 자연스럽고 아름답기까지 했다. 제갈량이 조심스럽게 유
비에게 말했다.

"일전에 한강을 건너 제가 사는 동네로 오셨다는 얘기를 들은 적이
있습니다. 그 넓은 백사장에서 쉬었다 가셨다지요. 천하의 영웅을 이
렇게 뵙게 되어 영광입니다."

유비는 잠시 그때를 떠올리곤 얼굴이 화끈 달아올랐다. 유비는 목
례를 하고 옆에 앉은 마량에게로 옮겨갔다.

유비는 방덕이 초대한 연회를 마치고 신야新野로 돌아갔다. 신야는
남양과 지척의 거리에 있는 곳으로 조조군과의 접경 지역이었다. 형
주가 조조군과 대치하는 최전선의 방어를 유비가 맡고 있었던 것이
다. 그 동안 이상스럽게 조조군의 움직임이 없었다. 유비가 알아낸
정보에 의하면 조조의 북방 평정이 쉽지 않은 모양이었다.

신야로 돌아온 유비는 모처럼 감부인의 처소로 갔다. 항상 미부인
에게 가 있던 유비가 온다는 소식을 들은 감부인은 마음이 들떴다.
미부인은 미축의 동생으로 유비가 정식으로 맞은 부인이었다. 그러
나 감부인은 원래 출신이 미천한데다 홀아비였던 유비의 집안일을

돌보다가 유비의 후실이 되었기 때문에 유비를 늘 가까이 하지는 못했다.

그러나 감부인은 미부인보다 먼저 유비의 마음을 차지한 사람이었다. 유비는 항상 감부인에게 애틋한 정과 함께 미안한 마음을 가지고 있었다. 그래서인지 부부의 정은 감부인과 더욱 깊었다. 유비가 도착하자 감부인은 마음을 다스리지 못하고 얼굴에 홍조를 띠면서 어쩔 줄을 몰랐다. 과거 서주에서 지내던 시절에는 감부인과 자유롭게 운우지정을 나눴는데 미부인과 정식으로 결혼한 뒤로는 그것이 쉽지 않았다. 오랜만에 감부인을 만난 유비는 며칠 동안 감부인 처소에서 보냈다. 그러던 어느 날 감부인이 유비에게 말했다.

"장군, 제가 어젯밤에 이상한 꿈을 꾸었어요. 제가 하늘의 북두칠성을 보고 있었는데 갑자기 그 북두칠성이 제 입으로 들어오는 게 아니겠어요? 너무 놀라서 어쩔 줄 몰랐지만 피할 수도 없었어요."

"어허, 북두칠성을 삼킨다? 그리 나쁜 꿈은 아닌 것 같은데……그것 태몽이 아니오? 나도 이제 50이 다 되어 자식이 생기려나 보오. 나도 후사를 보는 것이 오랜 소원이었소. 내가 그나마 일신이 평안할 때는 기다리던 자식이 생기지 않더니 이제 더 힘들어질 듯할 때 소식이 오다니……"

유비는 늘그막에 자식이 생긴다는 생각을 하니 기쁘고 반가웠다. 그러나 한편으로는 신야 땅 유표의 휘하에서 전방을 지키는 장수에 불과한 자신의 처지를 생각하니 걱정스럽기도 했다. 유비는 이런저런 생각에 잠겼다가 아침에 감부인이 하던 말이 생각났다. 북두칠성을 삼킨다는 것은 예사 태몽이 아닌 것 같았다. 유비는 언젠가 감부인에게서 들은 예산豫山의 선노인鮮老人이 떠올랐다.

며칠 후 유비는 은밀히 비단과 금은을 준비하여 휘하 심복 두 명만 데리고 예산 땅에 있는 선노인을 찾아갔다. 신야에서 예산까지는 그리 멀지 않은 길이어서 오후쯤 되어 선노인 집에 당도할 수 있었다. 유비는 따라온 두 사람에게 마을로 내려가 주점에서 목이나 축이라며 돌려보냈다.

　선노인의 집은 낡고 허름한 초가였다. 유비가 들어서자 젊은 아이 하나가 나와 노인이 있는 방으로 안내했다. 유비가 홀로 방에 들어서서 보니 노인은 병이 들었는지 자리에 누워 있었다. 유비가 노인에게 큰절을 하며 말했다.

　"저는 한좌장군 의성정후 예주 목사 황숙 유비입니다. 대인, 제가 큰 가르침을 얻고자 왔으니 물리치지 마십시오."

　유비는 예의를 갖추어 공손한 표정으로 노인을 바라보았다. 그러나 노인은 자리에 누운 채 별다른 반응 없이 그저 유비를 유심히 쳐다보았다. 유비가 누워 있는 노인에게 찾아온 용건을 이야기하며 감부인의 꿈 이야기를 하자 노인은 깜짝 놀라며 자리에서 벌떡 일어났다. 그리고 난 뒤 유비에게 큰절을 올렸다. 그 바람에 유비도 놀라서 다시 노인에게 절을 했다. 노인이 말했다.

　"앞으로 제가 드리는 말씀은 어느 누구에게도, 이 꿈을 꾸신 마님께도 해서는 안 됩니다. 장차 태어나실 아드님이 황제가 되실 꿈입니다. 남들은 아드님에 대해 여러 말들을 할 것입니다. 그러나 이렇게 왕재를 타고난 사람은 세상에 없습니다. 세상의 많은 부귀영화를 누리시게 될 것입니다."

　유비가 얼굴이 붉어지면서 말했다.

　"제가 받잡기가 민망스러운 말씀이십니다. 저는 지금 말할 수 없이 곤궁한 상태입니다. 제 아이가 천자가 된다면 저도 그에 상응한 능력이 있어야 하는데 지금 저는 아무런 능력이 없습니다. 도대체 그 꿈이 무엇이기에 그런 말씀을 하시는 것입니까?"

선노인이 말했다.

"꿈도 꿈이지만 장군은 왕기가 성성하십니다. 말씀을 드리지요. 원래 건상乾象을 보면 동서남북에 모두 일곱 개의 별이 있습니다. 그 가운데서도 가장 중요한 것이 북두칠성입니다. 북두칠성이라는 것은 인간의 모든 길흉화복을 다스리는 천상원군天上元君이올시다. 이 일곱 개의 별 하나하나는 자식복이나 수명, 재물운 등 사람들의 운을 주관합니다. 이 일곱 별은 늘상 세상을 다니면서 인간의 선과 악을 직접 보고 듣고 하늘로 올라가서 그 사람이 과연 그 복을 받을 만한가를 판단하여 길흉을 내리는 것이지요. 이 일곱 개의 별이 내려오는 횟수는 한 달에 여섯 번, 많게는 아홉 번까지입니다. 마님께서 북두칠성을 삼키고 아기씨를 잉태했다는 것은 무엇을 의미하겠습니까? 북두칠성이란 하늘에서 인간을 다스리는 것인데 그것이 인간으로 화하여 땅으로 내려온다는 말이 아니고 무엇이겠습니까? 바로 천자라는 말이올시다. 아기씨가 태어나면 아두阿斗라고 이름을 지으십시오."

유비는 다시 물었다.

"어르신의 말씀을 들으니 큰 위안이 됩니다. 그러나 지금 저는 말할 수 없는 고난과 희망 없는 지경에 처해 있습니다. 도대체 제가 어떻게 이 난국을 헤쳐나갈 수 있겠습니까?"

선노인이 말했다.

"앞으로도 더 많은 고통이 따를 것입니다. 장군은 신축년辛丑年(서기 161년)생이시니 그 동안 고초가 크신 것은 당연합니다. 원래 장군은 현곤문玄困門이라 젊어서는 온갖 고초와 어려움을 겪게 됩니다. 그나마도 장군은 고향과 부모를 떠나왔기 때문에 운수가 풀린 편입니다. 이제 곧 삼재팔란三災八亂의 액운이 올 것입니다. 병술년丙戌年(서기 206년) 개의 해인 올해는 그 삼재팔란의 액운이 틈을 엿보고 있습니다. 나쁜 액은 내년인 정해년丁亥年(서기 207년) 돼지해에 들어와, 쥐의 해인 후년 무자년戊子年(서기 208년)에 묶여서, 그 다음해인 기축년己丑年(서기 209년)에 빠져나갈 것입니다. 그러나 놀라실 일은 아닙니다. 기쁨이 극에 이르면 슬플 일이 남아 있고, 위기가 극에 이르면 그것은 새로운 기회가 되는 법입니다."

유비는 이 말을 듣자 한편으로는 두렵고 또 다른 한편으로는 가슴이 설레어 다시 물었다.

"참으로 기막힌 일입니다. 황제가 될 아들을 낳고 동시에 온갖 고초가 따른다니요? 지금의 제가 그 모든 일을 감당할 수 있겠습니까?"

선노인이 말했다.

"지금 장군은 형주라는 호수에 갇힌 용, 즉 잠룡潛龍입니다. 장군의 관상을 보니 곧 큰 물을 몰고 올 다른 용이 보입니다. 어떤 경우라도 장군께 다가오는 용을 놓치시면 안 됩니다. 주역의 괘 가운데 '여러 마리의 용이 나타나면 그 머리가 보이지 않아야 길하다[見群龍無首吉]'는 것이 있습니다. 이 괘처럼 장군은 마치 남자의 양물陽物이 여인의 음부陰部에서 춤을 추면 여인이 기쁨으로 화답하듯이 그를 대하십시오. 그러면 장군은 용이 되어 장강의 넓은 호수를 헤엄쳐 다니게 될 것입니다. 머지않아 두 마리의 용이 세상을 변화시킵니다. 하지만 두 용이 못 만나면, 앞으로 대략 100년간 천하통일은 힘들어지고 이후

유비가 취흥에 겨워 속에 품은 용을 드러낸다. 민간 종이 공예의 도안에 근거한 용의
모습은 유비 역시 지배층이 아니라 민간에서 나온 용이었다는 사실을 상징한다.
반면 채모는 형주의 외척으로 명문 호족이었다. 철저한 신분제 사회에 살던 채모의
입장에서는 형주에서 유비의 지분이 점점 커지는 것이 못마땅하지 않을 수 없었다.

수백 년 동안 한나라 백성들은 뿔뿔이 흩어져 조각배에 몸을 싣고 망망대해를 헤매게 될 것입니다."

유비가 무슨 말인지 알아듣지 못한 듯 물었다.

"그 변화는 과연 좋은 것입니까? 그리고 100년 동안 전쟁을 한다는 말입니까?"

선노인이 말했다.

"그 변화가 어떤 것인지는 저도 모릅니다. 용들이 하는 일은 서로 상호작용이 있는 법인데 그것을 제가 어찌 알겠습니까? 그 정도만 아시고 그만 돌아가시지요."

유비는 선노인에게 더 이상 묻지 않고 가져간 비단과 금은을 모두 바쳐 감사의 뜻을 표시했다.

유비가 신야에 머문 지 6년이 지났다. 그 세월만큼 유비에 대한 유표의 신뢰는 깊어갔다. 유유상종이라 유비를 따르는 관우·장비·조운도 하나같이 의리가 있고 신실하여 유표는 이들을 매우 신뢰했다. 하지만 유표가 유비에게 의지하면 할수록 유표의 처남인 채모는 기분이 좋지 않았다.

채모는 양양 사람으로 형주 토박이인데 젊은 시절 한때 조조와 친하게 지낸 적이 있었다. 채모는 형주목인 유표의 대장으로 있다가 그의 여동생인 채부인이 유표의 후처가 되자 유표의 두터운 신임을 얻어 형주의 병권을 장악했다. 채모는 자기보다 나이 어린 유비가 유표와 자주 어울리는 것이 심히 못마땅했다. 그렇다고 유비가 특별히 사람들에게 미움을 사는 일도 없었기 때문에 그를 쳐낼 수 있는 어떤 꼬투리도 잡지 못하고 있었다.

어느 날 채모는 신야의 유비를 초청하여 술을 거나하게 먹였다. 그리고 계속 분위기를 몰아서 유비가 이런저런 소리를 늘어놓게 한 후 뭔가 약점을 잡아볼 심산이었다. 그날 따라 유비는 기분이 우울한 탓인지 다른 날보다 마음이 느슨해져 있었다. 채모가 그런 기분을 돋우자 술에 취한 유비가 넋두리를 했다.

"채장군도 옆에서 보셔서 아시겠지만 저는 이 나이가 되도록 무엇 하나 제대로 이루어놓은 일이 없습니다. 여태껏 일신이 분주하게 천하를 누비고 다녔으나 뜻한 바의 시작도 보지 못했으니 한심하지요. 형주에 온 뒤로는 이상하리 만치 평온하기만 합니다. 지금 제 몸에는 살이 붙어 거동조차 거북할 지경입니다. 저는 일평생을 말안장에서 떠나본 적이 없어 엉덩이에 살 붙을 날이 없었습니다. 그런데 근래 들어서는 오랫동안 말을 타지 않아서인지 허벅지까지 살이 오르고 있어요. 세월은 물처럼 흐르는데 이렇다 할 공을 세우지도 못하며 세상을 살고 있습니다."

채모가 웃으면서 말했다.

"자네도 알다시피 나는 조조와 가까웠던 사람일세. 일찍이 내가 듣기로는 자네가 허도에 있을 때 조조와 매실주를 마시며 영웅을 거론한 적이 있다지? 조조가 '천하의 영웅은 그대와 나 조조뿐'이라고 했다고 들었네. 천하의 대권을 가진 조조도 자네를 함부로 대하지 못했는데 어찌 공을 세우지 않았다고 할 수 있겠는가?"

이 말을 듣자 유비는 감회가 새로운 듯 당시의 분위기에 젖어 실언을 하고 말았다.

"조조가 그런 말을 하긴 했지요. 사실 저도 발붙일 터만 잡는다면 천하의 어중이떠중이들을 일거에 쓸어버릴 수도 있습니다만……"

채모가 허허 하고 실없이 웃더니, 말꼬리를 잡았다.

"이 사람아, 말씀이 과하시네. 천하의 어중이떠중이라니? 우리 주공을 두고 하는 말인가? 아니면 날 두고 하는 말인가? 그렇지 않으면 강동의 손책이나, 익주의 유장을 두고 하는 말인가?"

유비는 갑자기 정신이 번쩍 들면서 술기운마저 사라졌다. 그는 쓸데없는 소리를 한 자신을 자책하며 어찌할 바를 몰랐다. 그러나 이미 엎질러진 물. 채모는 유비의 표정을 살피는 듯 바라보고 있었다. 그러자 유비는 취했다는 핑계를 대고 얼른 역관으로 돌아왔다. 다음 날 유비는 신야로 돌아가고 채모는 유표를 찾아가서 이 일을 고했다.

"주공, 유비의 말을 생각해보십시오. 유비란 놈은 그저 충복으로만 있을 놈이 아닙니다. 조조가 예전에 괜히 그런 말을 했겠습니까? 유비는 숨은 용입니다. 그런 놈이 지금 우리 형주의 호수에 숨어 있다는 말씀입니다. 유비의 말은 마음만 먹으면 형주쯤이야 언제든지 우습게 집어삼킬 수 있다는 것 아닙니까? 요즈음 형주의 많은 인물들이 유비를 따르고 있다는 점도 절대 간과해서는 안 될 일입니다. 조만간에 유비를 제거하지 않으면 나중에 반드시 후환이 따를 것입니다."

유표는 실망스런 표정이 되어 아무 말 없이 고개만 끄덕였다. 그러다 잠시 후 무거운 목소리로 말했다

"유비는 그런 사람이 아닐세. 물러가게."

채모는 유표에게 다시 무언가 말을 하려다 유표가 더 이상의 대화를 꺼리는 것 같아 몸을 일으켜 나왔다. 유표는 채모의 말을 듣고 내색은 하지 않았지만 유비에 대한 배신감으로 불쾌한 마음을 가라앉힐 수가 없었다. 유비의 실언이 그 원인이긴 했지만 채모가 은연중에 부추긴 것이 더 크게 작용했다.

채모는 자신이 유비의 말을 유표에게 하면 유표가 당장 어떤 행동을 취할 것으로 기대했으나 별 반응도 없이 어정쩡한 태도를 취하자 화가 났다. 그렇지 않아도 유비만 지나치게 신뢰하고 있는 듯하여 마음이 편치 않았는데 이번 일로 더욱 울화가 치밀었던 것이다. 채모는 유표를 부추길 것이 아니라 스스로 일을 만들어야겠다고 생각하고 누이동생 채부인을 찾아갔다. 채부인은 채모가 오자 뛰어나와서 예를 올렸다. 채모가 채부인에게 말했다.

　　"마님, 곁방살이 하는 유비를 저대로 두어서는 안 될 것 같습니다. 제가 어제 유비와 같이 술을 마시며 넌지시 그놈의 의중을 떠보았는데 이 자가 형주를 우습게 알 뿐만 아니라 언젠가는 단칼에 형주를 집어삼킬 심산이었습니다. 제가 그 말씀을 드렸는데도 주공께서는 유비를 지나치게 믿고 계십니다. 마님께서 주공을 잘 설득해보십시오. 유비란 놈이 일을 만들기 전에 그놈을 제거해야 형주의 안전이 계속 유지될 것입니다. 그것도 안 되면 형주 땅에서 내쫓아야 합니다. 그렇지 않아도 형주에서 이 자를 따르는 무리들이 늘어만 가는데 이대로 놓아둔다면 유종劉琮(채부인 소생) 공자가 탈 없이 가업을 보존하리라는 보장을 할 수 있겠습니까?"

　　이 말을 듣자, 채부인은 몹시 긴장하여 얼굴이 붉으락푸르락해지더니 정신이 없는 듯했다. 그날 밤 채부인은 유표와 베개를 나란히 베고 누워 말했다.

　　"영감, 유비라는 자를 너무 믿지 마세요. 제가 듣기로 형주의 많은 인재들이 유비 주변으로 몰리고 있다고 합디다. 게다가 유비에 대한 민심도 만만치 않다고 들었어요. 그를 죽이든가 당장 내치세요, 영감. 그 자를 형주에 두어 하나도 이로울 것이 없어요."

유표가 말했다.

"유비는 어진 사람이오. 세상 인심을 얻었다 하여 쉽게 마음을 바꿀 사람이 아니오."

채부인은 토라져 누우면서 말했다.

"세상 사람 모두가 당신 마음 같은 줄 아셨다간 후회할 일이 생길 거예요."

그러자 유표가 말했다.

"나도 처남에게 들어서 대충은 알고 있소. 그러나 처남은 우리 형주가 처한 상황을 모르고 있소. 지금 조조는 북방을 평정했소. 이제 남은 곳은 형주뿐이오. 강동의 손권이 있다 해도 아직은 애송이고 그곳은 오지 중의 오지라 천하에 별다른 영향을 주지 못하오. 익주는 이보다 더한 오지요. 조조는 아마 강동이나 익주는 신경도 쓰지 않을 것이고 익주의 유장 또한 바로 투항할 사람이오. 이제 내 나이도 65세, 북망산北邙山을 가도 벌써 갔을 나이 아니오? 부인도 알다시피 나는 조조와 사이가 나쁘지 않소. 천하에 조조와 싸워서 살아남은 사람은 유비뿐이오. 그러니 지금 우리 형주에서 조조를 막아낼 사람은 유비밖에 없다는 말이오. 큰아들 유기劉琦나 유종은 이 일을 감당할 수가 없어요. 내가 죽은 후 조조에게 투항을 한다면 어떨지 모르겠으나 지금은 곤란하오. 설령 내가 조조에게 투항을 한다 해도 죽임을 당하거나 죽이지 않더라도 그와 똑같은 대접을 받을 거요. 부인도 이 점을 염두에 두시오. 말이 났으니 말이지 형주는 지금 바람 앞에 등불이요, 폭풍 앞의 조각배 신세라오. 누구라도 도움을 줄 만한 사람이면 붙잡고 매달려도 시원찮을 판에 내치라는 것이 말이 되오?"

채부인도 할 말이 없었다. 그리고 형주가 그처럼 위기에 처해 있음을 실감하고 가슴이 갑갑해져왔다. 며칠 후 형주성(양양)에 신야의 유비가 잠시 다니러 왔다. 그때 유표가 우연히 유비가 타고 온 말을 보게 되었다. 유난히 윤기가 흐르는데다 말의 발이 강하고 날렵하며 근육이 시원스럽게 뻗어 있는 것을 보고 유표가 무심코 말했다.

"말이 참 시원스럽게 생겼네. 이 말은 어디서 샀는가?"

유비가 말했다.

"이 말은 원래 장무張武가 타던 말입니다. 형님께서 원하시면 타십시오. 아주 훌륭한 말입니다. 아마 호마胡馬(북방의 말)인 듯한데 하루에 수백 리를 달려도 거뜬합니다."

유비가 선뜻 말을 내주자 유표는 사양을 했지만 얼굴에는 좋은 기색이 역력했다. 유비가 더욱 양보하여 말을 내주자 유표는 흐뭇해하며 마다 않고 말을 받았다. 성안으로 들어간 유표는 휘하 참모들에게 유비가 준 말을 자랑했다. 그런데 이 광경을 보던 괴월이 뜻밖의 말을 했다.

"이미 돌아가셨지만 저희 형님이신 괴량은 말을 아주 잘 보셨습니다. 저도 형님께 들어서 말을 조금은 볼 줄 압니다. 이 말은 위험한 말입니다. 이 말의 눈과 이마를 보십시오. 보시는 대로 눈아래에 눈물 구덩이가 있고, 이마에 흰점이 있으니 이 말은 바로 적로마的盧馬입니다. 속설에 의하면 적로마를 타면 그 주인이 해를 입는다는 말이 있습니다. 장무가 죽은 것도 아마 그것과 무관하지는 않을 것입니다. 주공께서는 이 말을 타지 마십시오."

유표는 괴월의 말을 듣고 신경이 쓰였다. 다음날 유표는 사람을 시켜 일을 마치고 돌아가는 유비를 불러 같이 점심식사를 마친 후 술상을 마주하고 앉았다. 유표가 유비에게 말했다.

"이보시게 아우. 어제 아우가 준 그 준마를 달려보니 그 말을 타기에는 내가 너무 늙은 것 같으이. 저 말은 자네 같은 장군들이 타야지 나 같은 늙은 것이 타서는 아무 소용이 없네. 내가 어제는 욕심이 과했네. 자네가 도로 가져가게."

유비는 이 말을 듣고 크게 고마움을 표했다. 유표는 다시 말을 이었다.

"그래, 요즘 신야는 어떤가, 있을 만하던가?"

"형님께서 배려해주시는 덕분에 아주 편안하게 잘 있습니다. 형님께서도 아시는 바와 같이 양양의 신야현은 재정이 풍족한 곳입니다. 저의 군마가 주둔하기에는 최상입니다. 형님의 은혜에 항상 고마워하면서 조조군의 일거수일투족을 감시하고 있습니다. 현재 조조군은 남양까지 와 있습니다. 신야는 최전선이라 조금도 감시를 게을리할 수가 없습니다. 그래서 일부 병력들은 형님께서 배려해주신 대로 증강을 했습니다. 그런데 조조가 북방을 평정하면 이내 형주로 남정군南征軍을 파견할 것 같은데 지금 증강한 병력으로도 역부족일 것 같아 걱정스럽습니다."

유표도 이에 동조하면서 "알아서 조치하고 단단히 대비하라"고 일렀다. 유비는 유표와 작별한 후 심복 몇 명과 신야로 돌아가기 위해 역관으로 가서 말을 탔다. 이때 누군가가 유비에게로 와서 길게 읍하며 인사를 했다. 그 동안 자주 본 유표의 식객 산양山陽 사람 이적伊籍이었다. 유비가 반가워서 말을 건네자 이적이 다급한 듯 소리쳤다.

"장군, 그 말을 타지 마십시오."

유비가 놀라서 급히 말에서 내려 그 까닭을 물으니 이적이 대답했다.

"어제 형주성에 갔다가 괴월이 유표에게 '이 적로마를 타면 해를 입습니다'라고 하는 말을 들었습니다. 그래서 그 말을 장군에게 다시 돌려준 것입니다. 장군께서도 그 말을 타지 마십시오."

유비는 이적에게 허리를 굽혀 감사의 예를 올렸다.

"선생께서 저를 위해서 이곳까지 달려와 그런 말씀을 해주시니 얼마나 감사한지 모르겠습니다. 그러나 사람이 죽고 사는 것은 명에 달린 것인데 어찌 이 말이 나를 해치겠습니까? 잘못은 사람이 하는 것이지 어찌 말에 책임이 있겠습니까?"

이적은 이 말을 듣고 유비의 후덕함에 또 한번 감복했다. 그 동안 유비는 신야에 주둔하면서 자기 군대가 민폐를 끼치지 않도록 최선을 다하며 무슨 일이든 공정하게 처리하기 위해 애썼다. 그러다 보니 신야의 백성들은 날이 갈수록 유비를 따르고 신뢰했다.

형주에서 돌아온 얼마 후 유비는 산기産氣가 있는 감부인을 보살피러 갔다. 봄꽃이 화창하게 피어 있었다. 며칠 후 감부인이 아들 유선 劉禪을 낳았다. 감부인이 유선을 낳던 날, 한 쌍의 학이 감부인 처소 지붕 위를 높이 날더니 40여 번이나 큰 소리로 울다가 멀리 서쪽으로 날아갔다. 그리고 아기를 낳을 때는 알 수 없는 향기가 방안에 가득 퍼졌다. 유비는 지난해 만났던 선노인의 말이 생각나서 아이의 아명을 아두라고 했다.

감부인은 유비가 예주에 부임하여 소패에서 살 때 첩으로 삼았던 사람이다. 유비는 본처를 여러 차례 잃어 홀로 지내고 있었는데 집안 일을 맡아 돌보던 감씨에게 각별한 정을 느끼고 동거를 하게 됐다. 그러다가 유비가 서주에서 미축의 여동생인 미부인을 맞아서 본처로 삼자 감부인은 후실이 됐다. 그러나 '어미는 아들로 인해 귀해진다

〔母以子貴〕는 말처럼 감부인은 아들 아두를 낳고 정식 부인으로 승격했다. 그러나 미부인을 오랫동안 형님으로 받들며 예를 다해 모셔왔던 감부인은 아들을 낳은 뒤에도 변함 없이 미부인을 섬겼기 때문에 둘의 관계는 예전과 다름없이 화목했다.

몇 달이 지난 후, 유표가 상의할 일이 있다며 유비를 청했다. 두 사람은 후당에서 취하도록 술을 마셨다. 가슴에 하고 싶은 말이 있는 듯 한숨을 토해내던 유표가 갑자기 눈물을 흘렸다. 유비가 놀라서 우는 까닭을 묻자 유표가 눈물을 닦으며 말했다.

"나는 이제 많이 늙었네. 올해도 무사히 넘길 수 있을지 알 수 없어. 벌써 예순하고도 다섯이 아닌가. 아우도 알다시피 내게는 두 아들이 있네. 전처인 진씨陳氏 몸에서 난 큰아들 기는 어질기는 하지만 우유부단하여 큰 일을 도모할 만한 아이는 못 되네. 그리고 후처 채씨에게서 난 작은아들 종은 어리지만 일 처리가 빠르고 총명한 편일세. 그리고 채씨 욕심이 유달라서 유종을 후사로 세우려 하네. 장자를 폐하고 작은아들을 후사로 세운다면 예법에 어긋나고 결국은 원소 장군의 꼴이 나지 않겠는가? 그것이 걱정일세. 그렇다고 유기를 내 후사에 세운다면 군권을 쥐고 있는 채씨 문중이 필시 변란을 일으킬 텐데 이 일이 예삿일인가 말일세."

유비가 이 말을 듣고 입을 열었다.

"예로부터 장자를 폐하고 작은아들을 후사로 세워 평안했던 때가 없었습니다. 형님께서도 말씀하셨지만 원씨가의 몰락도 그와 무관하지 않습니다. 제가 보기엔 장자로 후사를 세우는 것이 맞습니다. 만약 채씨의 권세가 지나치면 서서히 억제해 나가십시오. 작은아들을 편애하여 후사로 세우면 반드시 변란이 일어납니다."

유표는 침통하게 유비의 말을 듣고만 있었다. 한편 채부인은 유표가 노환이 있는데도 굳이 유비를 불러 술을 마시는 것이 마음에 걸렸다. 채부인은 유표와 유비가 있는 후당으로 가서 병풍 뒤에 숨어 두 사람의 이야기를 몰래 엿들었다. 채부인이 유비의 말을 듣고 화가 나 몸을 부르르 떨었다. 그녀는 '올 것이 왔구나'라는 심정으로 손이 하얗게 되도록 주먹을 움켜쥐었다.

유비는 상식적인 수준에서 자신의 생각을 얘기했지만 말을 하고 보니 예삿일이 아니었다. 채모를 중심으로 한 채씨 집안의 세도가 만만치 않았기 때문이다. 그날 밤, 채부인은 은밀히 채모를 불러 이 사실을 얘기했다. 채모가 분한 마음을 감추지 못하고 입을 열었다.

"마님, 차라리 심복들을 보내 역관에 있는 유비를 죽인 다음 주공께 알리는 것이 좋겠습니다."

"오라버니의 말이 옳아요. 일단 일을 저지르고 나면 영감도 어쩌지 못할 것이 아니에요? 유기보다 그 승냥이 같은 유비가 더 무서운 놈이오."

채모는 즉시 밖으로 나가 심복들을 모으고 군사를 점검했다. 형주성 안의 객실에 묵고 있는 이적이 평상시와 달리 성안이 소란스러운 것을 이상하게 여겼는데 마침내 사정을 알게 되었다. 이적은 곧바로 유비가 머물고 있는 역관으로 말을 타고 달려갔다. 한편 유비는 역관에서 잠을 이루지 못하고 홀로 촛불을 켜놓고 자정 무렵까지 이 생각 저 생각에 잠겨 있었다. 낮에 본 것처럼 유표의 현재 상황을 생각하니 자신의 거취를 고민하지 않을 수 없었다.

'조조는 남정을 하려 하고 유표 형님은 이제 내일을 기약할 수 없을 만큼 연로했으니 만약 유표 형님이 돌아가시면 형주에 발붙이기

가 쉽지 않을 것이다. 아두는 천자가 될 운명을 타고났다는데 나는 이것이 무슨 꼴인가?'

이때 갑자기 누군가가 문을 두드리더니 황급히 들어왔다. 이적이었다.

"장군, 오늘 밤 채모가 장군을 해치려고 이리로 올 것입니다. 지체 마시고 이곳을 떠나십시오!"

유비는 그렇지 않아도 불안한 마음을 달래고 있던 차에 이적의 말을 들으니 더 이상 생각할 것도 없었다. 유비는 이적에게 감사를 표하고 적로마에 올라 급히 신야를 향해 떠났다. 이어 채모가 군사를 이끌고 역관에 들이닥쳤으나 이미 유비는 멀리 떠난 뒤였다. 채모가 한발 늦은 것을 후회하며 이곳저곳을 둘러보았지만 유비는 흔적도 없었다. 우왕좌왕하던 채모는 미리 준비해간 시 한 수를 벽에다가 휘갈겼다. 그러고 나서 유표에게 달려갔다.

"주공, 제가 오늘 저녁에 유비를 접대하려고 술과 안주를 준비해서 역관으로 갔는데 유비가 급히 말을 타고 신야로 돌아갔다고 하더군요. 이상하게 여겨져 그가 묵던 방안에 들어가보니 벽에 시 한 수가 씌어 있는데, 주공을 배반할 작정으로 쓴 듯합니다. 이대로 놔두면 큰 사단이 날 것이니, 당장 신야로 가서 유비를 사로잡아야겠습니다."

유표는 깜짝 놀라 말했다.

"그게 무슨 말이냐? 유비는 지난 밤 나와 같이 술을 마셨는데 배반이라니? 설령 유비가 날 배반한다고 해도 그렇게 조급하게 굴 것은 없지 않느냐? 어디 그가 썼다는 시를 보러 가자."

유표는 채모와 함께 말을 타고 유비가 묵었던 역관으로 달려갔다. 거기엔 과연 급하게 휘갈긴 필체의 시 한 수가 씌어 있었다.

여러 해 동안 꿈을 펼치지 못하고
부질없이 옛 산천만 보았구나.
용이 어찌 연못 속의 짐승이랴?
천둥을 타고 하늘로 오르리.

유표가 시를 읽자 지금까지 설마 했던 의구심이 불현듯 일어났다. 유표는 당장 채모에게 유비를 잡아오라고 명령을 내리려다 잠시 다른 생각이 머릿속을 스쳤다.

'유비와 지금껏 호형호제하며 지내왔으나 그가 시를 짓는 것은 본 일이 없다. 음악을 듣거나 말을 달리는 것은 즐겼으나 직접 시를 짓거나 읊조리는 것조차 본 일이 없는데 난데없이 저렇게 잘 다듬어진 시를 지었다는 것은 믿을 수 없는 일이다. 이 시는 누군가 유비와 나 사이를 이간시키기 위해 만들어낸 것이 분명하다.'

유표는 채모에게 이 일이 다른 사람들, 특히 채부인의 귀에 들어가지 않도록 주의하라고 단단히 일러두고 나서 칼을 뽑아 벽에 씌어진 시를 긁어냈다. 그러자 채모가 다시 유표에게 말했다.

"주공, 이 문제는 단순한 것이 아닙니다. 지금 시중에서 떠도는 아이들의 노랫소리를 들어보시지 못하셨습니까?"

"그게 무엇인고?"

채모는 즉각 대답했다.

"아이들이 노래를 지어 부르길 '형주의 천명이 돌아갈 곳 따로 있네. 진흙 속에 서린 용이 하늘 향해 나는구나[到頭天命有所歸 泥中蟠龍向天飛]'라고 한답니다. 이 말은 유비가 형주를 집어삼킨다는 뜻이 아니고 무엇이겠습니까?"

유표가 말했다.

"시중에 떠도는 노래가 무슨 그리 큰 의미가 있다고 그러는가? 그 것은 귀에 걸면 귀고리요, 코에 걸면 코걸이일세. 원래 하늘을 나는 용이라는 것은 천자를 말하는데 설령 유비가 형주를 가진다 한들 그 것이 무슨 천자가 되는 길인가? 조조는 형주의 열 배나 되는 땅과 형 주의 수십 배에 달하는 인재들을 가지고 있으면서도 천자가 되지 못 하고 있네. 천명을 받는다는 것이 그리 쉬운 일이면 나도 벌써 천자 가 되었을 걸세. 그뿐인가? 지금 허도에는 엄연히 천자가 계시고 조 조의 힘은 이제 아무도 꺾지 못하게 되었네. 만에 하나 유비가 조조 를 꺾는다 해도 유비가 천자를 폐할 사람인가? 성급히 굴지 말고 좀 더 신중해지게."

채모는 일이 실패로 돌아가자 이를 갈며 다시 유비를 없애버릴 계 책을 짜내기에 여념이 없었다. 유표의 노환도 하루가 다르게 깊어져 채모의 마음은 더욱 바빠졌다. 유표가 죽기 전에 자신의 조카를 그의 후사로 낙점시켜놓아야 했기 때문이다. 마침내 채모는 다시금 얼마 남지 않은 중양절重陽節(음력 9월 9일)을 거사일로 정했다. 중양절 행 사를 핑계로 자연스럽게 유비를 형주성으로 불러들여 기회를 보아 죽여버릴 속셈이었다. 중양절은 온 가족이 가까운 언덕이나 낮은 산 에 올라가 수유茱萸 가지를 머리에 꽂고 국화 술을 마시며 액막이를 하는 풍습이 있는 국가적인 큰 명절이었다.

하지만 채모가 중양절을 준비하고 있는 동안 유표는 노환이 심해 져 자리에 눕고 말았다. 때를 기다리고 있었다는 듯 채모는 형주의 모든 권력을 장악했다. 중양절을 하루 앞둔 날 채모가 병석에 누운 유표에게 말했다.

"내일은 중양절이니 가족들이 산 오르기를 마친 저녁에 문무백관들을 형주성으로 초청하여 그간의 노고를 위로하고 올해의 풍년도 축하하는 자리를 마련하기로 했습니다. 그러니 내일은 주공께서도 기운을 차리셔서 꼭 참석해주십시오. 신야에 있는 유비 장군도 초대했습니다."

채모의 속셈을 모르는 유표가 말했다.

"그래, 그렇지 않아도 그 아우가 보고 싶었다. 상의할 일도 있고……. 꼭 청해 오너라."

채모는 속으로 기뻐하면서 다시 사람을 보내어 유표의 청으로 중양절 저녁 연회에 꼭 참석할 것을 바란다는 말을 유비에게 전했다.

한편 신야로 돌아온 유비는 마음이 편치 않았다. 자신의 목숨이 위태로워진 것은 유비 자신이 두 가지 실언을 한 탓이라는 데 생각이 미쳤다. 하나는 채모에게 '어중이떠중이를 쓸어버리겠다'고 한 말이었고 또 다른 하나는 유표에게 '유기를 후사로 세우라'고 한 것이었다. 이 문제는 다른 사람에게 쉽게 털어놓을 수도 없는 것이어서 유비의 마음은 더욱 무거웠다.

신야 땅에도 명절이 오니 온 동네가 축제 분위기에 젖었다. 남월을 지키던 장비, 고자성의 관우, 삼강을 수비하던 조운이 모두 신야로 가족을 거느리고 모여들었다. 이런 가운데 형주성에서 사자가 찾아와 중양절 연회에 유비를 청한다는 말을 전했다. 유비는 갈 수도, 안 갈 수도 없는 상황에 처해 혼자 고심했다. 명절을 맞았는데도 유비의 얼굴에 근심이 가득한 것을 보고 손건이 말했다.

"주공께서는 무언가 말 못할 고민이 있으십니까?"

유비는 할 수 없이 그 동안 있었던 일을 관우와 장비, 손건에게 털어놓았다. 유비의 말을 심각하게 듣던 손건이 말했다.

"가지 않는 것이 좋겠습니다. 최근 형주의 유표는 노환으로 병석에 누운 지가 꽤 되었다고 들었습니다. 현재 형주는 채모의 손에 놀아나고 있다고 해도 과언이 아닙니다. 원래 중양절은 가족과 함께 보내는 명절이 아닙니까? 형주성에 있는 문무관료들이야 중양절 연회에 참석한다지만, 신야 땅에 계시는 주공까지 초청한 것은 아무래도 이상합니다."

관우가 말했다.

"형님께서는 실언을 하셨다고 하나 그것은 형님의 지나친 생각일 수도 있습니다. 듣기에 따라서는 누구나 할 수 있는 말 아닙니까? 형주성은 이곳에서 가까운 곳입니다. 그런데 가지 않으면 오히려 더 의심받지 않을까요?"

유비가 고개를 끄덕이며 말했다.

"아우님 말씀이 맞네. 지척에 있는데도 가지 않으면 그것이 더 이상하겠지?"

조운도 거들었다.

"제가 군사를 거느리고 주공을 모시고 다녀오면 어떻겠습니까?"

유비가 얼굴이 환해지며 말했다.

"그렇게 하도록 하지."

이어 유비는 관우·장비·조운에게 일렀다.

"내가 형주에 다녀오는 대로 바로 위수지역衛戍地域(군인들이 수비하는 영역)을 신야로 옮길 것이다. 최근 들어 조조군의 동태가 심상치 않다. 신야에 모두 합류하여 이들의 움직임에 대비해야 할 것이다."

다음날 아침을 가족들과 함께 보낸 유비는 조운과 수하 100여 명을 데리고 양양으로 갔다. 그날따라 웬일인지 채모가 성밖까지 나와서 유비를 맞이했다. 채모 뒤에 유표의 두 아들 유기와 유종도 함께 나와 있었다. 유비는 유표의 두 아들까지 나와서 자기를 영접하자 다소 안심이 됐다.

밤늦게까지 연회가 벌어졌으나 유표는 나오지 않았다. 유비는 유표가 끝내 보이지 않자 걱정이 됐다. 아무래도 유표의 건강이 심상찮게 느껴졌기 때문이다. 그날 유비는 역관에서 쉬었다. 조운은 100여 군사를 거느리고 갑옷과 투구를 걸친 채 역관을 호위했다. 하룻밤을 무사히 넘긴 유비는 유표의 안부가 궁금했으나 신야의 일이 급하여 역관을 떠날 채비를 서두르고 있었다. 그때 유표의 아들 유종이 찾아와서 유비에게 청했다.

"아버님께서 병환중이라서 거동이 몹시 불편하십니다. 그래서 제가 아버님의 명을 받고 이곳에 왔습니다. 아버님께서는 오늘 오후 특별히 숙부님을 청하여 각처의 관리들을 위로하고 격려해주시는 것이 좋겠다고 하십니다만……."

유비가 유종의 말을 듣고 대답했다.

"내가 무슨 그럴 자격이 있겠나? 그러나 형님께서 그리 말씀을 하셨다면 따를 수밖에 없지."

한편 형주성에는 인근의 9군 42주현의 현관縣官(현의 관리)들이 속속 모여들었다. 채모는 계획했던 일을 실행에 옮기기에 앞서 미리 괴월을 불러 자신이 작정한 바를 말했다.

"유비를 이곳에 오래 머물게 하면 반드시 후환이 있을 것이네. 자네도 그리 생각지 않는가? 그러니 오늘 당장 죽여버리세."

괴월이 난감한 표정을 지으며 말했다.

"글쎄, 무슨 명분으로 백성들의 신망이 높은 사람을 죽인단 말입니까?"

채모가 그 동안의 일들을 이야기하며 설득하자 괴월도 동감했다.

"그러나 유비는 산전수전을 다 겪은 사람이니 죽이기가 쉽지 않을 것입니다."

그러자 채모가 기다렸다는 듯 자신의 계획을 이야기했다.

"내 생각도 마찬가지네. 그래서 내가 미리 준비를 해두었지. 동문 고개 대로변은 이미 내 아우 채화蔡和가 지키고 있고 남문 밖은 채중蔡中이, 북문 밖은 채훈蔡勳이 막고 있네."

괴월이 물었다.

"서문은 왜 그대로 두십니까?"

"서문은 지킬 필요가 없을 것 같네. 서문 밖 앞에는 큰 냇물이 가로 지르고 있으니, 유비가 도망칠 수는 없지 않겠나?"

"조운이 옆에서 유비를 지키는데 유비를 죽이는 것이 가능하겠습니까? 설령 형주성을 포위해서 도망치는 유비를 막는다 해도 성내에는 지금 현관들이 모두 모여 있습니다. 그러니 성안에서 피를 흘리게 할 수는 없어요. 차라리 문빙文聘과 왕위王威를 시켜 바깥 대청에서 무관들을 별도로 대접하게 하여 조운을 밖으로 불러낸 다음 해치웁시다."

채모는 괴월의 말을 따르기로 하고 무관들을 위해 소와 말을 잡아 바깥 대청에서 크게 잔치를 베풀었다. 한편 유비는 조운과 함께 적로 마를 타고 정청으로 나갔다. 연회장 안에는 이미 여러 문무백관이 모여 유비를 기다리고 있었다. 유비가 유표를 대신하여 중앙에 앉자 유표의 두 아들이 유비의 좌우에 하나씩 앉았다. 조운은 칼을 차고 유비 옆에 서 있었다.

　유표를 대신하여 그간 관리들의 노고를 격려하는 유비의 말이 끝나고 술잔치가 시작됐다. 술이 몇 순배 돌자 문빙과 왕위가 들어와 조운에게 무관들의 연회가 있는 바깥 대청으로 가자고 청했다. 조운은 이를 사양하고 가지 않으려 했으나 이를 본 유비가 웃으면서 조운에게 말했다.

　"이 자리에서 무슨 일이 있기야 하겠는가? 잠시 가서 어울리다 오게. 너무 사양을 해도 예가 아니지 않겠나?"

　조운은 할 수 없이 유비를 두고 무관들의 잔칫상으로 나갔다. 채모는 모든 준비를 끝낸 다음 조운이 유비 곁을 뜬 것을 보고 유비의 군사들에게 모두 역관으로 돌아가 있도록 명했다. 유비는 이곳에 들어올 당시의 모든 호위에서 벗어나 있는 셈이었다. 채모의 군사들은 형주성 곳곳에서 군호만 기다리고 있었다. 유비는 유종·유기와 이런저런 얘기를 나누며 기분 좋게 술을 마시고 있었다. 그런데 멀리 있던 이적이 술잔을 들고 유비 앞으로 나와 술을 권하면서 나직이 속삭였다.

　"옷을 갈아입으십시오."

　유비는 낌새가 이상하여 자리에서 슬그머니 일어나 적로마를 매어둔 후원으로 갔다. 이적은 유기와 유종 등 유비 주위의 여러 사람들에게 술잔을 권하더니 다시 후원으로 나가 유비에게 속삭였다.

　"지금 채모가 공을 해치려고 성의 전부를 포위했습니다. 오직 서쪽만 열려 있는데 그곳에는 큰 내(川)가 있습니다. 하지만 어떻게든 피신하도록 하십시오."

　이적은 말을 마치자 이내 어둠 속으로 사라졌다. 유비는 깜짝 놀라

급히 적로마에 올라 후원의 문을 열고 단신으로 날 듯이 말을 달려 서문을 빠져나갔다. 한편 유비가 탈출했다는 보고를 받은 채모는 즉시 말에 올라 매복시켰던 500여 명의 군사를 거느리고 서문 밖으로 달려나가 유비를 추격했다.

유비는 멀지 않은 곳에서 채모의 군사들이 몰려오는 것을 보고 몹시 다급해져 더욱 세차게 말을 몰았다. 그러나 얼마 가지 않아 유비 앞으로 가파른 계곡이 나타났다. 계곡 아래로는 거칠고 세찬 물결이 넘실대고 있었다. 폭이 몇 장이나 되며 상강湘江과 연결되어 물결마저 거세었다. 유비가 당황하고 있는 사이 채모의 군사들이 더욱 가까이 다가왔다. 유비는 어쩔 수 없이 계곡 아래로 차고 내려갔다. 계곡 아래는 바로 물이어서 유비는 말과 함께 물에 잠겨들었다. 유비는 절망적으로 소리쳤다.

"적로마야, 진정 네가 나를 죽이려느냐!"

그러자 갑자기 적로마가 크게 한 번 울더니 마치 구름과 안개 속을 헤치고 가듯이 내를 헤엄쳐 건너기 시작했다. 적로마는 거센 물살을 헤치고 가는데도 전혀 두려워하지 않았다. 대부분의 말들도 헤엄을 칠 수는 있지만 사람을 태우고 가기는 어렵다. 그러나 적로마는 이 깊은 강을 마치 유비를 인도하듯이 이끌어주었다. 강물을 건너던 유비의 몸이 이내 물에 젖었다. 그러자 유비는 말에서 내려 말고삐를 잡으며 말과 함께 헤엄치기 시작했다. 뒤따라오던 병사들은 유비가 어느 쪽으로 빠져 달아났는지 몰라 우왕좌왕하고 있었다. 물을 건넌 유비는 자신이 어떻게 그곳을 헤엄쳐왔는지 신기하기만 했다. 유비는 곧 적로마의 목을 쓰다듬으면서 감격하여 말했다.

"적로마야, 오늘 네가 나를 살렸구나. 이 은혜를 어떻게 다 갚겠느냐?"

그러자 적로마가 다시 큰 울음을 울면서 유비를 재촉했다. 유비가 놀라서 다시 뒤를 돌아보니 일부의 병사들이 내를 건너고 있었다. 유비는 바로 말에 올라 일단 형주를 벗어나야겠다고 생각하고 어둔 밤길을 달리기 시작했다. 형주성 서쪽으로 나왔으니 등현鄧縣으로 가서 다시 북동쪽으로 돌아 번성에서 동쪽으로 다리를 건너가면 신야로 갈 수 있었다.

한편 조운은 바깥 대청에서 여러 장수들과 어울려 술판을 벌이고 있다가 문득 불안한 마음이 생겨 연회장으로 들어가 보았다. 아니나 다를까 유비가 사라지고 없었다. 조운은 급하게 연회장을 나와 데려온 병사들을 찾았다. 그러나 그들은 모두 역관으로 가서 대기하고 있다고 했다. 조운은 무슨 일이 일어났음을 직감하고 서둘러 역관으로 향하다 한 무리의 군사들이 서문쪽으로 몰려가는 것을 보았다. 조운은 즉시 사람을 보내 역관에 대기중인 군사들을 서문쪽으로 오도록 명했다. 조운은 말을 몰아 서문으로 향하다 때마침 서문으로 급하게 달려오던 채모와 마주쳤다.

"우리 주인은 어디 계시오?"

"나도 모르오. 유장군께서 술자리를 피하여 어디론가 가셨다기에 나도 따라나와 본 것이오. 그러나 유장군을 찾지 못하고 이렇게 돌아오는 길이오."

세심한 성격의 조운은 채모의 말을 그대로 믿지 않고 곧바로 말을 몰아 서문으로 나갔다. 서문을 빠져나가자 유비가 건너간 큰 시내가 가로막고 있었다. 수상쩍은 낌새를 눈치챈 조운은 곧 말 머리를 돌려 채모에게로 달려가 화를 내며 따졌다.

"채장군, 도대체 어찌 된 일이오. 우리 주인은 아무 이유 없이 술자리를 피하실 분이 아니오. 알고 보니 주인을 오늘 술자리에 청한 사람은 유표 장군이 아니라 바로 당신이오. 당신이 우리 주인을 술자리에 청해놓고 군사를 몰아 그의 뒤를 쫓고 있는 게 아니오?"

채모는 시치미를 떼며 어림없다는 듯 말했다.

"장군이 뭔가 오해를 하고 계시오. 내가 군사를 동원한 것은 9군 42주의 현관들이 모인 이 자리를 상장上將인 내가 경비할 의무가 있기 때문이오."

조운은 잠시 분을 가라앉히는 듯싶더니 더욱 분연하게 말했다.

"이보시오. 내가 당신 말을 곧이곧대로 믿을 것 같소? 아무리 우리 주인이 세궁역진勢窮力盡하여 신야 땅에 있다 하나, 당신이 하는 행동은 천하의 웃음거리일 뿐 아니라 유표 장군에게도 얼마나 누가 되는지 알고 있소? 나도 들은 바가 있어서 하는 소리요. 당장 우리 주인이 어디로 갔는지 말하시오. 내가 다른 날 같으면 당장 칼을 뽑아 당신의 목을 치겠으나 우리 주인을 찾는 일이 더 급하여 오늘은 그냥 넘어가는 줄 아시오."

채모는 조운의 기세가 워낙 강해 더 이상 대들 생각을 못하고 겸연쩍은 표정으로 말했다.

"조장군이 날 오해하시나 보오. 내가 어찌 주공의 아우님이신 유황숙을 해친다고 생각하시오. 더구나 지금 주공께서는 병환 중이신데 말이오. 다만 나도 유장군이 술자리에서 갑자기 어디론가 가셨다기에 나왔소. 문지기의 말로는 서문으로 가셨다고 들었소. 그런데 서문은 큰 내가 가로막고 있어 그곳까지 가보았는데 뵙지 못했소. 나도 왜 그분이 그리로 갔는지 모르오."

조운은 다시 서문으로 나갔다. 역관에 있던 군사들이 모두 모여 있었다. 조운은 횃불을 들고 강변까지 나가서 말발굽 자국을 세심히 살폈다. 계곡의 한편이 말발굽 자국으로 어지럽혀 있기는 했으나 다른 징후를 찾을 수는 없었다.

　　"말을 타고는 이 넓은 내를 건널 수 없을 텐데 도대체 어디로 가신 것일까?"

　　조운은 휘하 100여 명의 병사들과 함께 성 주위를 밤이 새도록 샅샅이 뒤졌으나 유비의 종적을 알 길이 없었다. 조운은 일단 신야로 군사를 이끌고 가서 대책을 숙의하기로 했다.

서서와의 이별

유비는 등현을 향해 말을 몰았다. 산길이 계속 이어졌다. 과거 형주 땅에 처음 발을 들여놓을 때 사공이 '이 산맥을 넘으면 익주 땅'이라고 한 말이 기억났다. 익주라면 촉의 땅이다. 피로에 지친 유비는 일단 숲속에 잠자리를 마련하기로 했다. 유비의 짐작으로는 등현의 융중 땅 근처인 듯했다. 유비는 낙엽이 쌓인 곳을 찾아서 잠자리를 만들고 적로마를 나무에 매면서 말했다.

"적로마야, 고맙다. 네가 아니었으면 나는 이미 죽은 목숨이나 다름없다. 수고했다. 너도 좀 쉬려무나."

옷이 젖은데다 늦가을이라 밤기운이 찼지만 낙엽을 쌓고 보니 잠은 잘 만했다. 유비는 낙엽을 잠자리 삼아 피로에 지친 몸을 뉘었으나 도무지 잠이 오지 않았다.

'내 인생은 왜 이리도 고달픈가? 내가 잘못한 것일까? 대의를 위한다고 하면서 결국은 내 욕심을 채우려 한 것이 아닐까? 내가 군대를 일으키면 의병이 되고 조조가 일으키면 역적의 군대가 되는가? 나는 왜 조조와 융합할 수 없는가? 조조의 말처럼 조조와 나는 용이 되려고 하기 때문인가? 문제는 그것이 아니다. 나로 인해 너무 많은 사람이 고통을 당하고 있다는 것이다. 내가 겪는 좌절보다도 그들이 겪는 좌절이 더 클지도 모른다. 무엇이 잘못되었을까? 무엇이 잘못되어 내가 오늘 같은 고통을 겪고 있는가?'

유비는 간간이 히힝대는 적로마의 숨소리를 들으면서 몸을 뒤척였다. 그러던 중 지난번 선노인이 한 말이 생각났다.

'작년에 선노인이 날 보고 형주라는 호수에 갇힌 용이라고 했다. 그는 다시 큰물을 몰고 올 다른 용이 있다고 했는데 그렇다면 나는 그를 만나지 못해서 아직까지 이렇게 고초를 당하고 있는 것인가? 설령 내가 그런 귀인을 만난들 지금의 상황에서 벗어날 수 있을까? 그런데 그 사람은 과연 누구일까? 선노인의 말이 사실이라면 어서 그 사람을 만나고 싶다.'

엎치락뒤치락하던 유비는 자기도 모르는 결에 잠이 들었다. 유비가 일어나 보니 이미 아침 나절이 지나 있었다. 옷에 달라붙은 낙엽을 털어 매무새를 바로잡고 다시 말에 올랐다. 산길을 한참 돌아서 벗어나자 다시 강이 보였다. 그 강은 과거에 조홍의 군대에 대패하여 남양쪽의 복우산에서 내려와 건넜던 바로 한수의 상류 한강이었다. 백사장이 10리에 걸쳐 펼쳐져 있었다. 눈앞에 보이는 험준한 산을 넘으면 익주 땅이다.

유비는 나루로 가서 강을 건너는 배를 탔다. 사공은 7년 전에 만났던 그 사공이 아니었다. 벌써 형주에 머무른 지도 꽤 많은 시간이 흘렀다. 유비는 강을 건너자 신야 땅으로 말을 몰았다. 늦가을이지만 형주의 한낮은 아직 더웠다. 오후가 되자 갑자기 허기를 느낀 유비는 가까운 마을에 들러 점심이라도 한끼 얻어먹고 가기로 했다. 유비가 마을에 들어서자 한 소년 목동이 소 등에 앉아 피리를 불며 한가롭게 다가오고 있었다. 유비는 목동을 보며 말했다.

"참, 네 팔자가 상팔자구나. 얘야 어디 주막이라도 없느냐?"

목동이 불던 피리를 멈추더니 유비를 유심히 쳐다보았다. 옷은 아직 다 마르지 않아 후줄근했지만 여러 가지 견장과 휘장이 있는 갑옷이 예사롭지 않게 보였던 모양이다.

"우리 마을에는 주막이 없습니다. 그러니 제가 모시고 있는 사부님 댁에 가셔서 한끼라도 드시지요."

"그래, 너의 사부님은 누구시냐?"

"저의 사부님 성은 사마이시고 이름은 휘이십니다. 자는 덕조德操라 하지요. 영천 사람인데 일명 수경水鏡 선생이라고 일컫기도 합니다."

"아니, 수경 선생이 너의 사부님이시란 말이냐? 나는 그분의 존함을 일찍부터 들어왔으나 한번도 뵙지 못하여 늘 궁금했다."

유비가 목동의 안내를 받으며 가다가 물었다.

"수경 선생은 주로 어떤 분과 어울리시더냐?"

"형주에 살고 계시는 방덕 선생, 방통 선생과 자주 왕래하십니다."

"방덕 선생의 높으신 덕은 이미 잘 알고 있다만 방통 선생은 어떤 분이냐?"

"두 분은 숙질간입니다. 방덕 선생님은 제 사부님보다 다섯 살 위시며, 방통 선생은 사부님보다 열다섯 살 아래십니다. 제 사부님은 특히 방통 선생과 친분이 두터우신 편입니다. 두 분은 나이 차이가 많은데도 그렇게 친할 수가 없습니다. 어느 날 사부님께서 뽕잎을 따고 계실 때 방통 선생이 오셨는데, 뽕나무 밭 나무 아래서 종일토록 재미있게 이야기를 나누시면서 하루를 보내는 것도 본 적이 있습니다. 사부님은 방통 선생을 몹시 아끼시어 아우라고 부르십니다."

유비는 갑자기 기대감으로 가슴이 두근거렸다.

"그래, 수경 선생은 어디에 계시느냐?"

소년 목동은 손을 들어 가리키며 말했다.

"저기 숲이 보이시죠? 저 숲속의 장원에 계십니다. 그런데 참, 아직 제가 장군님의 존함을 모르고 있습니다만……."

"그래, 그렇구나. 내 이름은 유현덕이라고 한다."

"아니, 그러면 그 유명하신 유비 장군 아니십니까? 몰라뵈어 죄송합니다."

소년 목동은 다소곳이 인사를 올렸다.

"네가 날 아느냐?"

"제가 어찌 장군님을 모를 리가 있겠습니까? 형주에 있는 사람치고 장군님을 모르는 사람은 없을 것입니다. 특히 저의 사부님은 장군님께서는 키가 7척 5치요, 팔이 길어서 무릎 아래까지 내려오고, 눈을 돌려서 귀를 볼 수 있는 영웅이라 하셨습니다. 그런데 오늘 직접 뵈니 저의 사부님께서 말씀하신 대로 남다른 귀골이십니다."

"내가 가진 재주보다 사람들이 나를 더 잘봐주니 부끄럽기 짝이 없구나. 자, 어서 수경 선생을 뵙고 싶다."

유비의 말에 그 목동은 흔쾌히 앞서가며 유비를 인도했다. 2리쯤 걸어 장원에 닿았다. 유비가 말에서 내려 중문을 들어서자 어디선가 청아한 거문고 소리가 들렸다. 소년 목동이 말했다.

"이 거문고를 타시는 분이 바로 저의 사부님이십니다."

유비가 먼 발치에서 가만히 살펴보았다. 그의 나이는 자기보다 많지 않을 듯한데 과연 소나무 같은 신체에 학의 풍모를 닮은 우아함을 지니고 있었다. 유비는 황망히 앞으로 다가가서 예를 올렸다. 사마휘도 놀라서 예를 갖추어 인사를 올렸다. 유비가 사마휘를 알고 있듯이 사마휘도 유비를 이미 알고 있었다. 사마휘는 유비의 행색을 보고 무언가 변고가 있었음을 눈치챘다. 그는 유비에게 간단한 식사를 대접하고는 초당으로 안내했다.

유비가 초당으로 들어와 자리를 잡고 바라보니 서가에는 죽간으로 만든 책이 가득 꽂혀 있고, 석상 위에는 거문고가 비스듬히 세워져 있었다. 창밖에는 소나무와 대나무가 무성히 자라 초당 주인의 성품을 말해주는 듯했다. 사마휘가 유비를 보며 물었다.

"신야에 계시는 장군이 어인 일로 저를 찾으셨습니까?"

"오늘 우연히 이곳을 지나다가 소년 목동을 만나 선생님을 뵙게 되었습니다. 저는 더 없이 기쁘고 다행스럽습니다."

사마휘가 빙긋이 웃으며 말했다.

"유황숙께서는 숨기실 필요가 없습니다. 어제 어려운 일을 당하셨지요? 그래서 피신해 신야로 가다가 들르신 것 아닙니까?"

낯이 붉어진 유비는 할 수 없이 어젯밤 형주성에서 있었던 일을 털어놓았다. 이 말을 묵묵히 듣고 있던 사마휘는 유비를 쳐다보며 말했다.

"저는 오래 전부터 유황숙의 존대尊待성명을 들어왔습니다. 그런데 황숙께서는 아직까지 기를 펴지 못하시고 갖은 고초를 당하고 계시니 이것이 어찌 된 일이십니까?"

유비가 부끄럽고 할 말이 없어 머뭇거리다가 말했다.

"제가 무능한데다 아직도 운이 닿지 않아 그렇겠지요."

"유황숙, 그게 아닙니다. 그것은 좌우에서 유황숙을 보필할 인재가 아직 없기 때문입니다."

유비는 조심스럽게 반박하면서 말했다.

"제게도 의리 깊은 선비와 장군들은 많이 있습니다. 그들이 비록 가후 · 순욱 · 곽가 · 심배처럼 뛰어난 재주는 없다 해도, 문사로는 손건 · 미축 · 간옹 등이 있으며, 장수로는 관우 · 장비 · 조운이 저를 돕고 있습니다."

사마휘는 유비의 눈을 보면서 진지하게 말했다.

"황숙, 그렇지 않습니다. 물론 관우 · 장비 · 조운은 각기 1만 명의 적을 당해낼 수 있는 장수들입니다. 그러나 그들을 잘 부릴 수 있는 인물은 없지 않습니까? 손건 · 미축 · 간옹은 일개 서생에 불과할 뿐 천하를 경륜할 인물들은 못 되지요. 세상은 충의나 인덕으로만 경륜할 수 있는 것이 아닙니다."

유비가 다시 말했다.

"그 동안 저는 말할 수 없는 시련을 겪었습니다. 지난해부터 좋은 가르침을 얻고자 은둔하고 계시는 높으신 스승을 찾고 있습니다만 아직 그런 분을 뵙지 못했습니다."

사마휘가 딱하다는 듯이 말했다.

"그렇지 않습니다. 황숙께서는 너무 눈앞의 문제에만 골몰하셔서 널리 세상을 살피지 못하셨습니다. 공자의 말씀에도 있지 않습니까? 공자께서는 '열 집이 사는 고을에도 반드시 충의지사가 있는 법'이라고 하셨습니다. 그런데 사람이 없다니요?"

유비가 더욱 간곡하게 말했다.

"전쟁터에서만 삶을 보낸 탓에 우매하여 참 인재를 알아보는 눈을 가지지 못했습니다. 선생님께서 저를 가련히 여기시어 가르쳐주십시오."

사마휘가 말했다.

"지금 형주에는 천하의 뛰어난 선비들은 다 모여 있습니다. 형주 땅은 중원에서 멀리 떨어져 있는 탓에 수많은 선비들이 전란을 피하여 모여들고 있습니다. 그리고 중요한 점은 이들은 과거의 이름난 모사꾼이나 선비가 아니라 새로운 지식으로 무장한 사람들이라는 것입니다. 비록 조조가 아무리 뛰어난 장수와 참모를 거느리고 있다 해도 그들은 과거의 이론가요 지식인들입니다. 여기 모인 지식인들은 전란 속에서 성장하면서 뼈가 굵은 사람들입니다. 그들은 단순히 과거의 지식인처럼 여유 있게 경전에만 집착하여 평생을 보내다가 그것을 응용하여 이론으로 제시하는 사람들이 아닙니다. 그들은 철저히 난세에 적용될 수 있는 이론과 지식을 겸비한 사람들입니다. 단순히 남의 글줄이나 외며 인용하는 사람들이 아니란 뜻입니다. 지금이라도 눈을 돌려 그런 훌륭한 인재를 찾아보도록 하십시오."

사마휘의 말이 채 끝나기도 전에 유비는 갑자기 귀가 번쩍 띄고 가슴이 환하게 트여서 다시 물었다.

"그러한 선비들을 만나고 싶습니다. 저는 눈앞이 밝지 못하니 부디 가르침을 주십시오."

사마휘는 묻는 말에 대답은 않고 말을 돌렸다.

"그런데 문제는 다른 곳에 있습니다. 지금 천하는 조조에 의해 수습되고 있습니다. 황숙께서는 어떤 의미에서 대세를 거꾸로 오르려

하시는 줄을 알고 계십니까? 그리고 인재들이 있다 한들 유황숙을 도와서 다시 천하의 물길을 바꾸는 것이 얼마나 어려운 일인지 알고 계십니까?"

유비가 의아한 듯 말했다.

"저는 천하의 물길을 바꾸려 하는 것이 아니라 다만 한 황실을 부흥시켜 천하를 안정시키고 백성을 보호하려는 것뿐입니다. 제가 가는 길이 험하다 해도 한나라 종친으로서 어찌 이 나라가 망해가는 것을 그대로 보고만 있겠습니까? 저는 제 몸이 가루가 될지언정 한 황실을 다시 일으켜야겠다는 일념으로 살아왔습니다."

사마휘는 고개를 끄덕이며 유비의 말을 듣고 있다가 다시 말했다.

"유황숙께서 진정한 군자이신 줄은 잘 알고 있습니다. 황숙께서는 치세에 황손으로 태어나셨다면 능히 성군이셨던 명제明帝와 장제章帝의 치적을 이룩하셨을 분입니다. 그러나 지금은 난세입니다. 난세에는 난세의 흐름을 읽는 모사가 필요합니다. 다행스러운 것은 형주의 신독서인新讀書人이라 불리는 사람들은 조조에 대해서 매우 비판적이라는 것입니다. 그러면 그 틈새에서 운신의 폭을 넓혀 보십시오. 형주에는 복룡伏龍과 봉추鳳雛가 있습니다. 이들 두 사람 중에 한 사람만 얻어도 천하를 평정할 수 있을 것입니다."

유비의 머릿속은 사마휘가 들려준 여러 가지 말들로 혼란스러웠다. 유비가 사마휘를 보고 다시 물었다.

"복룡과 봉추란 어떤 분입니까?"

사마휘가 웃으면서 말했다.

"아주 뛰어난 인재들이지요. 그러나 너무 서두르지는 마십시오. 황숙께서 급하게 사람을 구하러 다니신다는 소문이 나면 가뜩이나 황숙을 죽이지 못해 안달이 난 채씨 가문이 가만있지 않을 것입니다. 서서히 그리고 조용히 이분들을 수소문하여 모셔가십시오."

그러나 유비는 사마휘에게 좀더 자세히 설명해달라고 간청했다. 사마휘는 유비를 달래듯 대답했다.

"이미 날도 저물었으니 황숙께서는 이곳에서 하루 묵어 가십시오. 이 문제는 내일 다시 이야기하도록 하지요."

사마휘는 곧 동자를 불러 저녁을 차려오라 이르고 유비가 타고 온 적로마를 후원 외양간에 매어 여물을 주도록 했다. 유비는 일단 사람을 시켜 자신이 있는 곳을 신야에 알리고 다음날까지 돌아가겠다고 전하라 일렀다. 유비는 저녁을 먹고 초당 옆방에 안내되어 잠자리에 들었으나 사마휘가 말한 복룡과 봉추가 과연 누구인지 궁금해 잠을 이룰 수가 없었다. 다음날 동이 트자 유비는 준비해준 아침식사를 마치고 다시 사마휘를 찾았다.

"선생님, 어제 말씀하신 그 복룡과 봉추는 과연 누구십니까?"

사마휘는 대답 대신 허허 웃기만 하더니 잠시 후 입을 열었다.

"황숙께서는 너무 조급히 생각지 마십시오. 일에는 다 순서가 있는 법입니다. 조조가 아무리 다급하다 한들 올해 안에 형주를 공격하겠습니까?"

유비는 사마휘의 말을 듣고 달리 청했다.

"선생께서 저를 좀 도와주십시오. 이런 산골에서 나오셔서 저를 도와주시면 한나라를 다시 부흥시키는 일이 어려울 것 같지 않습니다. 한나라를 굽어 살피시어 천하의 대세를 거스른다 하지 마시고 저를 도와주십시오."

"제가 할 수 있는 일이라면 제가 나서서 돕겠습니다. 그러나 저의 지식은 미천할 뿐입니다. 전란을 피해 산골에 묻혀 한가롭게 세월이나 보내는 저 같은 사람을 황숙께서 어디에 쓰시려 하십니까? 곧 저보다 열 배나 더 나은 인물이 공을 도우러 올 것입니다."

이때 동구 밖에서 말발굽 소리와 사람 소리가 요란하더니 동자가 급히 들어와서 말했다.

"선생님, 어떤 장군이 수백 명의 군사를 거느리고 이곳으로 오고 있습니다."

'어제 인편으로 소식을 전했더니 그새 날 데리러 온 모양이로군.'

유비는 속으로 이렇게 생각하고 소년 목동에게 걱정 말라 이른 뒤 사마휘와 함께 나갔다. 역시 조운이 기병 100여 명을 거느리고 와 있었다. 유비는 반가운 표정으로 조운을 맞이했다.

"엊그제 밤 주공을 잃은 뒤 신야로 돌아가 주변을 뒤지며 주공을 찾았으나 뵈올 수가 없어 이곳까지 오게 되었습니다. 어서 신야로 돌아가시지요. 채모가 군사를 몰고 그곳에 들이닥칠까 염려되옵니다."

조운의 말에 유비는 신야의 일이 더 급한 것 같아 사마휘에게 하직하고 조운과 함께 말을 달려 신야로 향했다. 그는 신야로 돌아온 후 측근을 모아놓고 형주성에서 있었던 일을 이야기하면서 대책을 상의했다. 손건이 강경하게 입을 열었다.

"채모가 하는 짓거리를 그냥 놔둘 수 없습니다. 이것은 홍수가 나서 두꺼비 등에 타고 강을 건너던 전갈이 두꺼비가 먹고 싶어 물었다가 같이 빠져 죽는 것과 무엇이 다릅니까? 이 사람들은 지금이 어느 땐지를 모르고 있어요. 유표에게 그간에 있었던 일을 자세히 알려 경고해두는 것이 좋겠습니다."

손건의 건의를 들은 유비는 관우와 장비, 조운 등의 동의를 구하고 편지를 썼다. 손건은 유비가 써준 편지를 들고 형주의 유표에게로 갔다. 손건이 형주에 도착하자 노환에 차도가 있는지 유표가 나와 반갑게 맞으면서 말했다.

"지난 중양절에 유비 아우님이 회식에 참석했다가 중간에 나가버렸다는데 무슨 일이오?"

손건은 대답 대신 유비의 편지를 보여주었다. 유표는 채모가 유비를 죽이려 모의한 일이며, 유비가 적로마를 타고 깊은 강을 건너 도망쳤던 일 등을 손건에게 듣고는 바로 채모를 불러 꾸짖었다.

"보자보자 하니 하늘이 무서운 줄을 모르는구나. 네놈은 어찌하여 감히 내 아우를 죽이려 했느냐? 여봐라, 저놈을 당장 끌어내어 참수하라. 조조가 코앞에 있는데 제 이익만을 위해 자중지란을 일으키다니……"

유표의 위병들이 채모를 잡아서 포승으로 묶고 그를 끌고 나가자 채부인이 안에서 뛰어나와 울면서 애원했다.

"오라버니의 목숨을 살려주십시오."

그러나 유표의 노여움은 좀처럼 풀리지 않았다. 유표 옆에서 그 광경을 지켜보던 손건이 말했다.

"만일 채모 장군을 죽인다면 이제 유황숙께선 이곳에 머무르며 장군을 도와드릴 수 없을 것입니다."

손건의 말을 들은 유표는 그것도 옳다는 생각이 들어 다시 채모를 꾸짖고 죽음만은 면해주었다. 그리고 큰아들 유기로 하여금 손건을 따라가 대신 사죄하라고 일렀다. 유표의 명에 따라 유기는 신야로 가서 유비에게 사죄했다. 유비는 오히려 술자리를 마련하여 유기를 위로하며 친숙질간처럼 정을 나눴다. 주연이 무르익고 술이 몇 순배 돌자 유기가 갑자기 눈물을 흘렸다. 옆에 있던 유비가 놀라서 그 까닭을 묻자 유기가 말했다.

"숙부님, 저를 좀 도와주십시오. 그 동안 여러 번 숙부님께 말씀드리려 했으나 기회가 없었습니다. 계모 채씨와 그 오라비인 채모는 항상 저를 죽일 음모를 꾸미고 있습니다. 아버지께서 몸져누우신 후부터 그들은 더욱 노골적으로 설치고 있습니다. 제가 어떻게 해야 목숨이라도 부지하겠습니까? 저는 이제까지 계모 때문에 하루라도 편히 살아본 적이 없습니다. 제 가슴 한구석에는 항상 억장이 무너져 마음의 병이 깊습니다. 제가 건강이 좋지 못한 것도 다 그 때문입니다. 도대체 어떻게 해야 화를 면할 수 있을지 숙부께서 좋은 방법을 말씀해 주십시오."

유비는 유기의 처지가 안쓰러웠으나 달리 해줄 말이 없어 안타까웠다.

"항상 조심하여 구설에 오르지 않도록 하고 채씨가 계모이기는 하나 효성을 다한다면 함부로 하지는 못할 것이네."

두 사람의 나이 차이가 적어 유기는 유비를 숙부로 여기기보다 항상 형님처럼 따르고 존경했는데, 이번 일로 더욱 유대감이 깊어졌다. 다음날 유기는 눈물로 작별하고 유비 곁을 떠났다. 유기를 떠나보낸 뒤 착잡한 마음이 되어 성으로 돌아오던 유비는 길가에서 노래를 읊조리고 있는 사람을 발견했다.

　천지가 무너지고 불기운이 치솟으니
　대들보 하나로 내려앉는 집 어이 버티리.
　산속에 현명한 이 있어 주인을 찾는데

주인은 어이하여 이를 몰라보는가.

유비는 노랫소리를 듣고 뭔가 번쩍 머릿속에 떠올랐다.

'이 사람이 혹시 복룡이나 봉추 선생이 아닐까?'

유비가 다시 유심히 그를 살펴보았다. 아주 작은 키에 머리에는 갈건葛巾을 쓰고 도포를 입었는데 검은 띠를 두르고 검은 신을 신은 모습이 인상적으로 와닿았다. 유비는 말에서 내려 그에게 예의를 다하여 인사하고 손건을 시켜 그를 현아縣衙로 모시도록 한 다음, 접대하며 물었다.

"선생과 저의 만남은 아무래도 우연은 아닌 듯합니다. 선생의 존함은 어떻게 되시는지요?"

"저의 이름은 서서徐庶이고 자는 원직元直이며 제 고향은 영천입니다. 오래 전부터 공께서 선비들을 구하신다는 말씀을 듣고 공을 찾아뵙고자 했으나 뚜렷한 방도가 없어 공이 지나다니시는 길거리에서 노래를 부르며 공이 저를 알아봐주시기를 기다렸습니다."

유비는 서서의 말을 듣고 몹시 기뻐하며 허리를 굽혀 그에게 인사했다. 그러자 서서도 예를 갖추어 답례한 다음, 유비에게 말했다.

"저는 일전에 유표 장군을 찾아가 몸을 의탁하려 한 적이 있습니다. 그러나 유표 장군은 어진 것을 사랑한다고는 하나 그 어진 것을 잘 활용할 줄 모르고, 악을 멀리한다고 하나 그 악을 없앨 줄을 모르는 분이었습니다. 그저 천하의 흐름에 몸을 맡겨 살아가는 나그네에 지나지 않았습니다. 저는 원래 가난하고 한미한 사람입니다. 그러나 유황숙의 높으신 이름과 뜻을 익히 알고 있습니다. 공께서 널리 어진 선비를 구하신다는 말을 듣고 몸을 의탁하고자 신야로 왔습니다."

유비는 사마휘의 말을 떠올리며 '이제야 나도 인재를 얻게 되는 건가' 생각하고 서서를 상객으로 극진히 대접했다. 이후 유비는 서서와 이야기를 나누어보고 그의 식견이 대단한 데에 놀랐다. 실제로 전쟁터에 나가보지도 않은 사람이 전쟁터에서 거의 20년 세월을 보낸 자기보다 더 많은 지식을 가지고 있었다. 유비는 사마휘가 말했던 새로운 선비가 떠올랐다. 유비는 속으로, '새로운 선비들은 실질적인 신지식으로 무장하고 있다더니 그 말이 실로 맞는구나'라고 생각했다.

하루는 서서가 유비와 같이 후원을 거닐다가 적로마를 보게 되었다. 서서는 적로마를 보더니 놀란 표정으로 물었다.

"이 말은 적로마가 아닙니까? 이 말이 비록 천 리를 달린다 해도 주공께는 이로울 게 없으니 타지 마십시오."

그러자 유비는 적로마가 지난날 형주성에서 채모의 암살 기도를 피해 자기를 무사히 구해준 일을 이야기했다. 그러자 서서가 말했다.

"말은 영물입니다. 장수들에게 말은 칼보다 더 가까운 존재입니다. 이 말이 주공의 목숨을 구했다고 해도 영원히 주인을 구할 것이라는 보장은 없습니다. 결국 주인을 해칠 팔자입니다. 제가 한 가지 예방법을 알려드리지요. 먼저 액땜을 하십시오. 즉, 공께서 마음속 깊이 원한을 가진 사람에게 이 말을 넘겨주었다가 나쁜 일이 생긴 다음에 이 말을 다시 타시라는 것입니다."

이 말을 듣자, 유비는 얼굴빛이 변하더니 말했다.

"제 곁에서 항상 저에게 올바른 길을 가르쳐주셔야 할 선생께서 남을 해치는 길을 가르치시는군요. 남이 피해를 본 뒤에 저더러 다시 저 말을 타라고 하시니 저는 그 가르침을 받들 수 없습니다."

서서는 슬그머니 웃음을 머금고 미안하다는 듯 말했다.

"옳으신 말씀입니다. 역시 공은 대인다운 도량을 갖고 계십니다. 제가 지금껏 공과 관련해서 들은 것이 헛된 것이 아니었군요. 제가 드린 말씀을 너무 언짢게 생각지 마십시오. 제 마음속 한편에는 소문으로 듣던 주공의 덕성을 확인하고 싶은 욕심이 있었나 봅니다."

유비도 낯빛을 흐려 미안하다고 말하며 덧붙였다.

"제게 무슨 다른 사람에게까지 미칠 덕이 있겠습니까? 선생께서 많은 가르침을 주셔야지요."

"그렇지 않습니다. 제가 신야의 거리를 걷고 있을 때 신야 사람들은 하나같이 공의 인덕을 칭송하고 있었습니다."

서서가 유비를 치켜세우는 것은 결코 과장이 아니었다. 직접 대면한 것은 얼마 되지 않았으나 서서는 유비의 겸손하고 신실한 모습에 인간적인 애정을 느꼈다. 유비도 서서의 해박함을 보고 믿음이 쌓였다. 유비는 서서를 군의 고문관인 군사軍師로 모셔 그의 지휘 아래 군사와 말을 훈련시키도록 했다.

한편 조조는 조인과 이전을 남양에 주둔시켜 신야의 유비가 북상하는 것을 견제하고 있었다. 남양에서 군을 관리하던 조인은 허도에 병력 지원을 요청했다. 허도에서는 원소 진영에서 항복한 여광·여상 등에게 군사 2천 명을 더 주어 남양 땅을 지키게 했다. 조조의 북벌이 계속되는 동안에도 조조의 남쪽 최전방인 신야 땅에서는 유비군과 크고 작은 충돌이 이어졌다. 그러나 조인은 조조가 북벌을 하는 동안에 큰 전쟁으로 확전되는 것을 막아야 했고, 신야에서 힘을 기르고 있던 유비도 불필요한 싸움보다는 내실을 다지는 데 주력했기 때문에 필요 이상의 큰 전쟁은 서로 피하고 있었다.

그런데 북벌이 성공적으로 끝나고 있다는 전령의 보고를 들은 조인은 비로소 견제에서 침략으로 전략을 바꾸었다. 그는 여광·여상에게 군사 5천을 주어 남양 땅에서 더욱 남하하여 번성에 포진하도록 하고 군비를 정비하는 등 오직 형주와 양주를 공격하기 위한 기회만 노리고 있었다.

겨울이 다가오자 조조의 명을 받은 조인은 여광·여상에게 군사 3천 명을 주어 신야 땅으로 쳐들어가도록 했다. 조인은 만약 유비가 반격하면 그를 섬멸하고, 그렇지 않을 경우에는 유비가 신야를 포기하도록 점점 압박하여 그의 기지를 장악해 형주 공격의 거점으로 삼을 심산이었다. 유비는 조인의 휘하에 있는 여광·여상이 군사를 이끌고 신야로 쳐들어온다는 급보를 듣고 곧 군사인 서서에게 대책을 물었다. 서서는 적이 이동해오는 경로를 유심히 살핀 뒤 말했다.

"적군을 신야 땅으로 들어오게 해서는 안 됩니다. 그 동안 주공의 군대가 패전한 적이 많았기 때문에 이놈들이 겨우 3천 명으로 우리를 떠보려는 수작입니다. 우리는 그것을 염두에 두고 대책을 세워야 합니다. 번성에서 한수 상류를 건너 신야로 오는 길은 두 갈래입니다. 지금 당장 관우에게 군사 1천 명을 주어 군기를 세우고 적의 공격로 왼쪽을 방어하는 듯이 보이라고 하십시오. 그러면 이들은 오른쪽으로 난 길로 이동하려 할 것입니다. 그땐 장비가 오른쪽으로 나가서 매복하게 하고, 황숙께서는 조운과 함께 적을 정면에서 맞아 싸우신다면 쉽게 퇴치할 수 있을 것입니다."

유비는 서서의 말에 따라 관우·장비에게 군사를 주어 각자 나가 싸우게 하고, 자신은 서서·조운과 더불어 군사 2천을 거느리고 적을 치기 위해 성문을 나섰다.

여상·여광이 이끄는 조인의 군대는 서서의 예측대로 관우가 지키는 길을 피하여 이동해 왔다. 이들은 장비의 매복군을 발견하지 못한 채 신야성으로 향했다. 장비의 매복군은 이들을 기다렸다는 듯 일제히 공격하고 동시에 조운이 선봉대로 밀어붙이자 여광·여상의 군대는 사방팔방으로 흩어져 도망쳤다. 조운은 당황하고 있던 여광을 뒤쫓아갔다. 여광은 사력을 다해 싸웠으나 조운의 창에 찔려 말에서 굴러 떨어졌다.

여광의 죽음을 본 여상은 위기를 모면하기 위해 말을 달려 도망치기 시작했다. 그러나 몇 걸음 달아나지 못해 그의 앞에 한 장수가 가로막고 나섰다. 관우였다. 관우와 맞붙어 싸우던 여상은 또다시 도망쳤으나 10리도 가지 못해 한떼의 군사들에게 포위됐다. 그 중 덩치가 큰 한 장수가 칼을 치켜들고 달려오며 소리쳤다.

"쥐새끼 같은 조조의 졸개야, 이 장비의 칼을 받아라!"

수세에 몰린 여상은 더 이상 반항도 못하고 장비의 칼에 목이 날아가버렸다. 우두머리를 잃은 여광·여상의 군대는 뿔뿔이 흩어졌으나 그 중 태반이 유비군에 사로잡혔다. 유비는 군사를 이끌고 성안으로 들어와 서서를 더 높이 후대하고 군사들에게도 잔치를 베풀어 노고를 위로했다. 유비에게 이번 싸움은 이전까지의 전투와는 다른 경험이었다. 전장에서 내린 순간적인 판단에 의한 싸움이 아니라 모사의 계책에 따라 준비된 싸움을 한 것이다. 이번 전쟁으로 유비는 또 다른 자신감을 맛보았다.

한편 패잔병들로부터 여상·여광이 죽었다는 보고를 받은 조인은 크게 당황하여 이전을 불러 이 일을 협의했다.

늘 침착하고 신중한 이전이 말했다.

"지금 번성에 주둔하던 5천의 군사들 가운데 3천이 출진하여 1,500

명 정도가 죽었고 500명 이상의 부상자가 발생했습니다. 이제 남양에 있는 군사를 모두 합해도 1만이 되지 못합니다. 우리가 유비를 너무 얕잡아 보았습니다. 차라리 허도에 다시 병력 증원을 요청합시다."

그러나 조인은 못마땅한 투로 말했다.

"이보시게, 지금 허도에는 승상이 계시지 않네. 전령의 보고에 따르면 아직도 역현에 계시다고 들었네. 그리고 생각해보게. 별것도 아닌 유비놈에게 군마를 2천이나 잃고 무슨 낯으로 병력 증원을 요청하겠나? 손바닥만한 신야 때문에 승상의 대군을 움직이게 해서야 되겠는가? 아직까지는 그래도 7천 명 정도는 동원할 수 있으니 내가 이 기회에 박살을 내겠네."

이전이 다시 만류했다.

"병법에 이르기를 적을 알고 나를 알면 백 번을 싸워도 백 번을 이긴다고 했습니다. 유비는 그리 쉽게 볼 인물이 아닙니다. 조금 더 신중하셔야 합니다."

이전의 말에 조인은 더욱 부아가 났다.

"아니, 젊은 사람이 왜 이렇게 겁이 많나? 나는 자네보다 6년은 더 전쟁터에서 살았네. 유비놈이 도무지 무슨 전략이 있던가? 지금이 중요하네. 내가 여광·여상에게 군대를 3천 명만 보낸 이유도 만에 하나 유비놈이 이기면 그놈이 작은 전투의 승리에 도취되어 있을 때 뒤통수를 치려고 했기 때문일세."

이전을 불러 대책을 세우려던 조인은 이전의 말은 깡그리 무시하고 유비에게 설욕해야겠다는 조급증만 앞세웠다. 이전도 더 이상 조인을 말리지 못했다. 조인은 수 시간 내에 남양의 군대와 번성에 남아 있는 2천 명까지 군을 총동원할 것을 명했다. 이전은 말을 몰고 바로 번성으로 달려갔다.

조인이 동원된 군의 대오를 정비할 때는 해가 서쪽으로 넘어갈 무렵이었다. 그는 즉시 이전에게 전령을 보내 번성에 남은 병력 전부를 동원해 한강을 건너 신야 입구에 집결하라고 명령했다. 조인이 최소의 방어 병력인 2천여 명을 남기고 본부 군사와 번성의 군대를 전부 동원하니 5천여 명의 군이 갖추어졌다.

그는 군사를 거느리고 한밤중에 강을 건너 신야 땅으로 출병했다. 쌀쌀한 초겨울 바람이 불고 구름 한 점 없는 하늘엔 별만 무심히 빛났다.

한편 신야의 본진으로 돌아와 승리에 도취된 유비는 병사들에게 잔치를 베풀고 그들의 노고를 치하했다. 밤이 깊었는데도 잔치가 계속되자 서서는 유비에게 초조한 얼굴로 말했다.

"주공, 이제 잔치를 파하시고 내일 당장 전투 태세에 돌입해야 합니다."

"아니, 오늘 이겨서 돌아오는 길인데 내일 또 전쟁이라니요?"

"전투에는 정해진 시간이 없는 법입니다. 전투는 상대방의 허를 찌르는 것이 기본입니다. 어제의 전과가 비록 크게 보일지는 몰라도 그 병력들은 남양과 번성에 있는 조조군의 5분의 1도 안 됩니다. 내일 당장 전투 준비를 시키십시오."

유비는 이 말을 듣자 정신이 퍼뜩 들어 관우·장비를 불러서 전군에게 잔치를 파하고 다시 전투 준비를 시키라고 말했다. 그러자 술에 취한 장비가 서서에게 한소리를 했다.

"아무리 그래도 오늘 전투를 마친 피곤한 병사들에게 다시 전투 준비를 시키다니 젊은 양반이 너무하는 것 아니오?"

관우도 한마디 거들었다.

"지금까지 신야에서 이처럼 큰 전투가 없었는데 병사들이 또다시 싸울 힘이 있겠소?"

유비는 관우와 장비를 꾸짖으며 서서의 말대로 실행하라고 일렀다. 서서는 웃으며 관우와 장비를 달래듯 말했다.

"물론 병사들을 다독거리는 것도 중요합니다. 그러나 조인은 여광·여상 두 장수를 잃었으므로 반드시 대군을 몰고 올 것입니다. 빠르면 내일이 될지도 모릅니다."

유비가 깜짝 놀라서 말했다.

"그렇게 빨리 움직인단 말이오? 그러면 어찌하면 좋겠습니까?"

"만일 조인이 우리를 공격하러 온다면 아마 남양에 있는 본진과 번성의 병력을 모두 몰고 올 것입니다. 우리는 지금 최대 5천여 명의 병력을 동원할 수 있습니다. 그 가운데 관장군이 2천여 명의 병력을 이끌고 번성을 치십시오. 보나마나 번성은 텅텅 비어 있을 것이니 이때를 놓치지 마십시오. 내일 아침 그들이 오는 길을 피하여 군대를 이동시키십시오. 그리고 주공과 저는 조운·장비 장군과 함께 나머지 3천여 명으로 신야에서 성을 지키며 적병 5천~7천 명을 격파해야 합니다."

유비는 서서의 지시대로 움직이라고 했다. 다음날 아침 관우는 군대를 몰고 번성으로 향했다. 이들은 강을 건너 번성에서 10여 리 떨어진 곳에 매복했다. 관우는 번성에서 이전이 이끄는 군대가 빠져나가는 것을 확인한 다음 어느 정도 시간을 보냈다. 텅텅 빈 번성은 관우에게 쉽게 점령돼버렸다.

한편 유비는 조인이 대군을 거느리고 강을 건너 신야 땅으로 온다는 보고를 받았다. 유비는 전군에게 일단 성으로 철수한 후 다음 명령에 대기하라고 지시했다. 새벽녘이 되자 조인의 군대는 신야에 도착했다. 조인은 바로 공격할 예정이었으나 이미 공격에 대비해 목책이 설치되어 있었고 유비군 또한 전투 대형을 갖추고 있었다. 양쪽 군사는 신야성을 중심으로 둥그렇게 진을 쳤다. 서서는 성안에 1천여 병력을 남기고 나머지 병사들은 목책을 치고 적의 공격에 대비토록 했다. 그리고 자신은 망루에서 조인군의 동태를 감시했다. 조인은 이전에게 후군을 다스리게 하고 스스로 앞에 나서서 선두를 지휘했다.

이전이 가만히 살펴보니 유비군은 자신들이 예상했던 분위기가 아니었다.

"장군의 말씀대로라면 적들이 승리에 도취되어 어떤 대비도 없어야 하는데 이곳은 완전히 전투 태세가 아닙니까?"

"유비가 제법 머리를 쓴 모양이군. 마치 우리가 올 줄 알고 기다리고 있는 것 같기도 한데……. 그러나 염려 말게. 성을 에워싼 우리 병사가 유비군보다는 월등히 많지 않은가? 비록 야산을 등 뒤로 하고 있지만 신야성 앞에는 넓은 평야가 있네. 소수의 병력으로 어찌 다수를 이기겠나? 두고보게, 내가 내일 저 무식한 유비놈을 팔문금쇄진八門金鎖陣으로 박살을 내버릴 테니."

다음날 조인은 신야성 앞 넓은 평원에서 북을 치면서 소대를 이동시키기 시작했다. 64개의 소대가 정사각형으로 나뉘어 사각형의 모서리는 6개 소대씩 삼각형으로 구성됐다. 이어 병사들은 일정한 간격으로 외부는 공격 대형으로 내부는 수비 대형으로 서기 시작했다. 그리고 한가운데에는 20개 소대가 작은 정사각형을 만들어 서고 각 모서리 삼각형 사이에는 6개 소대가 사다리꼴로 배열하기 시작했다. 소대는 앞줄부터 궁병, 창병, 칼, 방패를 가진 보병들로 이루어졌다. 유비는 조인군의 움직임에 다소 긴장하고 있었다. 그때 서서가 유비에게 손을 들어 적의 움직임을 가리키며 말했다.

"주공, 보십시오. 저것이 소위 팔문금쇄진이라는 진법입니다. 저것은 팔진법八陣法을 응용한 것입니다. 팔진법은 대규모 군단이 대평원에서 전투를 치를 때 중앙에 있는 총사령관을 중심으로 외곽은 공격형으로 배치하여 궁수와 창병을 서게 하고 그 내부의 병력은 외곽이 무너지면 바로 이를 보충하는 형태로 구성되어 있습니다. 각 진영과 그 이름을 제가 여기에 그려보겠습니다."

서서가 그린 팔진법의 그림은 이러했다.

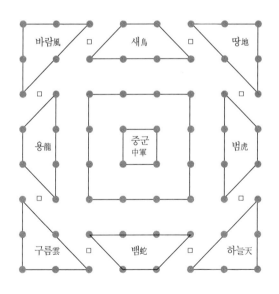

* □는 문門

서서는 조인의 진영을 가리키며 다시 말을 이었다.

"어떤 전쟁이든지 중군이 무너지면 패전하게 됩니다. 그래서 전국시대 이래 병력 배치의 방식은 중군을 중심으로 하고 있습니다. 바로 이것이 팔진법인데 이것을 응용하는 여러 가지 진법들이 나오게 된 것이죠. 팔진법에서 말하는 바람·새·땅·용·범·구름·뱀·하늘은 6개의 소대로 조직되어 있습니다. 따라서 중군을 호위하는 부대는 모두 48개의 소대가 되는 것이지요. 조인이 남양에서 할 일이 없긴 없었던 모양입니다. 꽤 정교하게 군대를 배치하고 있으니 말입니다. 말씀드렸듯이 저 진법은 기존의 팔진법을 응용한 팔문금쇄진인데 팔문이란 각각의 진영 사이에는 두 개의 문이 있고 사각형이므로 결국 8개의 문이 생기게 됩니다. 즉, 바람 – 새 – 땅의 진영에 두 개의 틈이 문처럼 존재하고, 바람 – 용 – 구름에도 두 개의 문이 있고, 구름 – 뱀 – 하늘에도 두 개의 문이 있으며 하늘 – 범 – 땅에도 두 개의 문이 존재합니다. 이 여덟 개 문의 이름은 휴문休門·생문生門·상문傷門·두문杜門·경문景門·사문死門·경문驚門·개문開門입니다. 적이 저런 포진법으로 진격해올 때는 반드시 생문·경문景門·개문으로 들어가 싸워야만 승리할 수 있습니다. 만약 상문으로 들어가면 사상자가 늘어나고 경문驚門과 휴문으로 들어가면 아군이 놀라서 적을 대적하기도 어려워집니다. 따라서 이 세 개의 문은 패하는 문입니다. 특히 사문으로 들어가면 반드시 패하게 되며 두문은 꽉 막힌 문이라 역시 대패하게 됩니다. 지금 적들은 팔문금쇄진의 진법을 제대로 갖춘 듯이 보이기는 해도 동남방과 중군 외곽 부분이 허술합니다. 그러니 지금 동남쪽의 생문으로 쳐들어가서 서쪽의 경문으로 빠져나오면 적진은 붕괴될 것입니다."

유비는 곧바로 내려가 휘하 부장들을 불러 진지를 사수하라 이르고 조운에게는 기병 1천 명을 거느리고 동남쪽으로 들어가서 조인이 있는 적의 중군 외곽 소대들을 쳐부수고 이내 군대를 몰아 정서쪽으로 빠져나오라고 영을 내렸다. 조운은 즉시 1천여 기병을 거느리고 창을 비껴들고 말을 몰았다.

조운의 기병이 움직이기 시작하자 팔문금쇄진 앞에 도열하고 있던 조인군의 기병들도 대응하기 시작했다. 그런데 조운의 기병들이 조인군을 공격하는 것이 아니라 순식간에 군 대열의 모서리를 돌아서 팔문금쇄진의 동남 방면으로 들어가려고 하자 조인의 기병들은 이내 조운의 기병을 추격하는 양상이 됐다. 그런데 조운의 기병들이 함성을 지르며 동남쪽으로부터 수비가 허술한 중문 쪽으로 쳐들어가자 조인군은 혼란에 빠지기 시작했다. 조운의 기병을 쫓아간 조인의 기병들이 팔문금쇄진 안으로 들어가자 아군과 적군을 구별하지 못한 채 우왕좌왕했다.

먼지가 자욱한데다 그 먼지 속으로 조운의 기병이 쏟아져 들어와서 공격하고 이동해 가면 또 다른 기병들이 공격해왔다. 조인의 기병들이 사력을 다해 맞서 싸운 뒤 정신을 차리고 보면 아군과 싸운 꼴이니 엄청난 혼란에 빠질 수밖에 없었다. 조인도 유비의 군사들이 정동으로 공격하지 않고 전혀 엉뚱한 방향으로 공격하여 들어오자 크게 당황했다. 조인은 유비가 이 진법의 실상을 알 리가 만무하다고 보고 조운의 기병들을 유인하기 위하여 중군을 이끌고 북쪽으로 달아나는 척했다. 그러나 조운은 이에 아랑곳없이 유비가 시킨 대로 조인의 뒤를 쫓지 않고 동남쪽의 내부를 공격하고 중군의 외곽을 궤멸시킨 후에 서쪽으로 빠져나갔다.

조인 군대의 진지는 대열이 흩어지면서 헝클어진 실타래처럼 꼬여 팔문금쇄진법을 더 이상 유지할 수 없게 됐다. 특히 유비군은 발빠른 기병만을 이용하여 지속적으로 동일한 방향으로 이동해가자 조인군은 자중지란을 견디지 못하고 퇴각하기 시작했다.

유비는 퇴각하는 조인의 군대를 추격하여 크게 무찔렀다. 서서는 전령을 보내 더 이상의 추격은 하지 말라고 했다. 신야성에서 30리 이상을 도망쳐온 조인군은 우선 병영을 다시 구축했다. 조인이 병력을 점검해보니 상당한 손실을 입었다. 조인은 기가 막혀 이전과 대책을 협의했다.

"유비가 팔문금쇄진을 깨뜨린 것을 보니 유비 진영에 유능한 전술가가 있는 것이 분명해. 그렇지 않은가?"

그러나 이전은 조인의 물음과는 동떨어진 대답을 했다.

"장군, 그것보다 비어 있는 번성이 염려스럽습니다."

그러나 신야에서의 패배로 약이 오를 대로 오른 조인은 역시 유비를 공격할 생각만 했다.

"오늘 저녁 다시 유비를 치세. 번성은 그 다음 일이오."

"안 됩니다. 유비는 요번처럼 우리가 쳐들어갈 것을 기다리고 있을지도 모릅니다."

"이보시게, 이장군은 너무 의심이 많아. 한번은 유비가 대비를 했다고 치세. 그러나 이번까지 또 대비를 할 수 있겠나? 전쟁이란 적의 허를 찌르는 것일세. 자네는 이번에 후군을 맡게, 내가 전군을 맡을 테니."

조인은 야음을 틈타 다시 신야를 습격하기 위해 군대를 몰고 갔다. 한편 서서의 계책으로 연승을 하자 유비는 신이 나서 연신 서서에게 고마움을 표했다. 이때 난데없는 바람이 사납게 휘몰아쳤다.

"아니, 이게 무슨 조짐이오?"

놀란 유비가 서서에게 물었다.

"오늘 밤 조인이 또다시 군사를 몰고 쳐들어올 것입니다."

서서는 이렇게 말하며 아직은 상황이 끝난 것이 아니니 전군의 수비 위치를 변경하지 말도록 청했다. 유비는 의아해서 다시 물었다.

"아니 방금 패주한 적들이 다시 오다니요?"

서서는 빙그레 웃으며 말했다.

"이런 것이 전쟁입니다. 주공께서는 오늘 밤 적이 온다고 예측하여 대비를 하시고 만약 적이 오지 않으면 내일 아침 바로 번성으로 내달아 관우 장군을 도와야 할 것입니다. 지금 즉시 장비를 신야로 들어오는 강변에 매복시키도록 하십시오. 조인군이 안 오면 그들도 바로 번성으로 보내야 합니다. 서두르십시오."

밤이 깊어 10시를 지나고 있었다. 조인은 군대를 몰아 신야성에 당도하자 즉각 공격에 들어갔다. 성을 둘러싸고 있는 유비군의 진지 앞에 이르자 그곳에 세워진 여러 곳의 목책 앞에서 일제히 횃불이 오르면서 주변이 대낮같이 밝아졌다. 군대를 몰고 진입하던 조인은 유비군의 움직임에 크게 놀랐다. 조인은 즉시 군사들에게 철수를 명령했다. 조인군이 뒤로 군대를 물리기 시작하자 이내 조운이 군사를 거느리고 쫓아왔다. 어둠 속에서 후퇴하던 중에 조운의 기병들이 들이닥치자 조인군은 수많은 병사들이 죽고 다치면서 속수무책으로 전열이 흩어졌다. 조인은 가까스로 군사를 돌려 신야 입구를 지나 강둑으로 도망쳤다.

조인이 번성 맞은편의 강변에 도착해서 보니 처음 출발할 때 5천

명이던 병사들이, 두 차례의 공격 실패로 2천 명도 남아 있지 않았다. 특히 기병들의 손실이 컸다. 조인군이 강가에 도착하여 강을 건너려고 하자 강가에서 또 커다란 함성과 꽹과리 소리가 고막을 찢을 듯 들려왔다. 강가에 매복 중이던 장비가 군사들을 이끌고 나온 것이다. 장비는 전의를 상실한 조인군을 급습해 시살하기 시작했다.

조인의 병사들은 강을 건너지 못한 채 죽었고 살아남은 군사들은 어둠을 틈타 등현 쪽으로 달아났다. 이 바람에 조인은 혼이 빠질 지경이었으나 후위에 있던 이전의 도움으로 겨우 강을 건널 수 있었다. 조인은 강을 건너자 한숨이 절로 나왔다. 병력을 점검해보니 겨우 1천 명도 안 됐다. 조인은 패잔병들과 함께 강둑을 타고 강을 거슬러 올라가 번성에 도착했다. 성문 앞에 이른 조인이 성문이 열릴 때를 기다리고 있는데 성벽 주위에 불이 환하게 밝혀지면서 성루에 관우가 범같이 나타나더니 벼락같이 소리를 질렀다.

"이놈아, 내가 번성을 점령한 지 이미 오래다. 오늘 밤이 네놈의 제삿날인 줄 알아라!"

관우의 말이 끝남과 동시에 성문이 열리면서 병사들이 쏟아져나왔다. 조인과 그의 패잔병들이 말을 달려 달아나자 관우군도 놓칠세라 뒤쫓아가 닥치는 대로 공격하여 조인군을 죽였다. 조인은 그나마 남아 있던 병력과 군마들을 태반이나 잃었다. 조인은 급히 말을 달려 남양으로 돌아갔다. 남양에 도착한 조인이 살펴보니 그 동안의 신야

의용병 출신으로 이렇다 할 전법을 구사하지 못하던 유비는 전술 · 전략가 서서를 얻자마자 대단한 승리를 거둔다. 여기에 보이는 복식은 유물에 나타난 한나라 기병대의 복장으로, 소매는 좁고 바지에 각반을 둘렀으며 특히 머리에 쓴 모자가 눈길을 끈다.

공격으로 남양과 번성에 있는 병력 대부분을 잃었다. 그나마도 살아남은 사람들은 이리저리 흩어져 남아 있는 병력은 500여 명에 불과했다. 이 병력으로 남양을 수비한다는 것은 불가능했다. 그러나 여태까지 우습게만 보았던 유비에게 비참하게 당한 조인은 분하고 억울해서 견딜 수가 없었다.

'유비에게 무슨 변화가 생긴 것이 분명하다. 예전에 그놈은 1만이라는 대병으로도 아군에게 쉽게 무너졌는데 이번엔 5천으로 우리를 궤멸시켰으니, 그놈이 대단한 전술가라도 얻은 것 아닌가? 더구나 팔문금쇄진을 그렇게 쉽게 무너뜨린 것을 보면 이전의 유비가 아님이 분명하다. 내가 이것을 알아내기 전에는 남양을 떠날 수가 없다.'

조인은 세작들을 유비 진영에 투입시켜 유비를 돕는 인물이 있는지 알아오라고 명했다. 그러나 조인은 곧 갈 길이 바빠졌다. 북벌을 성공적으로 끝내고 허도로 돌아온 조조가 남양의 조인이 유비에게 대패했다는 소식을 듣고 조인을 불러들인 것이다. 조인은 남은 병력을 수습하여 허도로 향했다. 이때 세작으로부터 서서라는 자가 유비를 돕고 있다는 사실을 보고 받았다.

한편 조인과 싸워 크게 이긴 유비가 번성에 들어서자 번성 현령 유필劉泌은 성밖까지 나와 유비군의 본진을 영접했다. 유필은 장사長沙 사람으로 그 역시 한나라 종친이었다. 유필은 유비를 성안으로 모셔가 큰 잔치를 베풀고 극진히 대우했다. 번성의 현 관아에서 잔치가 벌어지고 있을 때 얼굴이 환하고 덩치가 큰 젊은이 하나가 유필의 곁을 떠나지 않으면서 시중을 드는 모습이 유비의 눈에 들어왔다. 유비가 유필에게 물었다.

"저 사람은 누구입니까?"

유필이 유비에게 설명했다.

"제 조카입니다. 성은 구寇이고 이름은 봉封이올시다. 본디 나후羅侯 구씨寇氏의 아들인데 일찍 부모를 잃어 제가 돌보고 있습니다."

유비는 젊은이가 유필을 정성스레 보살피는 것이 부러운데다 장성한 자식이 없었던 터라 구봉을 양자로 삼고 싶었다. 그래서 그 이야기를 유필에게 했더니 그가 쾌히 승낙했다. 이 모습을 옆에서 지켜보던 관우가 걱정스러운 듯 유비에게 말했다.

"형님, 양자는 함부로 들이는 것이 아닙니다. 형님께서는 이미 아드님이 계시는데 왜 또 양자를 들이십니까? 세상의 수많은 제후들이 후사 문제로 얼마나 시끄럽습니까?"

유비가 겸연쩍게 말했다.

"아우님, 내게 무슨 후사 문제가 생기겠나? 그리고 아들이 이제 한 살인데 그 핏덩이를 데리고 어찌 세상일을 도모하겠는가? 내가 그를 친자식처럼 대하면 그도 나를 아버지로 대할 텐데 무슨 문제가 있겠나? 너무 염려 마시게."

유비의 말을 듣고도 관우는 마음이 편치 않았다. 얼마 되지 않아서 유필은 구봉에게 유비를 아버님이라 부르게 하고 절을 올리도록 했다. 이때부터 구봉은 양아버지의 성을 따라 유봉劉封이라 불리게 되었다. 유비는 유봉에게 관우와 장비에게 절을 올리게 하고 숙부라고 부르도록 일렀다. 유비는 서서와 군사 문제를 협의한 다음 조운에게 군사 1천을 주어 번성을 지키도록 하고 자신은 다른 장수들과 함께 군사를 이끌고 신야로 돌아왔다.

조인은 비참한 심정이 되어 허도로 돌아왔다. 오랜만에 밟은 허도 땅은 온통 축제 분위기였다. 날씨가 쌀쌀한데도 여기저기서 잔치가 벌어지는가 하면 곳곳에 북방 평정을 축하하는 방들이 붙어 있고 대사면령大赦免令이 내려져 있었다. 조인은 더욱 착잡해졌다. 사실 북방 평정, 특히 조조가 유성을 격파한 것은 한나라 400년 역사에서 전한 무제武帝의 치적에 견줄 만큼 중요한 사건이었으니 허도 전체가 경축 분위기에 젖는 것은 당연한 일이었다. 조인은 조조를 찾아가 개선을 찬양함과 동시에 많은 장수와 군사를 잃고 패한 것에 대해 눈물을 흘리며 사죄했다.

"전쟁에서는 질 수도 있고 이길 수도 있는 것이다. 내가 역현에서 오면서 들으니 누군가 유비놈을 돕고 있다고 하던데, 그놈이 누구더냐?"

조인은 서서라고 대답하며 그간에 있었던 일을 상세히 보고했다. 그러자 조조가 측근들에게 물었다.

"도대체 서서라는 자가 누구인지 아는 사람 없는가?"

조조의 옆에 있던 정욱이 말했다.

"서서는 영천 사람입니다. 같은 영천 사람이라도 순욱공은 잘 모르실 것입니다. 왜냐하면 그는 너무 가난하고 이름 없는 가문에서 출생하여 어렵사리 공부했기 때문입니다. 그는 오히려 형주 땅으로 내려가 이름이 알려진 사람입니다. 사람들이 그를 잘 모르는 까닭은 서서가 이름을 바꾸어 다녔기 때문입니다. 그는 그 동안 선복單福이라는 아명을 사용해왔습니다. 그는 몇 년 전에 남의 원수를 갚아주느라 사람을 죽인 후, 머리를 풀고 변장하고 도망다니다가 관리에게 붙잡혔습니다. 관리들이 그를 문초했으나 마치 벙어리처럼 묵묵부답이었습니다. 그래서 관리들은 할 수 없이 그를 포승으로 꽁꽁 묶어 마차에 태우고 북을 울리며 온 시장바닥을 돌아다니면서 '이 자를 아는 자에게는 상급을 내리겠다'고 외쳤는데 아무도 그의 신분을 말하지 않더랍니다. 그만큼 사람들의 신망을 얻었다는 뜻이지요. 관리들이 할 수 없이 그를 풀어주자 그는 선복으로 변성명하고 비교적 안전한 형주 땅으로 가서 고명한 스승을 찾아다녔다고 들었습니다. 지금 형주에서 꽤나 알려져 있는 그는 수경 선생 사마휘와 방덕 문하에서도 배운 것으로 알고 있습니다."

조조가 이 말을 듣자 고개를 갸우뚱했다.

"그런 자를 내가 왜 모르고 있었는가? 서서의 능력은 자네에 비하면 어떠한가?"

"저는 그에 비하면 한참 아래입니다."

이 말을 들은 조조는 탄식하며 말했다.

"유비가 드디어 날개를 달기 시작했단 말인가! 그냥 있어서는 안 될 일 아닌가?"

조조의 걱정을 듣던 정욱이 말했다.

"승상, 염려치 마십시오. 서서가 유비 곁에 있으나 승상께서 원하시면 그를 끌어들이는 것은 어려운 일이 아닙니다."

"그렇게 사람들의 신망을 얻은 자라면 쉽게 마음을 움직이지 않을 텐데 무슨 수로 그를 불러들인단 말인가?"

"서서의 노모는 아직도 영천에서 근근히 살아가고 계십니다. 서서는 원래 효심이 지극한 사람입니다. 일찍 아버님을 여의고 지금은 나이 많은 어머님만 계시는데 그 동안 서서의 동생 서강徐康이 모시고 있었습니다. 그런데 서강이 최근에 죽었다는 이야기를 들었습니다. 이제 서서의 노모는 의탁할 곳이 없으니 승상께서 사람을 보내어 그의 노모를 극진히 대하고 서서에게 편지를 보내면 서서는 반드시 승상을 찾아올 것입니다."

조조는 크게 기뻐하며 서서의 모친을 모셔오도록 사람을 보냈다. 며칠 후 서서의 노모는 허도로 와서 관사에 머무르며 노비 여섯 명의 시중을 받게 되었다. 서서의 노모는 영문을 모른 채 아들 서서 덕에 편히 지내게 된 줄로만 알고 있었다. 정욱은 매일 서서의 어머니를 찾아가 문안을 드리며 서서의 노모를 마치 친부모 대하듯 했다.

그러던 어느 날 정욱은 급한 일이 생겨 허도를 떠나게 되어 잠시 문안을 드리지 못할 것이라는 편지를 써서 서서의 어머니에게 전했다. 정욱은 자신이 그런 편지를 보내면 서서의 어머니 역시 받고만 있을 사람이 아니라는 것을 알았기 때문에 일부러 일을 꾸몄던 것이다. 정욱의 예상대로 서서의 어머니는 정욱의 친절에 늘 감사하며 잘 다녀오라는 내용이 담긴 답장을 보내왔다. 정욱은 답장의 필체를 몇 번이고 되풀이하여 흉내내더니 마침내 서서 어머니의 필적으로 한 통의 거짓 편지를 쓸 수 있게 됐다. 정욱은 영천 땅을 수소문하여 서서의 옛 친구를 찾아내고 자신이 쓴 편지를 그에게 주어 신야 땅에 있는 서서에게 보냈다.

한편 유비의 진영에 있던 서서는 영천에서 죽마고우가 찾아왔다는 말을 듣고 반갑게 나가서 맞았다. 그렇지 않아도 동생 서강이 죽고 난 뒤 노모의 안부가 걱정스러웠던 참이었다. 그 친구는 반갑게도 노모가 보낸 편지라며 품에서 봉투 하나를 꺼내 서서에게 주었다. 서서는 너무나 반가워 바로 봉투를 뜯었다. 정감어린 어머니의 필체였다.

서庶야, 보아라. 그 동안 어떻게 지냈느냐? 그간 네 아우 강康이 죽고 난 뒤 노복 하나와 그럭저럭 살았다. 나는 항상 너의 성공만을 기원하며 살고 있다. 너의 아버지가 세상을 뜬 뒤 네가 얼마나 고통스럽게 세상을 살아왔는지는 내가 잘 안다. 그러나 이제 내 걱정은 말아라. 강마저 세상을 떠나자 사실 막막했단다. 늙어 거동도 자유롭지가 못한데 사방을 둘러봐도 나를 돌봐줄 사람은 없고, 사랑하는 너는 멀리 형주에 있다고 들었다. 그런 와중에 조승상이 사람을 시켜 나를 허도로 모시러 왔단다. 네가 아마 조승상께 큰 도움과 기쁨을 주었기 때문에 나까지 호강하게 되었다는 생각이 든다. 나는 허도의 큰 집에서 10여 명 노비들의 시중을 받고 있단다. 그리고 정욱의 도움으로 아주 편히 지내고 있다. 나는 너도 이제 허도로 돌아와 여생을 함께 하기를 바란다. 긴 세월 너를 기다렸는데 조승상의 배려로 이제는 너와 같이 지낼 수 있게 되어 매우 기쁘다. 하루 빨리 너를 만나게 되길 기원한다.

서서는 어머니의 편지를 읽고 나자 가슴이 꽉 막혔다. 눈에서는 하염없이 눈물이 흘러내렸다. 일찍 남편을 여윈데다 큰아들은 쫓기는 신세가 되고 배우지 못한 작은아들마저 세상을 떠나 아무도 의지할 사람이 없는 어머니가 고생하고 계실 생각을 하니 억장이 무너졌다. 눈물을 흘리며 재차 편지를 읽던 서서는 다른 의구심이 생겼다.

'지금 어머니가 허도에 있다는 것은 조조의 인질이 되었다는 의미가 아닌가. 이 편지는 나더러 조조군의 진영으로 오라는 말이다. 지금 어머니는 인질로 잡혀 있는 것이나 다름없는데 연로하셔서 아무것도 모르고 계실 것이다. 내가 이 편지를 읽고서도 허도로 가지 않으면 어머님께 무슨 일이 생길지도 모른다.'

서서는 이러지도 저러지도 못한 채 수심에 잠겨 있었다. 며칠을 끼니도 제대로 챙기지 못한 서서는 수척해졌다. 유비는 서서에게 무언가 좋지 않은 일이 생긴 것이 틀림없다고 생각하고 조용히 그를 불렀다.

"군사, 뭔가 고민이 있으신 듯합니다. 제가 별 도움은 되지 못하겠으나 군사께 어려움이 있으면 함께 하고 싶습니다."

서서는 어쩔 수 없이 편지를 들고 와 유비에게 보여주었다. 편지를 읽고 난 유비는 모자간의 정리를 생각하고 눈물을 쏟아냈다. 그러자 답답한 심경을 남몰래 숨기고 있던 서서가 함께 울며 말했다.

"조조는 아무것도 모르시는 저의 노모를 간사하게 꾀어 허도로 불러들여서는 이 같은 편지를 보냈습니다. 이 편지를 받고 보니 제가 허도로 가지 않을 수 없을 것 같아 괴로운 심정입니다. 주공을 만나기 전 저는 유표에게 몸을 의탁했으나 매사에 분명치 못한 그에게 실망하고 그를 떠나 제 능력껏 모실 수 있는 주인을 찾았습니다. 그때 수경 선생께서 반드시 주공을 찾아가라 충고해주셔서 일부러 주공의 눈에 띄도록 미친 척 길거리에서 노래를 불렀습니다. 긴 시간은 아니었으나 주공과 함께 하면서 저는 수경 선생의 말씀이 실로 옳았음을 깨달았으며 몸과 마음을 다해 주공을 섬기려 했습니다. 그런데 꾀 많은 조조가 노모를 잡아두다시피 했으니 주공께 하직인사를 하지 않을 수 없게 되었습니다. 훗날 다시 주공을 만나뵙기를 기원하오니 저의 떠남을 용서해주시기 바랍니다."

"군사, 얼른 조조에게 가십시오. 모자의 정은 천륜이거늘 내가 어찌 천륜을 끊으라 할 수 있겠습니까? 서둘러 짐을 꾸리시고 내일이라도 당장 떠나십시오. 노모께서 얼마나 기다리시겠습니까? 저도 20년 전 고향에 두고 온 어머님을 하루도 잊은 적이 없습니다. 결국 인편에 어머님이 돌아가셨다는 말을 듣고 평생 불효자로 살아오고 있습니다. 비록 떠나시더라도 혹 기회가 닿으면 다시 가르침을 받을 수 있도록 해주십시오."

말은 그렇게 했으나 유비의 마음은 쓸쓸하기 그지없었다. 참으로 긴 세월을 기다려 어렵게 얻은 사람이 아니던가? 그러나 유비는 이미 서서를 보내려는 결심이 서 있었다. 그러나 그대로 보내기에는 너무 섭섭하여 서서에게 하룻밤 더 묵어갈 것을 청했다. 유비는 사람들을 시켜 술상을 차리게 하고 서서와 이별주를 나누었다. 서서가 떠난다는 말에 관우와 장비도 섭섭함을 감출 수가 없었다. 몇 차례 들이킨 송별주 탓이었는지 유비는 더욱 큰 서글픔에 젖어들었다. 서서가 떠날 채비를 하기 위해 자리를 뜬 뒤 손건이 유비를 찾아와 말했다.

"서서를 조조에게 보내시면 안 됩니다. 차라리 그를 죽이십시오. 서서는 천하의 뛰어난 전략가입니다. 게다가 그는 오랫동안 우리와 같이 있어서 우리 속사정을 낱낱이 알고 있습니다. 그가 조조에게 가버린다면 우리는 바람 앞의 등불이요, 강풍에 날리는 낙엽 신세가 됩니다. 주공께서 그를 도저히 죽이지 못하신다면 꼭 붙드시어 가지 못하게 하십시오. 서서가 조조에게 가지 않으면 조조는 반드시 서서의 노모를 죽일 것입니다. 그러면 오히려 우리에게 유리해집니다. 노모가 조조에게 죽임을 당했다는 사실을 알면 서서는 모친의 원수를 갚기 위해서라도 우리를 도와 조조를 죽이려 할 것입니다."

유비는 단호한 어조로 말했다.

"그건 안 될 말이오. 공자께서는 '내가 원하지 않는 바를 남에게 하지 말라[我所不欲勿施於人]'고 하셨소. 나에게 이익이 된다고 어찌 다른 사람의 노모를 죽이면서까지 그 아들을 쓰겠소? 그것이 말이 되오? 그러면 나 또한 조조 같은 자와 무엇이 다르겠소? 그것은 어질지 못한 일이오. 더구나 모자의 천륜을 끊을 자격을 가진 자는 아무도 없소. 차라리 내가 죽는 한이 있더라도 의롭지 못한 일을 할 수는 없소. 오히려 서서 공이 마음 편하게 갈 수 있도록 도와주시오."

다음날 날이 밝자 유비의 지시로 석별의 연회장이 성앞에 마련됐다. 모든 참모와 장수들은 그 술상 앞에서 서서가 나오기를 기다렸다. 얼마 되지 않아 유비와 서서가 어깨를 나란히 하여 말을 타고 성밖으로 나왔다. 그들은 연회장에 이르자 말에서 내려 작별인사를 나눴다. 유비가 잔을 들어 서서에게 권하며 말했다.

"제가 이 나이가 되도록 운이 없는가 봅니다. 어찌하여 선생 같은 분과 함께 할 인연이 되지 못하는지 가슴이 미어지는 듯합니다. 부디 가시더라도 새 주인을 잘 섬기셔서 천하에 그 이름을 떨치도록 기원하겠습니다."

유비의 말을 듣고 서서는 눈물을 흘렸다.

"주공께서 그렇게 말씀을 해주시니 오히려 제가 몸둘 바를 모르겠습니다. 이 같은 난세에 주공처럼 어진 분이 계시다는 것만으로도 큰 위안이 됩니다. 그 동안 재주도 없는 저를 중히 써주신 은혜를 결코 잊지 않겠습니다. 불행하게도 이제 늙으신 어머님의 일 때문에 중도에 헤어지게 되어 그 죄가 실로 큽니다."

유비도 눈물을 흘리며 서서에게 말했다.

"선생께서 떠나신다니 저도 모든 의욕을 잃었습니다. 차라리 산골짜기에 들어가 묻혀버리고 싶은 심정입니다."

서서가 말했다.

"주공께 심려를 끼쳐드려서 뭐라 드릴 말씀이 없습니다. 그러나 어머님 일로 마음을 잡을 수가 없으니 제가 여기 있다 한들 주공께 제대로 도움을 드리기는 어려울 듯합니다. 주공께서는 형주를 잘 살펴시어 높으신 선비를 구하셔서 대업을 성취하십시오. 주공께서는 능히 그러실 분입니다."

유비가 손을 저으며 말했다.

"저는 선생으로 인하여 새롭게 눈을 뜬 사람입니다. 천하에 또 어떤 높은 선비가 있다 해도 어찌 군사보다 더 훌륭할 수 있겠습니까?"

어느새 유비의 눈에서는 하염없이 눈물이 흘러내렸다. 서서는 유비의 곁을 떠나는 것이 죄스러운 듯 허리를 굽혀 절을 하고 허도를 향해 말에 올랐다. 서서의 말이 유비의 시야에서 멀어져갔다. 유비는 성앞에 임시로 마련된 연회장에 침통하게 앉아 서서가 떠난 길을 하염없이 바라보았다. 그리고 홀로 깊게 탄식했다.

"서서 공이 떠났으니 나는 장차 어찌하면 좋단 말인가? 조조에게는 또 저 같은 인재가 줄을 서니 어떻게 내가 대항할 수 있을까?"

한편 서서는 멀어져가는 신야 땅을 바라보며 마음이 착잡했다. 그러면서도 한편으로는 혹시나 자신을 해할 복병이나 저격수가 있지 않을까 걱정했다. 유비를 믿지 못한다기보다는 험한 세월을 사는 동안 본능적으로 생겨난 경계심이었는지도 모른다. 이런 경우 자신을 순순히 돌려보내는 것이 오히려 이상할 정도였다. 그러나 몇 리를 달려도 아무런 낌새가 없자 서서는 잠시라도 유비를 의심한 것이 미안했다. 그 순간 서서는 다시 말 머리를 돌렸다.

유비는 아직도 멍하니 연회장에 앉아 있고 함께 나온 장수들도 의자에 앉아서 간간이 술잔을 기울였다. 장비가 분위기를 바꾸려고 유비에게 말했다.

"형님, 뭐 그리 걱정하십니까? 우리가 언제 군사軍師를 모시고 전쟁을 하였소? 사람이야 여기에도 얼마든지 많아요. 서서 그 젊은 사

자객이 없는 것을 확인하고는 말 머리를 돌리는
서서. 서서는 잠시라도 유비를 의심한 것이
미안했다. 군벌들이 난립하여 서로 경쟁하던
난세에는 이렇듯 재능 있는 인물을 죽이지 않고
보내주는 것만으로도 도리를 다하는 것이었다.
왼쪽 위에 보이는 나무의 모습은 위진 시대의
화상전과 회화를 참고한 것이다.

람이 운이 좋았던 것뿐이오."

관우도 한마디했다.

"형님, 너무 상심하지 마십시오. 지금까지 이보다 더 큰 변도 다 이겨내지 않았습니까?"

유비는 잔을 받고서도 침통하게 앉아서 서서가 간 길을 계속 바라보고 있었다. 그런데 유비의 눈에 누군가 먼지를 일으키며 말을 타고 달려오는 것이 보였다. 유비가 눈을 떼지 않고 자세히 바라보니 서서가 아닌가.

'도대체 무슨 일인가? 서서가 되돌아오다니 혹시 갈 마음이 없어졌는가?'

유비가 의아해하고 있는데, 어느새 서서가 유비 가까이까지 왔다. 유비는 자리에서 벌떡 일어나 서서를 맞으면서 말했다.

"선생께서 돌아오시다니 어인 일이십니까?"

서서는 말을 세우고 가쁜 숨을 헐떡이면서 말했다.

"제가 어머님의 일로 너무 정신이 없어 꼭 말씀드려야 할 것을 잊을 뻔했습니다. 주공께 제 친구 하나를 소개해드리고 가겠습니다. 신야 땅에서 그대로 서쪽으로 가서 강을 건너면 등현이라는 곳이 나옵니다. 등현에 융중이라는 곳이 있습니다. 그곳으로 가시면 천하의 대재大才가 있습니다. 주공께서는 반드시 그를 찾으십시오."

유비가 말했다.

"그럼 선생께서 허도로 가시는 길에 그곳에 들러 저를 위해 한 말씀 해주십시오. 그래서 그분을 제가 만날 수 있도록 해주십시오."

서서가 말했다.

"주공, 천하의 대재들은 불러서 오는 사람들이 아닙니다. 특히 이 친구는 한고조가 부른다고 해도 올 사람이 아닙니다. 주공께서 직접 찾아가셔야 합니다. 만일 공께서 이 친구를 얻으신다면 주나라 문왕文王이 강태공을 얻은 것과 같고 한고조가 장량을 얻은 것과 같습니다."

"그분은 선생의 능력과 비교하면 어떠합니까?"

서서가 웃으며 말했다.

"저를 그 친구와 비교할 수 없습니다. 그는 스스로를 관중管仲(관자를 말함. 제나라 환공을 도와 패자가 되게 함)에 비기지만, 제가 보기에는 관중도 그를 따를 수가 없습니다. 제가 보기에 그는 천하 제일의 재사입니다."

유비가 희망에 차서 물었다.

"그분의 존함은 무엇입니까?"

"그 친구는 낭야 양도 사람으로, 성은 제갈이고 이름은 량이라 하며, 자는 공명입니다. 제갈량은 한나라 사예교위 제갈풍諸葛豊의 후손입니다. 부친이 작은 벼슬을 하다가 일찍 세상을 떠나 숙부의 손에서 자랐습니다. 그는 숙부인 제갈현을 따라 유표가 있는 형주로 온 사람입니다. 숙부가 유표와 친했던 것으로 알고 있습니다. 숙부가 세상을 떠난 후 그는 아우 제갈균과 함께 남양에서 밭을 갈며 숨어 지내고 있습니다. 방덕 공은 그 친구의 별명을 '와룡臥龍'이라고 지어주었습니다. 수경 선생도 백년에 한 번 날까 말까 한 인물이라고 그를 높이 평가했습니다. 주공께서는 지금이라도 당장 융중으로 그를 모시러 가십시오. 만일 그 친구를 데려와 휘하에 둘 수만 있다면 조조를 무찌르는 것은 물론이고 시대의 흐름도 바꿀 수 있습니다."

유비는 지난날 유표와 함께 방덕의 집에 초대되어 갔던 일이 생각났다. 젊은 인사들 중에 제갈량이라는 자가 자기에게 인사하던 모습과 사마휘가 하던 말이 떠올랐다.

"지난번에 수경 선생을 뵈었을 때, 수경 선생이 저에게 말씀하시기를 '복룡 · 봉추 가운데 한 사람만 얻어도 천하를 얻을 수 있다'고 했는데 제갈량이란 분이 바로 복룡 · 봉추 중 한 사람입니까?"

서서는 웃으면서 말했다.

"맞습니다. 그 복룡이 제갈량이고 봉추는 양양의 방덕 선생 조카인 방통을 말합니다. 방통이 한두 살 많기는 해도 이 둘은 가까운 친구 사이입니다."

유비는 서서의 손을 잡고 다시 한번 감사를 표시했다.

"선생, 고맙소. 그 말씀을 해주시려고 예까지 오시다니요. 저도 오늘에야 비로소 복룡 · 봉추가 누구인지 알았습니다. 선생께서 일러주시지 않았다면 저는 눈뜬 장님이 될 뻔했습니다. 선생, 그 동안 도와주시고 또 이렇게 신경써주시니 너무 감사합니다."

유비와 서서는 다시금 작별인사를 했다. 유비를 뒤로하고 말을 탄 서서가 신야에서 멀어져갔다. 유비는 이제야 형주의 인맥에 대해 대강 짐작하게 되었다. 유비는 그 동안 마치 꿈을 꾼 느낌이었다. 유비는 성안으로 들어가 즉시 갖가지 귀한 물건들을 준비하라고 일렀다. 내일이라도 당장 제갈량을 찾아갈 심산이었다.

한편 서서는 유비가 제갈량을 찾아갔다가 제갈량에게 거절당할까 염려되어 일단 융중으로 그를 찾아가 유비를 부탁하고 가기로 했다. 반나절을 달리자 그날 저녁 무렵에 융중에 도착할 수 있었다. 서서가 제갈량의 초가에 들어서니 거문고를 타고 있던 제갈량이 반갑게 맞았다.

"자네 오랜만일세. 도대체 어디서 오는 길인가? 소문에 유황숙이 있는 신야 땅으로 갔다고 들었네만."

"자네 말이 맞네. 그런데 지금은 내가 신야를 떠나야 할 형편이네. 조조가 노모를 인질로 잡고 있어서 어쩔 수 없이 허도로 가야 해. 그래서 내가 유황숙에게 자넬 천거했네. 유황숙이 자넬 찾아올 것이니 박대하지 말고 그를 따라 자네의 웅지를 펴보시게. 그 말을 하러 왔네."

제갈량이 의외라는 듯 미간을 모으고 말했다.

"역시 조조의 재주는 알아줄 만하지만 그는 필요에 따라서 한없이 야비해지기도 하는 인물이군. 노모를 이용해 사람을 얻으려 하다니 인재를 옆에 두고자 하는 욕심이 지나치다 못해 참으로 가관이구먼. 그런데 웅지라니? 자네는 나더러 속세의 희생물이 되라는 말인가? 그것을 왜 또 유비와 펼친단 말인가?"

서서가 말했다.

"자네가 출세에 급급해하지 않는다는 것은 알고 있네. 그렇다고 이 시골에서 평생 늙어 죽을 위인도 아니지. 촌에서 밭만 갈다 죽을 양이면 뭣하러 그 많은 공부를 했고 여러 인사들과 교유하며 지냈는가? 자네 스스로 그러지 않았나? '나는 관중과 악의에 비유할 수 있다'고. 그 말은 이렇게 청경우독하며 평생을 지내지만은 않겠다는 뜻 아닌가? 자네가 때를 기다리고 있다는 사실은 생각이 있는 사람이라면 다 아는 일이네. 방덕 선생이 오죽하면 자네를 와룡이라 했겠나? 그리고 왜 하필이면 유비냐고 했지? 그 이유를 말해주겠네. 나는 처음에 유표에게 의탁했다가 실망하고 그를 떠나 떠돌고 있던 중에 수경 선생의 천거로 유비 휘하에 들었네. 수경 선생이 괜히 나를 그에게 가도록 했겠는가? 얼마 되지는 않았으나 곁에서 함께 해보니 유황숙은 난세에 좀처럼 보기 힘든 귀한 인물이더군. 내가 조조에게로 간다고 해도 괘념치 말고 가라며 눈물만 흘리는 분이시네. 그런 사람이 지금껏 사그라들지 않고 조조와 대결하고 있어. 조조와 싸워 사라지지 않은 사람이 있었는가? 지금 그가 처한 상황이 초라하다고 해서 결코 쉽게 볼 인물이 아니야. 지금 형주에 있는 우리가 선택할 수 있는 곳이 어디겠는가? 나는 어쩔 수 없이 허도로 간다고 치세. 그러면 방통이 허도로 가겠나, 아니면 강동으로 가겠나? 중원은 조조가 이미 다 통일해버렸네. 이제 우리에게는 두 가지 선택밖에 없네. 조조 휘하로 가서 녹을 먹고 살거나 아니면 역사의 물길을 바꿔서라도 기군망상하는 조조의 남진을 막거나. 그럴 사람이 지금 유황숙밖에 더 있는가? 그 양반은 사람만 잘 만나면 대세를 바꿀 수도 있는 분이네. 지금까지 그는 가는 곳마다 민심을 얻다 못해 추앙을 받는 사람이야. 그런 사람의 날개가 돼주게.”

제갈량은 서서를 바라보며 허허 웃더니 말했다.

“내게 무슨 그만한 능력이 있다고 그러는가?”

“여하튼 신중히 생각해보시게.”

제갈량이 자고 가라며 붙잡았지만 마음이 급한 서서는 말을 몰아 융중을 떠났다.

한편 조조는 서서가 허도로 온다는 말을 듣자 순욱·정욱 등의 참모들을 불러 서서를 최대한 정중히 맞이하라는 영을 내렸다. 서서가 승상부로 조조를 찾아가니 조조는 자기가 꾸민 일이면서도 시치미를 떼고 능청스럽게 서서를 맞으며 말했다.

“서공, 정말 반갑소. 제가 이렇게 훌륭하고 능력 있는 분을 일찍 모시지 못해 정말 송구스럽습니다. 천하의 재주를 가진 공 같은 분은 그것을 마음대로 펼칠 수 있는 공간이 필요한 법입니다. 공처럼 재주가 남다른 분이 어찌 유비 같은 자를 섬겼단 말입니까? 유비는 늘 허울 좋은 한 황실 부흥을 떠들지만 그것이 구호로만 될 일입니까? 난세에는 모름지기 난세를 이길 수 있는 힘이 있어야 하는 법입니다. 어쨌든 저를 많이 도와주시오."

서서가 말했다.

"저는 어려서부터 전란을 피해 여기저기를 다녔습니다. 그러던 중 형주에 머물게 되었고, 우연히 신야에 당도하여 유황숙을 뵙고 교분이 두터워졌습니다. 그러나 마음 한구석에는 늘 늙으신 어머니 걱정이 있었는데 승상께서 노모를 극진히 보살펴주고 계신다니 참으로 감사드립니다."

서서 역시 마음에 없는 말이었으나 조조 못지않게 능청스럽게 대답했다. 조조가 웃으면서 말했다.

"이제 허도로 오셨으니 어서 노모님을 만나보시오. 아울러 앞으로 많은 가르침을 주시기 바라오."

서서는 조조에게 다시 한번 고맙다고 말하며 물러나왔다. 서서는 서둘러 노모에게로 달려갔다. 서서는 모친이 기거하고 있는 별당에 이르자 목이 메어 겨우 어머니를 부를 수 있었다. 서서의 노모는 문 앞에서 머리를 조아리고 있는 아들을 보자 몹시 놀라며 물었다.

"아니, 애야 여기는 어찌하여 왔느냐?"

"신야에서 유현덕 장군을 돕고 있다가 어머니께서 보내신 글월을 받고 밤낮을 가리지 않고 달려왔습니다. 이제 이곳에서 어머니를 편히 모실 것입니다."

"내가 보낸 글이라니? 나는 너에게 편지를 보낸 적이 없다. 나는 오래 전부터 유현덕 장군의 인의에 찬 치적에 감명을 받아온 사람이다. 그리고 그분이야말로 한 황실의 후손이시다. 네가 그 사람을 돕는다면 말이 될까, 어째서 천자를 기만하고 그 자리를 차지한 자의 손발이 되어 더러운 이름을 남기려 한단 말이냐? 이 일은 어리석고 나약한 네 어미 때문에 생겨난 일이다. 이제 너와 내가 무슨 낮으로 조상님들을 대하겠느냐!"

노친의 꾸지람을 들으며 서서는 일을 좀더 깊이 헤아려 처신하지 못한 것이 부끄러워 고개를 들지 못했다. 서서의 모친은 결연하게 문을 닫고 방안으로 들어가버렸다. 얼마 후 정신을 차린 서서가 어머니에게 용서를 구하기 위해 몸을 일으키려는데 방안에서 몸종의 비명 소리가 들려왔다. 놀란 서서가 방안으로 덮치듯 뛰어드는 순간 몸종이 뛰어나오며 말했다.

"노부인께서 대들보에 목을 매셨습니다."

서서가 달려들어 노친을 구해보려 했으나 그의 어머니는 이미 숨져 있었다. 통탄해하며 가슴을 치던 서서는 정신을 잃고 쓰러졌다가 한참 만에 깨어났다. 그는 어머니를 허도의 남쪽에 장사지내고 3년상을 치렀다. 조조는 인재를 얻으려다 괜한 목숨을 지게 한 것 같아 마음이 무거웠다. 그는 서서가 상을 치르는 동안 몸소 장례식에 참석하고 여러 가지 귀한 물건들을 챙겨 서서에게 보냈다. 그러나 서서는 그것들을 하나도 받지 않았다. 결국 조조는 남쪽 지형에 밝은 전략가 서서를 유비에게서 잘라내는 데 만족할 수밖에 없었다. 그렇다 하더라도 조조의 입장에서는 남쪽 정벌의 큰 걸림돌 하나는 제거한 셈이었다.

삼
고
초
려

유비는 서서가 떠난 바로 다음날 아침 일찍 귀한 예물을 준비하여
융중으로 제갈량을 찾아 떠났다. 겨울인데도 봄날처럼 따뜻한 날씨
였다. 그런 날씨 탓이었는지 중대한 과제를 안고 떠나는 유비의 마음
은 푸근했다. 융중은 형주성에서 서쪽으로 20여 리 떨어진 곳에 있었
는데 그곳은 유비에게 인연이 많은 곳이기도 했다. 융중이 있는 남양
군 등현 쪽은 유비가 조인·조홍의 군대에 대패하여 복우산을 나와
형주로 들어갈 때 잠시 머물렀던 곳이다.

융중은 그때 보았던 넓은 백사장에서 10여 리를 가면 대파산맥大巴
山脈이 시작되는 산기슭에 있다. 직선 거리로는 신야에서 그리 멀지
않지만 실제 가다보면 강을 건너고 산기슭까지 올라가야 하니 편한
길은 아니었다. 말을 타고 가도 반나절은 족히 가야 겨우 도착할 수
있었다. 유비는 옷을 갖춰입고 관우와 장비를 데리고 융중을 향해 떠

났다. 강을 건너면서 유비는 지난날이 생각나 관우를 보며 말했다.

"아우, 참으로 감회가 새롭네. 조홍에게 패하여 이 강을 건널 때는 참으로 참담했었지. 그런데 지금 다시 희망을 가지고 그 길을 밟고 있네. 7년 전 그때는 풍요롭고 아름다운 산천인 형주나 저 험하고 높은 산 너머에 있는 익주, 그 어느 곳에서도 환영받지 못할 듯했지. 그런데 이젠 천하의 대현大賢을 만나기 위해 이 길을 가고 있으니 말이지."

관우가 대답했다.

"그런데 형님께서 찾아가시는 대현이라는 분이 과연 세상에 있을까요? 행여 있다 하더라도 그 한 사람을 데려온다고 해서 큰 변화가 있겠습니까?"

유비가 다시 말했다.

"아우, 아닐세. 지난번에 서서 선생을 보지 않았는가? 내가 사마휘 선생에게 듣기로는 지금 형주에 있는 젊은 지식인들은 이전의 선비들과 많이 다르다고 했네. 그들은 이 시대에 맞는 새로운 지식을 갖춘 사람들이라고 하셨네. 그것이 바로 세상을 변화시킬 힘을 갖고 있다는 뜻 아니겠나? 그러니 그들을 산림에서 불러내야지. 지금은 흘러가는 대로만 보고 있어도 좋을 세상이 아니니 말일세."

배가 움직이는 동안 사공은 물결의 움직임에 박자라도 맞추듯 이 고을의 아름다움을 담은 노래를 불렀다.

> 양양의 서쪽 20리를 가보셨나요?
> 맑은 물 흘러흘러 이끼도 걷어가는 곳.
> 구름이 산을 휘감듯
> 안개 낀 강 위로 높고 긴 언덕 보이네.

보세요, 하늘 높이 우뚝 서 용트림하는 바위를
소나무 숲에선 잘 지저귀는 한 마리 새 날갯짓하고
한가로운 마을 사립문 틈으로
졸음에 겨운 선비 비스듬히 누워 하품하네.
병풍처럼 둘러싼 대나무 숲에
철마다 꽃은 피고 또 지는데
바람결에 들려오는 글 읽는 소리
융중 땅 어느 곳이나 선비의 마을.
한가한 오후 문 두드려 열어보면
과일을 두고 달아나는 푸른 원숭이.
글 읽는 소리에 취한 듯
강 마을을 글씨 쓰듯 나는 학鶴.
양양의 서쪽 20리를 가보셨나요?
초가 아래 한 뙈기 밭에
김매고 밭가는 선비가 사는 곳.

유비는 배를 휘감아도는 풍경을 바라보며 사공의 노래를 듣고 있
었다. 그 노랫말은 마치 자기가 찾아가는 제갈량이란 사람을 비유한
듯하여 더욱 귀를 기울였다. 이윽고 강을 건너 나루터에 도착했다.
나루를 건너서 한참을 가던 유비와 관우·장비는 산기슭 앞에 이르
렀다. 이들은 다시 산기슭으로 접어들었는데 그곳에서는 또 밭일을
하던 농부들의 노랫소리가 들려왔다.

당신은 몰라요

저 하늘은 끝없이 넓다고 하지만

신神의 도포에 난 작은 구멍만 하다는 걸!

당신은 몰라요

말을 타고 달렸던 넓디넓은 땅이래야

네모난 바둑판에 불과한 줄을!

당신은 몰라요

세상의 주인은 나라고 으스대지만

부귀영화를 노려 서로 죽고 죽인 걸!

보세요, 이긴 자는 미곡주米穀酒를 마시며 춤추지만

진 사람은 숨어서 피눈물을 마십니다!

이제 당신도 아세요

남양 땅, 무심한 선비는

매양 잠만 자면서, 잠만 부족하다고 한다는 걸!

그 노랫소리에 귀를 기울이며 지나던 유비가 문득 말을 멈추고 농부에게 다가가 물었다.

"그 노래는 누가 지었소?"

"이 고을에 사시는 와룡 선생이 지은 노래라 합디다."

농부의 대답에 유비는 반가운 표정이 되어 다시 물었다.

"와룡 선생께서는 어디 계시오?"

농부는 앞에 있는 산을 가리키며 말했다.

"저 산 남쪽에 높은 언덕이 있는데 그 언덕을 와룡강臥龍岡이라고 한답니다. 와룡강에 다다르면 소나무가 우거져 있는 곳이 나옵니다. 그 숲 사이에 초가가 있는데 거기가 와룡 선생의 집입니다."

"이전부터 그곳을 와룡강이라 했습니까?"

"아니요. 와룡 선생 친구들께서 그 언덕을 와룡강이라 부르기 시작했습니다."

유비가 감사를 표하고 말을 달려가니 얼마 후 와룡 언덕이 눈에 들어왔다. 참으로 경치가 빼어날 뿐 아니라 다른 곳에서는 느끼지 못한 맑고 깨끗한 공기가 흐르는 듯했다. 산 뒤로는 대나무 숲이 마치 병풍처럼 초가를 두르고 있었다. 유비 형제들은 집앞에 이르자 말에서 내렸다. 장비가 나가 사립문을 두드리니 동자 하나가 나왔다. 유비가 주위를 한번 휘둘러보더니 동자에게 말했다.

"애야, 좌장군 의성정후 예주목사 황숙 유비가 특별히 선생을 뵈러 왔다고 말씀드려라."

동자가 유비를 쳐다보더니 대답했다.

"그렇게 긴 이름은 다 욀 수가 없습니다. 꼭 그렇게 전해야만 합니까?"

유비가 겸연쩍어서 다시 부드럽게 말했다.

"그럼 유비라는 사람이 뵈러 왔다고 말씀드리거라."

"선생님은 지금 출타 중이십니다."

"그래, 선생은 어디에 가셨느냐?"

동자가 유비를 보며 다시 말했다.

"특별히 행선지를 정하고 가신 것이 아니라 어디로 가셨는지는 잘 모르겠습니다."

"그러면 언제쯤 돌아오시겠느냐?"

"언제 오신다는 말씀도 없었습니다. 너더댓새가 걸릴지 아니면 열흘 이상이 걸릴지 알 수 없습니다."

유비는 크게 낙심했다. 이를 보고 있던 장비가 아이의 당돌함이 마음에 안 들어 퉁명스럽게 말했다.

"형님, 안 계신다니 그냥 돌아갑시다."

유비는 손을 저으면서 말했다.

"아니다. 오늘이라도 오실지 모르니 좀 기다렸다가 가자꾸나."

그러자 옆에 있던 관우가 말했다.

"형님, 장비 말대로 그냥 가시는 게 좋겠습니다. 계속 기다리셨다가 아니 오면 어찌하시겠습니까? 이번에는 그냥 돌아갔다가 사람을 시켜 와룡 선생이 있는지 알아본 후에 다시 오시는 게 좋겠습니다."

유비는 할 수 없이 관우의 말을 따르기로 했다. 유비는 동자를 보면서 부드럽게 말했다.

"와룡 선생께서 돌아오시면 유비가 뵙고자 다녀갔다고 꼭 말씀드려야 한다."

유비는 말에 올랐다. 몇 리를 내려오면서 보니 융중은 과연 볼수록 아름다웠다. 큰 산맥의 자락이어서인지 산은 나지막하면서도 수려했고 물은 깊은 편은 아니나 푸르고 깨끗했으며, 땅도 넓지는 않았지만 평탄했다. 산길을 벗어나면 푸른 소나무와 쭉쭉 뻗은 대나무가 서로 어우러져 무성한 숲을 이루고 산짐승들은 이 숲 저 숲을 옮겨다니며 뛰어놀았다. 사공이 노래했던 원숭이 · 학의 노랫말들이 거저 만들어진 것이 아닌 듯했다.

유비 형제들이 길을 내려와 마을 어귀로 들어서려는데 소요건小搖巾을 쓴 선비 하나가 간단한 외출복 차림으로 맞은편에서 걸어왔다.

'혹시 저분이 와룡 선생이 아닐까?'

유비는 즉시 말에서 내려 그 선비 앞으로 다가가 단정히 예를 갖추고 물었다.

"실례합니다만 혹시 와룡 선생이 아니십니까?"

그 선비는 유비와 그 형제들을 이리저리 훑어보더니 말했다.

"저는 와룡이 아니오. 그런데 장군은 뉘십니까?"

"예, 저는 유비라 하옵니다."

"아, 그렇습니까? 존함은 익히 알고 있습니다. 저는 공명이 아니고 그의 친구 박릉博陵의 최주평이라고 합니다. 그때 방덕 선생 댁에서 장군을 뵌 적이 있습니다. 그때는 어두워서 제대로 얼굴을 볼 수가 없었는데 이렇게 만나게 되어 반갑습니다. 저도 공명을 보러 왔는데 없는 모양이죠? 이 친구, 집에 있는 줄 알고 왔는데 어디로 갔나?"

유비는 최주평이라는 이름을 들으니 예전에 수경 선생으로부터 들은 적이 있는 것 같아 아는 척을 하면서 말했다.

"저도 선생의 존함은 이전부터 들어서 알고 있었습니다. 이렇게 다시 선생을 뵙게 되어 반갑습니다. 선생께서도 와룡 선생을 만나러 오셨다면 지금 선생께서 안 계시니 잠깐 쉬시며 제게 가르침을 주십시오."

둘은 숲속 평평한 바윗돌에 걸터앉았다. 관우와 장비는 유비 뒤에 서 있었다. 최주평이 입을 열었다.

"유황숙께서는 왜 공명을 만나려 하십니까?"

유비가 간곡한 어조로 말했다.

"선생께서도 아시다시피 지금 천하가 어지러워 방방곡곡이 소란합니다. 제가 공명 선생을 만나뵈려고 하는 것은 광무제가 하신 것처럼 한 황실을 부흥시켜 천하를 편안하게 하기 위함입니다."

최주평이 가볍게 미소를 띠며 말했다.

"유황숙께서 난세를 바로잡겠다고 생각하는 것은 어진 마음에서 비롯된 것이 분명합니다. 그러나 난세를 바로잡기는 쉽지 않습니다. 원래 세상의 이치란 치세와 난세가 번갈아 일어나는 것이니 이를 바로잡는 것은 천운을 타고나야 하는 법입니다. 한고조가 항우를 치고 흉악무도한 진나라를 멸한 것은 난세를 다스리고 치세로 바꾼 예입니다. 그러나 전한 말에 애제哀帝와 평제平帝의 200년 태평세월이 지나 왕망이 역적질을 하니 천하는 다시 일시적으로 난세가 되었습니다. 그후 광무제께서 나라의 중흥을 꾀하여 국운을 바로잡은 것은 또 다시 난세를 치세로 바꾼 것입니다. 이제 다시 200년이 지났습니다. 다시 천하는 난세에 접어들었습니다. 지금은 때가 그러하니 억지로 치세로 바꾸는 것이 쉬운 일이겠습니까? '하늘의 뜻을 따르는 자는 편하고 그 뜻을 거스르는 자는 수고롭다' 느니 '천명은 어쩔 수 없다' 느니 하는 말들이 그래서 생겨난 것 아니겠습니까."

유비는 이 말을 듣고서 은근히 반박하듯 말했다.

"참으로 훌륭하고 옳은 말씀입니다. 그러나 저는 한 황실의 후예로, 한 황실을 중흥시켜야 할 책임이 있습니다. 세상이 그렇게 바뀐다고 해서 이대로 주저앉아서 운수나 천명만을 기다릴 수는 없는 일 아닙니까?"

유비의 어조는 부드러웠으나 단호함이 배어 있었다. 최주평은 더이상 자신의 이야기가 통하지 않을 것 같아 얼버무렸다.

"시골에 묻힌 촌놈이 천하의 일을 아는 척했습니다. 제가 너무 주제넘은 말을 한 것 같습니다."

유비가 손을 저으며 겸손하게 말했다.

"아닙니다. 소중한 가르침이었습니다. 그런데 지금 공명 선생은 어디에 계실까요?"

최주평이 몸을 일으키며 말했다.

"저도 그를 찾고 있습니다. 원래 오늘 만나보려고 했는데 없다고 하니 저도 헛걸음을 했습니다."

최주평은 가볍게 목례를 하고 먼저 길을 나섰다. 하는 수 없이 유비·관우·장비도 모두 말에 올랐다. 장비가 말을 몰며 신경질적으로 말했다.

"공명을 만나러 왔다가 보지도 못하고 엉뚱한 선비놈을 만나 쓸데 없이 시간만 낭비했네요."

유비가 장비를 보며 말했다.

"그렇지 않아. 저자는 속세에 멀리 떨어져 사는 이가 할 수 있는 말을 했네. 흘려보낼 말만은 아니야. 그러나 저자의 말대로라면 대세가 조조에게로 흐르고 있으니 괜히 그것에 저항할 것이 아니라 그 운에 맡기라는 것인데 나는 그렇게는 할 수 없어. 조조가 한고조나 광무제의 덕을 갖추고 있으면 왜 그를 미워하겠나? 조조 같은 자가 천자가 될 운명이라면, 그같은 역사는 너무 가혹하지 않나? 그러면 이제까지 그 많은 왕도에 관한 학문이 왜 존재해야 한단 말인가? 조조를 보게. 서주에서 죄 없는 백성을 수도 없이 죽였네. 그리고 허도에서도 보지 않았는가? 아무리 천자가 힘이 없어도 조조가 천자를 그렇게 대하면 안 되네. 그리고 황자를 잉태한 귀비를 죽인 것도 용서받을 수 있는 일이 아닐세. 힘을 가졌다고 다 황제를 한다면 천하는 어찌 되겠나?"

유비는 신야로 돌아오는 길에 사마휘의 집을 방문했다. 사마휘는 유비를 반갑게 맞이하고 유비 형제들과 초당에 앉아 함께 차를 마시면서 담소를 나눴다. 유비는 사마휘에게 서서의 이야기와 제갈량을 만나러 가서 만나지 못하고 오는 도중에 최주평이라는 사람을 만났다는 이야기를 했다. 그러자 사마휘가 유비를 보며 말했다.

"아하, 황숙께서 최주평을 만나셨군요. 원래 공명은 박릉의 최주평, 영천의 석광원石廣元, 여남의 맹공위孟公威, 그리고 서서와 가장 가깝게 지내고 있습니다. 이 네 사람 모두 학문과 식견이 빼어난 사람들이긴 하지만 그 중에서도 공명이 가장 탁월합니다. 공명은 천하대세를 보는 능력이 다른 이들과 비교할 수 없을 만큼 뛰어납니다. 그와 관련되어 이런 이야기가 있습니다. 어느 날 공명이 이들 네 친구와 어울려 놀다가 벼슬 이야기가 나오자 친구들에게 '자네들은 벼슬을 한다면 자사나 군수 감은 되겠군'이라고 했다고 합니다. 친구들이 공명에게 '자네는 어떤가' 하니 공명은 그저 웃기만 하더랍니다. 내가 서서에게 들으니 공명은 스스로를 항상 관중과 악의에 비겼다고 합니다. 관중은 환공을 도와 제나라를 가장 막강한 맹주로 만들었으며 악의는 연의 상장군으로 주변국의 군사를 모아 제나라의 70여 성을 빼앗은 장수 중의 장수가 아닙니까? 어찌 보면 공명의 그 같은 태도는 오만하게 보이기까지 하지만 주변 사람들은 모두들 공명을 그 이상으로 인정하고 있어요. 어쩌면 공명은 관중이나 악의를 뛰어넘어 강태공이나 장량에 비길 만한 인물인지도 모릅니다."

유비가 놀라며 물었다.

"강태공은 주나라 800년을 만든 분이고 장량은 한나라 400년 역사를 만들지 않았습니까? 바로 그 강태공과 장량에 비유할 수 있을 정도입니까? 그런데 어찌하여 이곳에 그런 현사들이 많습니까?"

"전란 때문이겠지요. 천하가 시끄러우니 현사들이 제 갈 곳을 찾지 못하고 이곳으로 모여 은둔하고 있는 것입니다. 장안이나 서역 쪽으로 가자니 그곳은 오랑캐의 땅이고 북으로 가면 동이족이 버티고 있지요. 동으로 가면 산동 땅과 서주인데, 그곳은 그 동안 조조와 황숙, 그리고 조조와 원소 간의 전쟁으로 얼마나 시끄러웠습니까? 남으로 가면 강동 땅인데 그곳은 중원과 너무 멀어서 누가 가려 하겠습니까? 그러니 남는 곳은 한 곳뿐입니다. 바로 형주지요."

유비가 안타까운 표정으로 말했다.

"이 어리석은 유비, 좀더 일찍 형주의 진상을 알았더라면 기군망상하는 조조의 힘을 꺾을 수 있었을 텐데. 하늘을 우러르고 천자를 우러러 부끄럽고 죄스러울 뿐입니다."

사마휘는 고개를 끄덕였다. 이야기를 나누는 동안 해가 저물어 유비는 사마휘의 집을 떠나 신야 땅으로 돌아왔다. 유비 일행이 가는 것을 지켜보던 사마휘는 하늘을 쳐다보고 허허롭게 웃으며 말했다.

"와룡이 주인은 잘 만났으나 때를 잘못 만났으니 안타깝구나."

신야에 도착하여 며칠이 지난 어느 날 유비는 사람을 보내 제갈량이 있는지 알아보라고 일렀다. 심부름 갔던 이가 돌아와 말했다.

"공명 선생이 돌아와 계셨습니다."

유비는 관우와 장비에게 알리고 즉시 말을 준비하라 명했다. 이번에도 장비가 투덜거렸다.

"대한 좌장군 황숙께서 어찌 그 따위 촌놈을 자꾸 찾아간단 말입니까? 차라리 사람을 시켜 오라고 합시다."

유비는 정색을 하며 말했다.

"아우는 맹자의 말씀도 못 들었는가? 맹자께서는 어진 이를 보기 위해서는 반드시 도로써 행해야 한다고 하셨네. 만약 그렇지 않으면 마치 방으로 들어가려고 하면서 방문을 먼저 닫는 것과 같다고 하셨지. 공명 선생은 촌뜨기가 아니라 뛰어난 선비인데 어찌 감히 오라 가라 한단 말인가? 자네 이번에 가거든 말조심 해야 하네."

유비는 이번에도 관우 · 장비와 함께 융중을 향해 아침 일찍 길을 나섰다. 때는 한겨울이고 하늘에는 먹구름이 가득한데 유비는 차가운 바람을 맞으며 길을 떠났다. 땅은 얼어붙었고 여기저기 빙판이 널려 있었다. 시간이 조금 지나자 눈발이 날리기 시작했다. 흩날리는 눈발에 가려 사방이 하얗게 변해가기 시작했다. 유비 일행은 아침 일찍 출발했으나 걸음이 더뎌졌다. 휘날리는 눈발은 따갑게 얼굴을 때리고 산과 나무, 마을과 길이 모두 눈으로 뒤덮였다. 장비가 유비를 보고 투덜거렸다.

"형님, 왜 하필이면 이런 날에 공명인지 공명인지를 찾아가는 겁니까? 이 추운 겨울에 그를 데려온다 한들 군사를 일으킬 것도 아니지 않습니까? 더 갔다가는 눈 귀신 되겠소. 일단 신야로 돌아가 눈이나 피합시다."

유비가 장비를 달래면서 말했다.

"이제 곧 눈발이 약해질 것 같네. 내가 이런 날에도 굳이 공명을 만나려는 것은 나의 정성을 보이고자 함이네. 이 정도 추위도 견디지 못하겠거든 자네 먼저 신야로 돌아가게."

장비가 입을 삐쭉거리며 받았다.

"형님, 제가 어디 이따위 눈이나 추위가 무서워서 그러는 줄 아시오? 형님이 오늘도 괜히 헛수고할 것 같아서 그러지요."

유비가 슬그머니 웃으면서 말했다.

"말이 많기도 하구나. 여러 소리 말고 따라오기나 해라."

유비 일행이 공명의 초가가 있는 마을에 다다르니 주변 주점에서 노랫소리가 새어나왔다. 유비는 잠시 말을 멈추고 그 소리에 귀를 기울였다.

사내 대장부 공을 세워
천하에 그 이름 떨치지 못한 것은
아아, 긴 세월 봄을 만나지 못했기 때문이었네.
자네 보지 못했나
갑자기 자취를 감춘 동해 바다 늙은이가
주문왕周文王과 함께 정겹게
수레 타고 오던 광경을!
그대는 또 보지 못했나
고양高陽 땅 주정뱅이
수풀 속에서 부스스 술 깨어 일어나
왕도·패도 고담준론
천하의 준걸들도 놀라서 고개 숙이는 것을!
천하에 빼어난 현자賢者 아니 만났더라면
동쪽에 오랑캐를 어찌 무찌르고
제나라 72성을 무슨 수로 함락했으리오!

유비가 가만히 들으니 강태공과 역이기酈食其의 이야기였다. 이들 두 사람은 모두 무명 인사로 초야에 묻혀 있다가 각각 주나라의 문왕과 한고조 유방에게 발탁되어 천하의 영웅이 된 사람들이다. 특히 역이기는 본래 문을 지키는 하급 관리였다. 역이기가 한고조를 만나러 왔는데 마침 그는 침상에 앉아 시녀들이 발을 닦아주는 것을 즐기고 있었다. 역이기가 한고조의 오만한 태도를 나무라자 한고조는 발 씻기를 멈추고 역이기에게 상좌를 권하고 죄를 빌었다는 고사가 있다. 노래가 끝나자 주점 안의 사람들이 박수를 치며 웃었다. 문득 유비가 관우에게 말했다.

"아우, 아무래도 이곳에 공명 선생이 계실 듯하네. 내가 잠시 들어가보겠네."

유비가 관우에게 이렇게 말한 뒤 말에서 내려 주점 안으로 들어섰다. 주점에는 두 선비가 술상을 마주하고 대작하고 있었다. 한 사람은 백옥같이 흰 얼굴에 긴 수염을 길렀고, 다른 사람은 수려한 얼굴에 옛사람의 풍모가 있었다. 유비는 그들에게 다가가서 정중히 읍하면서 물었다.

"두 분께서 대작하시는데 죄송합니다. 두 분 가운데 한 분이 혹시 와룡 선생 아니십니까?"

그러자 수염이 긴 선비가 물었다.

"공은 누구십니까? 무슨 일로 와룡을 찾으십니까?"

유비가 말했다.

"저는 유비라 합니다. 와룡 선생께 천하를 평안하게 하고 도탄에 빠진 백성들을 구하는 길을 배우려 합니다."

그러자 다시 그 선비가 말했다.

"아, 예. 유황숙의 존함은 일찍이 들었습니다. 저희들은 와룡이 아니고 그의 친구들입니다. 저는 석광원이고 이 사람은 여남의 맹공위라고 합니다."

유비는 기쁨을 감추지 못하고 얼굴 가득 웃음을 띠며 말했다.

"두 분의 높으신 이름을 들은 지 이미 오래입니다 이렇게 뵙게 되니 참으로 큰 영광입니다. 저는 지금 와룡 선생 댁으로 가는 길입니다. 두 분도 저와 함께 와룡 선생 댁으로 가시는 것이 어떠십니까? 좋은 가르침을 받들고 싶습니다."

그러자 수염을 기른 석광원이 말했다.

"저희는 산골 촌구석에 묻혀 게으르게 세월이나 보내는 무식한 사람들입니다. 저희들이 어찌 천하의 대사를 알겠습니까? 서둘러 가셔서 와룡을 만나보도록 하시지요."

유비는 두 사람에게 예를 갖추어 작별인사를 하고 말에 올랐다. 눈은 멎었으나 그 동안 내린 눈이 무릎까지 쌓여서 한 걸음 한 걸음 내딛기가 쉽지 않았다. 한참을 가다보니 제갈량의 집이 보이기 시작했다. 유비는 제갈량의 집 앞에 다다르자 말에서 내려 문을 두드렸다. 얼마 되지 않아 지난번에 보았던 동자가 사립문에 나타났다. 유비는 반갑게 말을 걸었다.

"애야 반갑구나. 그래 오늘은 선생님이 댁에 계시느냐?"

"예, 지금 사랑에서 글을 읽고 계십니다."

유비는 너무 기뻤다. 눈보라를 헤치고 온데다 지난번에 만나지 못한 아쉬움이 컸던지라 유비는 한편 긴장이 되기도 했다. 유비가 중문에 들어서자 큰 글씨로 쓴 편액이 눈에 들어왔다.

단정한 몸가짐으로
뜻을 밝히고
고요하게 앉아
먼 곳을 내다본다.

유비가 잠시 멈춰서서 이 글귀의 뜻을 헤아리는데 어디선가 맑은 목소리로 시를 읊조리는 소리가 들렸다. 유비는 문틈으로 가만히 안을 들여다보았다. 젊은이 한 사람이 초당 위의 화로 앞에 쪼그리고 앉아 노래를 하듯 시를 읊고 있었다.

봉황은 하늘 천 길을 날아도
오동나무 아니면 내려앉지 않고
선비는 외진 곳에 쓸쓸히 있어도
참되고 어진 주인이 아니면 따르지 않네.

언덕에 올라 밭을 갈아도 즐겁고
갈대와 띠로 지붕을 이어도 내 집이로다.
거문고를 타고 글을 읽으며
때가 오기를 기다린다네.

유비는 노래가 끝나기를 기다렸다가 공손하게 말했다.

"저는 유비라는 사람입니다. 일찍이 서서 선생께서 공을 제게 추천하시기에 지난번에 이곳에 왔었으나 뵙지 못하고 그냥 돌아갔습니다. 이제 눈보라를 무릅쓰고 와서 선생님의 얼굴을 뵙게 되니 이보다 더 기쁘고 다행한 일이 없을 듯합니다."

그러자 말을 듣던 젊은이가 황망히 일어나 답례하며 말했다.

"장군은 예주목사이신 유황숙이 아니십니까? 저의 형님을 뵈러 오신 것 같습니다만……."

유비가 순간 난감해하며 물었다.

"그럼, 오늘도 와룡 선생이 안 계십니까? 선생님께서 와룡 선생이 아니십니까?"

"심부름 하는 아이가 버릇없이 장난을 쳤나 보군요. 죄송합니다만 저는 와룡 선생의 아우되는 제갈균입니다. 제 위로 형님이 두 분 계시는데 큰형님은 제갈근으로 현재 강동에서 손권의 참모로 계시고, 황숙께서 찾으시는 공명은 바로 저의 작은형님입니다."

"그럼, 와룡 선생께서 지금 댁에 계십니까?"

"어제 오후에 최주평과 약속이 있다고 하시면서 나가셨습니다. 그런데 눈이 이렇게 쏟아져 아직 못 오시는 듯합니다."

"와룡 선생은 어디로 가셨을까요?"

"글쎄요. 형님은 원래 강에서 뱃놀이를 즐기기도 하고, 스님을 만나러 산에 오르기도 합니다. 때로는 마을로 내려가 친구들과 담소를 나누기도 하고 거문고를 타거나 바둑을 즐기기도 합니다. 오늘 같은 날은 아마 친구 분의 집에서 바둑을 두고 계실 것 같은데 딱히 정해 놓고 다니시지는 않으니 지금 어디에 계신지 알 수가 없군요. 죄송해서 어찌합니까?"

"제가 덕이 없어서인지 아니면 저와 공명 선생이 인연이 없어서인지 이렇게 두 번씩이나 찾아와도 와룡 선생을 뵙지 못하고 가게 되었습니다."

제갈균은 공연히 자신이 죄스러운지 유비를 보며 말했다.

"황숙께서는 잠시 계십시오. 제가 차라도 내오겠습니다."

제갈균이 차를 준비하러 나가자 장비가 옆에 있다가 신경질이 난 듯 내뱉었다.

"형님, 공맹인지 맹공인지 없다고 하니 빨리 돌아갑시다. 이렇게 궂은 날씨에 너무 늦어지면 어찌 가시려고 그러십니까?"

"눈보라에 여기까지 왔는데 어찌 한마디 말씀도 전하지 않고 그냥 갈 수 있겠느냐? 너는 좀 가만있거라."

제갈균이 차를 가지고 오자 유비는 다시 그에게 물었다.

"저는 와룡 선생께서 병법에 능통하실 뿐만 아니라 여러 가지 병서들을 읽으신다 들었습니다."

제갈균이 대답했다.

"글쎄요, 저는 잘 모르겠습니다."

장비가 옆에 있다가 끼어들었다.

"형님, 그 사람에게 물어봤자 무슨 소용이 있습니까? 다시 눈이 내리기 시작해요. 빨리 돌아가는 게 좋겠습니다."

"조용히 하지 못하느냐!"

유비는 정색을 하고 장비를 꾸짖었다. 이것을 보고 있던 제갈균이 보기에 민망하여 말했다.

"눈이 예사롭지 않습니다. 형님이 안 계시니 황숙께 더 머물러 계시라 말씀드릴 수도 없군요. 차라리 형님이 오시면 황숙을 찾아뵈라고 말씀을 드려보겠습니다."

유비가 손을 저으면서 말했다.

"아니 괜찮습니다. 제가 어찌 감히 선생께서 오시기를 기다리겠습니까? 며칠 후에 제가 다시 찾아뵙도록 하겠습니다. 죄송하지만 제게 종이와 붓을 좀 빌려주십시오. 와룡 선생께 드리고 싶은 말씀을 몇 자 남기고 갈까 합니다."

유비는 종이를 펴고 글을 써 내려갔다.

와룡 선생 보십시오. 저 유비는 이름이 높으신 선생님을 오래 전부터 흠모하여 두 번이나 뵈러 왔었으나 뵙지 못하고 그냥 돌아서니 마음이 슬프고 안타깝기 그지없습니다. 생각해보면 저는 한나라 황실의 후예 된 몸으로 외람스럽게도 분에 넘치는 이름과 작위를 얻고 있습니다만, 이미 한나라 조정은 힘이 없어졌습니다. 조정의 기강은 무너질 대로 무너지고 여기저기서 간신배들이 날뛰어 천자를 우롱하고 업신여기는 일이 매양 벌어지고 있습니다. 저는 심장과 쓸개가 모두 찢기어 발라질지라도 조정을 바로잡아 천하를 구하려는 생각을 가지고 있습니다. 그러나 저는 아직도 천하를 바로잡을 방책을 찾지 못하고 있습니다. 바라옵건대 선생께서 어질고 자비로우신 마음과 나라를 근심하는 충의를 베푸시고, 강태공 같은 뛰어난 재주와 장량 같은 탁월한 책략을 펴시어 저를 가르쳐주십시오. 그렇게만 해주시면 천하를 위해서나 400년의 사직을 위해서나 더 이상의 다행이 없겠습니다. 제 마음을 더욱 담백하게 하고 몸을 정결히 한 후에 선생을 다시 찾아뵙도록 하겠습니다. 간절히 바라건대 제 뜻을 헤아려주십시오.

유비는 이렇게 쓴 편지를 제갈균에게 전하고 작별인사를 한 다음 사립문을 나섰다. 그때 문밖으로 누군가 오고 있는 모습이 보였다. 머리에는 털모자를 쓰고 여우 가죽옷을 입은 그 사람은 나귀에 몸을 싣고 여유롭게 들어서고 있었다. 유비는 혹시 저 사람이 와룡이 아닌가 생각했다. 그런데 등 뒤에서 제갈균의 목소리가 유비의 그런 희망을 깨버렸다.

"아니, 어른 이런 날씨에 여기 웬일이십니까?"

"아직 봄이 멀었는데도 집 울타리 가에 매화가 피었다 지는 모습을 보고 사위 생각이 나서 이렇게 와보았소. 그래, 내 사위는 집에 없는 모양이구먼……."

황승언이 대답을 하며 몇 걸음 건너 서 있던 유비를 바라보았다.

"집에 손님이 오셨던 게로군."

"네, 유현덕 장군께서 형님을 만나시기 위해 오셨으나 형님이 계시지 않아 그냥 돌아가시는 길입니다."

그러자 황승언이 놀란 듯 목소리를 높여 말했다.

"유비 장군이시군요. 형주를 지키고 계시는 영웅을 이렇게 만나뵙게 되어 영광입니다. 그런데 사위를 만나지 못하고 가시게 되어 어떡합니까?"

유비가 공손하게 대답했다.

"아닙니다. 다음을 기약하지요."

유비는 황승언과 작별인사를 나눈 뒤 말에 올랐다. 가늘게 흩날리기 시작하던 눈발이 다시 굵어지고 거센 바람마저 몰아쳤다. 돌아서 가는 유비의 마음은 서글프고 황량하기 이를 데 없었다.

유비가 다녀간 다음날, 눈발이 멎고 청명한 햇살이 융중 땅을 비추었다. 오전이 다 지날 때쯤 제갈량이 초당으로 돌아왔다. 제갈균은 유비가 다녀간 일이며 편지를 써놓고 간 일 등을 일러주었다. 이때 제갈량의 아내 황씨가 차를 끓여 초당으로 가져왔다. 황씨의 이름은 황아추黃阿醜로 형주의 명사 황승언의 딸이었다. 그녀는 작은 키에 살색이 검고 볼품없는 용모를 하고 있었으나 비범한 재주와 명석한 두뇌의 소유자였다.

육도, 삼략, 둔갑遁甲 등의 병서류뿐 아니라 천문에도 능통했으며 다방면에 걸쳐 독서를 해서 읽은 책의 양이 제갈량에 뒤지지 않을 정도였다. 황승언이 제갈량을 탐내어 사위로 삼고 싶어했을 때 제갈량은 이미 그 딸의 뛰어남을 알고 있었으므로 내심 반가웠다. 황씨는 제갈량과 결혼한 후에도 생활 곳곳에서 기지를 발휘했으며 남편과 함께 공부하고 책을 읽으며 서로의 지혜를 밝혀나갔다. 제갈량은 그런 아내가 좋았다. 그래서 그는 주변에서 누구나 얻는 첩실도 두지 않고 아내를 귀하게 여기며 지냈다. 황씨가 찻잔에 물을 부으며 말했다.

"어제 친정 아버님께서 오셨는데 당신이 계시지 않아 저와 잠시 얘기를 나누다 가셨어요. 모든 일의 결정은 당신이 현명하게 하시겠지만 당신께서 세상에 나가실 의향이 있으시다면 유현덕 장군을 다시 한번 생각해봄이 어떠신지요? 지금 대세는 조조에게로 흐르고 있으나 그는 인의가 부족한 사람입니다. 유비는 현재의 상황은 곤궁하나 그의 뜻은 언제나 백성에 바탕을 두고 있어 그를 돕는다면 반드시 보람이 따를 것입니다. 더구나 천하에 제일 가는 장수들이 그를 자기 몸같이 따르고 있다 하니 인재를 만난다면 그들도 결코 현재에 머무르지 않을 것입니다."

제갈량이 천천히 차를 마시며 대답했다.

"그럴까요? 그런데 나는 아직 이곳을 떠나는 것이 내키지가 않아요."

황씨는 고개를 끄덕일 뿐 더 이상 아무 말도 하지 않았다. 옆에 있던 제갈균도 말없이 차만 마셨다.

유비가 신야에 돌아와 이런저런 일을 처리하는 동안 봄이 가까이에 와 있었다. 겨울 동안 유비는 하루도 제갈량을 생각지 않은 날이 없었다. 날이 따뜻해지자 유비는 또다시 사람을 보내 제갈량이 있는지를 확인하고는 몸을 정갈히 씻고 깨끗한 옷으로 갈아입었다. 유비가 제갈량을 만나기 위해 다시 융중으로 떠난다는 말을 들은 관우와 장비는 유비의 행차를 막으려고 유비에게 달려왔다. 이번에는 관우가 나섰다.

"형님, 두 번이나 융중을 찾아갔다가 만나지 못했을 뿐만 아니라 형님께서 글까지 남겨두고 왔는데도 이렇다 저렇다 답례조차 없으니 그 사람은 기본적인 예의도 모르는 사람이 아닙니까? 제갈량은 소문만 그렇게 났을 뿐 진짜 실력은 별것 아님이 분명합니다. 그러니 자신이 없어 나타나지 않는 것이지요. 그렇게 그 자를 만나고 싶으시면 자꾸 형님이 가실 일이 아니라 사람을 보내 데려오도록 합시다. 형님은 명색이 한나라 황실의 후예이시고 황숙인데다 천하가 알아주는 영웅입니다. 어째서 한낱 시골에 묻혀 업적도 없이 살아가는 자가 형님을 이토록 오가게 만드는 것입니까?"

평소 같으면 관우의 말을 귀담아듣는 유비였으나 이번에는 완강하게 거절했다.

"아우, 그렇지 않네. 옛날 제나라 환공은 동곽東郭에 사는 은둔자를 만나려고 무려 다섯 번이나 찾아갔다고 하네. 하물며 나는 그보다 더 뛰어난 대현을 만나뵈려는 것인데 두 번이 어찌 지나친 것이겠나?"

장비가 듣고 있다가 말했다.

"형님은 자꾸 대현, 대현 하시는데 그따위 촌부가 어떻게 대현이라는 말이오? 그러지 마시고 이번에는 저 혼자 다녀오겠소. 형님이 가지 않아도 이곳에서 볼 수 있도록 반드시 데려오겠습니다. 만일 오지 않으면 제가 가서 꽁꽁 묶어 끌고와 형님 앞에 대령시켜드리지요."

유비는 기가 차서 장비를 크게 꾸짖었다.

"아우는 주나라 문왕께서 강태공을 모시러 갔던 이야기도 모르는가? 성군으로 이름 높으신 문왕도 어진 선비 공경하기를 그같이 했거늘 자네는 어찌 그런 무례한 말을 하는가? 이번에는 운장만 데리고 갈 테니 아우는 여기에 남게."

장비가 머쓱해하며 대답했다.

"화가 나 해본 소립니다. 두 분 형님께서 가시는데 어떻게 저 혼자 여기에 남겠습니까?"

유비는 따라나서는 장비에게 단단히 주의를 주었다.

"그럼, 같이 가되 그곳에서 절대로 실례되는 말이나 행동을 해서는 안 되네."

이렇게 해서 유비 형제들은 봄바람이 산과 들을 잠 깨우는 모습을 보며 융중으로 떠났다. 봄이 되니 융중 땅은 자연의 축복이라도 받은 양 갖가지 꽃들과 새싹들을 피워내고 있었다. 지난 겨울, 시내와 다리, 산과 바위가 온통 얼어붙고 머리엔 배꽃처럼 눈이 쌓였던 기억이 새로웠다.

유비는 강을 건너면서 생각에 잠겼다. 관우의 말대로 제갈량이 의도적으로 자신을 만나지 않으려는 것일지도 모른다는 생각이 들었다. 그리고 지난번 만났던 최주평의 말에 일리가 있으며 그것이 단순히 최주평 개인의 생각이 아니라 어쩌면 형주 땅 대부분의 은사들이 가진 생각일 가능성이 높다는 생각도 들었다. 유비는 다시 한번 자신을 돌이켜보았다.

'최주평의 말은 결과적으로 조조가 천하를 통일하고 있고 난세를 치세로 바꾸는 길목에 있다는 뜻이다. 그렇다면 그들 눈에 나는 얼마나 쓸데없는 수고를 하는 어리석은 자로 보일 것인가? 그런데 과연 조조가 한고조나 주나라의 문왕과 같은 자라고 할 수 있을까? 어질지 못한 자가 천하의 주인이 되면 어떻게 될 것인가? 지금까지 조조가 지나온 길을 보면 무고하게 죽은 백성들과 병사들이 수를 셀 수 없을 만큼 많다. 그런 자에게 한 황실을 넘겨준단 말인가! 그렇게 할 수는 없다. 그것이 내가 이렇게 끝없이 공명을 찾아가는 이유다. 정성과 진심을 다해 그를 설득하리라.'

유비 일행은 강을 건너고 마을을 지나 제갈량의 집이 가까워지자 말에서 내려 걸어갔다. 이때 몇 걸음 앞에서 제갈균이 다가오는 것이 보였다. 제갈균은 유비를 만나자 반갑게 예를 갖추어 인사를 했다. 유비도 마치 제갈량을 본 듯 반갑게 인사했다. 유비가 물었다.

"지금 선생님은 댁에 계십니까?"

제갈균이 웃으며 말했다.

"황숙께서는 오늘 형님을 보실 수 있을 것입니다. 형님은 어제 늦게 돌아오셨습니다."

제갈균은 말을 마치고는 걸음을 재촉하여 마을 쪽으로 가버렸다.

유비는 혼자 중얼거렸다.

"이번에는 공명 선생을 만나뵐 수 있는 모양이다."

장비는 몇 마디 말만 남기고 획 떠나가는 제갈균의 뒷모습을 보더니 한마디했다.

"저 사람도 무례하기는 자기 형 못지않군. 예까지 왔는데 형에게 안내하지도 않고 혼자 훌쩍 가버리다니."

유비가 타일렀다.

"그런 말 말아라. 사람은 저마다 바쁜 일이 있는 게 아니냐?"

유비는 함께 간 종자들을 마을에서 쉬게 한 후 두 아우만 데리고 제갈량의 집으로 향했다. 유비 일행이 제갈량의 집에 이르렀을 때,

거문고 소리가 나지막이 흐르고 있었다.

유비가 문을 두드리기도 전에 대문 밖에 깔아놓은 자갈 밟는 소리를 듣고 동자가 사립문을 열고 나타났다.

"네게 여러 번 수고를 끼치는구나. 유비라는 사람이 뵈러 왔다고 말씀드려라."

그러자 동자가 손가락을 입에 대며 말했다.

"장군님, 조용히 해주십시오. 저희 주인께서 조금 전에 일어나셔서 거문고를 타고 계십니다. 주인께서는 거문고를 타실 때 방해받는 것을 싫어하십니다."

그러자 유비는 제갈량의 얼굴이라도 빨리 한번 보고 싶어 관우·장비를 문밖에 그대로 있게 하고 가만히 초당 안으로 들어갔다. 제갈량은 이른봄의 햇살이 가득 밀려든 초당에서 반듯이 앉은 채 아침 봄볕을 흠뻑 받으며 거문고를 타고 있었다. 그렇게도 만나기 힘들었던 제갈량을 몰래 숨어서 보자니 갑자기 어떤 얼굴이 떠올랐다.

'그래 저 사람, 생각난다. 언젠가 방덕 선생 집에 갔을 때였지. 주변이 어두워 얼굴은 자세히 보지 못했지만 저 사람도 나를 안다고 했었어. 그때 많은 젊은이들이 저 사람을 극구 칭찬했던 기억이 나. 내가 선비들을 구하는 데 좀더 정성을 들였어야 하는데 인재의 호수 안에 있으면서도 그것을 몰랐으니 내 어리석음이 크구나.'

유비는 생각에 빠진 채 제갈량을 훔쳐보며 거문고 연주가 끝나기만 기다리고 있었다. 한편 문밖에서 대기하고 있던 관우와 장비는 시간이 꽤 지났는데도 아무런 소식이 없자 발소리를 죽여가며 안으로 들어가 보았다. 댓돌 위에 앉아 공기놀이를 하고 있는 동자가 제일 먼저 눈에 띄었다.

유비를 찾으려고 두리번거리며 살펴보니, 마당 한구석에 있는 굵직한 은행나무 뒤에 몸을 숨긴 채 초당 안을 바라보고 있는 게 아닌가. 그 모습은 마치 도둑질을 하려고 집안을 훔쳐보는 도둑 같기도 하고, 흠모하는 동네 총각을 훔쳐보는 수줍은 처녀 같기도 했다. 울화통이 치민 장비가 관우에게 말했다.

"형님, 저것 좀 보세요. 큰형님이 지금 무엇을 하고 계십니까? 도대체 대한 좌장군 황숙을 뭘로 알고 저렇게 무례하게 군단 말이오? 난세가 아니면 좌장군 마차를 끄는 마부와 이야기만 해도 영광인 작자들이 천하의 제후가 왔는데도 아침부터 거문고나 둥당거리고 있으니……. 안 되겠소. 내가 당장 집 뒤로 돌아가 불을 확 질러버리겠소. 저놈이 그래도 거문고를 계속 둥당거릴지 그 꼴이나 좀 봅시다."

장비가 몸을 돌려 담을 따라 가려 하자 관우가 급히 막으며 타일렀다.

"형님이 저러시는 데는 다 까닭이 있을 것이다. 좀 기다려보자."

이들이 떠드는 소리에 신경이 쓰인 유비가 문밖으로 나가 있으라는 손짓을 했다. 그때 제갈량이 거문고를 멈추고 동자에게 물었다.

"밖에 누가 오셨느냐?"

동자가 얼른 대답했다.

"유황숙께서 오셔서 한참을 기다리셨습니다."

제갈량은 거문고를 벽에 세우고, 천천히 자리에서 몸을 일으키며 말했다.

"왜 진작 알리지 않았느냐? 유황숙께 내가 옷 갈아입고 나올 때까지 좀 기다려달라고 말씀드려라."

제갈량이 옷을 갈아입으러 후당으로 들어가자 유비는 동자에 이끌려 초당으로 올라갔다. 후당으로 들어간 제갈량은 한참 후에야 의관을 갖춰입고 나타났다. 제갈량은 중키에 머리에는 윤건을 단정히 쓰고 학의 깃털로 만든 옷(鶴氅衣)을 입고 있었다. 의관을 갖춰입은 모습을 보니 외경스러울 만치 속세의 티가 없는 사람 같았다.

유비는 제갈량이 들어오자 정중히 예를 올렸다. 제갈량 역시 공손하게 유비에게 인사했다.

"고명하신 선생님을 뵙게 되어 영광입니다. 가까이서 뵙는 것이 처음은 아닌 것 같은데 제 어리석음의 소치로 그만 알아보지 못하고 말았습니다. 제가 음악을 즐기시는 데 방해가 되지는 않았는지요?"

제갈량이 웃으면서 말했다.

"아닙니다. 안 그래도 막 그만두려던 참이었습니다. 저 역시 유황숙을 먼 발치에서도 뵙고, 가깝게도 한두 번 뵈었습니다. 바로 작년에도 저의 스승님 댁에서 황숙을 뵈었지요."

"예, 사람됨이 모자라다 보니 선생님처럼 고명하신 분을 눈앞에 두고도 그것을 알아차리지 못했습니다. 저는 한 황실의 후예이나 탁군의 어리석은 용부庸夫에 지나지 않는 보잘것없는 사람으로 선생의 높으신 학덕을 여러 번 들었습니다. 지난 해 두 번 선생을 뵈러 왔었지만 제가 운이 없어 선생을 한 번도 뵙지 못하고 몇 자 글월을 남긴 적이 있는데 혹 보셨는지요?"

제갈량은 유비의 부드러움과 특이한 친화력에 대해 들은 바 있었으나 거기에는 인화를 위한 다소의 작위성이 담겨 있으리라 생각해왔다. 그런데 직접 그를 대하고 보니 그런 선입견들이 점차 사라졌다.

"남양의 보잘것없는 야인野人으로 지내다 보니 게으름이 몸에 배어 황숙께서 두 번이나 오셨는데도 뵙지 못했습니다. 실로 죄송스러움을 면할 길이 없습니다."

이때 동자가 차를 끓여 내왔다. 차를 마시면서 제갈량이 입을 열었다.

"황숙께서 지난번에 써놓고 가신 글월은 읽었습니다. 그 글을 보니 황숙께서 나라를 걱정하고 백성을 사랑하는 충정을 충분히 읽을 수 있었습니다. 그런데 황숙께서도 아시다시피 저는 아직 어린데다 경륜도 모자라고 재주도 신통치가 않습니다. 그러니 황숙께서 휘하에 두시기에는 모자람이 클 것입니다."

유비가 손을 저으며 말했다.

"지나친 겸손의 말씀이십니다. 수경 선생이나 서원직 같은 분이 괜한 말씀을 하셨겠습니까? 제가 비록 어리석고 비천하다고 물리치지 마시고 부디 큰 가르침으로 저를 깨우쳐주십시오."

"수경 선생이나 서서는 세상 사람들이 다 아는 높은 선비지요. 그러나 저는 일개 농사꾼에 불과할 뿐입니다. 제가 어찌 황숙과 더불어 천하의 일을 논의하겠습니까? 가당치 않습니다. 아마도 서서나 수경 선생이 저를 잘못 알고 계신 것이 분명합니다. 황숙께서는 수경 선생이나 서서와 더불어 천하를 논하셔야 하는데 어이하여 저를 찾아오셨습니까? 이것은 마치 곱고 귀한 옥을 버리고 자갈을 찾는 것과도 같은 것입니다."

"저는 선생께서 몸을 일으킬 때를 기다리는 와룡이라 들었습니다. 능히 관중과 같은 지략과 기개로 천하를 호령하실 수 있는 분이 이 같은 시골에 묻혀 지내시기만 해서야 되겠습니까? 도탄에 빠진 백성들을 어여삐 여기시어 저를 물리치지 마시고 저의 어리석음을 깨우쳐주십시오."

제갈량은 이미 유비를 따르기로 작정은 하고 있었으나 그래도 비껴갈 수 있으면 비껴가려 했다. 그러나 유비의 청이 너무 간곡하여 더 이상 거절할 수 없음을 느꼈다.

"그럼 황숙께서 갖고 계신 뜻과 포부를 말씀해보십시오."

유비는 자세를 고쳐앉으며 말했다.

"이제 한나라는 기울고 기군망상하는 간신들은 사방에서 날뛰고 있습니다. 제가 비록 힘은 없지만 한나라 부흥의 대의를 받들어 천하에 제 뜻을 펴보려 하지만 배운 게 없고 지혜도 모자라서 아직까지 아무런 성과도 없었습니다. 선생께서 저를 가르쳐주셔서 이 위태로움에서 건져주신다면 저는 더 이상 바랄 것이 없겠습니다."

"조조가 비록 기군망상한다고는 하지만 그는 중원을 통일한 영웅입니다. 한 왕조는 기울어가고 조조의 힘은 날로 커지고 있는 것이 현실입니다. 지금 황숙께서는 그에 대항할 힘도 없고 사람도 없습니다. 반면 조조는 40만 대군을 동원할 수 있는 힘을 가지고 있습니다. 그런데 형주는 2만의 병력도 동원하기가 어렵습니다. 거기에다 황숙의 군대를 모은다 해도 3만에 미치지 못합니다. 황숙께서 더 잘 아시겠지만 조조와 싸웠던 이들은 하나같이 패망했습니다. 이제 조조가 싸울 상대는 황숙입니다. 그러니 조조의 다음 목표는 바로 신야가 되겠지요. 형주의 유표 장군이 황숙을 받아들인 것도 결국은 조조군의 방어를 위한 것입니다. 유표는 지금 노환으로 올해를 넘기기가 힘들 것입니다. 만약 유표가 죽게 되면 유기나 유종이나 조조에 대항할 만한 인물이 못 되니 조조에게 항복할 것은 자명합니다. 사정이 이러한데 제가 무엇을 가르치고 무엇을 도와드릴 수가 있습니까?"

유비가 말했다.

"선생님 말씀이 옳습니다. 그러나 저는 조조가 천하의 주인이 되어서는 안 된다고 믿는 사람입니다. 지금 천하는 조조에 의해 안정되어가고 있다고 하지만 그 안에는 난세의 씨가 자라고 있습니다. 조조는 진시황이나 별로 다를 것이 없는 사람입니다. 진시황은 자기의 힘을 과신하며 전횡을 저지르다 결국 백성을 더한 고통에 빠뜨린 사람 아닙니까? 조조는 황자를 잉태하신 동귀비 마마를 교수대에 올린 사람입니다. 그런 사람이 천하의 주인이 되면 세상은 틀림없이 양육강식의 무대가 될 것입니다. 저는 그 동안 서주·예주 등을 다스리면서 조조에 대항해왔으나 오늘날 이렇게 쫓기게 되었습니다. 할 수만 있다면 제 몸이 부서지더라도 조조가 천하의 주인 행세를 하는 것을 막고 싶습니다. 제발 제가 나아갈 바를 가르쳐주십시오."

유비의 말을 유심히 듣던 제갈량은 한동안 침묵하다 입을 열었다.

"십상시의 난과 동탁의 발호 이후 나라가 몹시 어지러워져 천하의 제후들은 저마다 음양오행을 등에 업고서 앞을 다투어 날뛰었습니다. 이들 가운데 가장 강력한 세력은 인재로 보나 군사력으로 보나 원소였습니다. 그런데 조조가 이를 격파하고 중원을 평정했습니다. 조조의 세력이 원소에 비길 바는 아니었지만 조조가 원소를 이긴 것은 천운이 따른데다 가후·순욱·곽가·순유와 같은 참모들의 힘이 절대적으로 컸기 때문이지요. 이제 조조는 북방을 평정하고 지난 겨울 허도로 입성했습니다. 아마 조조는 내년(서기 209년)에 형주를 평정하고 천자에 오르려고 할 것입니다. 조조는 지금 40만 대군을 거느리고 있을 뿐만 아니라 황제를 인질로 잡고 제후들을 다스리고 있으므로 조조와 무력으로 겨뤄 이길 사람은 아무도 없습니다."

유비가 물었다.

"그러면 강동 땅은 어떻습니까?"

제갈량이 웃으며 말했다.

"강동 땅은 중원으로 볼 수 없습니다. 그곳은 지형적으로 제후들의 관심이 덜 미치는 곳이지요. 그리고 장강으로 인해 천연적인 요새가 되어 손권이 3대에 걸쳐 세력을 잡고 버티고 있습니다. 그러니 황숙께서 손권에게 구원을 청할 수는 있어도 그를 평정하지는 못할 것입니다."

유비는 탄식하며 말했다.

"이제 저는 진퇴양난이로군요."

제갈량이 다시 말했다.

"길이 없는 것은 아닙니다. 지금 황숙께서 기반을 두고 있는 형주를 다시 돌아보십시오. 황숙께서 힘을 키울 수 있는 곳은 바로 이곳 형주와 익주입니다. 형주는 북으로는 한수와 면수가 가로놓여 있고, 장강과 큰 호수를 접하고 있으며 남쪽으로는 바다가 있는 익주나 오군으로까지 뻗어나갈 수 있어 매우 이로운 곳입니다. 즉, 형주의 남부는 동쪽의 강동과 서쪽의 파촉巴蜀과 통해 있으니 이 땅을 잘만 다스리면 천하로 뻗어나갈 수 있는 힘을 키울 수 있습니다. 그런데 지금 형주는 허약한 주인으로 인해 일촉즉발의 위험 속에 놓여 있습니다. 형주를 지킬 이는 따로 있습니다. 형주를, 하늘이 황숙께 내린 땅이라 생각하시고 한번 다스려볼 뜻이 있습니까?"

유비가 말을 못하고 머뭇거리자 제갈량은 다시 말을 이었다.

"이번에는 파촉, 즉 익주에 대해 말씀드리겠습니다. 익주는 내륙 깊이 묻혀 있는 곳입니다. 과거 진나라와 한나라 때에는 장안으로 나가기가 쉬운 곳이라 사람들의 주목을 받기도 했습니다. 한중을 거쳐 나가면 바로 장안이 아닙니까? 그러나 지금은 다릅니다. 한중 땅이나 장안은 이미 쇠락하여 폐허나 다름이 없습니다. 따라서 일단 장강을 타고 올라가 파군巴郡을 거점으로 익주를 취하시면 서서히 천하를 도모하실 수가 있습니다. 익주는 험준한 산맥과 강으로 둘러싸여 있고 기름진 평야가 넓어 자원이 풍부한 곳이어서 한고조께서 도읍을 정하시기도 했습니다. 지금 익주를 다스리고 있는 유장劉璋은 치세에 밝지 못하여 그 기름진 땅과 백성을 지혜롭게 아우르지 못하고 있습니다. 그러다보니 익주의 유지들은 이미 오래 전부터 명군이 나타나 다스려주기를 기다리고 있습니다."

유비가 제갈량의 말을 듣더니 난감한 듯 말했다.

"형주와 익주는 모두 종친들의 땅인데 그곳을 취해야 합니까?"

"유표는 이제 66세입니다. 세상 사람들이 나이 40을 넘기기 힘든데 유표는 70을 바라보고 있습니다. 아까도 말씀드렸지만 유표는 노환으로 올해를 넘기기 힘들 것입니다. 유표가 죽으면 채모와 유종은 분명히 형주를 들어 조조에게 바치려 할 것입니다. 그러니 유표가 죽고 조조군이 들어오기 전에 형주를 장악하여 조조를 막아야 합니다. 황숙께서는 한 황실의 후예이십니다. 세상의 대다수 선비들이 황숙을 신의가 깊은 현세의 영웅으로 알고 있습니다. 그러니 황숙께서 나서서 바람 앞의 등불과 같은 형주를 지키신다면 모두 손을 들어 환영할 것입니다. 그것은 비난받을 일이 아닙니다. 황숙께서는 이미 형주 땅의 많은 백성으로부터 신망을 얻고 계십니다. 그것을 조조에 대항하는 정치적 자산으로 삼으시고 형주와 익주를 평정하십시오. 황숙께서 형주와 익주를 다스린 뒤 지리적 여건을 최대한 이용하여 철저히 지키면서 서쪽으로는 융戎과 화친하여 우군으로 삼으십시오. 그리고 남쪽으로는 이彝·월越을 무마하고, 밖으로는 강동의 손권과 연합한 후 안으로 내실을 다지십시오. 그런 다음 기회를 보고 있다가 상장군에게는 형주의 군사를 이끌고 완성과 낙양으로 향하게 하고, 황숙께서는 친히 익주의 군사를 이끌고 진천秦川으로 나가신다면 그곳 백성들 또한 크게 황숙을 환영할 것입니다. 제가 말씀드린 대로 하시면 틀림없이 대업을 이루시고 한 황실을 부흥시킬 수 있을 것입니다. 이것이 제가 황숙께 해드릴 수 있는 말씀입니다. 신중히 판단하시고 한번 고려해보십시오."

제갈량은 이렇게 말한 다음 동자를 불러 다른 방에 있는 서천의 지도를 그린 두루마리 하나를 가져오도록 하여 벽에 걸게 했다. 제갈량은 벽에 걸린 지도를 손가락으로 일일이 짚어가면서 유비에게 설명해주었다.

"이것은 서천 54주의 지도입니다. 여기가 바로 황학루로 유명한 강하입니다. 강하에서 장강을 따라 올라가면 적벽赤壁 · 파릉巴陵을 지나 공안公安 · 강릉江陵 · 의도宜都에 이릅니다. 의도를 지나면 범이 울부짖는 소리가 들린다고 하는 효정猇亭과 이릉彝陵입니다. 이곳을 지나면 서릉협西陵峽 · 무협巫峽 · 구당협瞿塘峽이 나옵니다. 이 지역은 험난하기로 이름난 세 개의 협곡, 즉 삼협三峽 지역입니다. 다시 서쪽으로 장강을 타고 오르면 백제성이 나옵니다. 백제성은 900개의 계단을 올라간 산 위에 있는 성으로 공손술公孫述이 쌓은 것입니다. 그곳에서 다시 서쪽으로 장강을 따라가면 임강臨江이 나오고 파군에 이르게 됩니다. 파군은 언덕과 구릉이 많은 곳으로 여름에는 매우 덥지만 겨울에는 그다지 춥지 않습니다. 가을과 겨울철에 안개가 많은 곳이라 외부에서 침공하기에는 매우 어려운 곳이기도 합니다. 파군에서 다시 북으로 덕양德陽 · 광한廣漢을 거쳐가거나 물길을 더 타고 남안南

岸 · 무양武陽을 통해 성도成都에 이를 수 있습니다. 성도는 여름에는 습기가 많지만 일년 내내 추운 날이 거의 없는 곳입니다. 이 지역은 오지인데다 바다가 멀고 더위가 심해 소금에 절이거나 마늘 · 파 · 고추 등을 이용한 매운 요리가 아주 발달한 곳입니다. 따라서 사람들의 성품도 매울 것입니다. 정벌하기가 그리 쉽지만은 않을 것이라는 말입니다. 전체적으로 이 지역은 거대한 대파산맥이 병풍처럼 둘러싼 곳이므로 조조가 쉽게 정벌할 수 없는 곳입니다. 뿐만 아니라 손권의 강동이 세력을 키운다 해도 함부로 공격하기는 어렵습니다."

지도를 보고 설명을 마친 제갈량은 유비를 돌아보며 계속 말을 이었다.

"난세에 천하의 주인이 되는 데에는 천시天時 · 지리地利 · 인화人和가 하나로 어우러져야 합니다. 그런데 그렇게 되기는 매우 어렵습니다. 그래서 천하의 대운이란 하늘의 뜻이라고 하는 것입니다. 과거의 진시황은 천시 · 지리를 모두 얻었지만 인화를 얻지 못하여 단명으로 끝이 났습니다. 한고조께서는 이 세 가지를 모두 지니셨던 분입니다. 지금 조조는 천시를, 손권은 지리를 타고났습니다. 그러면 황숙께서는 황숙의 가장 큰 자산이신 인화를 잡으십시오. 황숙께서 한 황실의 부흥을 생각하고 계시다면 지금까지처럼 무리하게 중원을 정벌하려 하지 말고 조조에게 양보하여 천시를 얻도록 내버려두십시오. 또한 남쪽으로 천연의 요새를 타고 앉아 있는 강동 땅은 손권에게 양보하여 지리를 차지하도록 하십시오. 그리고 황숙께서는 충성과 신뢰를 바탕으로 휘하 중신들과의 관계를 더욱 견고하게 맺어 천하의 여론을 등에 업으십시오. 그리고 난 다음 먼저 형주를 장악하여 터를 잡고 그것을 기반으로 서천을 평정하여 나라를 세우신다면, 황숙께서는 인화와 지리를 동시에 가지시게 됩니다. 그리고 서천에서 세력 확장에 전념하다가 천시를 잘 살펴 기회를 포착하여 낙양·허도를 공격한다면 비로소 천하를 통일하실 수 있을 것입니다."

제갈량의 말을 들으며 유비는 적이 안심했다.

'공명 선생이 이토록 세세히 일러주시는 것을 보니 앞으로 나의 일을 본격적으로 도우실 모양이구나.'

제갈량이 말을 마치자 유비는 제갈량의 손을 잡으며 말했다.

"보잘것없는 저에게 이처럼 귀한 가르침을 주시니 이 은혜를 결코 잊지 않겠습니다. 제가 비록 가진 것이 없고 그 힘도 미미할망정 부디 선생께서는 비천하다고 버리지 마시고 이 초려草廬에서 내려오셔서 저를 좀 도와주십시오. 저는 반드시 선생의 가르침을 따르겠습니다."

제갈량이 난감해하며 말했다.

"지금까지 제가 드릴 수 있는 말씀은 모두 드렸습니다. 이것은 그동안 황숙께서 이 누추한 초려까지 찾아주신 것에 대한 보답으로 드린 말씀입니다. 저는 오랫동안 밭이나 갈면서 살아왔습니다. 더 이상은 알지도 못할 뿐만 아니라 세상에 나간다 한들 별 도움이 되지 못할 것입니다. 나이도 어리고 실전 경험도 없습니다. 그러니 제가 어떻게 황숙을 도와드릴 수 있겠습니까?"

유비는 갑자기 억장이 무너졌다. 눈에서는 하염없이 눈물이 흘러내렸다.

'누가 있어 이처럼 천하대사를 소상히 알 수 있을 것인가? 아아, 서주 태수로 있을 때라도 만날 수만 있었다면 내가 이 지경이 되지는 않았을 텐데……'

마음은 더욱 서글퍼지고 유비는 눈물이 비오듯 쏟아졌다. 그 눈물은 제갈량의 마음을 사지 못해 흘리는 눈물이라기보다는 그 동안 나름대로 열심히 살아온 자신의 충의지심이 보상 받지 못한 데에 대한 절망의 눈물이었다. 또한 나이 50에 가까워서도 이렇다 할 업적을 남기지 못한 고단한 삶에 대한 회한의 눈물이기도 했다. 유비가 아무 말 없이 눈물을 흘리자, 마침내 제갈량은 뭔가 결심을 한 듯 유비의 손을 잡으며 말했다.

"장군께서 저를 믿어주시고 버리지 않으신다면 온몸을 바쳐 섬기겠습니다."

유비는 안도감과 기쁨을 누를 길 없어 밖에서 기다리던 관우와 장비를 불러 제갈량에게 절을 올리게 했다. 그리고 준비해온 갖가지 귀한 예물을 제갈량에게 올렸다. 그러나 제갈량은 한사코 이를 물리치고 받지 않았다. 유비가 다시 제갈량의 손을 잡으며 간곡히 청했다.

"이것은 선생을 모시려고 드리는 예물이 아닙니다. 그런 예물이라면 사해四海의 물을 모두 떠서 바쳐야 할 것입니다. 이것은 저의 작은 성의의 표시입니다. 예물을 받는 것이 아니라 저의 마음을 받는 것이라고 생각해주십시오."

제갈량은 비로소 유비의 예물을 받았다. 유비 일행은 제갈량의 초옥에서 하루를 묵었다. 해가 서산에 기울기도 했거니와 제갈량이 떠나려면 정리하고 준비할 것이 있었기 때문이다. 다음날 제갈량은 아우 제갈균을 불러서 당부했다.

"유황숙께서 어려운 걸음을 이렇게 세 차례나 하셨으니 내가 아니 나갈 수 없게 되었다. 너는 이곳에 남아 비록 얼마 되지 않은 밭이나마 잘 가꾸도록 해라. 내가 뜻한 바를 이루고 나면 반드시 돌아와 은거할 것이다."

제갈균은 묵묵히 제갈량의 말을 듣더니 고개를 끄덕였다. 제갈량은 중요한 서책 50여 권을 자루에 담아서 종자들의 말에 실었을 뿐 다른 짐은 없었다. 유비 형제들과 제갈량은 신야로 돌아왔다.

유비는 제갈량이 편안히 거처하고 연구할 수 있도록 만반의 배려를 하고 아예 자신의 숙소를 제갈량의 거처 옆으로 옮겼다. 유비는 제갈량을 스승으로 섬기며 때로는 잠자리와 식사도 함께 했으며 항상 천하의 일에 대하여 묻고 담론을 나누었다.

제갈량은 신야에 온 후 한 달 동안 어떤 종류의 회합이나 연회에도 참석하지 않았다. 대신 군과 주변의 정황을 파악하는 데에 대부분의 시간을 보냈다. 제갈량은 먼저 보부상단褓負商團에 머리 회전이 빠른 병사들을 변장시켜 합류시키거나 아예 30명 단위로 새로운 보부상을 조직하여 이들이 번갈아가면서 허도·남양·완성 등의 사정을 알아오도록 지시했다.

그와 동시에 유비의 군대를 하나하나 점검하여 정확한 병력 수와 장교의 수는 물론이고 군마의 수, 병종, 무기고, 군량장부와 그들의 질을 평가해나갔다. 어느새 유비 진영의 사람들 사이에서 '공명은 전쟁광'이라는 구설수가 퍼졌다. 그러나 제갈량은 그 같은 소문에 대해서는 전혀 무관심했다. 어느 날 제갈량이 유비에게 말했다.

"지금 아군 진영의 문제는 위기감이 부족하다는 점입니다. 그 동안 조조는 북방 정벌로 인해 형주를 등한시했습니다. 그것은 유표가 기본적으로 허도를 공격할 위인이 아니라고 판단했기 때문입니다. 그러다 보니 그 동안 소소한 전투들을 수도 없이 치렀지만 대전투는 없었기 때문에 아군 진영에서는 거의 일상적인 휴전 상태를 조조군과의 대결처럼 생각하고 있습니다. 그러나 지금 유표는 병석에 있고 북방 평정을 마친 조조는 허도로 돌아와 있습니다. 올해 안으로는 대대적인 공격이 있을 것입니다. 이 점을 주지시켜야 합니다. 지금 허도 쪽에서 온 정보에 의하면 조조는 북벌군을 아직도 해체하지 않고 허도 외곽에 주둔시키고 있다고 합니다. 이것은 이 대병력이 곧 남정을 한다는 의미입니다."

유비가 근심스럽게 물었다.

"올해 안에 조조의 대군이 내려오면 우리가 지금의 병력으로 신야를 제대로 방어할 수 있겠습니까?"

제갈량이 말했다.

"그것은 피할 수 없는 일입니다. 막는 방법을 강구해보는 것이 급선무입니다. 그런데 대전을 치른 군대는 해체하여 일단 자대로 보내 쉬게 하는 것이 상례인데 그 병력을 그대로 두고 있다는 것이 아무래도 맘에 걸립니다. 제가 판단하기로는 조조의 전략이 잘못된 것 같습니다. 물론 형주 쪽에 여유를 주지 않고 바로 공격하는 이점도 있긴 합니다. 하지만 원정군은 매우 지친 상태인데 그 병력으로 바로 신야 땅을 공격한다는 것은 조조가 필요 이상으로 자만에 빠져 있다는 것을 의미합니다. 조조는 아마 내년이면 왕으로 벼슬을 받고 후년이면 천하를 통일한 후 천자가 될 야심을 갖고 있는 듯합니다. 제가 보건대 조조는 항룡亢龍, 즉 하늘 높이 오른 용의 궤를 가지고 있습니다. 주역의 궤에 '하늘을 높이 오른 용은 후회할 일이 있다〔亢龍有悔〕'는 말이 있습니다. 조조는 북방을 평정한 후 기고만장하여 아마 천자가 되고 싶어 안달할 것입니다. 그 와중에 분명히 실수가 발생할 수 있으니 그 틈을 노려봅시다."

유비는 제갈량의 지도하에 대대적인 군정비에 들어갔다.

강동을 굳히는 손권

　강동의 중심은 오군과 여항余杭이다. 예로부터 인심 좋고 산수가
빼어난 여항에서 태어나 아름다운 오군의 처녀와 결혼하는 것이 최
대의 행복이라는 말이 있을 만큼 그곳은 수려한 풍경과 미색을 자랑
하는 땅이었다.

　오군은 거대한 태호太湖에 연해 있는 물의 도시로, 장강이 시작되
는 관문이기도 해서 크고 작은 운하가 거미줄처럼 얽혀 있다. 이곳의
아침은 언제나 물안개로 밝아온다. 이곳 사람들은 물안개로 희뿌예
진 운하에서 아침 세수를 하며 하루를 시작한다. 오군은 오나라와 월
나라가 사생결전을 치를 때부터 오나라의 수도였던 곳이다. 그래서
사람들은 오군을 중심으로 기반을 닦고 있는 손권의 세력을 동오東吳
라고 불렀다. 이곳에는 춘추시대 오나라의 왕 부차夫差가 자기의 아
버지 합려闔閭를 위해 묘역으로 조성한 곳인 호구虎丘가 있다. 호구는

합려를 장사지내고 난 뒤 3일째 되던 날 백호白虎가 나타나 무덤에 꿇어앉아서 붙은 이름이다. 합려의 무덤에는 합려의 명검名劍 3천 자루도 함께 묻혔다고 한다.

오군에서 남서쪽으로 내려가 전당강錢塘江을 건너면 여항이 있다. 중국 땅에는 예로부터 '하늘엔 천국이 있고 땅에는 오군과 여항이 있다'는 말이 전할 만큼 여항의 풍광이 뛰어났다. 현란한 낙양과 허도를 떠나 형주를 거쳐 강하江夏에서 배를 타고 장강을 따라가면 오군과 여항에 닿는다. 이곳에는 손견-손책-손권으로 이어지는 손씨 집안이 터를 잡기 전까지 한족들이 많이 모여 살지는 않았다.

손권은 손책이 죽은 후 아버지와 형의 유지를 받들기 위해 오군과 회계에 선비들이 기거할 수 있는 빈관賓館을 건립했다. 강동은 아직 오지奧地라 인물들이 그다지 많지 않았으므로 손권은 고옹顧擁과 장굉張紘 등 휘하 참모들을 시켜 재주있고 덕있는 인물들을 적극 초빙해오도록 명했다. 손권의 그러한 정책이 효과를 거두어 몇 년이 지나지 않아 강동에는 마침내 전국에서 모여든 인재들로 붐비게 되었다. 오군 출신의 주환朱桓 · 육적陸績 · 장온張溫, 회계의 감택闞澤 · 능통凌統, 팽성彭成의 엄준嚴峻, 패현沛縣의 설종薛綜, 여남汝南의 정병程秉 등의 문신뿐 아니라 훌륭한 무장들도 손권에게로 왔다. 오군 출신의 육손陸遜, 여양의 여몽呂蒙, 낭야의 서성徐盛, 동군의 반장潘璋, 여강廬江의 정봉丁奉 등이 그들이다.

손권은 이들을 우대하고 그 능력에 따라 적절한 지위와 녹봉을 주어 그들이 강동에서 만족하며 살 수 있도록 했다. 이처럼 문무 인재들이 손권을 위해 일하게 되자 이제 강동은 아버지 손견이나 형 손책 시절의 강동이 아니었다. 강동의 손권이 가장 많은 인재를 거느리게 되었다는 소문이 전국으로 퍼지기 시작했다.

유비가 제갈량을 만나기 6년 전인 서기 202년, 전과 달리 강동에 힘이 실리고 있음을 안 조조가 그대로 있을 리 없었다. 원소를 제거하고 북방 평정에 가속도를 붙이고 있던 조조는 황제의 명을 빙자하여 손권의 아들을 황제가 있는 허도로 보내라는 명을 내렸다. 손권의 아들을 인질로 잡아 강동의 성장을 막으려는 의도였다. 손권은 황제의 명이라 거절할 수도 없었지만 그렇다고 그 명에 따르게 되면 자신은 조조에게 매인 몸이 될 테니 쉽게 보낼 수도 없는 노릇이라 이러지도 저러지도 못하고 고민에 빠져 있었다.

손권이 마음을 정하지 못하고 수심에 차 있다는 소리를 들은 손권의 어머니 오태부인은 손권의 참모인 주유와 장소를 불러 대책을 물었다. 먼저 장소가 자신의 생각을 말했다.

"제 생각에는 보내는 것이 좋을 듯합니다. 조조가 공자를 입조시키라고 하는 것은 공자를 볼모로 하여 주공을 견제하자는 수작에 불과하지만, 자칫하면 이것은 전쟁의 도화선이 될 수도 있습니다. 조조는 전쟁의 구실을 찾기 위해 우리가 그의 명령을 따르지 않기를 바라고 있을지도 모릅니다. 그러니 이번에 그의 명령을 따르지 않는다면 조조는 반드시 군대를 일으켜 강동으로 쳐내려올 것입니다. 원소를 이긴 조조군입니다. 아직 우리에겐 그들을 물리칠 힘이 없으니 공자를 보내는 것이 좋을 듯합니다."

이 말을 듣던 손권이 말했다.

"아무리 그래도 이제 세 살 난 아이를 어디로 보낸단 말입니까? 다른 방도는 없겠습니까?"

그러자 주유가 말했다.

"그럴 필요 없습니다. 주군께서는 부형의 유업을 이어받으셔서 이미 6군의 백성을 거느리고 계십니다. 우리가 비록 조조군에는 못 미친다고 하나 2만 이상의 강병을 동원할 수 있고 장강의 험준한 요새들이 도처에 있어 조조군의 침공을 충분히 막아낼 수 있습니다. 그런데 왜 공자를 조조의 볼모가 되게 한단 말입니까? 어리디 어리신 공자를 허도로 보낸다면 우리는 조조의 명에 일일이 따를 수밖에 없는 처지가 될 것입니다. 조조가 노리는 것이 그것이니 조조의 꾀에 넘어갈 것이 아니라 주군께서는 서서히 사태를 관망하면서 다른 계책을 세워보는 것이 좋겠습니다."

주유의 말을 들은 오태부인이 말했다.

"주유의 말이 맞아요. 조조의 인질이 될 만한 사람은 아무도 보내서는 안 됩니다."

손권은 주유의 말에 따라 사자를 돌려보내고 자기 아들은 보내지 않았다. 이 일이 있은 뒤 조조는 손권의 결심을 알아차리고 강동을 칠 마음을 굳혔다. 얼마 후, 노환으로 며칠을 앓던 오태부인은 끝내 생명이 위독한 상태에 이르렀다. 자신의 수명이 다했음을 느낀 오태부인은 손권의 앞날이 염려스러워 손권이 있는 자리에 주유와 장소를 들게 한 후 말을 이어나갔다.

"나는 본래 오나라 사람으로 어려서 부모를 여의고 내 동생 오경吳景과 함께 월나라의 한가운데로 이사하여 살았소. 그리고 손씨 가문에 시집와서 네 아들을 낳았소. 큰아들 책을 낳을 때는 달이 내 품에 안기는 꿈을 꾸었고, 둘째 권을 낳을 때는 해가 내 품으로 드는 꿈을 꾸었지. 나중에 점쟁이 말을 들으니, '달이나 해를 품에 안는 꿈을 꾸고 낳은 자식들은 반드시 크고 귀하게 된다'고 했소. 그러나 불행히 큰아들은 제 꿈을 펼쳐보지도 못하고 일찍 죽었소. 이제 둘째 아들 권에게 강동의 유업을 맡기게 되었으니 부디 여기 계신 두 분께서 서로 힘을 모아 내 아들을 도와주시오. 그러면 나는 죽어서도 그 은혜를 잊지 않겠소."

오태부인은 이어서 자기 손을 잡고 울고 있는 손권을 보면서 당부했다.

"애야, 너는 내가 죽더라도 여기 계신 주유와 장소 두 분을 스승으로 섬기며 예를 다해야 한다. 그리고 너의 이모는 나와 함께 너희 아버님께 시집왔으니 그녀도 역시 너의 어머니다. 그러니 내가 죽은 후에는 이모를 네 어머니로 모시도록 하여라. 그리고 네 여동생(이모의 딸)도 잘 보살펴 좋은 신랑을 구해 시집보내거라."

할 말을 마친 듯 오태부인은 숨을 몰아쉬더니 마지막 숨을 거두었다. 효자로 이름난 손권은 슬피 울며 장례식을 성대하게 치렀다. 돌이켜보면 오태부인은 천하의 영웅으로 이름 높았던 손책이 요절하는 악상惡喪을 당하면서도 꿋꿋하게 손씨 가문을 지켜온 사람이었다. 오늘날 강동 땅에 손씨가 굳건히 뿌리내릴 수 있었던 것도 따지고 보면 오태부인이 있었기에 가능했다. 오태부인은 한 가정의 어머니일 뿐아니라 손씨 형제들에게는 정신적 지주이기도 했다. 다른 제후들이 집안문제로 시끄러울 때에도 강동에는 그런 일이 없었다. 오태부인은 가족간의 화합을 중시하는 사람이라 집안에 갈등이 발생할 소지를 남겨두지 않았던 것이다.

해가 바뀌어 봄이 되자 손권은 평소에 노숙이 주장한 대로 형주 정벌을 염두에 두고 장소와 주유의 의견을 물었다.

먼저 장소가 말했다.

"지금은 상중이니 군사를 일으켜서는 안 됩니다."

그러자 주유가 말했다.

"형주의 정벌은 시간을 놓쳐서는 안 되는 문제입니다. 그것은 한편으로는 주공 선친의 원수를 갚는 일이요, 다른 한편으로는 강동이 중원으로 들어가는 교두보를 확보하는 일입니다. 원수인 황조黃祖놈을 죽여 가슴에 맺힌 한을 푸는데 상중이면 어떻습니까? 우리가 지금 군대를 동원하여 형주를 정벌해야 하는 까닭은 조조가 북방에 있기 때문입니다. 그만큼 유리한 기회라는 말입니다. 설령 우리가 형주를 정벌하여 성공한다 하더라도 조조가 버티고 있으면 그가 어부지리를 차지하게 될 것입니다. 그러니 지금이 놓쳐서는 안 되는 기회입니다."

손권은 주유와 장소의 견해를 모두 수용하여 일단 군대를 정비하도록 하고 연말쯤에 출병하기로 결정했다.

그해 12월, 손권은 드디어 형주의 남쪽을 평정하기 위해 군사를 일으켰다. 장강에서 형주로 들어가려면 강하를 지나거나 하구夏口를 거쳐서 북쪽으로 육로를 타고 가야 한다. 당시에 강하는 황조가 지키고 있었고 하구는 황조의 부장 감녕甘寧이 지키고 있었다. 황조는 유표의 수군대장으로 강하 태수를 맡고 있었는데 현산에서 손권의 아버지 손견을 죽인 사람이다. 따라서 이번 원정은 손권에게 있어서 아버지의 복수전이기도 했다.

5천의 병력을 동원한 손권은 배를 이용해 강하로 이동했다. 강하는 여러 작은 강과 장강이 만나는 곳으로 강변에는 습지가 넓게 펼쳐져 있고 갈대가 무성했다. 황조는 손권의 군대가 강을 따라 하구로 접근하고 있다는 보고를 받고 많은 병력을 동원해 강하에서 하구에 이르는 강변에 넓게 매복시킨 다음 손권의 군대를 기다렸다. 그러나

능조(凌操)가 이끄는 손권의 군대는 강하 입구에서 황조의 군대를 강하게 몰아붙여 강하성으로 패주하게 만들었다. 능조는 여기에 머무르지 않고 강하에 배를 댄 후 작은 거룻배에 나누어 타고 하구로 들어가 바로 육지로 진입했다. 그러자 오히려 황조의 많은 매복군들이 진로를 벗어나 있는 상태가 되어버렸다. 능조는 신속히 선봉군을 이끌고 하구로 들어갔다. 아무래도 강하성보다는 하구를 통해 들어가서 강하를 포위하는 것이 유리할 것이라고 판단했던 것이다.

능조는 배에서 내리자마자 황조군을 몰아쳤다. 그러나 작은 거룻배로 많은 병력이 신속하게 이동하기에는 한계가 있었다. 능조는 겨우 200여 명의 선발대를 데리고 공격해 들어갔는데, 황조의 부장인 감녕의 부대가 이를 놓치지 않고 집중적으로 화살을 퍼붓는 바람에 능조는 그만 10여 개의 화살을 맞고 죽고 말았다. 능조가 뜻하지 않게 죽자 선발대는 우왕좌왕했다. 이것을 본 손권은 많은 병력을 실은 군선을 강변에 늘어서도록 한 다음 혼란을 수습하여 겨우 위기를 벗어났다. 이때 능조와 함께 선발대에 참가했던 능조의 아들 능통(凌統)은 당시 15세였는데 능조가 전사하고 선봉군의 진격이 중단되자, 사력을 다해 능조의 시신을 수습하여 겨우 본진으로 돌아왔다. 손권은 능조가 죽자 사태가 불리하다고 판단하고 군사를 거두어 강동으로 돌아오고 말았다.

손견의 아들들은 유완의 예언대로 대부분 요절했다. 손견은 생전에

감녕의 부대가 퍼부은 화살 속에서 능조는 최후를 맞는다. 능통은 이 당시 15세였는데 사력을 다해 능조의 시신을 수습하여 겨우 본진으로 돌아왔다. 오른쪽 위에 보이는, 강물에 떠 있는 배의 형상은 한나라 시대 무덤에서 출토된 나무배의 모형에 근거한 것이다. 배에 탄 인물들과 그들이 젓는 노까지, 대담한 방식으로 재현되어 있다.

부인 오씨에게서 씩씩하고 호방한 네 아들을 얻어서 이를 늘 자랑스럽게 여겼다. 그러나 손책·손권·손광·손익孫翊 네 아들 가운데 손권을 제외하고는 대부분 일찍 죽고 말았다. 맏이인 손책이 허공의 자객들에 의해 죽자 둘째 손권이 가업을 계승해 오늘에 이르렀다. 손광은 조조의 동생 딸과 혼인하고 효렴과 무재로 추천되었으나 임명되지 못하고 세상을 떠났다. 이때 손광의 나이 20세였다.

막내 손익은 날래고 용감하여 사람들은 손익에게서 소패왕 손책의 풍모가 느껴진다고들 했다. 태수 주치朱治가 그를 효렴으로 추천하여 사공에 초빙되었다. 서기 203년, 편장군이 되어 단양丹陽 태수의 직무를 수행했는데 이때 손익의 나이가 20세였다. 손익은 포부가 크고 천하의 대사를 도모할 만한 기개를 가졌지만 성격이 급하고 신중하지 못했다.

그 전에 손권은 오군 태수 성헌盛憲을 죽였는데 성헌의 선임 효렴인 규람嬀覽과 대원戴員은 도망가서 산에 숨었다. 그러나 손익은 단양 태수가 된 후에 이들을 모두 초빙하려 했다. 굳이 원한이 있을지도 모를 사람을 왜 데려오느냐는 주변의 만류에도 아랑곳없이 손익은 결국 이들을 초빙하여 규람을 대도독으로 삼아 병사를 지휘하게 하고 대원을 군승郡丞으로 삼았다.

손익은 약관의 나이에 편장군이 될 정도로 용맹무쌍했지만 일단 화가 나면 용서하지 않는 성격이었다. 규람과 대원은 손익에 의해 중용되었지만 은연중에 손씨 집안에 대한 적개심을 품고 있었다. 게다가 그들에게는 손씨 집안이 별로 대수로운 가문이 아니었다. 손익은 예의로써 규람과 대원을 초빙했지만 이들과 융화하기가 생각보다 쉽지 않았다. 그들은 강태공이나 장량에 비견되리라는 손익의 기대에 미치지 못했다. 규람과 대원 역시 손익에게 실망하기는 마찬가지였다. 손익의 부름을 받고 산을 나올 때 손익이 마치 한고조 같은 도량을 가졌을 것이라 생각했는데 겪어보니 그는 그저 성질 급하고 욕심 많은 사람에 불과했다.

시간이 흐를수록 규람과 대원은 손익을 은연중에 비난하는 일이 많아졌다. 손익이 너무 어리고 경솔하다는 것이었다. 이런 일들에 대해 성질 급하고 직설적인 손익이 그냥 넘어갈 리 만무했다. 하루는 손익이 규람과 대원에 대한 불만을 아내 서씨徐氏에게 털어놓았다.

"세상에 가장 기분 나쁜 일이 뭔 줄 아오? 남이 열심히 해놓은 일을 두고 자신은 이미 다 안다는 듯이 구는 놈들이오. 그놈들은 그렇게 함으로써 자신들이 부각된다고 생각할지 모르지만 실제로는 그렇지 않소. 그놈들은 일하기는 싫어하면서 그저 잘나 보이기만을 바라는 놈들이오. 규람과 대원이 바로 그런 놈들이오. 내가 아무래도 이들을 잘못 발탁한 것 같소."

서씨가 말했다.

"그것은 서방님이 잘못 생각하신 것입니다. 사람을 믿을 수 없으면 등용하지 말고 일단 등용했으면 그 사람을 믿어야 한다고 했습니다. 서방님이 너무 서둘러 그들을 등용하신 것이 실수였을지도 모릅니다. 그러나 이미 그들을 등용했으니 일단 믿고 일을 맡기시는 게 좋을 듯합니다만."

손익이 말했다.

"나도 그렇게 해야 한다고 생각은 하는데 그게 생각처럼 쉽지 않소. 그런 점에서 나는 한고조가 되기는 어려운 모양이오."

규람 · 대원과 손익의 갈등은 날이 갈수록 더 심해졌다. 그러던 어느 날 손익이 군 장비를 점검하던 중, 장부에 기록되어 있는 것과 실제 무기고에 있는 것에 차이가 많은 것을 발견했다. 그래서 즉석에서 무기고를 관할하는 장교를 불러 호되게 나무라는데 옆에 서 있던 대원이 이를 말리면서 말했다.

"장군, 그 동안 전란이 많았습니다. 그러다 보니 군 장비의 점검이 지체된데다 자주 교체되어 이런 문제가 생긴 것입니다. 반드시 이들만의 책임이라고 할 수는 없습니다. 그만 용서해주십시오. 더구나 이들은 요즘 자신의 보직뿐만 아니라 단양 성안의 다른 일까지 수행하느라 군 장비를 제대로 챙기지 못한 것 같습니다."

손익은 대원의 말을 듣자 그 동안 쌓인 것이 폭발하면서 화가 치밀어올랐다.

"그것을 말이라고 하시오? 지금 단양은 장강을 사이에 두고 양주에 있는 조조군과 대치하고 있는 상황이나 다름없어요. 최전선이라는 말이오. 장수로서 무기 점검은 어떤 일보다도 중요한 것이오. 그런데 이렇게 장부에 기록된 것과 실제 보유량이 맞지 않는다면 어떻게 장기적으로 전쟁을 치른단 말이오. 그러고도 그대가 군승을 한단 말이오?"

이렇게 내뱉고 나서 시자侍者 변홍邊洪을 불러 말을 대령토록 했는데 변홍이 어디 갔는지 보이지 않았다. 잠시 후 변홍이 허겁지겁 나타나자 손익은 규람과 대원이 보는 자리에서 변홍을 심하게 나무라면서 구타까지 했다. 손익의 성질이 급한 것은 모두가 아는 사실이지만 아무리 아랫사람이라 해도 다른 사람들이 보는 앞에서 구타한다는 것은 정도가 지나친 것이었다. 그러나 손익의 이런 행동에는 대원과 규람에 대한 실망과 분노가 담겨 있었다. 규람과 대원은 이 광경을 지켜보다가 그것이 자신들에게 쏠리는 적개심의 다른 표현이라고 생각했다.

마침내 규람과 대원은 손익과의 갈등에 대한 대책을 세우지 않을 수 없었다. 변홍이 손익에게 맞은 그날 밤 규람·대원은 변홍을 불러 낮에 있었던 사건을 위로하면서 손익에 대한 적개심을 부추겼다. 규람은 변홍에게 신분상으로 면천免賤은 물론이고 작은 벼슬자리를 보장해줄 테니 곧 있을 연회에서 손익을 죽이기만 하라고 교사했다.

며칠 후 손익은 단양 군내의 모든 현령들과 장수들을 모아 연회를 베풀었다. 연회가 있던 날 아침 손익의 처 서씨는 꿈자리가 사나우니 연회에 참석하지 말라고 애원했다. 손익의 처 서씨는 얼굴이 곱기도 했지만 지혜로운 여자였다. 손익은 서씨를 보고 말했다.

"부인, 그런 말 마시오. 그렇지 않아도 내가 나이가 어려서 은연중에 무시를 당하고 있소. 아직도 우리 손씨 집안이 강동 땅에 완전히 뿌리내리지 못하고 있다는 증거요. 그런 마당에 오늘은 단양군 산하에 있는 모든 현령들이 오는 자리인데 단양 태수라는 자가 빠지면 어떻게 되겠소. 내가 당신을 무시해서 그러는 것이 아니라 지금 내 처지에 그럴 수가 없다는 말이오. 내 다녀올 테니 걱정 말아요."

손익은 서씨를 한번 깊이 안더니 다시 한번 걱정하지 말라는 말을 남기고는 의기양양하게 떠났다. 오후가 되어 연회가 시작됐다. 원래 술을 좋아하는 손익은 술을 몇 잔 들이키자 기분이 매우 좋아졌다. 그리고 이런 연회를 서너 번 더 베풀고 나면 군 전체의 사정을 알게 될 것도 같아 흐뭇했다. 손익은 기분이 유쾌하여 편안한 마음으로 술을 거푸 마셨다. 해가 서산에 걸리자 길이 먼 현령들은 하나둘씩 돌아갈 채비를 했다. 손익은 한 사람씩 작별하여 보내고 마침내 대부분의 사람들이 돌아갔다. 연회를 마칠 때쯤 손익은 몸을 가눌 수 없을 정도로 술에 만취해 있었다.

손익의 시자인 변홍은 술에 취한 손익을 부축하면서 연회장을 빠져나와 한적한 정원에 이르자 칼을 뽑아 손익의 급소를 찔렀다. 술에 취한 손익은 그 자리에서 즉사하고 말았다. 그런데 손익이 죽자 변홍 가까이 있던 대원과 규람은 바로 호위군사들을 불러 현장에서 변홍을 잡아버렸다. 변홍은 규람과 대원에게 "이럴 수 있느냐"고 울면서 사정했지만 규람과 대원은 손익을 죽인 죄를 물어 다음날 변홍을 시장바닥에 끌고 가 그의 목을 쳤다.

남편이 죽었다는 소식을 들은 서씨는 그 자리에서 까무라치고 말았다. 한참 만에 정신을 차린 서씨는 전후 사정을 듣자 의문이 일기 시작했다. 서씨는 변홍이 남편을 죽인 것은 그렇다 치더라도 왜 주인을 죽였는지 가리지도 않은 채, 그 다음날 바로 규람과 대원이 변홍을 죽여버린 것이 아무래도 이상했다. 서씨는 남편이 죽은 후 남편의 형제들이 모두 오군에 있는 까닭에 도무지 의지할 데가 없었다. 죽은 손익의 빈소를 심복인 손고孫高와 부영傅嬰이 지키고 있었지만 규람과 대원이 자주 왔다갔다하여 서씨의 마음이 여간 불편한 것이 아니었다. 그러던 차에 서씨는 언젠가 손익이 자기에게 한 말이 기억났다.

"내가 의지할 만한 사람이라고는 손고와 부영밖에는 없어."

서씨는 빈소에 사람이 뜸해지자 조용히 손고와 부영을 불러 하염없이 눈물을 흘리면서 말했다. 옆에서는 세 살도 안 된 손익의 아들 손송孫松이 철모르게 뛰어다니고 있었다.

"살아생전 남편은 항상 두 분께 의지하신 것으로 압니다. 저는 여린 여자의 몸으로 이 같은 일을 당하니 감당해내기가 너무나 힘이 듭니다. 남편이 죽어서 누워 있는 자리에서 제가 두 분께 한 말씀 드려보겠습니다. 제가 보기에는 규람·대원이 아무래도 수상합니다. 한 군의 태수가 죽은 중대한 사건을 자기들끼리 임의로 처리했습니다. 그것도 하루 만에 말입니다. 그들이 그렇게 서두른 것은 분명히 그들이 남편의 죽음과 관련이 있기 때문이 아니겠습니까? 두 분께서는 은밀히 사람을 보내시어 오군에 있는 시아주버님(손권)께 이 사건을 알려주시고 사건의 진상이 드러날 때까지 규람과 대원의 행동을 은밀히 감시해주셨으면 합니다."

손고와 부영은 서씨의 말에 따라 손권에게 사람을 보내고 규람·대원의 움직임을 주시하기 시작했다. 손익이 죽고 난 뒤 단양의 대소사는 규람·대원의 수중으로 들어가다시피 했다. 게다가 이들은 손익이 거느리고 있던 관저와 재산 그리고 시첩들까지 자신의 소유인 양 차지하고 단양의 태수라도 된 듯 거들먹거리고 다녔다. 이들의 행동은 날이 갈수록 점점 더 대담해져 규람은 군권을 장악하고 대원은 행정권을 장악해 사람들을 자기 수하로 끌어들였다. 그러던 가운데 손하孫河가 손익의 빈소에 문상을 왔다. 손하는 오나라 사람으로 원래 성씨가 유씨俞氏였는데 죽은 손책이 그를 아껴서 손씨 성을 주었다. 손하는 여러 가지 정황을 듣고는 대로하여 규람·대원을 불러 큰소리로 말했다.

"이번 사건의 진상을 반드시 밝혀야겠소. 태수가 돌아가셨는데도 그 피의자의 진상을 알아내지도 않은 채 덮어버린다는 것이 말이 되는 일이오? 나는 그대들에게 두 가지 문제가 있다고 봅니다. 하나는 그대들이 자신의 직분을 충실히 이행하지 못한 점이요, 다른 하나는 그대들의 행위에 석연치 않은 구석이 있다는 것이오. 당신네들도 생각해 보시오. 손익 장군은 주위의 만류에도 불구하고 예의를 다해 산까지 당신들을 찾아가서 모시고 온 사람이오. 아무리 천한 짐승들도 은혜를 아는데 어째서 당신들은 주인의 죽음을 달가워하는 작당들을 하고 있냔 말이오!"

손하에게 심한 질책을 받은 규람·대원은 그날 저녁 머리를 맞대고 앉아 술을 마시면서 앞으로의 일을 논의했다. 대원이 물었다.

"손하가 눈치를 채고 있습니다. 그런데 이 일이 손권의 귀에 들어가면 우리는 살아남지 못해요. 어쩌면 좋겠소?"

규람이 말했다.

"모든 변란이 그렇듯이 지금 우리는 어려운 처지에 빠졌소. 오군은 여기서 가깝지는 않지만 그리 멀다고도 할 수 없지요. 분명히 손권이 이 일을 조사하기 위해 올 것이오. 그래서 내 생각에는 차라리 조승상에게 투항하는 것이 좋을 것 같아요. 여기서 오군까지의 거리는 빨리 가도 이틀을 가야 하지만 장강만 건너면 조승상이 장악하고 있는 양주요. 양주에는 지금 유복劉馥이 있어요. 우선 손하를 죽이고 이 성을 들어서 조승상에게 바칩시다."

규람의 말에 대원도 흔쾌히 동의했다. 결국 규람은 자객들을 보내어 손하를 죽여버렸다. 그리고 대원은 편지를 써서 심복에게 주어 장강 바로 건너편에 있는 양주로 보냈는데 이들의 동태를 감시하고 있던 손고와 부영이 중간에 그 사자를 잡았다. 이들은 밀서를 압수한 후 그 사자를 은밀한 곳으로 끌고 가서 죽여버렸다. 이로써 손고와 부영은 규람·대원이 손익을 죽인 자임을 확실히 알게 됐다. 그러나 이들을 제거하는 일은 쉬운 것이 아니었다. 일단 손고는 이 사실을 서씨에게 알렸다.

규람·대원은 손익에 손하까지 죽이고 나자 자기 신변의 경계를 더욱 철저히 했다. 그런데 조조에게 투항하기 위해 사람을 보낸 날 규람은 혹시나 하는 마음으로 서씨의 동정을 살피기 위해 서씨를 예 방했다. 그런데 규람이 상복을 입고 있는 서씨를 보자 갑자기 넋을 잃고 말았다. 그가 서씨를 처음 본 것은 아니었지만 바로 앞에서 대 하는 것은 그날이 처음이었다. 규람은 처연한 여자의 아름다움이 그 토록 강렬하게 자극적인 것인지 처음 알았다. 가만히 따져보면 욕정 이란 가까운 곳에서부터 싹트는 것이다. 무릇 욕정으로 인하여 생기 는 죄가 전혀 모르는 사이보다 서로 아는 사이에서 자주 발생하는 것 도 그 이유이다. 음과 양은 항상 어우러지려는 속성이 있고 그 끈을 끊으려면 훨씬 더 큰 정신적 수양이 필요한 것이다. 규람은 그런 것 을 몰랐다.

규람이 서씨를 처음 본 것은 2년 전쯤이었는데 그때 그는 '오군에 는 미인이 많이 난다더니 빈말이 아니군' 하고 잠시 생각했을 뿐이었 다. 그런데 이제 보니 서씨의 아름다움은 상복 속에서 오히려 눈이 부셨다. 더구나 서씨는 이제 높고 귀한 주인의 마나님이 아니라 딱하 기 짝이 없는, 그 누구의 보호도 받을 수 없는 여자가 되어 있었다. 이제 며칠 후면 조조군에게 단양을 바치기도 하려니와 그때가 되면 이 여인을 차지할 요량으로 규람은 같이 따라온 측근들을 물리고 난 뒤 은근히 서씨에게 말을 걸었다.

"마님, 제가 아니었으면 태수님의 복수를 누가 했겠소?"

서씨는 규람의 얼굴을 보고 욕정으로 가득 차 있음을 대번에 알아 차렸다. 그녀는 그런 규람을 보며 생각했다.

'양주로 보낸 사자가 돌아올 모레 아침까지 무슨 수를 써서라도 이자를 죽여야 한다. 그렇지 않으면 기회가 없다. 시아주버님이 군대를 정비해서 온다고 해도 열흘은 넘게 걸릴 것이다. 그 동안 나는 이놈들을 안심시켜야 한다.'

서씨는 촉촉한 눈으로 규람을 보면서 말했다.

"너무 어이없게 당한 일이라 정신을 수습할 수 없는 지경인데 다행히 장군께서 이렇듯 저희 집안일에 신경을 써주시니 참으로 감사할 뿐입니다. 항상 멀리서만 뵈었을 뿐 가까이 대하지는 못했는데 오늘이 자리에서 마주앉고 보니 장군님은 실로 대장부인 듯하여 의지할 곳 없는 제 마음이 조금이나마 안정이 되는 것 같습니다."

규람은 뜻하지 않은 서씨의 말에 적지 않게 고무됐다. 그는 욕정으로 가슴이 터질 듯했으나 겨우 억누르고 한껏 너그러운 표정을 지어내며 말했다.

"마님의 일은 제가 다 처리해드릴 것이니 전혀 걱정하지 마십시오. 그리고 이제부터는 마음놓으시고 저를 믿고 의지하세요. 제 온 힘을 다해서 마님을 평안히 지켜드리겠습니다."

규람은 서씨의 표정을 살피며 은근히 서씨에게로 다가가 어깨를 감싸려 했다. 서씨는 짐짓 놀란 듯 몸을 뒤로 빼며 말했다.

"지아비가 죽고 장례식도 치르지 않은 몸입니다. 조금만 기다려주세요. 그믐날 장례식을 끝낸 후 장군님을 다시 만나고 싶습니다."

규람은 터지는 가슴을 억누르며 그렇게 하겠노라 대답하고 돌아갔다. 서씨는 손고와 부영 두 장수를 은밀히 불러서 울면서 말했다.

"두 분께서도 이미 아시다시피 규람·대원 두 역적놈이 공모하여 남편을 죽이고 그 죄를 변홍에게 뒤집어씌운 후 단양성마저 조조에게 넘기려 하고 있습니다. 그러고도 모자라 규람은 저에게까지 희롱을 하여 저는 우선 거짓으로 규람을 안심시켜놓았습니다. 이 모든 일들을 최대한 빨리 시아주버님께 알려주세요. 그리고 그믐날 밤에 그놈이 저를 찾아오기로 했으니 그날 밤 11시 전에 반드시 내실로 와주십시오. 그놈이 오기 전 두 분께서 제 방 병풍 뒤에 숨어 계시다가 제가 부르면 나와서 그놈의 목을 치세요. 쉬운 일은 아니겠으나 마음을 다하여 저를 도와주신다면 그 은혜는 죽을 때까지 잊지 않겠습니다."

서씨는 이렇게 말하면서 손고와 부영에게 큰절을 올렸다. 손고와 부영 두 장수는 당황하여 맞절을 하면서 눈물을 글썽이며 말했다.

"저희들은 평소에 돌아가신 주인의 깊은 은혜를 입었던 사람입니다. 어찌 이 같은 일을 당하고 가만히 있겠습니까? 반드시 주인의 원수를 갚도록 마님을 도와드리겠습니다."

남편의 장례식을 마친 서씨는 상복을 벗고 향물로 깨끗이 목욕한 다음 곱게 화장을 했다. 남편을 잃고 가슴앓이를 한 탓인지 서씨의 얼굴은 수척해져 있었다. 그러나 오히려 그런 모습이 더욱 고혹스러움을 자아냈다. 이같은 서씨의 움직임을 전해들은 규람은 설레는 가슴을 안고 밤이 오기만을 기다렸다.

밤이 깊어지자 서씨는 고급술과 안주로 술상을 준비해놓고 규람을 기다렸다. 서씨의 밀실로 들어서던 규람은 방안 가득 은은하게 퍼져 있는 사향의 향기 속에 꽃처럼 앉아 있는 서씨를 본 순간 잠시 정신이 아뜩해졌다.

'내가 오늘 천상의 여자를 품는구나.'

규람은 일렁이는 가슴을 주체하지 못하는 듯 서씨에게로 다가가 그녀를 일으켜세우더니 깊게 껴안았다.

한동안의 포옹이 끝나자 서씨는 합환주라며 먼저 술 한잔을 마시더니 그 잔으로 규람에게 술을 따랐다. 서씨는 더욱 요염하게 규람을 유혹하면서 술을 권하여 규람의 욕정에 불을 붙였다. 규람의 애무가 계속되는 동안에도 서씨는 규람의 무릎에 앉아 술을 따르고 안주를 집어 규람의 입에 넣어주었다. 술기운과 욕정으로 몸이 단 규람은 더 이상 참지 못하고 서씨를 들어올려 침대로 갔다. 규람이 거칠게 서씨의 저고리를 쓸어 내리려 하자 서씨가 날카롭게 외쳤다.

"손고, 부영 장군!"

병풍 뒤에서 뛰쳐나온 두 장수의 칼이 놀라 어쩔 줄 모르는 규람의 가슴에 사정없이 내리꽂혔다. 버둥거리는 규람을 향해 손고가 다시 한번 죽음을 확인하듯 가슴 깊숙이 칼을 찔러넣었다. 규람이 죽은 것을 확인한 서씨는 다시 대원까지 불러들였다. 대원은 규람의 부름으로 알고 의심 없이 서씨의 방으로 왔다. 그러나 그 역시 손고·부영의 칼에 외마디 비명을 남기고 숨이 끊어졌다. 두 원수를 죽인 서씨는 화장을 지운 다음 다시 상복으로 갈아입고 남편의 영전 앞에서 통곡했다. 한참을 울던 서씨는 손고·부영에게 원수의 목을 베어오라고 했다. 그들이 규람·대원의 목을 가지고 오자 서씨는 손익의 영전에 제물로 바치고 다시 한번 오열했다.

한편 손권은 아우 손익이 살해됐다는 보고를 받고 대로하여 즉시 군사를 이끌고 단양으로 갔다. 그런데 단양에 도착해보니 이미 손익을 죽인 규람·대원·변홍의 목이 저잣거리에 걸려 있었다. 손권은 서씨를 극진히 위로하는 한편 그 공을 치하했다. 또한 손고·부영 두 장수에게는 아문장의 벼슬을 내려 단양을 지키게 했으며 서씨를 강동으로 데리고 가서 편안히 여생을 보내게 했다. 그리고 손권은 여기서 머물지 않고 강동 땅에서 반역의 가능성이 있는 지역들을 일일이 조사하여 모두 평정했다. 손권은 주유에게 대도독의 벼슬을 내려 강동의 육군과 해군을 총괄하게 했다.

서기 208년 봄. 조조가 북벌을 마치고 허도에 웅거하고 있다는 소문은 장강 전체를 긴장시켰다. 이제 조조는 그 누구도 대항할 수 없는 세력이 된 것이다. 오태부인이 죽은 이후 손권은 노숙과 주유에게 더욱 의지하게 됐다. 손권의 전략적 목표는 노숙의 말대로 형주를 삼켜서 원소·조조·강동의 균형을 잡는 것이었다. 그것은 마치 다리가 세 개인 큰 솥이 서 있는 형상으로 그렇게 해서 강동을 보존하려 했는데, 그 중 한 다리가 완전히 소멸했기 때문에 전략의 수정이 불가피했다. 노숙은 손권에게 권하여 세작들을 허도로 보내 그곳의 사정을 낱낱이 파악하도록 했다.

손권은 후계를 잇자마자 형주를 공격하려 했으나 의외로 만만치가 않았다. 가장 큰 문제는 장강을 따라 너무 긴 거리를 이동해야 하고 육로를 통해 들어가서 공격을 해야 하는데 황조가 용장이라 그를 제거하는 일이 쉽지 않은 데에 있었다. 지금까지 여러 번 시도했으나 결국은 모두 황조에게 패전하고 말았다. 그러던 가운데 황조의 부장 감녕이 강동으로 투항해온 사건이 벌어졌다.

감녕은 파군 임강 사람으로 글과 『사기史記』에 능한데다 특이하게 힘까지 장사였다. 감녕은 항상 패기에 넘쳐 있었으며, 천하를 두루 돌아다니기를 좋아했는데 특히 장강은 그가 즐기는 여행로였다. 그는 자신을 따르는 무리와 함께 장강을 중심으로 여기저기를 떠돌아다녔다. 그리고 허리에 방울을 차고 다녔는데, 사람들은 그 방울 소리만 듣고도 길을 비켜주었다고 한다.

감녕은 서천의 비단으로 만든 돛을 단 배를 타고 다니며 수적水賊
질을 했으므로 사람들은 감녕의 무리를 '금범적錦帆賊(비단돛 도적)'
이라 불렀다. 그러다가 감녕은 일당을 이끌고 유표에게 갔는데 유표
는 감녕을 수전에 출중한 인물이라 여기고 그를 황조에게 보냈다. 황
조는 감녕의 경력이 마음에 들지는 않았지만 일단 그를 자기의 부장
으로 데리고 있었다. 그래서 하구에 머물러 있던 중에 손권군을 격파
하고 능조를 쏘아 죽일 수 있었던 것이다. 손권의 5천여 대병을 물리
친 감녕과 그의 부하들은 더욱 우쭐해졌다.

이것이 황조의 눈에 곱게 비칠 리 없었다. 그로 인해 황조는 감녕
을 탐탁지 않게 여기게 됐다. 황조는 과거에 예형을 죽인 사람으로,
지나치게 우쭐대는 사람도 싫어했지만 감녕처럼 도둑질을 일삼은 경
력을 가진 사람은 아예 인정하려 들지 않았다. 그런 와중에 감녕의
부하들이 '우리의 힘으로 손권의 대군을 무찔렀다'고 입방아를 찧고
다니자 황조는 그냥 넘어가지 못하고 결국 감녕을 불렀다.

"이놈 감녕이 듣거라. 지난번 손권을 물리친 것이 어찌 다 네놈들
의 공이냐? 우리 군사들이 합심하여 피로 무찌른 것이다. 내가 네놈
이 어떤 놈인 줄을 알면서도 유표 장군의 부탁으로 너를 데리고 있었
다. 그것도 모르고 하는 짓거리를 보니 해도 너무하는구나. 네놈들은
장강을 휘젓고 다니며 수적질만 일삼다 보니 겁나는 것이 없는 모양
인데, 너는 그 수괴로 오늘 내 손에 죽을 것이다. 여봐라, 저놈의 목
을 베어라."

그러자 옆에 있던 도독 소비蘇飛가 말렸다.

"장군, 감녕을 죽이시면 안 됩니다. 감녕은 그래도 강하에서 하구
를 지키는 데 없어서는 안 될 사람입니다. 죽이지는 마십시오. 근신

할 것입니다."

황조가 눈을 부릅뜨고 말했다.

"자네는 어찌하여 그런 놈을 내게 중용하라고 천거하는가? 원래 한번 도적질을 한 놈은 계속 도적질을 하게 마련이야. 저런 놈을 내가 거둔다면 나는 결국 저놈의 칼에 죽을 걸세."

황조는 다시 감녕을 보고 준엄하게 꾸짖었다.

"네놈은 내가 천하의 재사라는 예형놈도 단칼에 목을 베어 죽인 사람이라는 것을 아느냐, 모르느냐? 앞으로 근신하지 않으면 너는 내 손에 죽을 것이니 그리 알아라."

그후로 감녕은 잔뜩 풀이 죽어 지냈다. 감녕은 차라리 수적질을 하는 편이 나을 것 같다고 생각했다. 그러면서도 한편으론 희망이 없는 삶을 사느니 뭔가 대책을 세워야겠다는 생각이 들기도 했다. 감녕을 괜찮게 보았던 소비는 감녕의 속마음을 꿰뚫어보고 어느 날 집으로 불러 음식을 대접하면서 말했다.

"이보시게 감녕 장군, 자네도 알다시피 내가 자네를 수차에 걸쳐 황조 장군에게 천거했지만 황장군은 자네를 중용하려고 하지 않네. 그 일로 나도 괜스레 마음이 아프다네. 세월은 물처럼 흘러가는데 우리 인생이란 한번 가면 그만이 아닌가? 그러니 차라리 자네가 이곳을 떠나는 것이 좋을 듯하네. 자네가 이곳에 있으면 아무래도 황장군이 죽든가 자네가 죽든가 할 것 같아 내가 불안해서 살 수가 없네."

감녕이 한숨을 쉬며 말했다.

"제가 갈 곳이 어디 있겠습니까? 북으로는 유표 장군이 있어서 나를 막을 것이고 강동에는 손권 장군이 있으나 제가 지난번에 능조를 죽였으니 가자마자 저를 죽이려 들 것입니다. 그렇다고 조승상께 가자니 강동이나 형주를 통하지 않으면 갈 수도 없거니와 그곳에는 수군도 없으니 제가 무슨 도움이 되겠습니까?"

소비가 말했다.

"그렇지 않네. 천하를 도모하는 사람들은 사적인 감정에 얽매이지 않네. 차라리 강동의 손씨 집안에 투항하게. 손씨 아래에는 노숙이나 주유라는 명장들이 있네. 자네의 능력을 보고 분명히 중용할 걸세. 단 은밀히 떠나게. 내가 눈감아주겠네."

이렇게 하여 감녕은 무리들을 이끌고 은밀히 장강을 타고 내려와 용추龍湫의 수문을 지키던 여몽에게 투항해온 것이다. 손권은 크게 기뻐하며 감녕을 맞았다. 감녕은 손권을 보자 예를 갖추어 절을 하고 입을 열었다.

"저는 그 동안 강동으로 투항하고 싶었으나 강동의 맹장이었던 능조를 지난번 싸움에서 죽이고 황조를 구한 일이 있어서 차마 오지 못했습니다. 강동이 어찌 저를 원수로 생각지 않겠습니까? 그러나 제가 들으니 장군께서 자비로 널리 인재를 구하신다고 하여 죽음을 무릅쓰고 찾아뵙게 되었습니다. 장군께서 지난번의 한을 풀고 용서해주시면 개나 말이 되는 수고를 다하여 장군을 섬기겠습니다. 저희를 받아주십시오."

손권은 감녕을 일으켜세우며 말했다.

"장군, 장군께서 저를 찾아오시다니 그 기쁨은 말로 다할 수 없소. 천하에 장군만큼 수전에 능한 분은 없다고 들었소. 제가 어찌 지난 일을 한스럽게만 생각하겠소. 장군같이 훌륭하신 분을 제가 모시게 되어 큰 영광이오. 어찌하여 이제야 오셨소? 아마 장군께서 5년 전에만 강동으로 오셨어도 우리는 조조와 일전을 겨루어볼 만큼 힘을 길렀을 텐데……. 제가 오히려 절을 올려야 하는데 이렇게 절을 하시니 몸둘 바를 모르겠소. 장군, 정말 감사합니다. 부디 조금도 나를 의심치 말고 저를 많이 도와주시오."

감녕은 그 동안 심한 마음고생을 하다가 뜻밖의 환대를 받고보니 오히려 정신이 몽롱해질 지경이었다.

'손장군이 대인이라더니 역시 헛말이 아니었구나.'

감녕은 이렇게 안도하면서 마음속으로 손권에 대한 충성을 다짐했다. 손권은 손권대로 흐뭇해졌다.

'이제 내가 감녕을 얻었으니 황조를 격파하는 것은 시간문제다.'

며칠 후 손권이 감녕을 불러 물었다.

"장군, 황조를 쳐부술 계책이 없겠소?"

감녕이 말했다.

"이제 조조는 북방을 평정했다고 들었습니다. 중원 땅 가운데 남아 있는 곳은 형주뿐입니다. 따라서 반드시 조조는 형주를 정벌하여 황제의 자리를 빼앗으려고 날뛸 것입니다. 형주는 강동으로 향하는 입구라 할 수 있습니다. 그런데 제가 보기에 유표는 먼 장래를 내다볼 줄도 모르고 그의 두 아들 역시 우매하고 어리석어서 조조군의 공격을 막을 수가 없습니다. 제 생각으로는 조조군이 쳐내려오기 전에 선수를 쳐서 유표의 형주 남쪽을 치고 들어가는 것이 좋을 듯합니다. 그러기 위해서는 지금 당장 황조를 치십시오. 황조는 스스로 충의지사인 듯이 말하고 다니지만 실은 재물 욕심이 많은 사람입니다. 설상가상으로 나이 든 황조는 노망기까지 있어 강하 백성들의 원성을 적잖게 사고 있습니다. 제가 겪어보니 황조가 수전에 강한 사람인 것은 분명합니다. 그러니 최대한 물에서 빨리 빠져나와 육전으로 승부를 내야 합니다. 그리고 수전은 제가 맡아 처리하도록 하겠습니다. 황조의 군대는 일단 물을 벗어나면 전투할 장비가 제대로 없는데다 군기도 문란해져 주공께서 당장 나가 치시기만 한다면 반드시 승리하실 수 있습니다. 주공께서는 황조군을 물리치신 다음 서정군西征軍을 일으켜 장강을 타고 서쪽으로 가서 초관楚關을 교두보로 하여 파촉을 정벌하시면 반드시 패업을 이루실 것입니다. 형주에서 파촉으로 이르는 지역은 제가 소상히 알고 있으니 제가 할 수 있는 모든 노력을 다할 것입니다."

손권은 감녕의 말을 듣고 군동원령을 내렸다. 주유에게는 대도독의 실권을 주어 수륙군을 총지휘하도록 하고 여몽은 선봉 대장에, 동습董襲과 감녕은 부장에 임명했다. 그리고 손권은 친히 1만 대군을 이끌고 황조를 치러 나섰다. 손권의 군대를 실은 배가 강동을 출발하자 이 소식은 이내 강하의 황조에게 전해졌다. 황조는 참모들을 불러 대책을 협의했다. 황조는 소비를 대장으로, 진취陳就와 등룡鄧龍을 선봉장으로 삼아 강하의 모든 군사를 총동원하여 적을 맞아 싸울 준비를 했다. 배 위에 선 감녕이 강하를 보면서 주유에게 설명했다.

"강하에서 하구에 이르는 길은 형주로 가는 주요 교두보입니다. 제 생각에는 강하로 들어가는 것보다 하구로 침투하는 것이 유리할 듯합니다. 왜냐하면 하구는 한수와 장강이 만나는 지역으로 강폭이 매우 넓어서 황조가 방어해내기에는 쉽지 않기 때문입니다. 아마 이 점을 황조도 잘 알고 있어 사력을 다하여 하구를 방어하겠지만 현실적으로 대군이 들이닥치면 방어해내지 못할 것입니다. 그리고 가능하면 언제든지 작은 배에 승선할 특공대를 대기시키셔야 합니다. 원래 물이란 이동이 쉽지 않기 때문에 신속하게 병력을 이동시키는 데는 작은 배만한 게 없습니다. 각 배는 승선 인원을 20명 정도로 하는 것이 좋겠습니다. 제가 요구할 때 즉시 지원해주십시오."

주유는 이 의견을 받아들여 각 선단에 특공대를 대기시키라고 지시한 후 대선단을 하구 쪽으로 이동시켰다. 한편 황조의 명을 받은 진취와 등룡도 군사를 거느리고 배를 하구에 정박시킨 후, 배 위에는 강한 활과 쇠노鐵弩를 1천여 개나 설치하여 명중률을 높이고 병사들의 이동이 보다 쉽도록 굵은 동아줄로 배들을 서로 묶었다.

손권의 대선단이 서서히 하구에 진입하기 시작했다. 배들이 강 입구로 서서히 밀려들어가니 황조군의 배들이 수면 위에 일직선으로 늘어서 방어선을 구축했다. 하구를 지키는 배들은 모두 하구에서 육로를 통해 형주나 강하로 가는 길을 봉쇄하게 된다. 황조의 배들이 모두 일직선으로 서 있고 노가 설치되어 있는 것을 보고 감녕은 배의 속도를 늦추라고 크게 외쳤다. 그리고 각 부대별로 조직된 특공대에게 공격할 준비를 하라고 지시했다.

감녕의 말이 떨어진 지 얼마 되지 않아서 황조군의 배 위에서 전고戰鼓 소리가 크게 울리면서 일제히 활과 철노가 쏟아지기 시작했다. 수많은 사상자가 발생했다. 손권의 군사는 더 이상 전진할 수도, 후퇴할 수도 없는 곤란한 상황이 되고 말았다. 수로는 육로와 달리 후퇴가 용이하지 않았다. 그 틈에 감녕은 각 부대별로 조직된 특공대를 작은 배에 태워서 배와 배를 연결한 동아줄을 자르고 적의 장군선을 집중 공격하도록 지시했다.

주변에서 위험한 일이라고 모두 만류했으나, 감녕은 자신이 나서지 않으면 아군은 대패할 것이라며 특공대를 이끌고 갔다. 감녕은 작은 배 50여 척을 거느리고 앞으로 진격했다. 각 배에는 20명의 정병이 타고 있었는데, 그 중 10명은 노를 저었고, 10명은 갑옷을 갖춰입고 방패를 들어 화살들을 막았다. 배가 작고 가벼워서 감녕군은 신속하게 이동해 갔다.

50여 척의 작은 배들이 마치 벌떼처럼 진취와 등룡의 선단 쪽으로 재빠르게 이동해오자 배 위에서는 활을 쏘면서 이를 저지하려 했다. 그러나 병사들이 방패를 모두 둥글게 하여 배 둘레를 막고 있어 황조군이 배 위에서 쏜 화살들은 날아오는 족족 강으로 들어가고 말았다. 감녕은 군사들을 이끌고 배와 배 사이로 침투해들어가 배와 배를 얽어놓은 동아줄을 끊었다. 동아줄이 끊어지자 황조의 배들은 기우뚱거리며 하나씩 파도를 타고 흩어지기 시작했다.

감녕이 장군기의 깃발을 보고 몸을 날리듯 배 위로 뛰어오르자 연이어 10여 개의 배가 동시에 황조군의 장군선으로 몰려들었다. 감녕은 배에 오르기가 무섭게 등룡을 쳐 죽였다. 이것을 본 진취는 혼비백산하여 배를 타고 도망쳤다. 대부분의 황조 군선들이 하구 안쪽으로 퇴각해 가자 손권의 모든 선단들도 일제히 하구 나루로 몰려갔다. 얼마 후 손권의 군사들은 일제히 강둑으로 뛰어올랐다.

손권의 부장 여몽은 10여 명의 궁수들을 데리고 작은 배로 바꿔 탄 다음, 신속하게 항진하여 진취가 탄 배를 향해 집중적으로 불화살을 쏘아붙였다. 불화살에 맞은 진취의 배는 불길에 휩싸인 채 육지로 향하고 다급해진 진취는 배를 버리고 뭍으로 뛰어올랐다. 그러나 이미 육지에는 손권군이 상륙하여 한 방향은 강하로 진군하고 또 한 방향은 형주로 가는 퇴로를 차단하고 있었다. 감녕은 하구 나루로 진입하여 형주의 퇴로를 차단하는 방면으로 군사들을 몰고 갔다. 그 와중에 진취는 가슴에 칼을 맞고 전사하고 말았다. 황조군의 장수 소비는 군사를 이끌고 퇴로를 차단하려는 손권군의 포위망을 뚫으려 하다가 오히려 반장에게 포로가 되어 손권이 있는 대장선 안의 옥에 구금되었다. 사태가 전면적으로 불리해지자 황조의 군사는 하나같이 패주하기 시작했다.

손권은 옥에 갇힌 소비를 보더니 황조를 붙잡으면 함께 처단하라는 명령을 내렸다. 황조의 군사들은 패주를 하면서 많은 사상자와 탈영병을 냈다. 더 이상 군을 수습할 수 없다고 판단한 황조는 강하를 버리고 형주를 향하여 말을 몰아 도망치기 시작했다. 한참을 달려가는데 숲속에서 화살이 어지럽게 난무하기 시작했다. 황조가 당황하며 가던 길을 멈추자 감녕이 말을 몰고 나타났다. 황조는 말 위에 앉은 채 감녕에게 애원했다.

"자넨 감녕 장군이 아닌가? 나는 일찍이 자네를 박대하지 않았는데 왜 자네는 나를 이렇게도 핍박하려 드는가?"

감녕은 화가 나 황조에게 대들었다.

"늙은 놈아 말을 삼가라. 네놈이 나를 죽이려 한 것을 벌써 잊었느냐? 내가 강하에 있을 때 얼마나 많은 공을 세웠더냐? 그런데도 네놈은 나를 도적질이나 하던 놈이라고 늘 모욕했다. 이제 와서 네놈이 무슨 할말이 있는가?"

황조는 감녕군의 포위망을 뚫고 나가려고 말을 몰기 시작했지만 다시 화살이 빗발쳤다. 황조는 사생결단으로 빗발치는 화살 속을 뚫고 나가기 시작했다. 그러나 수십 명이 넘는 그의 부하들은 전의를 팽개치고 투항하기 시작했다. 그때 황조의 등 뒤쪽에서 군사들의 함성이 들려왔다. 감녕이 이를 바라보니 바로 정보의 군대였다. 정보는 감녕을 돕기 위해 군대를 몰아 감녕의 뒤를 따라왔던 것이다. 감녕은 때를 놓치지 않고 활을 뽑아 황조의 등을 향해 힘껏 당겼다. 화살은 황조의 등에 명중했고 황조는 말 위에서 떨어져 나뒹굴었다. 감녕은 바로 칼을 뽑아 달려가 황조의 머리를 베었다.

감녕은 정보와 함께 말 머리를 돌려 손권이 있는 배로 달려갔다. 손권은 감녕이 자기 아버지를 죽였던 황조의 수급을 가지고 오자 입이 크게 벌어졌다. 그는 황조의 머리를 준비된 나무상자에 잘 보관하도록 하여, 강동으로 돌아가 손견의 영전에 제물로 바치기로 했다. 황조의 수급이 들어온 후 손권은 배의 옥에 갇혀 있던 소비를 끌어내라고 명했다. 이제 소비를 죽이면 강하의 주요 장수들은 모두 죽인 셈이었다. 소비는 배 위로 끌려나왔다. 손권의 장수들과 참모들은 모두 승전을 축하하기 위해 대장선에 있었고 감녕은 손권 옆에 서 있었다. 그 순간 감녕은 끌려나오는 사람이 소비라는 것을 알았다. 그렇지 않아도 생사가 어찌 되었는가 궁금하던 차에 소비가 끌려나오자 감녕은 갑자기 숨이 막혔다. 손권은 선상에서 곧 사형을 집행하라고 명령을 내릴 참이었다. 감녕은 손권의 앞으로 나가 머리를 조아려 통곡하면서 말했다.

"주공, 제발 이 일을 거두어주십시오. 소비는 제 생명의 은인입니다. 제가 하구에 있을 때 소비의 도움이 없었다면 제가 주공을 돕지도 못하고 물귀신이 되고 말았을 것입니다. 그의 죄가 커서 죽어 마땅하지만 그때의 은정을 생각해서라도 제발 살려주십시오. 제가 이번 전투에서 공이 있다면 그것으로 소비의 죄를 용서할 수 있도록 해주십시오."

손권은 감녕의 말을 듣자 처형을 중지시키며 말했다.

"소비가 장군의 은인이라면 나도 장군을 위해 그를 용서하겠소. 그러나 만약 소비가 도망가버리면 그때는 어찌하겠소?"

감녕은 다시 애원하듯 말했다.

"주공께서 죽음을 면해주시는데 왜 도망을 가겠습니까? 만일 소비
가 도망친다면, 그때는 제 머리를 주공께 바치겠습니다."

손권은 약속대로 소비를 살려두기로 하고 손견의 영전에는 황조의
수급만 바치기로 했다. 손권은 이 일을 계기로 감녕의 행동에 더욱
감복하여 신임하게 되었다. 모든 전투가 막을 내린 그날 밤 선상에서
큰 잔치가 열렸다. 손권은 적장인 황조·진취·등룡의 수급을 모두
확보하여 대승을 축하했고 전투에서 공을 세운 사람들에게 각기 후
한 상을 내렸다. 특히 공이 큰 감녕에게는 도위都尉(5품으로 군郡의 군
사책임자)의 벼슬을 내려 강하의 수비를 맡기리라 마음먹고 참모들에
게 의견을 물었다. 그러자 장소가 반대했다.

"강하는 파촉으로 들어가는 입구에 있는 아주 외진 곳입니다. 여기
서 강동까지는 배로 와도 닷새는 족히 걸리는 곳입니다. 오군과 회계
에 터를 잡고 있는 우리가 어떻게 이곳을 방어할 수 있겠습니까? 차
라리 강동이나 잘 지키는 것이 낫습니다. 지금 우리가 강하를 지킨다
고 한들 군사를 얼마나 남겨두어야 하겠습니까? 이번 원정에 1만여
명이 동원되었습니다. 여기에 3천을 두고 가겠습니까, 5천을 두고 가
겠습니까? 이 두 가지 중 어떤 경우라도 유표가 2만의 군대를 총동원
하여 쳐들어온다면 방어하기가 힘들 것입니다."

손권은 장소의 말에 따라 평정한 강하를 일단 포기하고 군사를 이
끌고 강동으로 돌아왔다. 강동으로 개선한 손권은 크게 고무되었다.
자신이 강동의 주인이 된 이래 가장 큰 전과를 올렸기 때문이다. 무
엇보다 아버지 손견의 한을 풀어주게 되어 더욱 기뻤다. 손권은 황조

의 머리를 손견의 무덤에 가지고 가서 제물로 바치고 성대히 제사를 지냈다. 그는 제사를 마치고 휘하 문무백관을 불러 크게 잔치를 베풀어 공을 치하했다. 특히 감녕에 대한 치사는 손권뿐 아니라 전투에 참가했던 모든 사람들의 입에서 쏟아져나왔다.

능통은 자기 아버지 능조를 죽인 감녕이 새로운 강동의 영웅이 되고 있는 모습을 보며 참을 수 없는 분노를 느꼈다. 그러나 손권을 비롯한 모든 장수와 참모들이 감녕의 공을 입이 닳도록 칭찬하니 어찌해볼 도리도 없어서 그냥 꾹 참고 있었다. 그러나 잔치 분위기가 무르익어 술이 몇 순배 돌자 능통은 서글픈 생각이 들어 견딜 수가 없었다. 그것도 자기가 앉은자리와 얼마 떨어지지 않은 곳에서 감녕이 다른 장수들과 함께 무용담을 늘어놓는 꼴을 보고 있자니 더 이상 참을 수가 없었다. 술기운이 올라 울적한 기분이 된 능통은 그 자리에서 대성통곡을 하더니 칼을 뽑아들고 감녕을 보면서 버럭 소리를 질렀다.

"이놈, 감녕아. 그래 너는 영웅이 되어서 좋겠다. 내 아버지를 죽이고도 무사할 줄 알았더냐? 우리 둘이 오늘 사생결단을 내자. 어서, 칼을 뽑아라."

능통이 칼을 뽑아 감녕에게로 다가오자 감녕은 너무 당황한 나머지 의자에서 벌떡 일어나 뒷걸음질을 치면서 칼을 뽑아들었다. 순식간에 일어난 일이라 참석자 모두가 어찌할 바를 몰랐다. 손권도 놀라서 바라보니 칼을 빼어 소동을 부리는 사람은 바로 능통이었다. 손권은 속으로 '능통이 오늘 제 아비 원수를 갚으려는 모양이구나' 하고 생각했다. 손권이 얼른 능통에게 달려가 달랬다.

"감녕이 장군의 아버지를 죽인 것은 어쩔 수가 없었던 일이 아닌

감녕에게 달려드는 능통. 당시의 무관이 관 밑에 받쳐쓰던 적책(赤幘)을 머리에 쓰고 칼을 뽑아든 능통이 벌떡 일어서는 바람에 술단지와 소반이 엎어졌다. 병풍 뒤쪽에서 놀라는 사람들의 모습은 화상석에 근거한 것이다.

가? 가슴이 아프기로 말하면 나도 견디기가 힘들었네. 그래서 우리가 그때 바로 철수한 게 아닌가? 그러나 생각해보게. 그때 감녕 장군은 황조의 휘하에 있지 않았나? 어찌 자기 주인을 위하여 힘을 다하지 않을 수 있겠는가? 이제 같은 나라에서 한솥밥을 먹게 되었으니 옛 원수였던 것만 생각하면 어찌하는가? 그만 참게나."

능통은 다시 땅에 엎드려 통곡하며 말했다.

"감녕은 제 아비를 죽인 철천지 원수입니다. 이놈이 바로 내 눈앞에 있는데 내가 어찌 참고만 있겠습니까?"

손권은 능통을 계속 달래고 그 옆에 있던 장수와 참모들도 모두 한마디씩 하면서 능통을 위로했다. 잔치 분위기는 찬물을 끼얹은 듯 어수선해지고 감녕은 몸둘 바를 모르고 있었다. 여러 사람들의 만류로 능통의 분이 가라앉긴 했으나 그래도 그는 성난 눈으로 감녕을 노려보고 있었다.

그날 밤 손권은 답답한 가슴으로 능통과 감녕 모두를 얻을 수 있는 방법을 찾기 위해 고심했다. 능통의 집안은 두 세대에 걸쳐 강동에 충성을 다하고 있으니 이를 무시할 수는 없었다. 그렇다고 수전에 탁월할 뿐만 아니라 대장의 재목인 감녕에게 상처를 줄 수도 없었다. 앞으로 장강을 중심으로 유표나 조조와의 대결전을 예상하고 있는 손권에게 감녕의 존재는 더욱 크게 느껴졌다.

다음날 손권은 감녕에게 군사 3천과 전선 30척을 주어 시상柴桑으로 가서 주변을 정비하라고 지시했다. 시상은 하구와는 매우 가까운 거리인데 오군에서는 닷새 정도가 걸렸다. 손권은 하구·강하를 한꺼번에 점령하기는 어렵다고 보았기 때문에 우선 시상으로 감녕을 보내 하구와 강하를 정벌할 수 있는 근거지를 확보할 작정이었다. 감녕도 능통을 피하게 하려는 손권의 배려를 고맙게 생각했다. 감녕은 기쁜 얼굴로 손권에게 예를 올린 후 군사를 이끌고 시상을 향해 떠났다. 그리고 손권은 능통에게도 승렬도위丞烈都尉의 벼슬을 내려 위로하니 그도 더 이상 자기 고집만을 부릴 수 없게 됐다.

손권은 조조의 침공에 대비하여 만반의 태세를 갖출 것을 군에 명했다. 구체적으로 더 많은 예산을 들여 전선을 건조하고 병종을 분류하여 육군과 수군의 업무를 확실히 나눈 다음 서로 협조할 업무를 찾아보도록 했다. 그리고 육군들도 군사를 나누어 해안을 단단히 지키게 하는 한편 수륙 양군이 따로따로 훈련하되 전체적으로 연계될 수 있는 방안도 강구하도록 지시했다.

얼마 후 손권은 삼촌 손정에게 군사를 주어 강동의 터전이었던 오군과 회계를 지키게 하고, 자신은 대군을 이끌고 장강을 따라 서쪽으로 1,500리를 이동하여 파양호 부근의 시상에 주둔하면서 새 군사 기지를 건설하기 시작했다. 또한 주유에게 명하여 매일 파양호에서 수군을 훈련시켜서 앞으로 일어날지 모르는 장강의 전투에 대비하도록 지시했다.

제갈량의 첫 전투

제갈량이 보부상으로 변장시켜 허도로 보냈던 세작들이 하나 둘 돌아왔다. 그들은 북벌을 끝낸 조조가 기주에 인위적으로 못을 만들어 수군을 훈련시키고 있다고 전했다. 이로써 제갈량은 조조가 남쪽 정벌에 나설 것이라 확신하고 유비와 상의하여 강동에도 세작들을 파견했다. 조조가 남쪽을 치고 내려올 경우 어떻게 맞서야 할지 방향을 잡기 위해서였다.

유비와 제갈량은 곧 강동의 손권이 황조를 공격하여 강하와 하구를 침공했다는 것과 손권이 현재 시상에 주둔하고 있다는 보고를 받았다. 늘 제갈량을 옆에 두고 앞일을 일일이 상의하던 유비는 이제 해야 할 일이 무엇인가를 제갈량에게 물었다.

"조조의 남쪽 정벌이 임박했고, 강동도 예전의 강동이 아닙니다. 손권은 문·무에 걸쳐 광범위하게 인재를 등용하여 강동의 힘을 길러왔습니다. 그리고 지금은 조조에 대항하기 위해 만반의 태세를 갖추고 있습니다. 손권이 파양호 변 시상에 주둔했다는 것은 그가 마침내 움직이기 시작했다는 것을 의미합니다. 즉, 손권이 강동에 만족하지 않고 중원을 염두에 두고 있다는 뜻입니다. 그 동안 강동의 손권은 오군과 회계를 중심으로 웅거했습니다. 그럴 수밖에 없었던 것이 강동은 장강의 하구인데다 황해 쪽으로 지나치게 치우쳐 있어 중원을 도모하기는 불가능한 곳이기 때문입니다. 그런데 이제 손권이 시상으로 왔다는 것은 중원을 향한 강력한 발판을 마련했다는 의미입니다."

유비가 말했다.

"아래, 위에서 압박을 가해오니 머지않아 형주가 몸살을 앓겠군요. 격변하고 있는 주변 정세 속에서 형주를 우리에게 이롭도록 이용할 방법은 없겠습니까?"

제갈량이 대답했다.

"주공께서 말씀하신 것처럼 앞으로 형주는 천하 패권을 노리는 자들의 각축장이 될 것입니다. 현재로서는 아무래도 조조와 손권의 힘겨루기 장이 되겠지요. 그러나 손권의 힘은 아직 조조에게 못 미칩니다. 마주선 힘의 크기가 다르니 틈새가 생기겠지요. 우리는 그 틈을 노려야 합니다."

제갈량이 무언가 더 이야기를 하려는데 형주의 유표로부터 사람이 와서 상의할 일이 있으니 형주로 와달라는 내용을 전했다. 유비가 사람을 보내고 나자 제갈량이 말했다.

"유표는 손권을 응징하려는 것 같습니다. 손권이 황조를 죽이고 강하와 하구를 자기의 영향권 안에 넣었으니 유표의 입장에서는 뒷문이 열려 있는 것이나 마찬가지겠지요. 그대로 두면 유표는 사면초가에 빠지게 됩니다. 그러니 우선 유표는 황조의 원수 갚는 일을 두고 주공과 상의할 것입니다. 앞으로 주공께서는 지금까지와는 비교도 안 될 만큼 어려운 상황에 처하게 될 것입니다. 일단 같이 형주로 가서 유표를 만나보는 것이 급선무입니다. 제가 기회를 봐서 대책을 다시 말씀드리겠습니다."

유비는 즉시 관우에게 신야를 지키게 하고 장비에게는 군사 500명을 거느리고 뒤따르게 하여 형주를 향해 떠났다. 유비는 옆에서 말을 타고 가는 제갈량에게 물었다.

"오늘 유표를 만나면 어떻게 말문을 여는 것이 좋겠습니까? 지난번에 별로 좋지 않은 모양새로 형주성을 떠나왔으니 말입니다."

"일단 유표가 병석에 있으니 그것으로 화제를 삼으시고 지난번에 형주성에서 연회 중에 나왔던 일을 사과하십시오. 그렇게 가볍게 인사를 나누고 나면 유표는 아마 황숙께 자기와 함께 손권이 점령한 강하와 하구를 치러 가자고 말할 것입니다. 그럴 경우 주공은 절대로 응낙하지 마십시오. 지금 조조군의 동태가 심상치 않기 때문에 손권보다는 조조가 먼저임을 상기시키시면 됩니다. 그런 연후에 신야로 돌아와 본격적인 전쟁 준비에 들어가셔야 합니다. 시간이 없습니다. 세작들의 정보에 따르면 이 해를 넘기지 않고 조조의 대대적인 남정이 있을 듯합니다."

유비는 제갈량의 말을 새기면서 형주성 앞에 도착했다. 장비는 성 밖에 머무르게 하고 제갈량과 함께 유표를 만났다. 유비는 병석에 있는 유표에게 절을 올리고 지난번 연회 때 불미스러운 모습을 남기고 떠나 면목이 없다며 사과했다. 그 말을 듣자 유표는 오히려 겸연쩍게 미소를 띠더니 병석에서 일어나 앉으며 말했다.

"아우 아닐세. 사과를 해도 내가 해야지. 당세의 영웅이자 대한 좌장군을 그렇게 핍박한 것은 누가 보아도 천하의 웃음거리일세. 아우님이 형주에 와서 7년 세월 동안 공헌한 바를 생각한다면 채모가 그런 짓을 해서는 안 되네. 내가 죽을 죄를 진 것이지. 아랫사람들을 잘 부리지 못한 내 부덕의 소치이네."

유비가 편안하게 웃으며 말했다.

"그런 말씀 마십시오. 형님의 자애로운 덕을 아랫사람들이 다 헤아리지 못한 탓입니다. 저도 마찬가지입니다."

유표가 다시 입을 열었다.

"보시게 아우님. 최근에 손권이 침입하여 강하와 하구를 위협하고 있으니 이 일을 어찌하면 좋겠는가? 형주를 저렇게 침공해왔는데도 아무런 조치가 없으면 그들은 더욱더 기고만장하여 형주성으로 공격해오지 않겠나?"

유비가 말했다.

"형님, 강하의 황조가 죽은 것은 그의 성미가 사나워 아랫사람을 잘 다스리지 못했기 때문입니다. 그러나 지금 그것이 문제가 아닙니다. 손권이 최근 시상에 군진을 구축하고 있다고 하나 시간이 걸릴 것입니다. 그들의 군사력이라고 해보았자 2만 이상을 동원하기에도 역부족입니다. 그런데 만일 지금 강하로 내려가 손권을 치는 동안 조조군이 쳐내려오면 더욱 큰일이 아니겠습니까? 형님께서도 이미 예상하고 계시겠지만 조조의 남침은 시간문제일 뿐입니다."

유표가 우울하게 말했다.

"그러게 말일세. 형주가 이 지경이 되도록 내버려둔 것은 다 내 잘

못일세. 이젠 정말 형주도 끝이 났네. 서쪽으로는 산맥이 가로막고 있고 남에서는 손권이, 동북쪽에서는 조조군이 쳐내려올 태세이니 그야말로 바람 앞에 등불 신세가 되었네. 엎친 데 덮친 격으로 내가 이렇게 병석에 누워 있고 세상 물정을 모르는 마누라와 채모도 눈앞의 일에만 골몰해 있으니 내 심사가 말이 아닐세. 그나마도 아우님이 신야 땅에서 조조군의 남진을 저지해주니 이렇게라도 버티고 있는 걸세."

유표는 한숨을 크게 몰아쉬더니 다시 말했다.

"아우님, 내가 아무래도 올해를 넘기기 힘들 것 같네. 부디 바라건대 아우님이 나를 도와주시게. 우리 아이들은 이 난국을 처리할 재목이 못 되네. 그들에게 내가 잘 일러둘 테니 내가 죽거든 아우님이 형주를 좀 다스려주시게. 그리고 두 아이들도 보살펴주면 고맙겠네."

유비가 손을 저으며 말했다.

"형님께서는 왜 그런 말씀을 하십니까? 저는 그 같은 중임을 맡을 능력이 없습니다."

유표가 말했다.

"아우님이 맡지 않으면 누가 이 일을 맡을 수 있단 말인가?"

제갈량이 옆에 서 있다가 유비에게 눈짓을 보내어 수락하라고 재촉했다. 그러나 유비는 제갈량을 못 본 체하며 말을 맺었다.

"차차 더 좋은 방법을 생각해보도록 하겠습니다."

그 자리를 물러나온 제갈량과 유비는 장비가 주둔하고 있는 성밖의 역관으로 돌아갔다. 제갈량이 유비에게 물었다.

"유표가 주공께 형주를 물려주신다고 했을 때 왜 거절하셨습니까?"

"유표 형님께서 예로 저를 보살펴주셨는데 어찌 그의 처지가 위급한 것을 이용하여 형주를 차지할 수 있겠습니까?"

제갈량은 유비의 대답을 들으며, 주는 떡도 뚜렷한 명분 없이는 받아먹지 못하는 유비의 태도가 앞으로 자신을 난처하게 만들 것이며, 쉽게 갈 수 있는 길도 멀리 돌아서 가게 될 것이라 짐작했다. 그러면서도 그는 그런 유비에게 오히려 더 큰 신뢰를 느꼈다.

"주공께서는 참으로 어지신 분입니다."

역관에서 유비와 제갈량이 잠시 쉬고 있는데, 유표의 아들 유기가 유비를 찾아와서 만나기를 청했다. 유기는 급한 듯 들어오더니 절박한 심정으로 입을 뗐다.

"숙부님, 저를 좀 도와주십시오. 아버님께서 병환으로 누워 계신 후부터는 계모의 핍박이 더욱 심해져 저의 목숨까지 위태로울 지경입니다. 잠을 잘 때도 외출을 할 때도 불안하여 견딜 수가 없습니다. 도대체 어찌해야 좋을지 모르겠습니다."

유기는 말을 하며 울먹였다. 유비는 유기가 딱했으나 그렇다고 자신이 나설 일도 못 되어 자못 냉담한 어조로 말했다.

"자네 처지가 딱하긴 하나 자네 집안일이니 내가 왈가왈부할 입장이 못 되네."

그때 옆에 있던 제갈량이 넌지시 웃음을 띠었다. 그러자 유비는 제갈량에게 방책이 있음을 알고 조언을 구했다.

"그것은 유씨 집안의 일이니 제가 관여할 바가 못 됩니다."

제갈량이 일언지하에 거절하자 유기는 할 수 없이 물러갔다. 그런데 유비가 유기를 따라나오면서 조용히 속삭였다.

"내일 나 대신 공명을 보낼 테니 다시 한번 여쭈어보게. 분명히 묘

책을 가르쳐주실 것이네."

유기는 유비의 도움에 감사를 표시하고 돌아갔다. 다음날 유비는 갑자기 배가 아프다는 핑계를 대고 제갈량에게 자기 대신 유기에게 다녀오도록 부탁했다. 하는 수 없이 제갈량이 유기를 찾아갔다. 그러잖아도 제갈량이 오기를 기다리고 있던 유기는 제갈량을 반가이 맞으며 후당으로 안내했다. 후당에 자리를 잡고 앉은 제갈량이 찻잔을 비우자마자 유기는 매달리듯 말했다.

"계모께서 저를 전혀 인정하지 않으시고 눈엣가시처럼 여기니 제가 어찌하면 좋겠소?"

제갈량이 말했다.

"객으로 온 사람이 어찌 남의 집안일에 끼어들 수 있겠습니까? 쓸데없이 입을 놀려 밖으로 새어나가기라도 한다면 모두에게 누가 될 것입니다."

말을 마치자 제갈량은 돌아가려 했다. 그러자 유기가 제갈량을 만류하며 말했다.

"이곳까지 오셨는데 어찌 이대로 보낼 수 있겠습니까?"

유기는 제갈량을 밀실로 안내하여 음식과 술을 대접했다. 유기가 곰곰이 생각해보니 제갈량에게 분명히 묘안이 있을 듯한데 말을 해주지 않는 것은 아마도 주변을 의식해서 그런 것이라 여겨졌다. 그래서 유기는 더 이상 집안 문제를 이야기하지 않고 강하의 풍경이나 융중에 대한 이야기만 했다. 술이 몇 순배 돌자 유기가 제갈량에게 말했다.

"공명 선생, 제가 우연한 기회에 진귀한 고서古書 한 권을 가지게 되었소. 한번 보시겠소?"

제갈량이 관심을 보이자 유기는 그를 인도하여 책을 쌓아두는 다락으로 올라갔다. 다락에 마련된 서고는 그리 크지는 않았지만 사방이 서책들로 가득 차 있었다. 제갈량이 습관적으로 책을 이리저리 훑어보아도 새롭거나 이상한 것은 눈에 띄지 않았다. 제갈량이 유기를 보며 물었다.

"공자께서 말씀하신 책은 어디에 있습니까?"

그러자 유기가 미안한 얼굴을 하며 말했다.

"제가 지금 계모 채씨 집안 사람들 탓에 목숨이 경각에 달려 있소. 부디 묘안이 있으시면 가르쳐주시오."

제갈량은 그것은 자신이 할 수 없는 일이라고 대답하고, 서둘러 다락을 내려가려고 했으나 어느새 다락으로 오르는 사다리가 치워져 있었다. 유기가 제갈량을 보며 다시 말을 이었다.

"제발 좀 도와주시오. 지금 이 다락에는 선생과 나뿐이오. 그러니 선생의 말이 새어나갈 위험은 없소. 선생이 하는 말은 쥐도 새도 모를 테니 부디 말해보시오."

제갈량이 참을 수 없다는 듯이 말했다.

"왜 저더러 골육을 이간질시키는 일을 하라고 그러십니까?"

"골육간의 이간질 단계는 벌써 넘었소. 실은 계모 채씨가 들어온 이후 저는 한번도 마음이 편한 적이 없었소. 그들이 공연히 사람을 해치려 하는 탓에 제 마음의 병이 깊어져 이제는 그들의 이름만 들어도 가슴이 두근거린다오. 식욕이 없어진 지는 이미 오래고 늘 우울하고 삶에 의욕이 없소. 사방을 둘러보아도 내 사람은 아무도 없어요. 숙부님만 제 입장을 옹호해주셨지요. 그것 때문에 그분은 얼마나 많은 고초를 겪으셨습니까? 사실 저는 무슨 권력욕이 있다거나 부질없는 야욕이 있는 사람도 아니오. 다만 나는 평탄히 인생을 보내고 싶을 뿐이오. 제발 묘안을 말해주시오. 그리해 주신다면 은혜는 잊지 않겠소."

제갈량은 하는 수 없다는 듯이 말했다.

"공자께서는 신생申生 · 중이重耳 형제의 이야기를 아십니까? 신생과 중이는 춘추시대 진晉나라 헌공獻公의 아들로 형제간이었습니다. 헌공은 신생을 태자로 삼았으나 헌공의 총애를 받던 여희驪姬가 새로 태어난 자기 아들을 태자로 삼기 위해 끝없이 그를 핍박했습니다. 결국 신생은 자살했고 중이는 외국으로 도피해 목숨을 부지했지요. 그러다가 19년 만에 돌아와 진나라 문공文公이 되었습니다. 신생은 나라 안에 있다가 죽었고 중이는 몸을 피해 있었기 때문에 살았습니다. 유기 공자도 일단 형주성을 떠나십시오."

유기가 말했다.

"선생의 말씀을 들으니 한결 마음이 편해집니다. 그런데 내가 떠나 있을 곳이 있겠습니까? 사방이 조조군이요, 남으로는 손권이 노리고 있는 형편이 아닙니까?"

제갈량이 다시 말했다.

"강하가 있지 않습니까? 강하는 황조가 죽은 후 일시적으로 손권의 휘하로 들어갔으나 손권이 형주의 반격을 우려하여 일단 철수한 상태입니다. 그러니 지금 그곳은 아무도 점령하지 않고 다만 형주 측의 소규모 수비군들만이 진주하고 있을 뿐입니다. 그러나 손권의 대군단이 시상 쪽으로 이동하고 있다고 하니 조금 더 늦으면 강하도 지키기가 어렵습니다. 공자께서는 지금이라도 당장 유경승께 강하 · 하구를 지키도록 해주십사고 말씀드리세요. 그러면 유종이나 채모 모두 크게 좋아할 것입니다. 그렇게 되면 화를 면할 수 있을 것입니다."

유기는 제갈량에게 고개 숙여 감사했다. 그는 즉시 유표를 찾아가 강하·하구를 지키고 싶다고 말했다. 그러나 평소 유기를 미덥게 여기지 않았던데다 채부인의 부추김으로 큰아들과 더욱 사이가 멀어져 있던 유표는 당장 결정을 내리지 못하고 생각해보겠다는 말로 일을 미루어두었다.

제갈량은 신야로 돌아와 유비에게 그날 있었던 일을 모두 이야기 했다. 유비는 바라던 대로 일이 해결되어 몹시 기뻤다. 이튿날 유표가 유비를 불렀다. 결정을 내리지 못한 유표가 유비와 상의할 심산이었다.

"황조를 죽인 손권이 지금 시상으로 이동 중이라 하니 서두르셔야 합니다. 강하·하구는 형주의 입구로 전략적으로 매우 중요한 곳입니다. 다른 사람을 보내어 걱정거리를 만드느니 공자가 친히 가서 지키는 것이 최선의 방법이 아닐까 생각합니다."

유표는 유기에게 군사 3천을 주어 강하를 지키도록 했다. 유기는 하루 빨리 계모가 보이지 않는 곳으로 떠나고 싶었으므로 아버지의 명이 떨어지기가 무섭게 강하로 내려갔다.

한편 조조는 삼공三公의 제도를 폐하고 자신이 승상으로서 권력을 독점하고 있었다. 삼공이란 한나라 때 조정에서 가장 높은 세 개의 고관직을 말하는데 이들이 조정의 대소사를 공동책임으로 관리하고 처리했다. 후한에서는 태위太尉·사도司徒·사공司空 등을 삼공이라 하고 그 직위에 각각 한 사람씩 두었다. 삼공은 각각 삼공부三公府 또는 삼부三府라고 부르는 독자적인 행정기구들을 두고 그에 따르는 수십 명의 관리를 뽑아서 운영했다. 그러나 조조가 대권을 장악한 후

이 삼공 제도는 실무만 있을 뿐 실제 권력과는 거리가 멀어졌다.

조조는 천하 통일이 가까워지자 자신의 위상을 더욱 강화하고 친정체제를 실현하기 위해 삼공을 폐지하고 승상 1인 통치를 강화했던 것이다. 이와 함께 조조는 모개毛玠를 승상동조연丞相東曹掾으로, 최염을 승상서조연丞相西曹掾으로, 사마의司馬懿를 문학연文學掾으로 삼았다. 모개는 진류 사람으로 조조가 연주를 점령했을 때 종사로 삼았던 사람이다. 그후 조조가 헌제를 영접하여 허도로 오자 조조는 그를 전농중랑장典農中郞將에 임명했다. 최염은 원소를 정벌할 때 하북에서 얻은 명사였다. 하지만 조조가 발탁한 명사들 가운데 사마의가 군계일학으로 뛰어났다.

사마의는 자가 중달仲達이고 하내 땅의 온溫 사람이다. 사마의는 영천潁川 태수 사마준司馬雋의 손자요, 경조부윤京兆府尹 사마방司馬防의 아들이었으며, 주부 사마랑司馬朗의 아우였다. 사마의는 어릴 때부터 재주가 많았고 유교 교양을 갖춘 박학다식한 사람으로 소문이 나 있었다. 조조는 사마의의 이 같은 명성을 듣고 발탁했다. 사마의는 임기응변에 능하고 현실 판단 능력이 뛰어난데다 다양한 전략도 구사했지만, 속의 깊이를 알 수 없는 사람이기도 했다.

조조는 소문을 듣고 처음 사마의를 만났을 때 그의 관상이 매서운데가 있어 다소 실망했다. 자신보다 스물네 살이나 어린 사마의를 보면서 은연중에 자신의 모습을 보는 듯한 생각도 들었다. 그래서 조조는 사마의의 재주는 아깝지만 중용하기를 꺼려 정치권력과는 거리가 먼 문학연에 임명했던 것이다. 자신의 친정체제를 갖춘 조조는 여러 무관들을 불러 영토확장에 대한 의논에 들어갔다. 하후돈이 먼저 입을 열었다.

"정보 장교들의 보고에 의하면 신야 땅을 수비하던 유비가 최근 군을 정비하고 매일 군사를 훈련시키고 있다 합니다. 신야는 형주로 들어가는 입구입니다. 유비를 제거하지 않고는 형주 정벌은 불가능합니다. 일단 신야를 격파하여 유비를 없애는 것이 급선무입니다."

조조도 그렇게 생각하고 있었다. 사실 겉으로 보면 유비는 조조의 상대가 될 수 없었으나 조조는 왠지 유비만 떠올리면 경계심이 가슴 속에서 불거져나왔다. 기회가 오기만 하면 하루라도 빨리 사멸시켜야 할 대상이었던 것이다. 조조가 다시 물었다.

"요즘, 형주는 어떻소?"

순욱이 말했다.

"지금 유표는 병석에 누워 있고 실제 군 지휘는 채모가 맡고 있다고 합니다. 채모는 형주성 본군을, 유비는 신야 땅에서 최전선 방어를 담당하고 있으며 유기가 강하로 내려가 손권의 북침을 막고 있다고 합니다."

"채모는 내가 잘 아는 사람이오. 그 사람은 굳이 나에 대해 반발하지 않을 것이오. 유표가 사경을 헤맨다고 하니 사람을 보내 채모를 설득하면 우리편으로 끌어들이는 것은 어렵지 않을 것이오. 문제는 유비인데, 지금 유비놈은 어떻게 하고 있소?"

서서가 말했다.

"유비는 지금 제갈량을 초빙하여 군사로 삼았습니다. 유비를 가볍게 생각해서는 안 될 것입니다."

조조가 물었다.

"서서 공이 허도로 왔는데 유비가 무슨 문제가 된단 말이오?"

그때 하후돈이 거들었다.

"쥐새끼 같은 유비놈을 걱정할 것이 뭐가 있소. 아군이 유비에게 진 적이라고는 조인 장군이 신야를 공격했을 때뿐이었소. 그것도 서서 공이 신야에 계셔서 그리된 것 아니오? 이제 서서 공이 허도에 계시는데 뭐가 문제요. 내가 이번에 대역무도한 유비놈을 기필코 사로잡겠소."

서서가 다시 입을 열었다.

"그렇지 않습니다. 흔히 유비를 잠룡이라고도 하는데 그 용이 이제 제대로 된 물을 만났습니다. 유비는 지금 제갈량의 보필을 받고 있으니 과거의 유비로 생각해서는 안 됩니다."

조조가 의아한 듯 물었다.

"도대체 제갈량이란 자가 누구요?"

"제갈량은 남양 사람으로 자가 공명이며 세상에서는 그를 와룡이라고도 합니다. 그는 능히 천하를 다스릴 뛰어난 재주를 갖춘 사람인 데다 누구도 따라하기 힘든 계교를 지닌 사람입니다. 방덕이나 수경 선생은 제갈량을 가리켜 당대 최고의 인재라고 격찬한 바 있습니다. 함부로 대적할 사람이 아닙니다."

조조는 이 말을 듣자 더욱 궁금해졌다.

"서서 선생, 공과 비교하면 제갈량은 어떤 인물이오?"

"저를 어찌 제갈량과 비교할 수 있겠습니까만 굳이 견주자면 저는 반딧불의 밝기를 가진 사람이라면 제갈량은 달의 밝기를 가진 이라 할 수 있을 것입니다."

이 말을 듣자 하후돈이 다시 입을 열었다.

"서서 공의 말은 틀렸소. 나는 이제까지 천하에 제갈량이라는 촌놈이 있다는 말을 들은 바 없소. 가후 · 곽가 · 순욱 · 심배가 있다는 애기는 들었지만 제갈량이라니……. 나이 30도 되지 않은 애송이가 무엇이 두렵단 말이오? 전쟁이란 이론으로 하는 것이 아니라 실전 경험이 중요한 것이오. 내가 나가서 단번에 유비와 제갈량을 생포해 오겠소. 그렇지 못한다면 내 목을 잘라 승상께 바치리다."

조조는 씩씩하게 내뱉는 하후돈의 말에 크게 고무되어 하후돈을 도독에 임명하고 우금·이전·하후란夏侯蘭·한호를 부장으로 삼아 1만 군사를 거느리고 남양에 있는 박망성博望城으로 나가 주둔하라 명령했다. 그리고 기회가 오면 즉시 신야를 공격하여 점령하라는 지시를 내렸다. 조조의 명령이 떨어지자 하후돈은 곧 조조에게 하직하고 군사를 이끌고 박망성을 향하여 남하하기 시작했다.

한편 제갈량이 다른 사람들과는 별 접촉도 없이 늘 혼자 지낼 뿐만 아니라 유비가 제갈량의 말이라면 무조건 믿고 지나칠 만큼 깍듯하게 따르자 관우와 장비는 불만이 쌓였다. 세 사람은 어디를 가든 마음과 몸이 함께 했는데 갑자기 나이 어린 제갈량이란 자가 나타나 유비의 온 마음을 빼앗고 있는 것 같아 소외감이 커졌던 것이다. 어느 날 장비가 참다못해 유비를 찾아갔다.

"형님, 제갈량의 재주가 얼마나 뛰어난지 몰라도 실제 그것을 본 적은 없습니다. 그런데 형님께서는 제갈량을 지나치게 스승으로 대접하시는 것 아닙니까?"

유비가 얼굴에 웃음을 띠면서도 단호하게 말했다.

"내가 공명을 얻은 것은 고기가 물을 만난 격[水魚之交]이네. 내가 만약 서주에 있을 때 공명을 얻었다면 아마 오늘날과 같은 일은 없었을 것이네. 더 이상 공명 선생에 대해 이러쿵저러쿵 말하지 말게."

관우와 장비는 더 이상 할 말이 없어 물러갔다. 그러던 어느 날 누

군가 유비에게 말총을 보내왔다. 유비는 젊어서부
터 손으로 뭔가를 만들거나 화초를 가꾸는 것
을 즐겼다. 그것이 주는 재미도 크거니와
복잡한 머릿속을 정리하기에는 그만한 것
이 없었다. 말총을 보자 여름이 시작되어
날씨도 덥고 옛날 돗자리를 짜던 시절도
떠올라서 모처럼 바닥에 편하게 앉아서
말총 모자를 만들기 시작했다. 그런데
제갈량이 유비를 찾아 들어오다 이 광
경을 보고는 정색을 하고 물었다.

"주공께서 앞일에 대비하실 생각은
않으시고 한가하게 말총 모자나 만들
고 계시다니요?"

유비는 부끄럽고 미안한 듯 짜고 있던
말총 모자를 내려놓으며 말했다.

"앞일 생각에 마음이 답답했는데, 마침
말총을 보니 옛날 생각이 나서 잠시 시름
을 잊어볼까 싶어 이것을 만졌습니다."

유비의 말에 제갈량이 다소 부드러워진 말투로 물
었다.

범처럼 무시무시한 조조의 대군이 출정하다. 입을 크게 벌린 호랑이의 형상과 출정하는 기병의 실루엣은
한나라 화상석을 참고했다. 말 탄 사람들이 머리에 쓴 것은 무관(武冠 : 무변대관)으로 납작한 모자 위에
다시 비단으로 짠 관을 더한 것이다. 그것은 당시의 그림 속에서 자주 발견될 뿐 아니라 어느 무덤에서는
완전히 보존된 상태로 출토된 일도 있었다!

"주공께서는 스스로를 조조와 비교할 때 어떻다고 생각하십니까?"

"이제는 제가 도저히 당해낼 수 없을 만큼 조조의 힘이 커진 것 같습니다."

"주공, 지금 조조는 40만 대군을 거느리고 있습니다. 그에 비하여 주공께서 거느리고 계시는 군사는 수천에 지나지 않습니다. 만일 조조군이 남하를 시작하면 주공께서는 어떻게 맞아 싸우시겠습니까?"

"나도 지금 그 일을 생각하고 있지만 뾰족한 대책이 없어 답답합니다."

"주공, 지금이라도 당장 민병을 모집하십시오. 제가 훈련을 시켜 조조군의 남진에 대비하겠습니다. 조조가 당장 대군을 파견하지는 않을 것입니다. 그러나 세작들의 정보에 의하면 올해 안으로 대대적인 남정이 있을 것이고 그 전에 신야 땅을 점령할 것이라고 합니다."

유비가 제갈량의 말에 따라 민병을 모집하자 3천 명이 넘게 모여들었다. 제갈량은 이들에게 주야로 진법 등 각종 전술훈련을 시켰다. 이제 신야에서도 최대 7천여 명의 군대를 실전에 동원할 수 있게 됐다. 관우와 장비는 제갈량이 전적으로 나서서 전술훈련을 시키는 것이 마음에 들지 않은데다 자신들이 알고 있는 것과는 동떨어진 훈련을 계속하자 더욱 그가 못마땅했다.

그 사이 하후돈이 1만여 대병을 거느리고 박망성을 향하여 출발했다는 보고가 들어왔다. 마침 제갈량이 전선을 둘러보러 간 사이여서 유비는 이 소식을 듣자 매우 당황했다. 유비는 예전처럼 관우·장비를 불러 의논하려 했다. 관우·장비는 유비에게로 들어오자마자 하후돈의 이야기를 먼저 꺼냈다.

"형님은 하후돈이 대병을 이끌고 박망성을 향해 쳐들어오고 있다는 말을 들으셨습니까?"

유비가 침통하게 말했다.

"듣다마다인가, 하후돈이 군사를 이끌고 쳐들어오면 과연 어떻게 맞아 싸울 수 있겠나?"

장비가 퉁명스럽게 말한다.

"형님은 제갈량을 얻으시고 고기가 물을 만났다고 하셨으니, 물에게 가서 적을 막으라 하시면 되겠네요."

유비는 장비가 비꼬는 이유를 알고 있었으므로 이들을 달래는 심정으로 이야기했다.

"지금 우리 처지는 사면초가이네. 나는 공명 선생에게는 지혜를, 두 동생에게는 용맹을 얻어야 한다고 항상 믿어왔는데 왜 일을 공명에게만 미루려 하는가? 돌아가서 군대를 정비하고 군 동원령을 내려라. 그리고 번성을 수비하는 조운도 즉시 이곳으로 오라고 해라."

그날 밤늦게 제갈량이 시찰차 떠났던 전선에서 돌아오고 조운도 번성에서 돌아왔다. 유비는 바로 제갈량에게 달려갔다. 제갈량도 이미 하후돈이 남하하고 있다는 사실을 알고 있었다.

"공명, 하후돈은 겁이 없고 무예가 특출한 무장이오. 이 사람이 1만 대병을 이끌고 남하하고 있는데 지금 우리 병력은 모두 모아야 7천에도 미치지 못해요. 그것도 최소한 2천은 신야를 지켜야 하니 겨우 5천으로 하후돈의 군대를 막아야 하는 실정이 아니오."

유비의 걱정과는 달리 제갈량은 의외로 껄껄 웃으면서 말했다.

"지금 이곳으로 오고 있는 하후돈의 1만 대병을 격파하는 것은 별 문제가 아닙니다. 그보다는 이것에 이어 조조가 10만 대군을 이끌고 남하하는 것이 문제입니다. 일단은 하후돈을 잡아서 간담을 서늘하게 해놓으면 시간을 벌 수 있을 것입니다."

실전 경험이 전혀 없는 사람이 전투 상황을 모두 꿰고 있으니 유비는 내심 안도감이 들었다. 그때 제갈량이 유비에게 물었다.

"하후돈을 격파하기 위해서 주공께서는 어떤 작전을 쓰는 것이 좋겠습니까?"

"이제 가을에 접어든데다 신야로 오기까지는 작은 골짜기도 있고 길옆으로 갈대도 많으니 화공이 적절한 듯합니다만."

"역시 대단하십니다. 전쟁을 오래 하셔서 평소에 다니시던 길을 보시면서 그 같은 생각을 하고 계셨군요. 좋습니다. 그러면 이번에는 화공으로 하후돈을 잡아야겠습니다."

"그런데 그것이 쉽게 되겠습니까? 하후돈은 조조군의 명장이 아닙니까?"

제갈량이 다시 웃으면서 말했다.

"명장이라고 하셨습니까?"

유비가 아무 대답도 않고 가만히 있자 제갈량이 말을 이었다.

"제가 세 살 때 황건적의 난이 일어났습니다. 그후로 천하는 병란이 끊일 새가 없었습니다. 저희는 전쟁과 더불어 세상을 보아온 사람들입니다. 저희에게 전쟁이란 불가에서 말하는 하나의 화두였습니다. 이제 주공께서는 전쟁의 천재들을 보시게 될 것입니다. 전쟁이란 숫자로만 하는 것이 아닙니다. 명장에 대한 말씀을 한번 드려보겠습니다. 첫째, 명장이란 전쟁뿐만 아니라 그 전쟁과 관련된 정치·사회·경제적인 요소를 정확히 이해하는 사람들입니다. 가후·순욱·조조가 대표적인 사람입니다. 둘째, 명장들은 하나같이 병사들의 심리에 능통한 사람들입니다. 따라서 명장들은 군 사기를 올리기 위해서 병사들과 그 어려움을 항상 함께 합니다. 전쟁에서는 기꺼이 죽음을 받아들이는 군대가 승리하게 마련입니다. 군인들을 기쁜 마음으로 죽음에 이르게 하는 것은 바로 지휘관의 몫이지요. 조조가 대표적인 경우입니다. 셋째, 명장들은 지형 지물을 최대한 이용하고 어떤 환경이든지 자기에게 가장 유리한 상태로 전쟁을 이끌고 유도할 수 있어야 합니다. 여태껏 이런 사람은 찾아보기 어려웠습니다. 제가 이제 이것을 어떻게 이용하는지 보여드리겠습니다. 넷째, 앞으로 나타날 명장들은 그 동안의 전쟁 관습에 얽매이지 않고 매우 다양하게 작전과 전략을 구사하는 인물입니다. 이런 장수들도 아직 보지 못했습니다. 이것도 제가 앞으로 보여드리겠습니다. 다섯째, 명장들은 전쟁을 수행하기에 앞서 그 준비를 철저히 합니다. 따라서 이미 승리한 전쟁을 하는 것이지요. 사람들은 신독서인들을 보고 전투에 경험이 없다고 하는데 그것은 잘못된 말입니다. 일단 전쟁을 하면서 경험에 의존하는 것이 아니라 전투가 시작되는 상황에서 여러 가지 가능성들을 검토하여 철저히 기획하는 것이지요. 경험에만 의존하는 것은 때로는 매우 위험한 일입니다. 여섯째, 명장들은 병력의 수에 연연해하지 않습니다. 대군이나 연합군들은 작전 수행 속도가 느리고 보급로 문제가 발생하며 명령 계통이 복잡하기 때문에 반드시 장점만 있는 것은 아니지요. 적은 병력이면 적은 대로 그 범위 내에서 승리를 쟁취하면 된다는 생각과 자신은 이길 수 있다는 확신이 있으면 승리는 보장받은 것입니다."

제갈량은 말을 잠시 멈추고 걱정하고 있는 유비의 마음을 헤아려 다시 말을 이었다.

"앞으로 전투에 임하실 때에는 항상 전체적으로 전투를 보십시오.

군사軍師의 전략과 군령이 말단 부대까지 신속히 전달되도록 해야 합니다. 그것이 안 되면 전쟁은 불리해질 수밖에 없습니다. 그런데 그 점에서 우리 군이 염려됩니다. 지금까지 수많은 전쟁에서 중임을 맡아온 관우와 장비가 제 명령체계 아래 들어올지가 문제입니다."

제갈량의 말을 들은 유비는 걱정 말라는 듯이 말했다.

"그것은 걱정할 것이 없습니다. 제가 이미 아우들을 잘 설득해두었습니다."

"그렇다 하더라도 실전에 임했을 때, 그들의 판단과 제 판단이 다를 경우 혼란이 생길 수 있습니다. 주공께서 저에게 지휘권을 주시려면 주공의 보검과 신인信印을 내리시어 총지휘권을 맡겨주십시오."

유비는 제갈량의 판단이 현명하다고 여기고 당장 그렇게 하겠다고 다짐했다. 그리고 다음날 아침 전군 지휘관들과 참모들을 사령부로 불러모았다. 유비는 이 자리에서 총지휘권을 상징하는 보검과 패인牌印을 제갈량에게 내렸다. 여기저기서 술렁거리는 소리가 들려왔다. 그 동안 사람들은 군을 총지휘하는 장수란 외모에서부터 상대를 제압하는 풍모를 지니고 무예 또한 출중한 사람이어야 한다는 생각을 가지고 있었다. 그런데 제갈량처럼 얼굴은 해사하고 키도 크지 않은데다 전쟁과는 거리가 먼 선비 같은 이가 직접 전쟁을 지휘한다는 것이 믿기지 않았다. 이윽고 유비가 서 있는 가운데 제갈량이 앞으로 나와서 지휘관들을 보면서 말했다.

"우리는 지금 매우 위태로운 상황에 처해 있소. 전쟁의 목적은 모름지기 승리하는 것이오. 그러기 위해서 나는 총사령관으로서 군령을 내리겠소. 모든 장수들은 의심하지 말고 내가 내리는 군령을 따르기 바라오. 군령은 산과 같아서 그 어떤 경우라도 어겨서는 안 되며 어길 경우에는 군법으로 다스리겠소. 이제부터 한 사람씩 군령을 하달할 것이니 그것을 숙지하여 적의 침공에 대비하고 나의 다음 지시를 기다리시오."

수군거리던 사람들이 제갈량의 말을 듣자 조용해지기 시작했다. 장수들이 늘어선 가운데 제갈량은 한 사람씩 호명하여 군령을 내렸다.

"먼저 관우 장군은 열 앞으로 나와 군령을 받으시오."

관우가 다소 상기된 얼굴로 열 앞에 나왔으나 그리 유쾌한 표정은 아니었다. 제갈량의 말이 이어졌다.

"관장군은 매복군을 맡으시오. 박망의 왼쪽에는 예산豫山이라는 산이 있어 군마를 매복시키기에 알맞은 곳이오. 지금 즉시 군사 1천을 거느리고 예산으로 가서 군대를 매복시키시오. 주의할 점은 만일 그곳으로 적병이 지나가면 바로 공격하지 말고 기다렸다가 남쪽에서 횃불이 오르는 것을 신호로 군사를 몰아 적의 군량과 무기를 빼앗아 불태워버리도록 하시오. 다음, 장비 장군 들으시오. 박망의 오른쪽에는 안림安林이라는 숲이 있어 군마를 매복시키기에 좋은 곳이오. 장비 장군은 군사 1천을 거느리고 안림의 뒷산 계곡에 숨어 있다가 역시 남쪽에서 횃불이 오르면 군사를 이끌고 나와 박망성을 향하여 치고 들어가 적의 보급품들을 불태워 없애시오."

다음으로는 관평과 유봉의 차례였다.

"관평과 유봉은 각각 군마 500을 거느리고 인화 물질을 준비하여 박망파 뒤로 가시오. 좌우 양쪽으로 나누어 하후돈군을 기다리고 있다가 초저녁 무렵 적병이 박망파를 넘어서 나타나면 바로 불을 질러 다른 부대장들에게 군호를 보내시오. 이 군호가 늦어지면 전군에 큰 차질이 오니 하후돈군이 오는 대로 바로 불을 질러야 하오."

이어 제갈량은 조운을 불러 지시했다.

"조운은 선봉장을 맡아 1천의 군마로 적을 방어하되 계속 퇴각하여 적군의 사기를 올리시오. 아군 진영으로 적이 깊숙이 들어오게끔 하면 되는 것이오. 단 일부러 지는 인상을 주면 안 되오. 적이 쉽게 공격하도록 전투 대형을 허술하게 하시오."

제갈량은 마지막으로 유비를 돌아보며 말했다.

"주공께서는 후군을 맡아서 뒤에서 지원해주십시오."

그러고 난 뒤 제갈량은 여러 장수들에게 다시 한번 다짐했다.

"이제 군령 하달은 끝났소. 모든 장수들은 내가 지시한 바에 따라 한 치의 실수가 없도록 해야 하오. 그렇지 않으면 군법으로 다스리겠소."

주공인 유비에게까지 군령을 내리자 관우는 언짢은 기분을 참지 못하고 제갈량을 향해 한마디했다.

"우리가 적과 싸우는 동안 제갈 군사께서는 어디에서 무얼 하고 계실 작정이오?"

제갈량이 당당하게 말했다.

"나는 여기 앉아서 성을 지킬 것이오."

장비가 이 말을 듣자 껄껄껄 웃더니 빈정거렸다.

"우리는 나가서 목숨 걸고 싸우는데 선생은 집에 남아 구경이나 하겠다는 말이구려. 이제껏 듣도 보도 못한 희한한 지휘관이구려."

제갈량은 갑자기 정색을 하더니 장비를 꾸짖었다.

"장비는 말을 삼가라. 군령은 산과 같고 전투 지휘관은 전쟁의 승패를 관장하는 자이다. 나는 주공으로부터 군 지휘권을 받은 몸이다. 만약 내 명령을 어기는 자는 누구든 이 자리에서 목을 벨 것이다."

제갈량의 위엄이 서릿발 같았다.

이때 유비가 급히 앞으로 나와 말했다.

"아우들은 장막 안에서 작전 계획을 세워 천리 밖의 전쟁을 이긴다는 말도 듣지 못했는가? 두 아우는 군사의 영을 어기지 말고 지시대로 수행하라."

관우와 장비는 아무 대꾸도 없이 쓴웃음을 짓고 물러갔다. 관우는 나가면서 제갈량이 들으라는 듯 혼자 중얼거렸다.

"나는 당신의 계책이 옳은지 그른지를 두고 볼 것이오. 이번 전투가 끝나고 난 뒤에 누가 옳았는지를 따져보겠소."

여러 장수들은 제갈량의 군령을 받고서도 그 전략의 뜻을 알아차릴 수가 없어 답답했지만 제갈량의 호령이 워낙 추상 같은지라 군령을 숙지하고 각기 자기가 맡은 바 위치로 떠났다. 장수들이 모두 떠나자 유비와 제갈량만 남았다.

"주공께서는 오늘 중으로 1천의 군사를 이끌고 박망산 아래로 가서 주둔하십시오. 내일 해질녘쯤이면 반드시 적병이 쳐들어올 것입니다. 그때 주공께서는 진영을 버리고 달아나시다가 불길이 솟거든 군사를 바로 돌려서 적을 치시면 됩니다. 저는 미축·미방과 함께 군사 500명을 거느리고 신야를 지키면서 손건과 간옹에게 전공을 기록할 공로부功勞簿와 술상을 마련하라 하여 크게 잔치를 베풀 준비를 하겠습니다."

유비도 한편 걱정이 되었다. 모든 군령들이 파편화되어 있어 전쟁이 전체적으로 어떻게 진행되는지 알 수가 없었다. 혼자 남은 유비는 곰곰이 생각해보았다.

'관우와 장비 그리고 유봉과 관평은 적의 보급품을 불태우는 일을 맡았고, 조운은 후퇴하는 척하는 일을 맡았는데, 나는 후퇴하는 척하다가 바로 군대를 돌려 적을 공격하라고? 그처럼 도망가다가 다시 공격한다면 적의 전열이 흩어진다는 이야긴데, 과연 그것이 가능할까?'

하후돈은 우금과 함께 군사를 이끌고 박망에 이르자 군대를 반으로 나누었다. 7천여 명은 전투부대로 하고 나머지 3천여 명은 군량미 수송을 담당하게 했다. 전투부대를 다시 전군·후군으로 재편성하여 박망성을 향해 진군했다. 하후돈은 자신이 직접 전군을 통솔하고 이전과 우금으로 하여금 후군을 맡아 군량과 말먹이 풀을 호위해 가도록 했다.

가을로 접어든 골짜기에는 간간이 쌀쌀한 바람이 휘몰아쳤다. 하후돈의 군대가 예산을 거쳐 줄을 지어 나가는데 갑자기 앞에서 척후병이 달려왔다.

"적이 이미 방어하고 있는 것 같습니다."

하후돈은 전군을 언덕 입구에 멈춰 서게 하고는 향도를 불렀다.

"여기가 어디요?"

"지금 장군께서 보시는 저 언덕을 박망파라고 하고, 뒤에는 내가 흐르는데 그것을 나구천羅口川이라 합니다."

하후돈이 언덕 앞에 서 있는데 언덕 뒤로 뽀얀 먼지가 자욱하게 일기 시작했다.

"저것이 무슨 먼지냐?"

"적병이 일으키는 먼지입니다."

하후돈은 주위의 만류를 뿌리치고 말을 타고 앞으로 나가 고개에 올라섰다. 부장들도 할 수 없이 따라갔다. 그 뒤로 다시 하후돈의 군대가 고개를 향해 올라갔다. 고개에 올라서 보니 조운이 이끄는 군마들이 달려오고 있었는데 대오가 엉망인데다 도무지 질서라고는 찾아

비소설

삶을 행복하고
평화롭게 만드는 두 권의 책

21세기 최고의 지성이 쓴
진정한 행복을 찾는 삶의 지침서!
두 송이 아름다운 꽃으로 일컬어지는
영적 스승 달라이 라마와 틱낫한의 대표작

달라이 라마의 행복론

살아가면서 마음속에 떠오르는 질문들을 달라이 라마와 마주앉아 던져
본다면, 어떤 해답을 얻을 수 있을까? 미국의 저명한 정신과 의사 하워드
커틀러와 티벳의 영적 지도자 달라이 라마의 행복에 대한 토론!
한국간행물윤리위원회 제45차 청소년권장도서
대한출판문화협회 2001년 4/4분기 이달의 청소년도서
달라이 라마 · 하워드 커틀러 지음 | 류시화 옮김 | 351쪽 | 값 9,500원

마음에는 평화 얼굴에는 미소

우리는 어디서 왔으며, 무엇이고, 어디로 가는가?
평화롭게 다가와 미소짓게 만드는, 틱낫한의 깨어있는 삶의 예술!
문화관광부 선정 2002 우수학술도서
중앙독서감상문대회 선정도서
틱낫한 지음 | 류시화 옮김 | 292쪽 | 값 9,500원 | 명상음악CD 수록

행복한 마음
어지러운 마음을 다스리고 삶의 지혜를 얻게 해주는 172가지의 뜻깊고
재미있는 이야기. 이 글을 따라가다 보면 어느새 삶의 여정에서 막히고 맺혔던
갖가지 문제들의 해답을 스스로 얻고 행복이 멀리 있지 않음을 깨닫게 된다.
현대인의 고단한 영혼 위에 드리운 커다란 나무 그늘 같은 책. 본문에 삽입된
장욱진 화백의 천진난만한 그림들도 잔잔한 깨달음의 세계로 향하는 데
한몫을 한다.
대한출판문화협회선정 이달의 청소년도서 | 제12·13·18회 중앙독서감상문 추천도서
김정섭 지음 | 530쪽 | 값 9,900원

마음을 어디로 향하고 있는가
"부처님께서 무슨 하실 말씀이 있었겠는가… 내가 그대에게 한
이런저런 말 역시 내 소리가 아니라, 그때그때 그대의 업장을
닦는 데 필요했던 소리였다. 다른 사람을 대했다면, 그의 입장에 따라 나는
또 달리 얘기했을 것이다. 그러므로 내 말을 갖지 마라."
백성욱 가르침 | 김원수 받아엮음 | 225쪽 | 값 6,900원

구르는 천둥
Rolling Thunder
"인디언의 노래를 들어라. 그들의 목소리, 그들의 바람 소리를."
인간과 대지의 조화로운 삶의 방식을 간직한 어느 인디언 치료사와 함께한
날들의 이야기. 미국의 젊은 예술가들의 영적인 지도자 구르는 천둥이 말하는
자연과 영혼을 치유하는 인디언의 지혜.
「뉴욕 타임스」 120주 베스트셀러
더글라스 보이드 지음 | 류시화 옮김 | 268쪽 | 값 9,900원

나는 왜 너가 아니고 나인가
들소와 천막이 사라진 어머니 대지에서 울려 퍼지는 인디언들의 영혼과
지혜의 목소리. 자기 세계와 생명의 근원인 대지가 여지없이 파괴되는 것을
지켜보던 인디언들의 슬픔과 지혜, 그리고 비굴하지 않은 당당한 종말은 진한
감동으로 다가온다.
2003 네티즌 선정 올해의 책(YES24)
류시화 지음 | 910쪽 | 값 29,000원

공지영의 수도원 기행
유럽 수도원의 아름다운 풍경과 함께 작가 공지영이 5년만에 풀어놓은 영혼에
대한 내밀한 자기고백서. 현실과 이념 사이에서 진정한 삶의 진리를 찾고자
방황했던 작가가 여행을 하면서 자신의 삶의 궤적을 차분히 돌아본다.
쳇바퀴처럼 굴러가는 일상에 지친 이들에게 따뜻한 감동과 용기와
희망을 주는 책.
국민일보 선정 2001년 히트상품
공지영 지음 | 256쪽 | 값 9,900원

이뭐꼬
마음을 바로 세우게 하는 성철 큰스님의 금쪽 같은 말씀을 한 권으로 엮은 책.
큰스님의 가르침은 세월이 흐를수록 더 큰 울림으로 되살아난다! 평생의
자취를 남기기 싫어해 수십 년 된 누더기 장삼 한 벌과 안경, 서책만을
남기고 떠나신 큰스님의 말씀은 혼돈과 어둠 속에서 길을 잃고 방황하는
오늘 우리들에게 한 줄기 빛이 된다.
문화관광부 우수도서번역지원 선정
성철 지음 | 184쪽 | 값 8,500원

소박한 삶
나는 온몸을 던져 살기 위해 산중에 들어왔다! 책상 옆에 호미 한 자루
걸어놓고 더덕과 도라지, 개구리와 산새를 스승 삼아 마음의 글밭을 일구는
작가 정찬주가 봄날의 치열한 텃밭에서 건져 올린 삶의 골수!
어지러운 일상을 죽비처럼 내려치는 치열하고 아름다운 산중 일기.
정찬주 지음 | 206쪽 | 값 8,900원

젖은 신발
소설가 김주영이 문학인생 32년 만에 내놓는 첫 산문집! 오래된 우물에
아득하게 고여 있는 잔잔한 물 비늘같이 멀어질수록 애절한 여운이 남는
지난날의 추억. 영원히 잊지 못할 그리운 시절, 그리운 고향 풍경이
다큐멘터리 1세대 사진작가 임인식의 미발표 사진과 함께 수록되어 있다.
청국장 맛 나는 질펀한 말투로 우리네 정서를 탁월하게 재현해내는
탁월한 산문집.
CBS행복한 책읽기 선정도서
김주영 지음 | 임인식 사진 | 256쪽 | 값 8,900원

볼 수 없었다. 그것을 지켜보던 하후돈이 웃음을 터뜨렸다.

"하하하, 저것도 군대냐? 군대의 기본은 엄정한 군기요, 군기는 엄격한 군영과 행군에서 오는 법이다. 그래서 옛말에 군인들이 줄맞추는 정도를 보고 그 나라를 침공할 것인지를 판단한다는 말도 있다. 하기야 유비가 이끄는 군대이니 저 모양이지 별 수 있겠느냐?"

그러자 부장 한호가 옆에 있다가 우려의 말을 했다.

"장군, 지금 유비군의 진영에는 제갈량이라는 전략가가 있다고 하지 않습니까? 주의하셔야 합니다."

하후돈이 그 말을 기다렸다는 듯이 되받았다.

"실은 그 제갈량이라는 아이놈을 생각하고 웃는 것이오. 서서가 승상께 제갈량을 무슨 천하의 대재인 듯이 말한 것이 생각나는구먼. 저 광경을 보게. 저게 무슨 군댄가? 저따위 군마로 선봉을 삼아 나와 대적하려 드니 마치 개나 양 떼를 몰아 범과 싸우는 게 아니고 무언가? 두고 보시게. 내가 틀림없이 유비와 제갈량을 잡아서 승상 면전에 바칠 테니."

하후돈은 언덕 입구에 서서 조운이 오는 광경을 보고 있었다. 조운과 하후돈의 거리는 불과 200보도 되지 않는 상황이었다. 먼저 하후돈이 입을 열어 조운을 꾸짖었다.

"이 상산 촌놈아. 네놈이 바로 집 잃은 고아처럼 유비놈 꽁무니를 따라다니는 놈이구나."

하후돈이 말을 마치자 조운은 크게 화를 내면서 말을 몰아 공격을 시작했다. 하후돈이 진격을 명하자 양쪽의 군마가 서로 어우러져 전투가 시작됐다. 일진일퇴의 공방이 계속되자 중과부적이 된 조운의 군사들이 패퇴하기 시작했다. 하후돈은 여세를 몰아 총공격을 명령했다. 조운은 퇴각하면서도 끊임없이 말을 돌려 공격하고 또 후퇴하기를 되풀이했다. 어느덧 해가 서산으로 넘어가고 있었다. 한호가 하후돈에게 말했다.

"장군, 아무래도 저놈들이 이상합니다. 패하여 달아나는 척하다가 공격하는 것으로 보아 아군을 어디론가 유인하는 것이 분명합니다. 지금 복병이 어디에 있는지도 파악하지 못했습니다. 일단 해가 지려고 하니 이곳을 벗어나거나 아니면 후퇴하여 방비를 하고 진영을 구축해야 할 것 같습니다."

"이보시게, 유비 군사라고 해봤자 몇 명이나 되겠는가? 조운 그놈이 이끌고 온 병사는 1천 명이 안 되네. 내가 알기로 적병은 3천도 안 되네. 저놈들이 복병을 두어봤자 그 수가 얼마나 되겠나? 무엇이 그리 두려운가! 이대로 밀어붙여 오늘 밤으로 신야 땅을 점령해버리세."

하후돈은 박망파를 지나 길게 조운을 추격했는데 전군이 모두 박망파를 통과할 즈음 조운의 군대는 어디로 가고 갑자기 쿵하고 포 울리는 소리가 나면서 유비가 군사를 이끌고 하후돈군을 공격하기 시작했다. 하후돈은 유비가 나타나자 껄껄 웃으며 한호에게 말했다.

"보시게. 복병이 어디에 있는가? 유비가 복병 하나 제대로 쓸 줄 알았으면 벌써 천하를 통일했을 위인이네. 오늘 밤 안으로 신야 땅에 들어가 유비놈의 목을 베어 잔치를 벌이세."

하후돈은 계속 진군을 명했다. 그러자 병력의 수에 밀렸는지 유비와 조운은 계속 퇴각했다. 이제 해가 서산으로 넘어가 어두워지고 짙은 구름은 하늘을 덮고 초가을 바람이 언덕을 따라 불어왔다. 낮부터 불던 바람은 날이 어두워지자 더욱 거세졌으나, 하후돈은 군사를 이끌고 유비군을 계속 추격했다. 후군을 맡고 있던 우금과 이전이 뒤따라 박망파를 벗어나니 작은 골짜기가 나왔다. 길 양 옆에는 키를 넘는 갈대가 끝없이 펼쳐져 있었다. 험준한 골짜기는 아니었지만 군대가 좁은 샛길로 빠지는 것에 불길한 예감이 들었다. 이전이 우금에게 말했다.

"아무래도 이상합니다. 전투는 없고 계속 추격만 하고 있으니 뭔가 잘못되어가고 있어요. 우리는 지금 1만이나 되는 대병을 이끌고 골짜기를 지나고 있는데, 이 골은 아무리 작다고 해도 골짜기입니다. 적을 업신여기는 자는 적을 결코 이길 수가 없습니다. 지금 하후돈 장군은 적을 너무 무시하고 있어요. 일단 행군을 정지시킵시다. 이 길은 좁은데다 산과 내가 가까워 화공을 당할지도 모르는 일입니다."

우금이 말했다.

"맞아요. 우리가 당한 것이 확실해요. 지금이라도 행군을 멈추어야 합니다. 그런데 이미 1만 명이나 되는 군대가 골짜기를 가운데에 두고 너무 늘어져 버렸어요. 만약 화공을 당하게 되면 대열이 앞뒤로 잘리게 되어 모두 위험해집니다. 지금이라도 행군과 추격을 중단시킵시다. 내가 앞으로 달려가 하후장군께 말할 테니 장군은 후군의 행군을 일단 정지시키도록 하십시오."

이전은 말 머리를 돌려 후군을 향해 멈추라고 소리쳤다. 그러나 많은 군사들이 일시에 행군을 멈추는 것은 쉬운 일이 아니었다. 병사들은 멈추라는 명령을 제대로 듣지 못하고 꾸역꾸역 골짜기로 들어섰다. 우금은 숨을 헐떡이며 전속력으로 하후돈에게 달려가 크게 외쳤다.

"장군, 잠시 행군을 멈추십시오!"

하후돈이 고개를 돌려 살펴보니 우금이 뒤따라오며 소리치고 있었다.

"도대체 무슨 일인가?"

"장군, 지금 우리가 위험에 처한 것을 모르시겠습니까? 작은 골짜기이긴 하나 아군이 좁은 길을 통과해야 하는 것이 마음에 걸립니다. 지금 전군은 이미 골짜기 안에 들어서 있고 후군들도 그 뒤를 잇고 있습니다. 깊지는 않으나 길이 좁고 양 옆에 갈대숲이 우거져 적이 화공을 하면 아군은 무너지고 맙니다."

그제야 하후돈은 사태의 심각성을 깨달았다.

"전군은 추격과 진군을 멈추어라!"

순간 하후돈의 군대가 술렁이기 시작했다. 이미 사방이 어두워진 데다 선두에 달려가던 군사가 정지해버리는 바람에 뒤에서 달려오던 군사와 뒤섞여 일대 혼란이 생겼다. 1만여 명의 군사가 좁은 골짜기 속에서 북적대며 난리를 치는 순간, 여기저기 마른 갈대숲에서 불길이 치솟았다. 사방에서 타오른 불은 마침 거세게 부는 바람을 타고 하후돈의 군대 쪽으로 걷잡을 수 없이 타들어갔다. 하후돈의 군 대열은 불을 피해 달아나려는 군사들이 뒤엉켜 난장판이 됐다. 이때 조운과 유비의 군대가 이들을 덮쳐 공격을 퍼부었다.

추격 행렬의 후미에서 따라오던 이전은 전방에서 불길이 솟아오르자 사태의 위급함을 알고 군량미가 들어오고 있던 예산 쪽으로 회군하기 시작했다. 그러나 예산에 있던 군량미 운송 수레들은 관우군의 불화살을 맞아 이미 화염에 휩싸여 있었다. 그런데다 불을 끄기 위해 달려온 이전의 군사들을 향해 관우의 매복군들이 기다렸다는 듯이 화살을 쏘아대니, 타오르는 불빛이 오히려 과녁이 됐다. 이전은 함정에 걸려들었다는 것을 깨닫고 불타고 있는 군량미 수레와 도로에서 벗어날 것을 지시했다. 그러자 사지에 빠졌던 병사들은 길 옆으로 난

숲을 향해 일제히 도망치기 시작했다.

어둠 속에서 대열이 흩어지면 그 군대는 더 이상 어떤 힘도 발휘할 수 없게 된다. 군대의 힘은 반드시 통합된 조직력에서 나오는 것이기 때문에 전략가들은 잘 짜여진 군대를 격파하기 위해 대열을 붕괴시켜 적을 상대적으로 작은 군대로 만들어버린다. 이것은 적의 전투력을 급격히 저하시키는 효과가 있었다. 하후돈의 병사들이 대열을 이탈하여 안림으로 도망가자 이번에는 장비의 군사들이 이들을 무차별 사살하기 시작했다. 장비는 숲속에서 암호를 모르는 병사들은 무조건 다 죽이라고 지시했다. 수많은 하후돈의 병사들이 어두운 숲속에서 죽어갔다. 하후돈과 한호, 이전은 말을 몰고 달아나 겨우 목숨을 건질 수 있었다. 우금도 군량미와 말먹이를 실은 수레를 사수하기 위해 달려가다 매복군에 걸려서 포위당했으나 구사일생으로 탈출에 성공했다. 그러나 하후란은 안림으로 후퇴하다가 장비군에 의해 전사했다.

그날, 피뿌리는 전투가 세 군데서 동시에 치러졌다. 박망파를 지난 작은 골짜기와 예산, 예산 근방의 안림에는 마른 풀 타는 냄새와 피비린내가 가을바람에 섞여 달아나고 있었다. 이 치열한 전투는 먼동이 틀 때까지 계속되었다. 숲과 들판 곳곳에 병사들의 죽은 시체가 나뒹굴었다. 박망파와 작은 골짜기의 불이 할퀴고 간 자리는 온통 검게 변했고 그곳에서 죽은 병사들은 불에 타 흔적을 찾기가 쉽지 않다. 하후돈은 겨우 수십 명의 부하들만 데리고 탈출했다. 그는 옆에 서 있던 한호에게 탄식하며 말했다.

"철저하게 당했구먼. 내 평생을 전쟁터에서 보냈지만 이렇게 치밀하게 짜여진 전쟁은 본 일이 없어. 그러나 두고 보자. 앞으로 우리 조

하후돈의 패주. 일반적으로 하후돈에 대해서는 거칠고 용맹한 모습을 떠올린다.
그러나 정사 배송지 주에 따르면 그는 의외로 여린 마음을 가졌던 듯하다. 화살에 맞아 한쪽 눈을 잃고
그는 장군으로서 명성을 얻지만, 개인적으로는 용모를 상한 것에 상심하여 종종 거울을 내던지며
슬퍼하였다고 하니, 그의 인간적인 면을 엿볼 수 있다.

조군의 힘이 얼마나 무서운지 반드시 깨닫게 해줄 것이다."

　먼동이 트자 전령이 와서 군사軍師의 명령이니 전군은 군대를 거두어 회군하라고 했다. 관우와 장비는 돌아오는 길에 하나같이 입을 모아 말했다.

　"공명은 사전에 전쟁 이야기를 만들어놓고 거기에 적을 집어넣어두들겨 부수는군. 참으로 놀라운 사람임에 틀림없어."

형주에서 쫓겨나는 유비

관우와 장비가 군대를 몰고 신야 땅에 들어서자 앞에서 미축과 미방이 자그마한 수레를 호위하며 나왔다. 그 수레 안에는 제갈량이 단정하게 앉아 있었다. 관우와 장비는 곧 말에서 내려 수레 앞에서 예를 갖추어 읍했다. 얼마 후 유비·조운·유봉·관평 등의 장수들이 모두 나타났다. 장수와 병사들은 목이 쉬도록 유황숙 천세千歲를 외쳤다.

밤새도록 전장을 누비느라 지쳤을 텐데 그들의 얼굴에는 피로는 간데 없고 승전으로 인해 오히려 기세가 더 등등했다. 각 장수들은 하후돈이 내버리고 간 군량미와 말먹이를 가득 실은 수레를 끌고 왔다. 대부분은 타버리고 남은 것들만 가져온 것인데도 그 양이 상당했다. 유비는 이를 여러 장수들과 병사들에게 골고루 나눠주고 신야로 돌아왔다. 승전가를 부르며 유비군이 신야 땅으로 돌아오자 모든 사람들이 전쟁의 결과에 대해 신기하게 생각했다. 유비는 크게 고무되어 큰 잔치를 베풀어 여러 장수들과 장병들을 위로했다. 그러나 제갈량은 잔치 석상에 잠시 있다가 바로 일어섰다. 유비도 자리에서 일어서 제갈량에게 갔다. 제갈량이 유비에게 말했다.

"하후돈이 패하여 돌아갔으니 이번에는 조조가 친히 대군을 거느리고 남으로 쳐내려올 것입니다. 이제는 10만 대병입니다."

유비는 술이 확 깨는 듯했다.

"예상은 했지만 그렇게 빨리 말입니까? 그렇다면 어떻게 해야 하겠습니까?"

"지금 여기서 주공의 힘만으로 조조군을 방어하는 것은 불가능합니다. 신야는 사방이 트인 곳이고 땅이 좁아 주공께서 오래 머무를 곳이 못됩니다. 방법은 한 가지밖에 없습니다."

"그것이 무엇입니까?"

"세작들에 의하면 유표의 병이 위중하다고 합니다. 이 기회에 형주를 취하셔야 합니다. 형주를 완전히 장악하지는 못하더라도 유기와 연계하여 형주와 연합할 수 있는 체제를 만들어야 합니다. 일단 형주를 손에 넣으면 손권과 동맹을 맺을 수 있게 되고 그러면 조조군을 막아낼 수도 있습니다."

이 말을 듣자 유비는 어두운 얼굴이 되었다.

"선생의 말뜻은 잘 알겠습니다. 그러나 저는 지난 7년간 유표 형님의 은혜를 받아왔습니다. 그런 제가 어찌 유표 형님이 돌아가신 때를 이용하여 형주를 취할 수 있겠습니까?"

"정과 의리에 너무 매여 있으면 난세를 평정할 수가 없습니다. 지금 형주를 손에 넣지 않으면 뒷날 크게 후회하실 것입니다."

그러나 유비의 태도에는 변함이 없었다.

"제가 살겠다고 불의를 저지를 수는 없습니다."

"그럼 이 일은 뒷날 다시 상의하도록 하지요."

박망과 싸움에서 크게 패하고 허도로 돌아간 하후돈은 스스로 몸을 결박해 조조 앞에 나왔다. 그는 땅에 엎드려 패전의 책임을 통감하니 죽여달라고 청했다. 그러나 조조는 하후돈의 결박을 풀어주면서 말했다.

"병가에서 패전은 늘 있는 일이 아닌가? 그런데 어쩌다 이리 되었는가?"

하후돈은 조조의 너그러움에 감사의 눈물을 흘리며 말했다.

"적의 화공에 걸려 대패했습니다."

"나도 들었다. 자네는 젊어서부터 병법을 익히지 않았나? 그런데 길이 좁은 곳에서는 화공을 쓰는 것도 모른단 말인가?"

하후돈이 엎드려 고했다.

"제가 적을 너무 경시했습니다. 이전과 우금이 적이 화공으로 공격할 것이라고 일깨워주었지만 그때는 이미 늦었습니다."

조조는 이 말을 듣고 이전과 우금 두 장수에게 후한 상을 내렸다. 하후돈이 조조에게 말했다.

"이번에 보니 유비가 날뛰는 게 예사롭지 않았습니다. 이전의 유비는 많은 병력을 가지고도 아군을 이긴 적이 없었는데 이번에는 철저하게 계산된 전투를 치르고 있었습니다. 제갈량이라는 젊은 전략가가 군을 지휘하는 듯한데 앞으로 우환거리가 될 것입니다. 유비를 지금 내버려두면 나중에 수습하기 어려울 것입니다. 빨리 제거하셔야 합니다."

조조가 말했다.

"자네 말이 맞아. 이제 천하를 두고 다툴 사람은 유비 하나뿐이지. 강동의 손권이 있긴 하지만 그 아이야 유비만 없애면 더 이상 덩달아 날뛰지도 않을 인물이네. 그리고 그 나머지들이야 신경 쓸 일도 없는 피라미들 아닌가? 오늘 내일 한다는 유표가 죽어버리면 채모는 스스로 형주를 들어 나에게 투항할 걸세. 그렇게 되면 제아무리 제갈량 같은 놈이 옆에 있어도 유비놈은 닭 쫓던 개 지붕 쳐다보는 격이 될 테지. 그 틈을 타 남쪽을 완전히 평정하는 것이 내 계획이네."

서기 208년 7월 말. 조조의 남쪽 정벌에 대한 생각은 곧바로 행동으로 이어졌다. 조조는 허도 주변에 주둔중인 군대와 예주·서주의 병력을 일으켜 5만 명의 대군을 동원했다. 이들을 1만씩 나누어 유비와 전쟁 경험이 가장 많은 조인과 조홍에게 제1군을 지휘하도록 하고 장요와 장합에게 제2군을, 하후연과 하후돈에게 제3군을, 우금과 이전에게 제4군을 각각 지휘하게 한 뒤 스스로는 제5군을 거느리기로 했다. 그리고 허저에게는 절충장군折衝將軍의 벼슬을 내려 별도로 3천의 군마를 주어 선봉장으로 삼았다.

조조가 출병을 서두르고 있는데 태중대부太中大夫 공융이 출정을 막고 나섰다. 훗날 사람들에게 건안칠자建安七子(건안시대 7명의 탁월한 문사)로 불릴 만큼 뛰어난 문필가였던 공융은 꼿꼿한 성품의 소유자로 여러 차례 조조의 잘못을 꼬집어 그의 마음을 불편하게 했던 사람이다. 일례로 공융은 예전에 조조가 원씨 일가를 평정한 후, 그의 아들 조비가 원소의 며느리 견씨를 취하여 아내로 삼은 사실을 조롱한 적이 있었다. 당시에 조조는 북벌 중이었는데 공융이 보낸 편지 가운데 이런 말이 있었다.

승상은 들으셨습니까? 옛날 주나라의 무왕은 은나라의 마지막 왕 폭
군 주왕紂王을 베어 죽였을 때 달기妲己를 무왕의 네 번째 동생인 주공周
公에게 주었다고 합디다.

이 글을 읽는 순간 조조는 피가 역류하는 것을 느꼈다. 무왕이 주
공에게 달기를 준 사실이 없기 때문이었다. 공융은 천연덕스레 고사
를 잘못 기억한 것처럼 하면서, 조조가 원희의 아내 견씨를 조비에게
준 것을 비꼬았던 것이다. 그뿐이 아니었다. 힘겹게 동호 정벌에 나
선 조조가 겨우 유성을 정벌하려 할 즈음, 허도에서 온 소식 가운데
공융의 말도 들어 있었는데, 그것은 조조의 속을 뒤집어놓기에 충분
했다.

들자하니 승상께서 동호를 정벌한다고요? 옛날에는 숙신이 조공을
태만히 하더니 그나마 보내던 싸리나무 화살도 보내지 않고, 정령족丁零
族은 또 소무장군蘇武將軍의 소와 양을 훔쳤으니 그것도 이번 기회에 규
명하는 것이 옳지 않겠습니까?

숙신은 흑룡강黑龍江과 송화강松花江 주변에 사는 주신족으로 절대
로 조공을 바칠 사람들이 아니었다. 또한 정령족은 북해北海 지방에
사는 부족이었다. 다시 말해 공융의 눈에는 조조가 아무런 실속없이
동호를 치러 가는 것으로 보였고, 정벌하지도 못할 곳을 함부로 정복
하겠다고 나설 정도로 욕심에 눈이 어두운 사람으로 비쳤던 것이다.
이처럼 조조를 조금도 겁내지 않고 입바른 소리를 하는 공융이 남
벌을 앞둔 그를 또 막고 나선 것이다.

"유비와 유표는 모두 한나라 종친들입니다. 무슨 명분으로 아무런 잘못도 없는 종친들을 공격하신단 말씀입니까? 또한 강동의 손권은 장강을 낀 천연의 요새에 들어앉아 여섯 군을 범 같은 눈으로 지키고 있습니다. 지금 승상께서 명분 없이 군사를 일으켰다가 천하의 명망을 잃으실까 두렵습니다."

이 말을 듣자 조조는 그 동안 맺혀 있던 가슴 속의 화가 터져나왔다. 지난날 예형을 죽일 때는 물론, 양주를 죽일 때도 공융이 지금처럼 자신을 저지하고 나오지 않았던가.

"왜 명분이 없소? 유비와 유표는 황제의 명을 거역한 대역무도한 자들이오. 내가 왜 그들을 토벌하면 안 된단 말이오? 공은 유표와 유비는 옳고 나는 그르다는 식으로 말하는데 그것은 공의 개인적 생각일 뿐이라 여겨지지 않소? 공이 천하가 어쩌고 하는데 그 천하는 어디를 말하는 거요? 지금 천하는 형주를 제외하고는 모두 내 수중에 있단 말이오. 더 이상 듣고 싶지 않으니 말을 거두고 당장 물러가시오."

조조는 공융을 쫓아내다시피 하고도 화가 풀리지 않았는지 큰 소리로 경고했다.

"지금부터 공융과 같은 말을 하는 자는 목을 벨 것이다."

승상부를 물러나온 공융도 주위를 아랑곳하지 않고 한마디 내뱉었다.

"어질지 못한 자가 지극히 어진 자를 치려 하니 어찌 패하지 않겠는가!"

그러나 이 말은 어사대부御史大夫 극려郗慮의 귀에 들어가고 말았다. 극려는 평소 공융에 대해 감정이 많던 자였다. 학식이 짧고 사람됨이 야비하다는 이유로 공융에게 업신여김을 당한 탓이었다. 극려는 잘됐다 싶어 즉시 조조를 찾아가 공융이 한 말을 전하고 거기다 덧붙이기까지 했다.

"공융은 평소에도 늘 승상을 업신여겨왔습니다. 그러고도 아직 살아 있는 것은 승상의 넓으신 아량 덕분입니다. 아시는 바와 같이 공융은 죽은 예형과 가까이 지냈습니다. 이 두 놈은 서로 기고만장하여 예형은 공융에 대해 '아직도 공자가 죽지 않았다'고 찬미했고 공융은 예형에 대해 '안회顏回(공자의 수제자로 요절함)가 다시 살아났다'며 떠들고 다녔습니다. 예형이 그토록 승상을 모욕한 것도 모두 공융의 부추김 때문입니다."

극려의 말을 들은 조조는 공융이 관여했던 예전의 일들이 한꺼번에 떠올라 걷잡을 수 없이 화가 치밀었다. 끝내 사람을 시켜 공융을 체포하고 삼족을 멸하라고 명했다. 조조의 군사들이 공융을 체포한 뒤 그 일족을 잡아들이기 위해 공융의 집으로 향했을 때, 집안의 일꾼이 달려가 바둑을 두고 있던 두 아들에게 어서 피하여 목숨을 보전하라고 청했다.

"공자님, 빨리 피하셔야 합니다. 이제 노대감께서 붙잡혀 가셨으니 참형을 면할 수 없습니다. 두 분 공자께서는 피하셔야 합니다."

그러자 어린 아들들은 태연히 두던 바둑을 계속 두며 대답했다.

"새둥지가 부서졌는데 어찌 그곳에 남은 알들이 성하기를 바라겠습니까?"

말이 끝나기가 무섭게 조조군이 들이닥쳐 두 공자를 잡아가 목을 쳐서 죽였다. 나머지 공융의 일가들도 남녀노소를 가리지 않고 몰살당했다. 이어 공융의 머리는 저잣거리에 내걸렸다. 사람들은 처참한 공융의 죽음을 보면서 놀라움과 슬픔을 감추지 못했다. 그 동안 천하

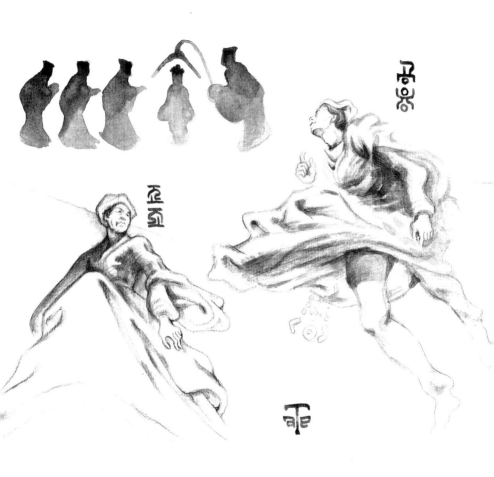

문학적 재능과 날카로운 재치로 당대 최고의 명사가 된 공융이었지만,
결국 비참한 최후를 피하지 못한다. 한나라 말의 명문가 자제들은 격식에 맞지 않게 건을 쓰고
다닌다거나, 입바른 소리나 재담으로 권력자의 비위를 상하게 하는 행동을 하여 눈길을 끌었다.
명문귀족 원소가 전자, 공자의 20대 손이었던 공융이 후자의 대표적인 인물이다.

가 난세라 해도 허도에까지 병란이 미친 적이 없었기 때문에 공융의
죽음은 동승의 모반사건 이후 최대의 사건이 되었다. 그런데 그날 밤
공융의 시신 앞에서 통곡하는 이가 있었는데 지습脂習이라는 사람이
었다. 조조가 그 사실을 알고 당장 잡아들여 죽이려 했다. 그때 순욱
이 나서서 조조를 말렸다.

"승상, 지습은 죽이지 않는 것이 좋습니다. 그는 경조京兆 사람으로
공융과는 절친한 친구 사이입니다. 제가 듣기로 지습은 공융을 만날
때마다 '자네는 성격이 너무 강직하여 큰 화를 면치 못할 것이네'라
고 충고를 했다 합니다. 친구의 죽음을 듣고 찾아와 조상한 것이니
그대로 두십시오. 지습의 행동은 눈에 거슬리지만 우정을 중하게 여
기는 의로운 행위입니다."

순욱의 말을 듣고 조조는 지습을 죽일 마음을 버렸다. 지습은 공융
부자의 참수된 머리와 흩어진 시신을 거두어 장례를 치러주었다. 조
조는 공융을 죽인 후, 계획했던 대로 군대를 5군으로 나누어 형주를
향해 진군했다. 그리고 가후와 순욱에게 허도를 수비하도록 했다.

한편 유표는 자신의 명이 얼마 남지 않았음을 알고 사람을 보내어
유비를 불렀다. 유비는 관우·장비와 함께 형주의 유표를 만났다. 유
표는 병석에서 유비를 보고 말했다.

"아우, 내가 아무래도 오늘을 넘기기 힘들 것 같네. 사면초가가 된
형주를 두고 눈 감기가 어려우나 내 명이 다됐으니 어쩔 수가 없네.
그래서 아우에게 부탁하네. 비록 내 아들들이 있다고는 해도 이 난국
을 수습할 재목들은 되지 못하니 내가 어찌 답답하지 않겠나? 그러
니 내가 죽거든 아우님이 형주를 맡아 다스려주게."

유비는 눈물을 흘리며 말했다.

"제 힘이 닿는 한 조카들을 보살피겠습니다. 제가 어찌 딴생각을 하겠습니까?"

이때 조조가 친히 대군을 거느리고 쳐들어온다는 전갈이 왔다. 유비는 깜짝 놀라 유표에게 작별을 고하고 급히 신야로 돌아왔다. 유표는 병중에 조조의 대군이 쳐들어온다는 소식을 듣고 마음이 더욱 다급해져 휘하 장수와 참모들을 불러모았다. 의논 끝에 자기의 맏아들인 유기를 형주의 주인으로 삼아 잘 보살펴달라는 유서를 작성하여 유비에게 보내게 했다. 그리고 강하로 사람을 보내어 유기를 오도록 했다. 그러나 채모는 유기에게 사람을 보내지 않았다.

유표가 유기로 후사를 결정했다는 말을 들은 유표의 부인 채씨는 분함을 이기지 못하고 극악해졌다. 그녀는 채모와 장윤張允을 불러서 유기가 오면 그를 죽이거나 성문을 아예 걸어 잠가 못 들어오게 하라고 지시했다. 강하의 유기는 유표가 위독하다는 소식을 듣고 군사들을 이끌고 형주로 찾아왔다. 유기가 성문에 도착해보니 성문은 굳게 닫혀 있었다. 잠시 후 늙은 채모가 문루에서 말했다.

"지금 주공께서는 공자가 여기에 오신 것을 모르고 계십니다. 지금 공자께서 강하를 잘 지키고 계시니 주공께서는 매우 안심하고 계십니다. 그런데 군대를 몰고 형주성으로 오신 것은 어인 연유입니까?"

유기가 버럭 화를 내며 말했다.

"채장군, 그것을 말이라고 하시오? 나는 아버님이 위독하시다는 소문을 듣고 오는 길인데 어찌 아버님도 못 보게 하는 것이오?"

채모가 다소 신경질적으로 말했다.

"한 지역을 수비하는 장수가 함부로 위수 지역을 벗어나는 일이 어디에 있습니까? 전령을 보내지도 않았는데 또 군사를 몰고 오는 것은 무슨 연유이십니까? 공자께서는 주공의 명을 받들어 강하를 지키고 계시니 그 책임이 중하십니다. 만약 지금이라도 시상에 있는 감녕이 강하로 쳐들어오면 그 일은 어떻게 감당하시겠습니까? 만약 공자께서 형주로 오신 것을 주공이 아신다면 주공이 더욱 진노하셔서 병세가 악화될 것이니 이것은 큰 불효가 될 것입니다. 속히 강하로 돌아가십시오.”

유기는 채모의 말을 듣고 목놓아 통곡하더니 울음을 거두고 말 머리를 돌려 강하로 돌아갔다. 유기가 오기를 기다리던 유표는 끝내 만아들을 보지 못한 채 그해 8월 무신일戊申日에 몇 번 크게 신음소리를 내더니 죽고 말았다.

유표가 죽자 채부인은 채모·장윤과 공모하여 거짓 유서를 작성하고는 자기 소생인 유종을 형주의 주인으로 삼는다고 공포했다. 그리하여 그때 겨우 열네 살이었던 유종이 형주의 주인이 됐다. 유표의 죽음을 유비와 유기에게는 알리지도 않았다.

유표가 죽자 형주의 군권과 대권은 모두 채부인과 채모의 손아귀로 들어갔다. 원래 형주의 호족이던 채씨 일가는 유표가 죽자 바로 권력을 장악했다. 유종은 어린 나이지만 문무백관들을 불러모아 조회를 열고 아버지의 죽음을 애도하고 난 뒤 말했다.

“아버님이 돌아가셨다고는 해도 강하에는 나이가 많으신 큰 형님이 계시고 숙부께서는 신야에 계십니다. 이런 때에 여러분이 나를 후사로 정하시니 지금이라도 강하의 형님과 신야의 숙부가 군사를 일으켜 죄를 물으면 어찌하겠습니까?”

유종의 말에 모두가 채모의 눈치만 보고 아무 말도 못하고 있는데 유표의 참모였던 이규李珪가 입을 열었다.

"공자의 말씀이 옳습니다. 지난번에 큰 공자께서 형주성을 방문했을 때 성안으로 들어오시지 못하고 그대로 돌아가셨다고 들었습니다. 이것은 인륜을 거스르는 일입니다. 지금이라도 애도하는 뜻을 적으시어 강하에 계신 큰 공자님께 전하고 그분을 형주의 주인으로 삼는 것이 마땅한 일입니다. 그러고 난 후 신야에 있는 유황숙의 도움을 받아 형주를 다스린다면 북으로는 조조군의 남침을 막고 남으로는 손권의 공격을 막을 수 있을 것입니다. 큰 공자와 유황숙의 도움 없이 형주를 보전하는 것은 나무에서 물고기를 구하는 것(緣木求魚)과 같습니다. 아무쪼록 작은 것을 탐하다가 큰 것을 잃는(小貪大失) 누를 범하지 말아야 할 것입니다."

채모가 듣고 있다가 화를 참지 못하고 큰 소리로 꾸짖었다.

"네놈은 어느 안전이라고 함부로 헛소리를 하고 있느냐? 돌아가신 주공의 유명대로 공자께서 후사를 이었거늘 네놈이 뭔데 후사 문제를 두고 주둥아리를 놀리느냐?"

이규가 반박하며 말했다.

"이놈 채모야, 조회 중에 더러운 말이 쉽게 나오는 것을 보니 이제 형주도 끝이로구나. 채씨 네놈들이 안팎으로 손을 맞추고 주공의 유서를 날조하여 어리신 유종 공자를 후사로 세웠다. 이것은 네놈들이 형주 9군을 집어삼키려는 짓거리가 아니더냐? 이놈들아 돌아가신 주공의 혼백이 무섭지도 않느냐?"

더 이상 들을 수가 없었던 채모는 갑사들을 불러, 이규의 목을 쳐서 저잣거리에 매달라 명했다. 이규는 갑사들에게 끌려나가 죽임을 당하면서도 채모의 잘못을 꾸짖었다. 이규는 끝내 목숨을 잃었고 저잣거리에 목이 매달렸다. 이 일이 있은 후 어느 누구도 후사 문제를 거론하지 않았다. 정권을 획득한 채부인은 아들 유종과 형주성에 남아 유기와 유비에 대비했다. 그런 가운데 조조군의 침공이 형주의 주요 문제로 떠올랐다. 채모는 채부인을 만나 먼저 이 문제에 대한 자신의 입장을 이야기했다.

"마님, 아무래도 조조에게 투항하는 것이 좋겠습니다. 무슨 수를 쓴다 해도 지금의 우리는 조조를 당해낼 재간이 없습니다. 우리 군사는 형주성 주변에 1만 5천여 명이 있고 신야 땅의 유비가 1만여 병사를 거느리고 있으며 강하의 유기에게 5천여 명이 있습니다. 그런데 유비와 유기는 우리가 형주를 장악했다는 것을 알면 조조군에게 향할 군대를 우리 쪽으로 돌릴 것이 뻔합니다. 따라서 유비와 유기는 없는 것이나 마찬가지이니 우리가 동원할 수 있는 병력은 겨우 1만 5천에 불과합니다. 만약 조조와 대항해서 싸운다면 삼족이 멸할 것이고 그에게 투항하면 형주 태수는 아니라도 그와 비슷한 수준의 벼슬을 보장받을 수 있습니다."

"오라버니, 그것을 어떻게 장담할 수 있습니까?"

"저를 믿으십시오. 조조는 과거 저의 친구이기도 합니다. 제가 무슨 수를 쓰든 공자의 앞길이 위험하지 않도록 최선을 다할 것입니다. 아무 걱정 마십시오."

"이 일을 유비나 유기에게 알려야 할까요?"

"아니지요. 유비나 유기에게 알리면 끝장입니다. 그놈들은 절대로 가만있지 않을 것입니다. 특히 유비는 조조를 철천지원수로 생각하는 자입니다. 유기는 큰 힘이 없으니 알아도 상관 없지만 유비는 그동안 조조와 대항해서 싸워온 제후 중에 유일하게 남은 자입니다. 주공이 돌아가셨으니 그는 어쩌면 형주를 공격하여 집어삼킬지도 모를 위인입니다. 무슨 일이 있어도 유비는 모르게 해야 합니다. 우리의 투항 의사가 조조에게만 전달되면 되는 것입니다."

"잘 알았습니다. 오라버니만 믿겠습니다."

채부인은 유종에게 채모와 협의하여 즉시 장수와 참모들을 불러서 조조군의 침공에 대한 대책을 협의하도록 했다. 참모와 장수들도 상기된 모습으로 앞일을 걱정하고 있었다. 제일 먼저 부손傳巽이 말했다.

"참으로 난감한 일이 벌어졌습니다. 조조의 대군만이 문제가 아니올시다. 유비와 큰 공자님의 문제는 더욱 심각합니다. 지금 큰 공자께서는 강하에 계시고 유비는 신야에 있습니다. 만약 형주에서 독단적으로 후사를 정하고 주공을 장사지낸 사실을 그들이 알게 된다면 그들은 틀림없이 군사를 몰고 와서 그 책임을 물을 것입니다. 그러면 형주성은 견딜 수가 없게 됩니다."

그러자 유종이 물었다.

"그래서 어찌하면 되겠소?"

부손이 말했다.

"형주의 아홉 개 군을 조조에게 바치시면 됩니다. 그렇게 하면 조조는 주공을 중하게 대접할 것입니다. 이것은 주공께서 형양(형주·양양)의 백성을 오래도록 편안히 다스릴 수 있는 계책입니다."

그러자 어린 유종이 화를 내면서 말했다.

"공은 그것을 말이라고 하는 거요? 내가 우여곡절 끝에 아버님에게 형주를 물려받은 지 얼마나 되었다고 이를 조조에게 그대로 바친다는 말입니까? 그것이 무슨 계책이 되겠소?"

그러자 옆에 있던 괴월이 나서서 부손 편을 들었다.

"부손의 말이 일리가 있습니다. 예로부터 하늘의 뜻을 따르는 자는 흥하고 하늘의 뜻을 거스르는 자는 망한다고 했습니다. 조조는 천시를 얻은 사람입니다. 일을 해결하는 방법에는 순리에 맡기는 것과 억지로 성사시키려는 경우가 있습니다. 지금 형주는 조조의 침공을 막기에는 역부족인 것이 분명합니다. 조조는 천자의 이름을 팔아 형주를 정벌하러 내려올 것입니다. 조조에게 대항하는 것은 천자를 거스르는 것이니 우리가 어찌 대역을 저지르겠습니까? 더구나 공자께서 주공의 자리에 오르신 지 얼마 안 되어 내분이 일어날 수도 있으니 조조에게 투항함으로써 그 모든 것을 불식시키는 것이 현명한 처사일 것입니다."

어린 유종은 어쩔 도리가 없다고 생각하면서도 결단을 내리지 못하고 머뭇거렸다. 왕찬王粲이 다시 유종에게 물었다.

"주공, 주공께서는 조조를 잘 아십니까? 주공은 스스로 조조와 비교하여 어떤 인물이라고 보십니까?"

유종이 얼굴을 붉히며 말했다.

"조조라는 사람과 나를 비교할 수는 없지 않소?"

왕찬이 말했다.

"조조는 천하에서 제일 가는 영웅이며 조조의 군사는 더 이상 대적하기 힘들 정도로 막강합니다. 그 휘하에는 뛰어난 장수와 모사들이 많습니다. 조조는 그들의 힘을 빌려 여포를 하비성에서 사로잡았고, 원소를 관도에서 물리쳤으며, 유비를 서주에서 몰아냈고, 동호의 답돈을 유성까지 가서 격파했습니다. 그의 행위는 그저 운이 좋거나 우연에서 비롯된 것이 아닙니다. 조조 그 자신이 탁월한 군사전략가요, 정치가이기 때문에 가능한 일이었습니다. 이런 조조가 여세를 몰아

10만 대군을 거느리고 형주로 쳐들어오는데 우리가 어찌 저들과 대적할 수 있겠습니까? 형주의 장래를 보면, 부손과 괴월의 말이 옳습니다. 주공께서는 괜스레 의심하여 주저하지 마십시오. 결단이 느려지면 오히려 유비와 유기 공자의 공격을 받아 더 어려운 형국에 처하게 될 것입니다."

유종은 하는 수 없이 쓸쓸히 말했다.

"여러분이 한결같이 그리 말씀하시니 나로서도 어쩔 수 없구려. 그러나 모친께 이 사실을 알린 후 처리하겠소."

유종이 채부인에게 가서 이 사실을 말하고 의견을 묻자 채부인의 대답은 명쾌했다.

"장수와 참모들의 의견이 그와 같으니 굳이 내 의견을 물을 것도 없다. 그대로 시행하거라."

유종은 즉시 항복 문서를 작성하여 송충宋忠에게 주면서 조조에게 전달하라고 했다. 송충은 유종의 명대로 조조가 머물고 있는 완성으로 달려가 조조에게 항복 문서를 바쳤다. 유종의 항복 문서를 받은 조조는 기쁨에 겨워 송충을 후하게 대접하고 말했다.

"내가 곧 형주로 갈 것이다. 그러면 유종은 친히 성밖으로 나와서 군지휘권을 모두 내게 바치라고 전해라. 그리하면 나는 유종을 영구히 형주의 주인으로 삼을 것이다."

송충은 조조에게 절하고 완성을 떠나 형주로 출발했다. 형주로 가는 길에 강을 건너야 하는데 그 강은 한수의 지류로 조조군과 유비군의 경계가 되는 곳이었다. 그런 이유로 송충은 특별히 조심해서 강을 건널 수밖에 없었다. 강을 건넌 송충이 말을 몰아 급히 출발하려는 순간 갑자기 군사들이 나타나 길을 막았다.

송충은 대답할 말이 궁했다. 조조 쪽에서 형주에 파견된 사자라고 할 수도 없고 형주 쪽에서 파견된 사자라고 할 수도 없었다. 병사들은 일반 관료의 차림을 한 사람이 이러지도 저러지도 못하는 모습을 보고 그를 끌고 관우의 막사로 데려갔다. 관우는 송충의 얼굴을 알아보고 그를 심하게 닦달했다. 송충이 횡설수설하자 관우는 송충의 몸을 뒤져 조조의 편지를 찾아내고 마침내 사건의 전말을 알게 되었다. 관우는 즉시 송충을 끌고 신야에 있는 유비에게로 갔다. 유비는 그동안 형주에서 일어난 이야기를 듣고 통곡하며 유표의 죽음을 조상했다. 장비도 옆에 있다가 화가 나서 견딜 수 없었는지 큰 소리로 말했다.

"형님, 일이 이렇게 된 이상 그대로 두고 볼 수만은 없습니다. 먼저 송충의 목을 베고 군대를 몰아 형주성에 쳐들어가 채모와 유종을 잡아죽인 후에 조조군을 맞아 싸웁시다."

유비는 잠시 정신을 차리면서 장비를 꾸짖었다.

"아우는 가만히 있게. 내 나름대로 생각이 있네."

유비는 결박당한 송충에게 다가가 크게 꾸짖었다.

"너는 어찌하여 그들이 하는 짓을 알면서도 나에게 알리지 않았느냐? 허나 내가 지금 네 목을 친다 한들 무슨 소용이 있겠느냐? 이미 엎질러진 물이다. 빨리 돌아가라!"

옆에 있던 병사가 포승을 풀어주자 송충은 유비의 발 아래 엎드려 백배사죄하고 뱀처럼 잽싸게 형주로 달아나버렸다. 송충을 보내고 나자 유비는 답답하고 심란한 마음을 달랠 길이 없었다. 자신의 마지막 발판이라고 생각했던 형주가 조조에게 통째로 넘어가게 생겼으니 유비로서는 어떻게 하든 길을 찾아내야 했던 것이다.

이때 유기의 부탁을 받은 이적이 유비를 찾아왔다. 유비는 생명의 은인인 이적이 왔다는 소리를 듣자 뜰 아래까지 내려가서 손을 잡으며 반가이 맞았다. 유비와 함께 내실로 들어간 이적이 유비와 제갈량 앞에 유기의 편지를 꺼내 보이면서 말했다.

"큰 공자께서 강하에 계시는 동안, 유표 공이 돌아가시고 채모와 채부인·장윤·유종이 공모하여 유황숙이나 큰 공자에게는 알리지도 않은 채 장례를 치르고 유서를 날조하여 유종이 후사를 잇게 했다고 합니다. 큰 공자께서 여러 경로로 소문의 진상을 알아본 결과 모든 것이 사실이었습니다. 공자께서는 혹 숙부님께서 그 사실들을 모르고 계실까봐 특별히 저를 보내셨습니다. 지금이라도 당장 유황숙께서 군대를 일으켜 형주성을 정벌하시면 큰 공자께서도 강하에서 군대를 몰아오실 것이라고 하셨습니다."

유기의 편지를 읽은 유비는 깊은 한숨을 몰아쉬며 말했다.

"이적 공이나 큰 공자는 유종이 형주의 주인이 된 사실만 아시고 유종이 이미 형주의 9군을 조조에게 모두 바치기로 한 사실은 모르고 계시는구려!"

이적이 깜짝 놀라며 물었다.

"황숙께서는 어찌 그 사실을 아시게 되었습니까?"

유비는 그날 송충을 체포한 이야기며 송충이 가지고 있던 조조의 친서에 대한 이야기를 해주었다. 이적이 기가 막혀서 한동안 잠잠히 있다가 말했다.

"황숙, 차라리 잘됐습니다. 그들의 짓거리가 분명하게 드러났으니 황숙께서는 문상을 간다는 핑계를 대시고 형주성으로 가십시오. 그리고 유종이 마중 나오거든 당장 포박하고 채모를 비롯한 모든 관련

자들도 사로잡아 처치하시어 형주를 신속히 장악하십시오. 그런 다음 조조군을 막을 대비를 합시다."

그때까지 무거운 표정으로 앉아 있던 제갈량이 말문을 열었다.

"이공의 말씀이 옳습니다. 주공께서는 이공의 말대로 하십시오."

유비는 침통하게 말했다.

"관도대전 중에 나는 원소의 진중에 있었소. 적 앞에서 골육상쟁을 치른 그들은 결국 조조를 이길 수가 없었어요. 더구나 유표 형님이 죽기 전에 그의 어린 아들들을 부탁하셨는데 그의 자식을 사로잡아 그 성을 뺏으면 후에 황천에서 유표 형님을 무슨 낯으로 뵙겠습니까?"

제갈량이 다시 말했다.

"현재로서는 형주를 기습하여 점령하고 조조군을 막는 것이 최선의 방책입니다. 주공께서 그렇게 하지 않으신다면 어떻게 완성 땅에 이른 조조군을 맞아 싸울 수 있겠습니까?"

유비가 선뜻 결정을 내리지 못하고 한숨을 쉬며 혼잣말처럼 중얼거렸다.

"글쎄, 우선 번성으로 가서 방비를 해봐야겠지요."

제갈량이 안타까운 듯이 말했다.

"전략가가 전쟁의 승패를 좌우하는 것은 어느 정도 군사력이 대등할 때의 이야기입니다. 아군이 조조군을 이기는 것은 지금으로서는 불가능합니다. 번성은 5만여 대병을 방어하기에는 역부족입니다. 그리고 번성에서 농성하다가는 이미 투항한 유종의 군대에 궤멸당할 수도 있습니다."

그때 전령이 달려와 조조군이 이미 박망파에 이르렀다고 알렸다.

유비가 제갈량에게 대책을 상의하자 제갈량은 이적과 유비를 보며 말했다.

"일이 이 지경이 되고 보니 큰 공자께서 강하에 계신 것이 오히려 잘됐습니다. 강하는 모든 물길이 만나는 곳입니다. 지금도 그렇지만 앞으로 이곳은 모든 주가 만나는 장소가 될 것입니다. 어떤 산물이라도 강하에 닿게 되면 살아서 움직일 것〔貨到江夏活〕입니다. 두고 보십시오. 앞으로의 전쟁은 수전이 승패를 좌우할 것입니다. 이공께서는 큰 공자님께 군선을 제대로 정비하여 사용할 수 있도록 청해주십시오. 아군이 형주에서 조조군을 막기는 어렵습니다. 그러나 강하는 형주에서 천릿길이니 조조군이 침공하기가 어려운데다 곳곳에 강변과 소택지가 많아 허도의 기병들이 제구실을 못할 것입니다. 게다가 조조는 그곳의 지리에 어두울 게 분명합니다. 지금 아군은 전쟁을 치르기보다 최대한 피해 없이 철수하여 병력을 보전한 다음 강동의 손권과 연계를 해야 조조군을 막아낼 수 있습니다. 우선 관우에게 정병 1천을 주어 강하로 보내시는 것이 좋을 듯합니다. 강하에 적어도 5천여 명의 군사를 확보해야만 조조와 일전을 치를 수가 있습니다."

이적에게도 말했다.

"이공께서는 큰 공자께 강하를 굳건히 지키면서 조조군의 침공에 대비하라고 전하십시오. 여기서 강하는 뱃길로 가도 천릿길입니다. 만약 육로로 가면 천 리가 좀 넘을 것입니다. 일반적으로 보병들이 하루 100리 길을 간다고 해도 열흘이 걸리는 거리입니다. 그러니 조조가 바로 강하까지 공격해 들어오기는 쉽지 않습니다. 조조의 공격이 가속화되면 그때는 뱃길을 따라 다시 파군 쪽으로 이동하여 후일을 대비해야 합니다. 그렇지 않으면 과거의 초나라 땅 남부로 피신했다가 전열을 재정비하고 현지의 지원을 받아서 조조를 막아야 할 것입니다. 우선 저희들은 최대한 조조군을 저지하면서 강하로 내려가겠습니다. 일단 강하로 내려간 이후에 다시 상의합시다."

제갈량은 이적과 유비에게 설명을 마친 후 신야에서 강하에 이르는 지도를 펼치더니 말을 이었다.

"이 지도를 보시면 신야에서 번성까지는 100리가 채 되지 않습니다. 이 정도 거리는 기병들이 가면 반나절 만에 갈 수 있고 보병들이 가도 하루밤에 걸리지 않습니다. 번성에서 형주성이 있는 양양까지는 보병이 가면 반나절도 걸리지 않는 거리입니다. 지금 조조군이 완성에 있으므로 모레쯤이면 신야 땅에 선봉군이 도착할 것입니다. 이때 아군은 조조의 선봉군을 격파하여 예기를 꺾어놓아야 합니다. 그렇게 함으로써 아군이 철수할 수 있는 시간을 벌 수 있을 테니까요."

유비가 물었다.

"형주성에서는 어떤 도움도 받을 수 없습니까?"

"이미 유종이 조조에게 투항했기 때문에 더 이상 도움을 받을 수도 없거니와 오히려 철수작전을 방해하지 않으면 다행입니다. 양양에서는 육로를 따라 이동하는 것이 좋을 듯합니다. 양양에서 장판長坂까지의 거리는 300리 정도가 되고 장판에서 강릉까지는 200리쯤 될 것입니다. 이 강릉을 거쳐 동쪽으로 계속 가면 강하까지 400리가 넘는 길입니다. 특히 강릉에는 유표의 보급기지가 있습니다. 여차하면 보급 기지를 점령하는 것도 나쁘지 않습니다. 저는 형주성이 있는 양양까지 조조군을 저지하고, 양양에서 주공과 헤어져 일단 배를 타고 강하로 내려가겠습니다. 거기에서 수습할 수 있는 배가 있으면 그것을 이끌고 종상까지 와서 배를 대어두겠습니다. 장판에서 강릉으로 내려가시기 힘들면 장판에서 가까운 종상 건너편으로 오십시오. 그럼 바로 배를 대어 강하로 이동할 수 있도록 하겠습니다. 강릉에는 적의 보급기지가 있으므로 이동이 어려울 수도 있습니다."

유비는 관우에게 1천여 정병을 주어 이적과 함께 강하로 보냈다. 관우가 떠난 후, 유비는 다시 제갈량과 앞으로의 일을 논의했다.

제갈량이 먼저 입을 열었다.

"철수도 중요한 작전입니다. 이번에는 적을 대적하여 싸운다기보다 적의 남침을 최대한 저지한다는 생각으로 전쟁에 임하셔야 합니다."

유비가 말했다.

"어떤 방식으로 저지하는 것이 좋겠습니까?"

"기본적으로 부대를 편성할 때는 보국대 · 돌격대 · 특공대 · 기습대 · 사격대 · 원사대로 나눕니다. 보국대는 왕성한 투지를 가지고 강적을 무찌를 만한 자들을, 돌격대는 힘이 세고 용맹하며 빠른 자들을, 특공대는 동작이 빠르고 행군을 잘하는 자들을, 기습대는 말을 잘 타고 활을 잘 쏘는 자들을, 사격대는 활을 전담하여 적을 확실히 사살할 수 있는 자들을, 원사대는 원거리에서 활을 쏘아 적의 선발대를 꺾을 수 있는 자들을 각각 한 조로 만든 부대를 말합니다. 지금 아군은 6천 명 가량을 동원할 수 있는데 그 가운데 1천 명은 이미 강하로 보내어 후일을 대비하고 있습니다. 그리고 주공께서 강하까지 무사히 가시기 위해서는 어떤 경우라도 1천 명의 호위를 받아야 합니다. 주공께서 조조군의 포로가 되신다면 모든 일은 수포로 돌아갑니다. 그러면 이제 아군이 활용할 수 있는 병력은 겨우 4천여 명입니다. 이 병력은 조조의 선봉군과 맞설 수 있는 정도에 불과합니다. 그러니 지금부터는 보국대와 기습대와 원사대를 이용하는 수밖에 방법이 없습니다."

유비가 다시 물었다.

"그럼 부대의 편성은 어떻게 할까요?"

제갈량이 대답했다.

"장비에게 1천 군사를 주어 보국대를 맡게 하시고, 조운에게도 1천의 군마를 주어 기습대를 편성하십시오. 그리고 유봉에게 군사 500을 주어 원사대를 만드십시오. 이들에게 요충지를 먼저 점령해 있도록 하여 원거리에서 공격한다면 조조군의 진군 속도를 늦출 수 있을 것입니다. 그리고 남은 1천여 병력은 손건과 미축에게 주어 후군을 막게 하시면 됩니다. 관평과 미방에게는 기병 500을 준 뒤 따로 지시를 할 것입니다."

유비는 즉각 장수와 참모들을 소집하여 제갈량의 지시에 따른 군령을 내렸다. 신속하게 군대가 재편성되었다. 제갈량이 유비에게 말했다.

"조조군이 먼저 이 신야를 공격할 것이니 신야 땅에서 그들의 선봉을 쳐부수어야 합니다. 그러기 위해서는 가장 먼저 군대를 이동시키고 백성들을 소개해야 합니다. 그러고 난 뒤 야밤을 틈타 기습대를 동원하여 순식간에 결딴을 내야 합니다."

10만 백성은 유비를 따르고

유비는 신야 백성들의 안전을 위해 즉시 사대문에 방을 붙이게 하고 병사들을 마을마다 보내 이 방문의 내용을 전달하도록 했다.

신야의 백성 여러분께 알린다. 간악한 조조군의 무리가 남침을 시작했다. 신야의 백성들은 남녀노소를 불문하고 오늘 밤까지 번성으로 몸을 피하여 각자의 생명을 보전하도록 하라.

제갈량은 손건에게 배로 강을 건너는 백성들을 보살피도록 했다. 미축에게는 관원들의 가족을 번성까지 무사하게 호송한 다음 유비를 따라 장판으로 내려가도록 지시했다. 그리고 다시 여러 장수들을 불러모아 명을 내렸다.

"아군은 지금부터 신야에서 강하까지 천릿길에 이르는 철수작전을 시작해야 한다. 아마도 많은 고난과 문제가 따를 것이다. 이미 관우는 강하로 1천의 군사를 거느리고 내려가 조조군의 침공에 대비하고 있다. 아군은 5만여 대병을 맞아 정면 승부는 하지 않는다. 대신 지속적으로 이들을 괴롭히며 강하로 이동할 것이다. 일단 육로를 이용하여 장판까지 내려가면 적의 추격이 둔화될 것이다. 왜냐하면 형주가 조조에게 항복했기 때문에 먼저 형주를 정비하는 시간이 필요할 것인데 이 점도 최대한 이용할 것이다. 신야 땅에서 조조군의 선봉대를 격파하는 작전을 '너구리 사냥'으로 부르겠다."

'너구리 사냥'이라는 말을 듣자 무거운 분위기 속에서도 여기저기서 웃음이 터져나왔다. 제갈량은 잠시 미소를 머금더니 말을 이었다.

"앞으로 주요 전투에 임할 때는 가급적이면 작전명을 붙인다. 그것은 전군이 암호로 사용하기도 하거니와 작전명을 인지하고 있으면 전체적으로 어떤 작전이 전개되는지 모든 장수와 장병들이 알 수 있기 때문이다. 이제 장수들은 군령을 받아라. 먼저 미방·관평은 부대를 250명씩 나누어 미방의 부대는 적색 군기를, 관평의 부대는 청색 군기를 준비하라. 두 장수는 신야성 밖 30리에 있는 작미파鵲尾坡에 주둔하고 있다가 조조군이 오는 것이 보이면 붉은 기를 든 군사는 왼쪽으로 달리게 하고 푸른 기를 든 군사는 오른쪽으로 달리게 하라. 그러면 적은 무슨 계교가 있을 것으로 판단하고 감히 공격하지 못할 것이다. 그런 다음에 조조군이 확실히 침공하는 것이 보이면 그대로 신야성으로 철수하여 유봉군에 합류하라."

다음은 장비가 군령을 받았다.

"1천 군사로 보국대를 맡은 장비는 성문들을 모두 파괴하여 사용할 수 없도록 만들어라. 그리고 서·남·북의 세 방향에서 성의 약한

부분을 찾아 땅굴을 파서 침투하기 쉽도록 만들어두어라. 아마 우리는 다시 신야 땅을 밟기는 어려울 것이다. 그런 후 장비는 유황硫黃과 염초焰硝를 성안의 서·남·북 3문에서 200보 안에 있는 인가 옥상에 쌓아두어 화공을 준비하라. 조조의 군사들이 성안으로 들어온다면 반드시 민가에서 쉴 것이다. 바람의 흐름으로 보아 내일 밤에는 바람이 세차게 불 것이니 11시쯤에 서·남·북 3문에 가까이 있는 민가들에 집중적으로 불화살을 쏘아 불을 질러라. 그리고 성밖에 숨어 있는 군사들에게 일제히 서·남·북 3문을 통해 성안으로 들어와 민가를 향해 불화살을 쏘도록 영을 내려라. 그리고 만일 성안에서 불길이 치솟거든 입을 모아 함성을 지르게 하라. 그러면 조조군은 동문으로 이동해갈 것이다. 이후 장비는 조운의 공격이 시작되면 이내 성을 빠져나와 번성 쪽으로 돌아가서 다음의 지시가 있을 때까지 대기하라."

유봉이 군령을 받았다.

"유봉은 장비가 파둔 땅굴로 성안에 침투해 있다가 동문 쪽의 민가 옥상으로 올라가서 화살을 소나기처럼 쏘아라. 적이 동문 밖으로 나가게 만든 다음 적당한 시기에 성을 탈출하여 번성으로 귀대하라."

다시 제갈량은 조운을 향해서 명령을 내렸다.

"조운은 1천 군사로 기습대를 편성하여 내일 신야성 동문 밖에서 매복하라. 장비의 공격이 시작되면 조운은 기습대를 거느리고 동문에 매복해 있다가 조조군이 동문 쪽으로 빠져나오면 이를 공격하여 궤멸시켜라. 조조군은 아마 견디지 못하고 군영을 이탈하거나 다시 완성으로 돌아갈 것이다. 이것을 확인하고 번성으로 돌아오라."

다음날 조조의 장수 조인은 허저의 1천여 철갑군을 포함한 5천여명의 군사를 거느리고 선발대가 되어 신야 땅으로 진격해 들어왔다.

정오가 되자 조인의 군대는 이미 작미파에 당도했다. 허저가 앞을 바라보니 적색 기와 청색 기를 든 군사들이 전후좌우로 바삐 움직이고 있었다. 그것을 본 허저가 앞으로 가려다 말고 일단 행군을 중지시키고 전투대형을 갖추라고 지시했다. 허저는 하후돈에게 들은 말도 있고 해서 속으로 생각했다.

'무턱대고 진격만 해서는 안 되겠다. 저놈들의 태세로 봐서 분명 앞에 복병이 숨어 있을 듯한데……. 일단 조인 장군께 상의해보자.'

허저는 말을 몰아 조인에게 가서 이 사실을 알렸다.

"장군, 아무래도 이상합니다. 적들이 전방에서 붉은 기와 푸른 기를 흔들면서 전후좌우로 움직이는데 군기가 끝없이 이어져 있어 앞으로 진격하기가 어렵습니다."

조인이 말을 타고 앞으로 나가보니 과연 붉은 군기와 푸른 군기가 끝없이 펼쳐져 있고 군기병들이 전후좌우로 끊임없이 움직이고 있었다. 조인은 한참 동안 유비군의 움직임을 살펴보더니 허저를 보고 말했다.

"저것은 속임수가 틀림없소. 먼지 때문에 시야가 가려서 잘 보이지는 않지만 군기만 전후좌우로 이동할 뿐 군대의 이동은 없는 것이 분명하오. 저기를 보시오. 저 말 탄 병사들 가운데 투구를 쓰지 않은 병사가 있지 않소? 그놈의 움직임을 잘 지켜봅시다. 지금 달려간 그놈이 잠시 후면 다시 나타날 거요."

조인이 눈을 부라리고 기다리니 먼지 속에서 다시 그 병사가 나타났다. 조인이 손뼉을 치며 말했다.

"거 보시오. 지금 또 그놈이 나타났어요. 저놈들은 지금 군대를 편성하여 방비하거나 아니면 복병을 둔 것이 아니라 그저 일정한 도형을 그리면서 계속 왔다갔다하는 것에 불과해요. 우리를 혼란시키려고 하는 짓거리요. 내가 저놈들을 아주 박살을 내버릴 것이오."

조인은 허저에게 공격 명령을 내렸다. 허저는 철갑군을 이끌고 말을 달려 다시 유비군 쪽으로 돌진해 들어갔다. 그러자 갑자기 깃발을 들고 돌던 유비군이 혼비백산하여 달아났다. 조인과 허저는 신바람이 나서 작미파까지 군대를 몰아갔으나 유비군은 어디에도 없었다. 어느덧 해가 서산으로 지고 있었다. 허저가 불평을 했다.

"이거 시간 낭비만 하고 있는 것 아닙니까? 벌써 어두워지고 있어요."

조인이 한층 여유를 부리며 대답했다.

"무엇이 걱정이오? 형주는 이미 항복했고 유비는 겨우 수천의 군사를 데리고 신야를 지키다가 도망가버렸어요. 우리는 그저 유람 삼아 진군하면서 이것저것 구경이나 합시다. 원래 원정은 유람 삼아 가는 것이 좋아요. 물론 군세가 비슷하여 열전이 예상되면 원정대는 지옥이지만 지금같이 세 살배기 아이와 스무 살 장정의 싸움 같은 경우야 장군들에게는 유람이 아니고 무엇이겠소? 내일이나 모레쯤이면 형주성에 닿아요. 형주성은 이미 우리 성이 되었으니 성대한 잔치가 벌어질 것이오. 나는 장강까지 가본 적이 없어요. 난리통이 아니라면 강릉에서 오군까지 배를 타고 경치 구경이나 해보았으면 한이 없겠소. 한 열흘은 걸리겠지요. 사내의 큰 기쁨 하나가 오군 처녀와 짝을 맺는 것이라고 하지 않소."

허저가 거들었다.

"저도 북벌 때, 전쟁도 전쟁이지만 낯선 것들을 많이 접할 기회가 있었지요. 제가 유성까지 승상을 모시고 가지 않았습니까? 전쟁은 싱겁게 끝이 났어요. 그런 전쟁 같으면 사실 유람이나 마찬가지라 할 수 있을 것입니다. 그때 만리장성의 동쪽 끝자락도 가보았지요. 말로만 듣던 요동반도까지 내려가 보았으면 하는 생각이 들었습니다. 옛날 진시황이 불로초를 구하러 요동반도에 있는 봉래산蓬萊山이라는 곳에 사람을 보냈다고 합디다. 그 산을 신선들의 고향이라고들 하더군요. 그리고 남으로 내려가면 기후도 좋고 땅이 비옥해서 더 없이 살기 좋은 곳이 있다고 들었습니다."

"나도 그런 말을 들은 바 있소. 북벌할 때 한동안 신이 났었다는 이야기도 들었소. 공손강이 원씨 형제 목을 가져다 바치기만을 기다리고 있었으니 전쟁도 없고, 그때 실컷 재미 좀 보시지 그러셨습니까? 동호의 여자들이 그렇게 대단했다면서요. 사실 그런 재미도 없이 무슨 전쟁을 해요?"

조인이 말을 하면서 껄껄 웃자, 허저도 따라 웃었다. 이들은 다시 신야성을 향해 말을 몰았다. 신야에 도착한 조인은 성문이 모두 열려 있는 것이 이상했으나 워낙 자신들이 수적으로 우세했던지라 두려울 것이 없었다. 조인은 별 망설임없이 성안으로 들어갔다. 사람들이 떠난 지 오래되지 않은 듯 가재도구가 여기저기 널려 있고 성문은 부서져 나뒹굴고 있었다. 황량하고 쓸쓸한 신야 땅의 풍경이 눈에 들어오자, 조인이 허저를 보며 말했다.

"그것 보시오. 유비가 생각이 있는 놈이라면 이렇게 철수하는 게 맞아요. 아군과 형주의 유종에게 협공을 당하지 않으려면 말이오."

조인은 신야성을 전체적으로 둘러보고 싶었으나 성 주변은 이미 어둠에 싸여 있었다. 그는 허저와 장수들에게 명하여 먼저 각 성문 쪽에 방어 병력을 두고 성 주변에 별 문제가 없는지 확인한 다음 사용이 가능한 민가에 들어가 저녁을 지어먹고 군마에게도 양초를 먹이라고 했다. 5천여 명의 군병들이 들이닥친 신야성은 어수선한 분위기였다. 그러면서도 대부분의 병사들은 이미 형주가 항복했다는 소식을 듣고 있던 터라 마음이 늘어져 있었다. 마치 소풍이라도 온 듯 낯선 곳에서 밥을 해먹고 휴식을 취했다.

조인은 허저·조홍과 함께 유비가 사령부로 쓰던 건물에 들어가 쉬었다. 밤이 깊어지자 바람이 거세게 불었다. 그때 위병 하나가 헐레벌떡 들어와 밖에 불이 났다며 조인을 깨웠다. 그러나 지친 조인은 불이 났다는 말을 대수롭지 않게 여기며 대꾸했다.

"놀랄 것 없다. 별 것 아닐 테니 가서 불이나 꺼라."

그런데 조인의 말이 채 끝나기도 전에 여기저기에서 군사들이 들이닥쳤다.

"장군, 큰일났습니다. 서문·남문·북문 쪽의 가옥들이 모두 불길에 휩싸이고 유비군이 들어와 시살하는 통에 벌써 많은 군사들이 죽었습니다."

잠이 확 깬 조인이 밖으로 나와 말에 올라보니 신야성은 이미 불가마가 되어 있었다. 이전에 박망파에서 하후돈이 당한 화마보다 더 거센 불길이었다. 조인은 각 부대에게 명하여 신속하게 전열을 가다듬어 유비군을 방어하고 본군은 최대한 빨리 신야성을 벗어나라고 했다. 여기저기서 유비군들이 공격해왔으나 어둔 밤이라 도대체 그 규모를 가늠할 수가 없었다. 사방에서는 습격을 받고 죽어가는 군사들의 비명소리만 난무할 뿐이었다. 조급해진 조인이 소리쳤다.

"적의 기습에 걸렸다. 각 부대의 장교들은 일단 전황을 보고하라."

한 장교가 말했다.

"적들은 서문·남문·북문 쪽으로 들이닥친 것 같습니다. 그곳에서 주둔하던 부대에서 수많은 사상자가 발생했으나 어두워서 아직 그 규모를 알 수 없습니다. 대부분 자다가 불에 타 죽었습니다."

또 다른 장교가 보고했다.

"각 성문별로 거의 300~500명의 군사들이 철저히 지키고 있었는데도 적들이 침투한 것으로 보아 적들은 이미 계획적으로 다른 통로를 만들어 공격 준비를 한 것 같습니다."

조인은 일단 불길로부터 안전한 동문 쪽으로 군사를 몰고 갔다. 그러나 그곳에 이르자 갑자기 뒤에서 화살이 비오듯 쏟아졌다. 미방이 군사를 몰고 온 것이다. 병사들은 뒤에서 날아오는 화살을 피할 겨를도 없이 짚단처럼 쓰러졌다. 조인이 말을 돌려 뒤돌아보아도 정확히 어느 방향에서 화살이 날아오는지 알 수가 없었다.

조인은 군사들에게 최대한 빨리 불길과 연기를 피해 동문 밖으로 빠져나가라고 명령했다. 수백 명의 군사들이 동문 밖으로 뛰쳐나오자 또다시 큰 함성과 함께 화살이 소나기처럼 쏟아지면서 유비군이 들이닥쳤다. 조인·허저·조홍은 군사들을 챙길 틈도 없이 겨우 목숨을 건져 달아났다. 조조군의 선봉대는 눈 깜짝할 사이에 무너지고 말았다. 대부분의 병력이 죽거나 다쳤고 살아 돌아간 패잔병들도 1천 명이 되지 못했다.

장비·조운은 말을 몰아 조조군의 패잔병들을 추격하다가 번성으로 돌아갔다. 번성에서 유비는 조조군의 선봉이 격파된 것을 크게 기뻐하면서 조운과 장비 등 공을 세운 장수들을 치하했다. 하지만 조조의 선봉대를 격파한 기쁨에 들뜰 사이도 없이 유비는 제갈량의 계획대로 양양을 거쳐 장판으로 내려갈 준비를 했다. 문제는 번성으로 따라온 백성들이었다. 이들을 신야로 돌려보내는 것은 불가능한 일이었다. 신야 땅은 이미 대부분 잿더미가 되어 들어가 살 수도 없는 지경이 되었기 때문이다. 제갈량이 말했다.

"전쟁 중에 백성들이 이처럼 참담한 일을 당하는 것은 어쩔 수 없는 일입니다. 일단 번성은 안전하니 후일을 기약하고 이들을 번성에 두고 가야 합니다."

"지금 번성에는 이들이 기거할 만한 곳도 없는데다 아군이 도와줄 수도 없는 형편이오. 더구나 조조군이 오면 다 죽는다는 소문이 퍼져 있어 이들은 분명 기를 쓰고 우리 군사들을 따라올 것입니다."

제갈량의 말은 단호했다.

"지금 아군에게 중요한 것은 아군이 별 피해를 입지 않고 강하로 철군하는 것입니다. 물론 백성들의 사정을 봐주는 것도 중요하지만 그렇게 하다 보면 아군이 궤멸될 위험에 처할 수도 있습니다. 백성들 없이 군사만 이동한다면 늦어도 열흘 안에는 강하에 도착할 수 있습니다. 하루에 100리 이상 행군할 수 있기 때문입니다. 그러나 백성들을 데리고 가면 하루에 10리를 가기도 힘듭니다. 이제 아군이 적의 선봉군을 격파하여 사나흘 정도를 벌어두었는데 백성들을 이끌고 사흘을 가보았자 50리도 가지 못합니다. 그 사이 조조가 기병을 투입하면 우리 군은 나흘 안에 조조군에게 따라잡힐 것입니다."

유비가 침통하게 말했다.

"백성들이 이미 나를 따라 여기까지 왔는데 이제 와서 어찌 그들을 내버려두고 나만 빠져나갈 수 있겠소?"

제갈량도 고개를 끄덕였다. 그리고 다시 말을 이었다.

"그러면 백성들의 수를 줄이셔야 합니다. 번성에 남을 사람이나 신야 땅으로 돌아갈 백성들은 돌아가게 하고 군이 따라가려는 백성들만 데리고 가도록 하시지요. 번성에서 형주를 거쳐 남하하려면 한수를 건너야 합니다. 그러나 지금 배가 부족합니다. 물론 물이 많지 않아 그냥 건널 수 있을지도 모르나 군 장비나 보급품 수송은 배가 있어야 합니다."

유비는 그 말에는 동의했다. 제갈량은 즉시 손건과 간옹을 불러 백성들에게 방을 붙여 그 사실을 알리도록 했다. 그리고 심복을 시켜 강변에 나가 배를 정돈하게 했다. 만약을 대비하여 유비 일행과 속도를 비슷하게 맞춰 그들을 보호토록 했다. 손건과 간옹은 병사들을 시켜 번성 도처에 방을 붙였다.

지금 조조의 군사가 쳐들어오고 있다. 이곳 번성은 그들을 맞아 싸울 곳으로 마땅치가 않아 형주성으로 철수한다. 따르기를 원하는 자들은 함께 강을 건너도록 하라.

함께 강을 건너려는 자들은 의외로 많았다. 번성까지 따라온 신야의 백성들과 번성의 백성들이 큰 전란이 난 것으로 보고 피난을 결심한 것이다. 이들은 그 동안 큰 전란 없이 살아온데다 조조군이 들어오면 대대적인 살육이 있을 것이라는 소문을 듣고 남녀노소 할 것 없이 피난민 대열에 합류하기 시작했다. 조조에 대한 소문이 흉흉한 것은 과거 조조가 서주 백성들을 무참히 살육했던 데서 연유한다.

한수를 건너는 사람들의 행렬은 끝이 보이지 않았다. 그와 함께 살림살이를 실은 수레와 마차의 행렬도 끝없이 이어졌다. 아녀자들은 아이를 업고 젊은 남자들은 등짐을 지고 조금 자란 아이들은 노인들

길게 늘어선 피난민 행렬. '영웅'들의
화려한 대결 이면에는 백성들의 고통이
있었다. 후한 말(2세기 중반)의 중국 인구는
5천만 명 남짓으로 추정된다. 그러나
삼국시대를 거치며 3세기 후반에는
1,600만 명으로 줄어든다. 불과 100여 년
만에 인구가 3분의 1로 줄어든 셈이니,
삼국시대가 백성들 입장에서는 얼마나
처참한 난세였는지 쉽게 짐작할 수 있다.

을 부축하면서 하나 둘 배에 올라 강을 건넜다. 강 연안에는 정든 고향을 떠나는 사람들이 터뜨리는 울음소리로 천지의 움직임이 멈춘 듯했다. 앞서 강을 건너던 유비는 강변에서 울고 있는 백성들을 돌아보며 마음이 몹시 무거워졌다.

'나 하나로 인해 저렇게 많은 백성들이 고초를 당하는구나. 내가 무슨 낯으로 세상을 대할까.'

유비의 그런 마음을 헤아렸는지 제갈량이 옆으로 다가와 낮게 속삭였다.

"주공, 주공께서 용기와 현명함을 잃지 않고 조조와 맞선다면 훗날 저 백성들은 어진 군자 아래서 태평성대를 노래할 것입니다."

유비는 제갈량의 말을 듣자 통곡했다.

유비가 탄 배는 어느새 강 건너 남쪽에 이르렀다. 감정을 누르고 자기가 건너온 강의 맞은편을 바라보니 아직도 강을 건너지 못한 사람들이 발을 구르며 서 있었다. 유비는 관우에게 명하여 강을 건너지 못하는 사람이 하나도 없도록 하라고 일렀다.

유비 일행이 양양에 이르러 형주성 동문 앞에 당도했다. 동문 성 위에는 깃발이 펄럭이고 있고 성 주변엔 목책이 세워져 있었다. 방비를 단단히 하고 있음을 한눈에 알 수 있었다. 유비는 말을 세우고 성안을 향해 소리쳤다.

"조카 유종은 들으시오. 내가 온 것은 백성들을 구하려는 뜻뿐이니어서 성문을 열어주시오."

유종은 유비가 왔다는 전갈을 받았으나 두려워 감히 나오지 못했다. 채모도 유종에게 직접 나서지 말라고 막았다.

"필시 유비놈의 계교입니다. 어느 군대가 백성들을 달고 다니면서 철수합니까? 성문을 열어주면 당장 이 성을 점거하려 들 것입니다. 앞으로 닷새 안에 조승상의 군대가 들어올 것입니다. 그 전에는 누구도 성안으로 들여서는 안 됩니다. 공자께서는 안심하고 계십시오. 제가 알아서 대처하겠습니다."

채모와 장윤은 성루에 올라가 유비군이 아예 접근하지 못하도록 대량의 화살을 퍼부으라고 명했다. 유비군과 백성들은 빗발치듯 쏟아지는 화살을 피하며 이리저리 헤매다 성루를 바라보며 통곡했다. 이 광경을 보고 있던 형주 성안의 장수 하나가 참지 못하고 수백 명의 군사를 이끌고 와서 채모와 장윤이 있는 성루를 바라보면서 외쳤다.

"이 역적 채모·장윤 놈아! 천하에 어느 놈이 위기에 처한 자기 백성들을 못 들어오게 화살을 쏜단 말이냐? 네놈들은 그렇게도 권력을 가지고 싶단 말이냐?"

사람들이 놀라서 바라보니 위연魏延이었다. 위연은 의양義陽 사람으로 형주목이었던 유표의 부장이었다. 키가 8척이고 얼굴은 대추처럼 붉은 빛이 도는 사람으로 뛰어난 무용을 지니고 있었다. 위연이 이끌고 온 군대는 칼을 빼어 수문장을 죽이고 성문을 활짝 열더니 적교를 내려 성밖에 있는 백성들이 성안으로 들어올 수 있도록 했다. 위연은 큰 소리로 성밖의 백성들에게 들어오라고 외친 후 유비에게도 소리쳤다.

"유비 장군, 어서 성문 안으로 들어오십시오. 저 도적놈들을 쳐 죽입시다."

해자 위에 적교가 내려지고 백성들이 성문으로 밀려들자 성루에서는 다시 화살이 쏟아졌다. 그와 동시에 유표의 대장인 남양 사람 문빙文聘이 칼을 빼어들더니 날아갈 듯 말을 휘몰아오면서 큰 소리

외쳤다.

"위연아! 백성들과 유비놈을 성안에 들이지 않는 것은 다 이유가 있어서이다. 네놈은 일개 부장 주제에 무엇을 안다고 날뛰느냐? 당장 군대를 이끌고 네놈의 수비 위치로 돌아가지 못할까?"

위연과 문빙이 맞붙어 싸우자 그들의 군사들도 뒤엉켜 싸우기 시작했다. 이를 보고 있던 유비가 말했다.

"백성들을 안전하게 양양으로 인도하고자 했는데 오히려 그들에게 피해만 주고 있다. 이럴 바에야 성안으로 들어가지 않겠다."

그 말을 들은 제갈량이 말했다.

"주공께서는 일단 장판을 거쳐 강릉으로 가십시오. 강릉은 형주의 요지입니다. 그곳에서 다시 후일을 도모하도록 하십시오."

"예, 그게 좋겠습니다."

유비는 장비·조운 등과 함께 백성들을 이끌고 양양을 뒤로 한 채 장판을 향해 달렸다. 백성들의 피난 행렬이 길어지자 오히려 양양의 형주성 밖에 있던 백성들도 피난 행렬에 합류하기 시작했다. 그리고 형주성 안에 있던 백성들이나 채모의 행각에 불만을 품은 관리들까지 피난민 대열에 합류했다.

한편 문빙과 맞서 싸우던 위연은 중과부적으로 성밖으로 밀려났다. 그는 할 수 없이 피난민 대열에 몸을 숨기고 장사長史 태수 한현韓玄에게 가서 의탁했다.

유비를 따라 강릉으로 가는 군사와 백성은 10여만 명에 이르렀다. 길에는 크고 작은 수레와 마차가 수천 대를 넘었고 피난 보따리를 이고 지며 뒤따르는 사람들이 끝없이 이어졌다. 그러다 보니 행군 속도는 턱없이 느려져서 하루 10여 리를 나가지 못하고 있었다.

한편 가까스로 신야에서 탈출한 조인은 살아남은 부하를 거느리고 완성으로 돌아가서 패한 이야기를 보고했다. 조조는 유비군에게 선봉군의 예기가 꺾인 것에 크게 화가 났다. 그러나 조조는 다시 마음을 가라앉히고 조인에게 그날의 일을 조목조목 물었다. 그러더니 껄껄 웃으면서 말했다.

"제갈량, 그 어린 놈이 촌부인 줄 알았는데 대단하구나. 그러니 어떤 경우라도 적을 가볍게 보아서는 안 되는 법이지. 그놈이 진작 유비놈 휘하에 있었다면 내가 큰 욕을 당할 뻔했다. 그러나 지금과 같이 전력이 크게 차이가 날 때는 그것은 잔꾀에 불과할 뿐이다. 아무리 얕은 꾀를 부려도 결국은 해결 못할 일이 있게 마련이지. 유비는 이미 늦었어. 계란으로 바위를 부수려는 격이야. 천하의 한신이나 장량이 100명 있어 보좌한들 기본 전력이 젖먹이 아이 수준이라면 무슨 소용이 있겠나?"

조조는 즉각 지휘관들을 불러모았다.

"상대가 되지 않는 적을 이기려면 상식적으로 밀고 들어가면 된다. 작은 전투에서 패배한 것은 중요하지 않다. 전쟁의 처음과 끝을 전체적으로 보고 승리라는 최후의 목표만 달성하면 되는 것이다. 이제 더이상 산이나 고지, 강을 정복하지는 말라. 우리 군은 적의 10배는 될 것이다. 여기에 형주에서 투항한 군대를 합하면 거의 12배는 넘을 것이다. 그러니 적을 장강 끝까지 몰아붙이면 된다. 적군 1명당 아군 2명이 희생된다손 치더라도, 아군 손실은 전체 병력의 5분의 1도 안될 것이다. 이제 불필요하게 적의 계략에 말리지 말고 남쪽을 향해 진군하면 중과부적으로 저놈들이 견디지 못할 것이다. 제장은 이렇게 쉬운 전쟁을 치른 적이 없을 것이다."

조조는 바로 전군을 몰아 신야 땅을 향하여 진군했다. 신야 땅은 온통 불에 그을려 사나운 몰골을 하고 있었으며 일부 사람들이 돌아와 파괴되지 않은 집에 살고 있었다. 조조는 다시 신야를 출발하여 번성으로 향했다. 조조의 예상대로 유비군의 어떠한 움직임도 없었다. 조조는 주변의 산기슭과 강변의 갈대밭을 모두 수색하라고 명령했다. 그렇게 광범위하게 주변을 파헤치며 진군을 계속했다.

조조가 번성에 입성했다. 이미 유비군은 철수한 뒤였고 번성 안의 백성들 중에도 유비를 따라 떠난 이들이 많아서 거리는 텅 비다시피 했다. 조조는 따라온 회남 사람 유엽에게 물었다.

"이상한 일이 아닌가? 왜 백성들이 유비를 따라간단 말인가?"

유엽이 말했다.

"첫째는 유비가 이 지방의 민심을 얻은 탓이고, 둘째는 승상의 군대가 밀려오면 백성들을 살육할지도 모른다는 소문이 돌았기 때문입니다."

유엽의 말을 들으니 조조는 어처구니가 없었다.

"아니 살육이라니, 내가 무슨 도적떼 우두머리라도 된단 말인가! 도대체 무슨 근거로 그런 말도 안 되는 소문이 떠돈단 말인가?"

"불행하게도 백성들은 서주의 일을 잊지 않고 있는 것 같습니다."

이 말에 조조는 벌레 씹은 얼굴이 되었다.

'그놈의 서주, 질기게도 따라다니는구먼.'

불편한 속마음을 겉으로 드러내지는 않았지만 조조는 신경이 곤두설 대로 곤두서 있었다. 조조는 다시 한번 번성의 마을을 둘러보더니 말했다.

"그래, 내가 앞으로 어떻게 하면 좋겠소?"

유엽이 말했다.

"승상께서는 형주에 처음 오신 것이니 무엇보다 먼저 민심을 얻으셔야 합니다. 그러기 위해서는 이곳 백성들의 신임을 얻고 있는 유비를 공격하기보다 그를 꾀어 항복을 받아내는 것이 좋습니다. 설혹 유비에게 항복을 얻어내지 못한다 하더라도 그것은 승상께서 진실로 백성들을 위하고 있음을 보여주는 것이 될 것입니다. 맹자가 이르기를 어질지 못하면서 한 나라 정도는 몰라도 천하를 얻은 자는 없으며 나를 굳게 하기를 골짜기의 험준함으로 하지 말고, 천하를 위협하기를 병력의 규모로 하지 말라고 했습니다. 승상께서는 이제 통일 대업을 눈앞에 두셨으니 새겨볼 만한 가르침인 듯합니다."

조조는 유엽의 말에 따라 유비의 움직임은 하나도 놓치지 말고 예의 주시하되, 백성들이 평상시와 다름없이 생활할 수 있도록 각별히 유념하여 행동하라는 군령을 내렸다. 그러고는 조조도 강을 건너 양양의 형주성에 도착했다. 유종과 채모 등이 멀리까지 나와 조조를 맞이했다. 조조 앞에 유종과 채모가 나와 엎드려 절하고 형주를 상징하는 패인과 병부兵符를 바쳤다.

조조의 대군이 형주성 밖에 집결하기 시작하자 군기와 창검이 온통 형주를 뒤덮었다. 형주의 넓은 벌판은 조조군의 군기로 형형색색 물들고 그 군기 사이에는 좌우로 늘어선 창검들이 햇살에 하얀 빛을 뿜어내고 있었다. 마치 은빛 강물들이 대륙의 북부에서 남부로 흘러 들어오고 있는 듯했다. 형주 사람들은 이렇게 많은 정규군이 형양(형주·양양)에 집결한 것은 처음 보았다. 조조군의 위광을 문루에서 지켜보던 형주의 병사들은 유종이 조조에게 항복한 데 대해 안도의 한숨을 쉬었다.

조조는 대부분의 군대를 형주성 밖에 주둔하라고 명하고 자신은 본군 휘하 친위병 3천여 명을 거느리고 형주성으로 들어갔다. 어린 유종은 바로 면전에서 조조의 모습을 보자 두려움에 떨었다. 조조는 모처럼 옛 친구인 채모를 만나 반가워서 말했다.

"채모 장군 이게 몇 년 만이오. 20년은 된 것 같소."

채모가 아첨하듯 조조에게 말했다.

"승상, 이렇게 뵙게 되어 큰 영광입니다. 그 동안 유표 장군이 승상 편에 서지 않아 제가 말할 수 없는 고통을 당했습니다. 다행히 세월이 승상을 저희들에게 보내주었으니 구원舊怨은 가슴에 두지 마시고 형주의 장래에 많은 관심을 보여주십시오."

"그렇다 마다요. 채모 장군이 아니었다면 쓸데없는 피를 보게 될 뻔했는데 그것을 막으셨으니 채장군은 가히 영웅적인 일을 한 것이오."

조조는 인사와 덕담을 마치자 바로 실무로 들어갔다. 조조가 채모와 장윤을 보며 형주의 현황에 대해 물었다.

"채장군, 형주에는 지금 군마와 군량미가 얼마나 있소?"

"예, 기병이 2천이고 보병이 1만 3천, 강하의 수군이 5천으로 전부 2만입니다. 그리고 군량은 대부분 강릉에 있으며 그밖의 요소마다 상당량의 군량미를 저장해두고 있습니다."

"장장군, 군선은 몇 척이나 됩니까? 또 그것들은 누가 관리하고 있소?"

"크고 작은 것 모두 합쳐 1천여 척입니다. 채장군님과 제가 관리하고 있습니다. 다만 문제가 되는 것은 수군의 본부가 강하에 있는데 강하를 지키고 있는 사람이 큰 공자 유기로 승상께 대역무도한 생각을 가지고 있습니다. 앞으로 해결해야 할 부분입니다."

조조는 채모·장윤과 유종을 크게 치하하고 채모에게는 진남후鎭南侯 수군 대도독의 벼슬을 내리고 장윤에게는 조순후助順侯 수군 부도독의 벼슬을 내렸다. 이들은 조조의 후의에 크게 기뻐하며 충성을 다짐했다. 조조가 유종에게 말했다.

"유표는 이미 죽고 공자가 투항해왔으니 공자를 허도로 보내어 천자의 일을 보게 할 것이다. 이번 원정이 끝난 후 내가 이를 친히 황제께 아뢰어 유종 공자에게 합당한 지위와 벼슬을 내릴 것이다."

유종은 아무 말 못하고 돌아갔다. 채모와 장윤도 돌아가자 옆에 있던 순유가 조조에게 말했다.

"채모와 장윤은 이 지역의 오랜 호족들입니다. 이들을 다른 곳으로 보내시지 않고 이 지역에 내버려두면 후일 이들로 인하여 문제가 생길 수도 있습니다. 수군 도독의 자리는 다른 사람으로 바꾸는 게 좋을 듯합니다."

조조는 순유에게 웃으며 말했다.

"물론 내가 그걸 모르는 바는 아니지만 우리 군대는 수전을 아는 자가 드물다. 장기적으로 장강을 중심으로 반란군들을 토벌하려면 이들의 힘 없이는 곤란할 것이다. 일단 그대로 두어라. 내게도 다 생각이 있다."

형주성을 장악한 조조는 문관들을 불러서 위로하고 벼슬을 내렸다. 그런 후 괴월을 가까이 불러 위로하며 말했다.

"내가 진정으로 기쁜 일은 형주를 얻음이 아니고 백성들이 나를 이같이 환영할 수 있도록 만들어준 그대들의 노고요. 내 이를 잊지 않으리다."

조조는 괴월을 강릉 태수 번성후樊城侯에 봉했다. 그리고 형주의 투항을 권고한 부손에게는 관내후關內侯 벼슬을 내렸다. 또한 유종을 설득하여 투항시키는 데 일조한 왕찬王粲도 불렀다.

"나는 예전에 그대가 지은 「등루부登樓賦」를 읽고 큰 감동을 받았소. 비록 왕윤에게 죽임을 당했지만 천하의 대문장이자 대서예가인 채옹이 버선발로 나가서 그대를 맞았다고 들었는데, 그처럼 대단한 문재를 직접 뵙게 되어 영광이오."

부손이 옆에서 거들었다.

"왕찬은 길가에 서 있는 빗돌의 비문도 한번만 읽으면 다 외우는 사람입니다. 그뿐만이 아닙니다. 다 둔 바둑을 쓸어 엎은 다음 그대로 복기하기도 하는 천재입니다."

조조가 물었다.

"내가 듣기로 조정에서 벼슬을 내려도 받지 않았다고 하는데 그 말이 사실이오?"

왕찬이 대답했다.

"제 나이 열일곱에 황문시랑黃門侍郎의 벼슬에 올랐으나 나가지 않았습니다. 그후 난리를 피하여 형주에 들렀다가 유표 장군의 은덕을 입어서 오늘날까지 형주에 있게 되었습니다."

조조는 크게 기뻐하며 시자들에게 명하여 왕찬을 승상연丞相掾으로 삼고 관내후關內侯에 봉했다.

한편 조인은 융중으로 가서 제갈량의 처자를 잡아오라고 했으나 그들은 이미 피한 뒤였다. 제갈량은 미리 가족을 삼강三江 안으로 피신시켰던 것이다. 형주를 취하고 자신의 의도대로 질서를 잡아가던 조조에게 순유가 찾아와 말했다.

"지금 유비가 강릉을 향해 이동하고 있다고 합니다. 강릉은 유표의 보급기지가 있는 곳으로 형주와 익주를 잇는 교통 요지입니다. 또한 곡물과 산물의 집산지로 만약 익주를 정벌하러 가신다면 반드시 점령해두어야 하는 곳입니다. 유비가 강릉을 점령하여 뿌리를 내리게 되면 익주 공략이 어려워질 수도 있습니다. 아군이 강릉을 점령하면 익주의 유장은 두말 없이 투항할 가능성이 있습니다. 이제 형주도 점령했으니 빨리 강릉에 대한 대책을 세우십시오."

"유비는 지금 어디를 가고 있으며 군사의 규모는 어떠한가?"

"유비는 10여만 명의 피난민들을 이끌고 가느라 하루에 10여 리 정도밖에 행군하지 못하고 있습니다. 그러니 많이 가봐야 200리를 가지 못했을 것입니다. 지금이라도 유비를 잡아야 할 것입니다."

조조는 형주의 장수들 중에 문빙에게 강릉 태수를 제수하고 관내후에 봉하여, 강릉을 공격할 군사를 지휘하게 했다. 그러면서 철기군 3천을 엄선하여 하루 안으로 유비를 뒤쫓아가서 잡으라고 문빙에게 명했다.

"오늘 밤낮을 가리지 않고 말을 몰아가면 내일 저녁까지는 유비 일행의 후미를 따라잡을 것일세. 그러나 유비를 따라가는 백성들에게는 일체 손을 대어서는 안 되네. 그러니 밤이 되기를 기다렸다가 유비의 야영장을 기습하게. 그러면 백성들의 피해도 최소화하고 유비군도 섬멸할 수 있네. 나도 곧 갈 것이네."

조조는 문빙을 보낸 후 다시 조인·조홍에게 군사 3천을 주어 유비를 쫓으라고 명했다.

〈5권에 계속〉